Stefan Burban

Die Spitze des Speers

DIE SPITZE DES SPEERS

Stefan Burban

Eine Veröffentlichung des
Atlantis-Verlages, Stolberg
Mai 2016

Druck: Schaltungsdienst Lange, Berlin

Titelbild: Allan J. Stark
Umschlaggestaltung: Timo Kümmel
Lektorat & Satz: André Piotrowski

ISBN der Paperback-Ausgabe: 978-3-86402-289-0
ISBN der eBook-Ausgabe (ePub): 978-3-86402-357-6

Dieses Paperback/eBook ist auch als Hardcover-Ausgabe
direkt beim Verlag erhältlich.

Besuchen Sie uns im Internet:
www.atlantis-verlag.de

Prolog

Der Horchposten auf Coriala IV diente einzig und allein einem Zweck: dem Ausspionieren der ruulanischen Schiffsbewegungen in einem Umkreis von sechzig Lichtjahren.

Seit ihrer Indienststellung vor etwas mehr als drei Jahren hatte die Basis eine Fülle wichtiger Informationen geliefert. Nicht wenige davon hatten zu Erfolgen geführt, unter anderem zur erfolgreichen Gegenoffensive im Serena-System durch Streitkräfte der Koalition.

Im Gegensatz zu den meisten anderen Horchposten verfügte Coriala IV nicht über Kriegsschiffe zum Schutz der dort stationierten Soldaten. Das System lag zu dicht an mehreren wichtigen ruulanischen Basen. Den Ruul wäre es nicht verborgen geblieben, wenn sich im Coriala-System terranische Schiffe aufgehalten hätten. Stattdessen verfügte die Basis über vier Kurierboote, die die Besatzung, bestehend aus lediglich zweiundfünfzig Mann, notfalls in Sicherheit bringen sollten.

Trotz der verschwindend geringen Besatzung und der relativ klein gehaltenen Basis – oder vielleicht auch gerade deshalb – hatte sich der Horchposten als eine der wichtigsten Anlagen dieser Art bewährt und wurde vom MAD inzwischen als unverzichtbar eingestuft. Unter der Besatzung des Coriala-Horchpostens grassierte seit Kurzem sogar das Gerücht, Brigadier General David Coltor persönlich würde sich die einkommenden Daten ansehen, zur Planung der nächsten Phase der Offensive gegen die Slugs.

Wenn man bedachte, über welches Heer an Analytikern der MAD verfügte, dann war das schon außergewöhnlich. Dass der Chef persönlich auf einen bestimmten Horchposten aufmerksam wurde, darauf konnte man mit Fug und Recht stolz sein.

Der Großteil der Anlage lag unter der Oberfläche des kargen Planeten, der beinahe nur aus Gebirgen und Gletschern bestand.

Der Hauptzugang der Anlage befand sich seitlich an einem Berghang in fast neunhundert Metern Höhe, der versteckte Hangar mit den Kurierbooten auf der anderen Seite. Selbst wenn jemand gewusst hätte, wonach er suchen sollte, wäre es einem potenziellen Angreifer schwergefallen, die Anlage zu finden.

Die Besatzung fühlte sich sicher.

Sie fühlte sich unangreifbar.

Mit dieser Einschätzung beging sie einen tödlichen Fehler.

Am Hauptzugang hielten zu diesem Zeitpunkt zwei Privates der Marines Wache. Die Männer waren pflichtbewusst und aufmerksam – aber auch müde. Sie standen bereits seit sieben Stunden dort. Eintönige Posten neigten dazu, die Soldaten in einem falschen Gefühl der Geborgenheit zu wiegen. Warum auch nicht? Die hoch entwickelte Elektronik des Horchpostens konnte Schiffsbewegungen über den Sektor hinaus orten und verfolgen. Jede angreifende Flotte wäre lang vor ihrem Eintreffen entdeckt worden. Es wäre in jedem Fall ausreichend Zeit geblieben, die Basis zu evakuieren.

Womit die Soldaten nicht rechneten, war ein Einsatz verdeckt operierender Kräfte. Und womit sie ganz sicher nicht rechneten, war ein Kommandounternehmen menschlicher Einheiten.

Die Tür piepte unvermittelt zweimal und schwang geräuschlos nach innen auf. Die beiden Soldaten rissen augenblicklich ihre Waffen hoch. Die Tür öffnete sich nur, wenn man den richtigen Code eingab – was ihres Wissens niemand getan hatte.

Vor dem Eingang tobte gerade ein Sturm. Heftige Windböen trieben Schneewehen herein und nahmen den Marines für einen Augenblick die Sicht.

Es handelte sich lediglich um Sekunden.

Mehr Zeit benötigten die Angreifer jedoch nicht.

Zwei vermummte Männer in weißen Tarnanzügen glitten durch die Öffnung wie Geister. Einer der Marines schoss, doch der rechte Angreifer ließ sich zu Boden fallen, rollte sich über die linke Schulter ab und riss den Marine mit einer Beinschere einfach um. Der Marine ließ sein Gewehr fallen und griff stattdessen zu seiner Seitenwaffe. Sein Gegner reagierte jedoch blitzschnell. Er nutzte den eigenen Schwung, um in eine Hocke zu kommen, und zertrümmerte mit einem gekonnten Schlag den Kehlkopf des Mannes. Dieser ließ seine Waffe fallen und griff sich stattdessen an den Hals. Er wand sich in Todesqualen und blickte seinen Gegner aus großen Augen an, bettelte wortlos, ihm doch zu helfen. Doch dieser musterte ihn lediglich ohne jegliches Mitleid.

Nachdem der Marine am eigenen Blut erstickt war, drehte der Angreifer sich um. Sein Partner zog gerade ein bösartig aussehendes Kampfmesser aus dem Herzen des anderen Marines. Dieser hatte nicht einmal die Zeit gehabt, seine Waffe abzufeuern.

Der vermummte Mann nickte zufrieden und gab über ein kleines ComGerät an seinem Handgelenk ein einzelnes Signal ab. Es dauerte nur Sekunden und sieben weitere in gleicher Weise gekleidete Männer standen im Raum.

Das neunköpfige Angriffsteam war komplett.

Unter seiner Maske grinste der Anführer des Teams. Sie hatten die Anlage infiltriert, ohne einen Alarm auszulösen. Der Spaß konnte also beginnen.

Lieutenant Adejola Okoye gönnte sich auf seinem Weg in die Kommandozentrale eine Tasse Kaffee. Das Gebräu hielt zwar keinen Vergleich mit französischem Kaffee stand, den er auf seinem letzten Posten in Paris hatte genießen dürfen, doch er war heiß und weckte die Lebensgeister. Mehr konnte man von Kaffee auf diesem von Gott verlassenen Eisklumpen, der sich großartig Planet schimpfte, nicht erwarten.

Der dunkelhäutige Adejola stammte aus Kenia, genauer gesagt aus Nairobi. Nicht weit von seinem Elternhaus – eigentlich sogar in Sichtweite – befand sich ein Teil des ROCKETS-Ausbildungszentrums. Bei Kriegsbeginn hatte er sich ursprünglich zu den ROCKETS melden wollen, doch die Aufnahmebedingungen waren hart und die Durchfallquote der Rekruten hoch. Er hatte nicht einmal die Musterung geschafft. Also hatte er sich für die zweitbeste Lösung entschieden: eine Karriere beim MAD.

Adejola war sich nicht ganz sicher, was er sich unter einer Tätigkeit beim MAD vorgestellt hatte, auf jeden Fall etwas Aufregendes. Die Wahrheit war ernüchternd und die Realität hatte ihn schnell eingeholt. Beim Geheimdienst bestand der Großteil der Tätigkeit im Sammeln und Auswerten von Daten. Wichtigen Daten zwar, aber nichtsdestoweniger nur Daten. Eine Ansammlung von Einsen und Nullen auf einem Datenträger. Die Action hatten am Ende all jene, die aufgrund dieser Daten handelten und sich den Ruul stellen durften. Etwas, das er auch nur zu gern getan hätte. Er seufzte tief. Ja, am Krieg teilzunehmen hatte er sich in der Tat etwas glorreicher vorgestellt.

Die Tür öffnete sich zischend und er betrat – immer noch an seinem Kaffee schlürfend – die Kommandozentrale des Coriala-IV-Horchpostens. Wobei Kommandozentrale in diesem Fall eine beschönigende Bezeichnung war. Der Raum wurde von Unmengen an Computern eingenommen, die nichts anderes taten, als die unzähligen Daten der Sensoranlage des Horchpostens abzurufen, auszuwerten, auf ihre Wichtigkeit hin zu analysieren und anschließend zur Weiterleitung an den MAD auf einer externen Festplatte abzuspeichern. Sie erledigten das völlig selbstständig. Die fünf Offiziere, die an den Kontrollstationen saßen, taten im Prinzip nichts anderes, als diesen Vorgang zu überwachen und sicherzustellen, dass nichts schiefging.

Ihre eigentliche Arbeit begann erst dann, wenn etwas Unvorhergesehenes eintrat oder sie auf eine besonders wichtige Information stießen, was seit der Koalitionsoffensive gegen Serena nicht mehr geschehen war. Die Ruul verhielten sich auffallend ruhig, beschränkten sich darauf, lediglich die besetzten Gebiete zu sichern. Der MAD war zu der Meinung gelangt, dass sie dabei waren, ihre Verluste auszugleichen. Die Niederlage auf Serena hatte sie einiges gekostet, vielleicht mehr, als es MAD und Oberkommando bewusst war.

Beide Seiten hatten sich von Serena noch längst nicht erholt, und das, obwohl der Feldzug bereits über ein Jahr zurücklag. Die Terraner und ihre Verbündeten bauten wie wild Schiffe und bildeten im Eilverfahren neue Truppen aus. Die Seite, die am schnellsten wieder einsatzbereit war, bekam im weiteren Kriegsverlauf einen deutlichen Vorteil.

Adejola fragte sich, zu welchem Zweck ein Horchposten überhaupt eine menschliche Besatzung benötigte. Der einzige Grund, der ihm einfiel, war Tradition. Horchposten hatten schon immer eine menschliche Besatzung gehabt, also warum etwas ändern? Im Endeffekt hätten die Computer den Job auch alleine erledigen können. Man müsste lediglich hin und wieder ein Schiff vorbeischicken, das die Daten einsammelte. Adejola lächelte. Beinahe, als würde man eine Ernte einfahren.

»Darf ich fragen, was Sie so amüsiert, Lieutenant?«, fragte Lieutenant Commander Enrique Ramirez, der Kommandant der Basis.

»Mir wurde nur gerade die Sinnlosigkeit so mancher Existenzen bewusst.«

»Jemand, den ich kenne?«

Zur Antwort zuckte Adejola lediglich leicht mit den Achseln. Er konnte Ramirez im Prinzip ganz gut leiden, aber nicht gut genug, um ihn an seinen Selbstreflexionen teilhaben zu lassen, insbesondere nicht an solchen, die in eine emotionale Sackgasse führten.

»Sie sind ja heute wieder gesprächig«, frotzelte Ramirez.

»Ich bin nur etwas nachdenklich«, wiegelte Adejola ab, doch Ramirez ließ nicht locker.

»Ist eigentlich nicht untypisch für jemanden vom MAD. Das muss bei euch doch von Rechts wegen in der Stellenbeschreibung stehen.«

Adejola wandte sich ab und tat so, als würde er einen der Bildschirme studieren, damit Ramirez nicht sah, wie er seine Augen verdrehte.

Ramirez liebte es, über den Geheimdienst herzuziehen. Das war durch die Bank weg bei allen Waffengattungen nicht gerade unüblich, doch Ramirez überspannte den Bogen. Dem Mann war nicht klar, wenn er es zu weit trieb. Der Flottenoffizier trampelte heute auf Adejolas ohnehin blank liegenden Nerven herum.

»Commander?« Der weibliche Ensign, der als Ramirez' Kommunikationsoffizier diente, drehte sich mit verwirrte Miene herum.

»Ja?«

»Die Wache am Nordeingang meldet sich nicht mehr. Die Routinemeldung alle dreißig Minuten ist ausgeblieben. Und auf meine Nachfrage hat sich auch niemand gemeldet.«

»Ist sicher nur eine technische Störung. Schon wieder. Vielleicht haben die da unten einfach gerade keinen Empfang. Das kann auf diesem Planeten schon mal vorkommen. Ist nichts Wildes. Ich wette, bei der nächsten Meldung haben wir wieder Kontakt.«

Adejola richtete sich auf. Seine erste Empfehlung hätte eigentlich gelautet, die Sache zu ignorieren, ganz so, wie Ramirez es offenbar vorhatte. Doch sein Pflichtgefühl übernahm die Oberhand. Wenn er sich von der Ruhe seines derzeitigen Postens einlullen ließ, dann wurde er nie befördert. In diesem Fall würde er auf diesem Eisklumpen versauern, bis ihm die Klöten abfroren. Ein Schicksal, das er tunlichst vermeiden wollte. Er mochte seine Klöten.

»Wir sollten trotzdem mal nachsehen«, widersprach er Ramirez' Bemerkung.

»Ist das Ihr Ernst?« Ramirez schien vom Gegenwind des MAD-Offiziers eher überrascht denn verärgert. »Ich glaube kaum, dass das nötig sein wird.«

»Paragraf neun Absatz drei Strich fünf der Dienstvorschrift besagt eindeutig, dass auf einer Basis in Feindnähe ...«

»Schon gut, schon gut, schon gut«, lenkte Ramirez unwillig ein, bevor Adejola ganz ausgesprochen hatte. »Von mir aus. Nehmen Sie zwei Marines und inspizieren Sie die Wache.«

Adejola verkniff sich ein Lächeln. Es würde nicht lange dauern, die Posten zu inspizieren, doch auf diesem langweiligsten Posten des Universums war jede Ablenkung willkommen, egal wie unbedeutend sie auch sein mochte.

Adejola nickte Ramirez dankend zu. Dieser behielt eine sorgsam neutrale Miene bei, doch in seinen Augen funkelte es schelmisch. Natürlich wusste er, warum Adejola so darauf drängte, diese Aufgabe auszuführen. Es ging hier lediglich darum, die Zeit totzuschlagen. Um nichts anderes. Adejola hegte den Verdacht, Ramirez wäre am liebsten selbst mitgekommen, wenn er hier nicht das Kommando innegehabt hätte.

Adejola bedeutete zwei Marines, ihm zu folgen. Die Männer warfen sich einen verschmitzten Blick zu. Auch sie nahmen die vor ihnen liegende Aufgabe nicht ernst. Für sie war es eine willkommene Gelegenheit, sich die Beine etwas zu vertreten.

Auf dem Weg zur Tür, nippte Adejola an seiner inzwischen halb vollen Kaffeetasse. Das Gebräu schmeckte besser, umso öfter man davon trank. Das war an und für sich ein schlechtes Zeichen. Das Zeug war nämlich wirklich miserabel.

Adejola hatte die Tür beinahe erreicht, ein Marine ging vor ihm, der zweite hinter ihm, da öffnete sie sich mit einem Mal – jedoch nur einen Spaltbreit.

Ein zylinderförmiges Gebilde segelte durch die Luft und kam direkt vor den Füßen des vorderen Marines auf dem Boden auf.

»Granate!«, schrie der Mann und hechtete zur Seite.

Adejola war für einen Sekundenbruchteil wie erstarrt. Er fühlte, wie jemand hinter ihm nach seiner Uniform griff und ihn überraschend stark zur Seite riss. All dies bekam er wie in Zeitlupe mit.

Die Granate explodierte. Der Marine vor ihm wurde noch in der Luft von der Detonationswelle erfasst. Was von ihm übrig blieb, prallte gegen die Wand. Die Reste seiner Uniform waren mit seiner Haut verschmolzen. Das bloße Fleisch lugte an seinem ganzen Körper hervor und dampfte. Es stank bestialisch.

Adejola landete unsanft auf dem Boden. Er zerrte an seinem Holster, um die Seitenwaffe zu befreien. Der zweite Marine feuerte. Seine Projektilwaffe hustete in kurzen, präzisen Salven.

Die Tür öffnete sich nun ganz. Das Feuer wurde erwidert. Einschläge auf der Brust des Marines, ließen dessen Körper regelrecht tanzen, bevor er rücklings fiel. Sein Gewehr landete unweit von Adejolas Händen. Ohne zu überlegen, griff er danach. Das Gewicht der Waffe fühlte sich gut an. Beruhigend.

Weitere Schüsse durchdrangen die Luft. Adejola robbte über den Boden. Ein Körper stürzte direkt vor ihm zu Boden. Es war der weibliche Ensign. Ihre gebrochenen Augen standen weit offen. Sie starrten Adejola vorwurfsvoll an.

Er spürte, wie seine Hände zu zittern begannen. Er wollte der Frau die Augen schließen, doch unvermittelt peitschten weitere Schüsse durch den Raum. Adejola ließ das Gewehr des Marines fallen und robbte nun, so schnell er konnte. Er wollte nur noch fort. Es war ein unwürdiger Gedanke, doch er konnte nicht anders. Er musste hier weg. Adejola wollte einzig überleben.

Mindestens einer der Soldaten aus der Kommandozentrale feuerte noch auf die unbekannten Angreifer. Adejola nutzte das abflauende

Feuergefecht als Deckung. Immer noch über den Boden robbend, erreichte er die Leiter, die zur Ebene über ihnen führte.

Der MAD-Offizier rappelte sich auf und stieg die Stufen hinauf. Etwas Heißes zupfte an seinem Oberschenkel. Adejola keuchte vor Schmerz unterdrückt auf, biss jedoch die Zähne zusammen und arbeitete sich Stufe für Stufe hoch. Er stieß die Klappe über sich auf und hangelte sich hindurch.

Unter sich hörte er Ramirez aufschreien und etwas Schweres zu Boden poltern. Adejola schlug die Klappe hinter sich wieder zu, dann jedoch besann er sich eines Besseren und öffnete sie einen Spaltbreit. Nervös lugte er hindurch. Sein Oberschenkel schmerzte wie die Hölle. Er bedeckte die Schusswunde mit seiner Hand, doch das half wenig gegen das hervorsprudelnde Blut. Es war zum Glück nur eine Fleischwunde, aber dennoch nicht ungefährlich. Adejola wurde leicht schummrig. Er musste bald etwas gegen den Blutverlust unternehmen oder er würde hier sterben.

Die Neugier hielt ihn jedoch an Ort und Stelle. Vor Spannung hielt er den Atem an. Unter sich sah er Ramirez über den Boden kriechen. Der Flottenoffizier blutete aus drei Wunden im Oberkörper. Trotzdem weigerte sich dieser aufzugeben.

Einer der weiß gekleideten Angreifer kam näher, drehte Ramirez grob auf den Rücken und pflanzte seinen Fuß auf dessen Brustkorb. Ramirez keuchte auf.

»Wer ... wer sind Sie?« Ramirez' Stimme klang heiser vor Schmerz und Blutverlust.

»Spielt das ernsthaft eine Rolle?«, fragte der unbekannte Angreifer zurück. Bei dem Klang der Stimme lief Adejola ein eisiger Schauer über den Rücken. In seinem ganzen Leben hatte er noch nie einen Tonfall bar jeder Emotion, bar jeden Mitgefühls gehört. Bis heute.

Der Mann hob seine Waffe und schoss ohne weiteren Kommentar Ramirez zweimal in den Kopf. Der Körper des Flottenoffiziers zuckte bei jedem Einschlag, schließlich herrschte Stille. Die Stille eines Friedhofs.

»Durchsucht die ganze Anlage«, befahl der Mann, bei dem es sich offenbar um den Anführer handelte, seinem Team. »Zerstört die Kurierboote. Und lasst keine Überlebenden zurück. Bevor wir hier fertig sind, will ich höchstpersönlich die Leiche jedes Mitglieds der Basisbesatzung sehen.«

1

Colonel Pedro Mendoza rekelte sich, um die verspannten Muskeln in seinem Nacken und seinem Rücken zu lockern. Seit über drei Stunden saß er nun schon an seinem Schreibtisch und ging die Ausbildungsberichte durch – und er hasste es.

Pedro stand auf und ging zum Fenster auf der Westseite seines Büros. Er war ein einfacher Mann und die Ausstattung seines Büros spiegelte diese Eigenschaft wider. Er hielt nicht viel von unnötigem Tand.

Er öffnete das Fenster und lehnte sich hinaus. Pedro nahm einen tiefen Atemzug und genoss die trockene Luft Kenias. Am Horizont ging bereits die Sonne unter und tauchte den Horizont in rötlichen Schein, als würde der Himmel brennen. Pedro liebte diesen Teil des Tages. Er nahm sich jeden Abend Zeit, dieses Schauspiel zu bewundern – sofern seine Pflichten dies zuließen natürlich. In den letzten Jahren war dies beinahe zu einem Ritual geworden. Pedro hatte viel erreicht. Vor nunmehr beinahe zwanzig Jahren hatte er der SESO angehört, der Sondereinheit für Spezialoperationen des MAD. Nach den Vorkommnissen auf dem Mars, die von Coltor und Kepshaw vereitelt worden waren, war er sogar zum Kommandeur der SESO aufgestiegen, nachdem er das Offiziersprogramm absolviert hatte. Bei Kriegsbeginn war er zu den ROCKETS gewechselt, und als David Coltor zum Chef des MAD ernannt wurde, hatte dieser Pedro als Nachfolger ausgewählt und nun führte er die ROCKETS von Nairobi aus. Es war ein großer Vertrauensbeweis Coltors gewesen. Und es war eine große Verantwortung, die auf Pedros Schultern lastete. Er betrachtete es als Ehrensache, dass nur ROCKETS diese Einrichtung verließen, die der vor ihnen liegenden Aufgabe auch gewachsen waren. Daher nahm er sich immer die Zeit, nach bestandener Prüfung mit jedem Absolventen des Ausbildungszentrums ein persönliches Gespräch unter vier Augen zu führen – und das gänzlich ungeachtet der Noten der betreffenden Person. Es war seine persönliche Art der Qualitätskontrolle, wie er selbst immer wieder halb im Scherz sagte.

Pedro wollte das Fenster schon wieder schließen, als ihm eine Fahrzeugkolonne auffiel, die sich aus Richtung der Stadt näherte. Er kniff die Augen zusammen, um mehr zu erkennen. Es handelte sich eindeutig um einen Militärkonvoi. Zu den Fahrzeugen zählten nicht wenige Truppentransporter. Sie wurden von tief fliegenden Anakonda-Kampfhubschraubern aus der Luft gedeckt. Man könnte beinahe zu der Meinung gelangen, dieser Konvoi ziehe in eine Schlacht. Und sie hielten direkt auf das ROCKETS-Ausbildungszentrum zu.

Pedro schloss verwirrt das Fenster und verließ sein Büro. Er begab sich auf dem schnellsten Weg ins Erdgeschoss. Es begegneten ihm nicht viele Menschen. Die Kadetten hatten bereits auf ihren Zimmern zu sein und die wenigen voll ausgebildeten ROCKETS, die sich derzeit hier aufhielten, hatten entweder frei und feierten dies in der Stadt oder schliefen ebenfalls schon.

Als Pedro den Haupteingang durchschritt, fuhr der Konvoi gerade durch den Hof. Die Helikopter bezogen über dem Hauptgebäude Stellung. Ihre Waffen richteten sich auf den Flügel, in dem sich der Schlafsaal der Kadetten befand. Die unausgesprochene Drohung hätte deutlicher nicht sein können.

Die Soldaten verließen ihre Fahrzeuge. Es waren beunruhigend viele und sie gehörten ausnahmslos der TKA an. Die Männer und Frauen schwärmten auf dem Gelände aus und drangen ohne Vorankündigung in alle Gebäude ein.

»Was zum Teufel geht hier vor?«, schrie Pedro, um sich über den Lärm der Helikopterrotoren verständlich zu machen.

Endlich geruhte einer der TKA-Offiziere, sich mit ihm zu befassen. Es handelte sich um einen Major, dem die Abscheu ins Gesicht geschrieben stand. Pedro ließ sich davon jedoch nicht einschüchtern.

»Colonel Pedro Mendoza?«

»Sie wissen verdammt gut, wer ich bin. Was soll dieser ganze Mist?«

Mit einem Auge bekam er mit, wie TKA-Soldaten die noch schlaftrunkenen Kadetten aus dem Gebäude scheuchten und auf dem Hof zusammentrieben. Kurz darauf geschah dasselbe mit den voll ausgebildeten ROCKETS. Ein wenig amüsiert stellte Pedro fest, dass mehrere der TKA-Soldaten, die die ROCKETS vor sich herscheuchten, Blessuren aufwiesen. Einer humpelte sogar und mindestens ein weiterer hatte eine gebrochene Nase. Mit den ROCKETS legte man sich nicht ungestraft an. Weniger amüsiert nahm er auf, dass auch einige seiner eigenen Leute verletzt waren. Viele Kadetten wiesen Blutergüsse im Gesicht auf und einer der ROCKETS musste von zweien seiner Kameraden gestützt werden.

»Ich verlange eine Erklärung«, forderte Pedro erneut.

»Sehr gern«, gab der TKA-Major zurück. »Sie und Ihre Leute stehen hiermit unter Arrest. In diesem Moment werden alle gerade im Einsatz befindlichen ROCKETS-Teams zurückgerufen und ebenfalls unter Arrest gestellt.«

Eine eisige Klaue langte nach Pedros Herz und griff zu. Er drohte den Boden unter den Füßen zu verlieren.

»Mit welcher Begründung?«

»Hochverrat, Verschwörung und Mord an über fünfzig Soldaten einer geheimen Basis. Pedro Mendoza, ich erkläre Sie hiermit für verhaftet.«

Admiral Johannes Malkner widerstand dem Drang, sich umzusehen. Er wusste auch so, dass man ihm folgte.

Die Datendisc in seiner Tasche fühlte sich an, als würde sie ein Loch hineinbrennen. Der Admiral hielt einen Moment inne und sah durch das große Fenster der Aussichtslounge. Außerhalb des Fensters befand sich der Abflugbereich des militärischen Raumhafens São Paulo. Der Militärraumhafen war einer der größten auf der Erde und er kam nie zum Stillstand.

Zu jeder beliebigen Tages- und Nachtzeit wurden hier Shuttles, Sanitäts- und Versorgungsschiffe beladen, entladen oder anderweitig abgefertigt, außerdem auch noch ein großer Teil der Truppenverschiffung vom Solsystem zur Front oder anderen wichtigen Standorten.

Normalerweise löste der Anblick so etwas wie Befriedigung in Malkner aus. Es bewies ihm, dass er Teil von etwas Größerem war, etwas, das dem Schutz der Menschheit diente. Diesem Ziel hatte er sich voll und ganz verschrieben.

Doch nicht heute. Heute löste der Anblick ein ganz anderes Gefühl aus: Angst. Pure, nackte Todesangst.

Dort unten warteten Tausende von Soldaten, Hunderte von Panzern und Fahrzeugen sowie Tonnen an Ausrüstung darauf, verschifft zu werden. Doch diente das allem noch dem Schutz der Menschheit?

Geistesabwesend tastete seine rechte Hand in die Tasche seiner Uniform und streichelte die Datendisc. Wenn auch nur die Hälfte der Dinge, die auf dieser Datendisc standen, stimmten, dann befanden sie sich alle in größter Gefahr.

Seine Gedanken rasten. An wen sollte er sich wenden, mit dem, was er herausgefunden hatte? An den MAD? Die Präsidentin? Beides gute Möglichkeiten, doch er verfügte allenfalls über ein paar gesammelte Daten und eine wirre Theorie. Nicht genug, um eine Intervention des MAD zu rechtfertigen. Er kannte Coltor gut genug. Der Mann würde ihm zweifelsohne zuhören, doch dieser konnte die Verantwortlichen nicht ohne unwiderlegbare Beweise festsetzen. Coltor würde mehr brauchen. Wesentlich mehr.

Malkner atmete tief durch.

Er erinnerte sich daran, wie er zu Beginn des Krieges zuerst die New-Zealand-Raumfestung kommandiert und nach deren Fall als Befehlshaber der Alamo-Station an der Schlacht um Fortress teilgenommen hatte. Damals war alles so viel einfacher gewesen. Man hatte gewusst, wo die Fronten verliefen, wer der Feind war und dass man ihn mit allen Mitteln bekämpfen musste. Die Dinge waren neuerdings leider nicht mehr ganz so klar.

Er hatte das Gefühl, die Wirklichkeit habe sich verändert, sei irgendwie ... schwammiger geworden. Weniger greifbar. Nun musste man sich hüten, ob nicht vielleicht der Kamerad an der eigenen Seite ein Feind war.

Malkner stützte sich auf das Geländer vor ihm und ließ den Kopf hängen. Was sollte er nur tun? Selten zuvor hatte er sich so hilflos gefühlt. So allein.

Malkner riss sich sichtlich zusammen und straffte die Schultern. Er war immer noch Offizier der Konglomeratsstreitkräfte. Wenn er sich Selbstmitleid und Hoffnungslosigkeit hingab, würde es keine Rettung mehr geben. Für niemanden.

Sein unsteter Blick fuhr suchend über das Flugfeld. Bei einem der Shuttles blieb er haften. Das kleine Schiff war zu weit entfernt, um Namen oder Kennung erkennen zu können. Das war auch gar nicht nötig. Wenn er den Flugplan des Raumhafens richtig im Kopf hatte, dann handelte es sich um ein Shuttle der TKS WALES, eines Leichten Kreuzers der Falcon-Klasse.

Malkner überlegte. Der Skipper der WALES war ein alter Freund. Unter Umständen wäre dieser bereit, ihm einen Gefallen zu tun. Das Schiff war zur Reparatur und Neuausrüstung bis auf Weiteres im Solsystem stationiert, das hieß, es wurde derzeit nicht für eine Mission gebraucht. Ein Admiralsrang brachte so seine Vorzüge mit sich. Das Schiff für ein paar Tage auszuleihen, mochte vielleicht die Lösung für all seine Probleme sein. Er brauchte Beweise. Schlüssige Beweise. Und es gab nur einen Ort, wo er diese finden könnte.

Malkner schluckte den Kloß hinunter, der dabei war, sich in seiner Kehle zu bilden. Es war ein radikaler Schritt, sich für einige Tage abzusetzen. Den Betrieb des Raumhafens konnte er seinem Adjutanten für kurze Zeit aufbürden. Der Mann regelte das meiste ohnehin bereits im Alleingang. Aber für das, was ihm vorschwebte, konnte man ihm unter Umständen den Prozess wegen Fahnenflucht machen, ganz davon zu schweigen, dass er den Skipper der WALES ebenfalls in ernste Schwierigkeiten brachte. Doch welche Möglichkeiten blieben ihm denn?

Malkner war hin und her gerissen. Es widerstrebte ganz entschieden, seinen Posten als Kommandant des Raumhafens São Paulo ohne ausdrückliche Genehmigung zu verlassen. Doch gerade die konnte er nicht einholen. Wenn er um die Genehmigung ersuchte, würden Menschen davon erfahren, die auf gar keinen Fall davon erfahren durften.

Malkner atmete erneut tief ein. Es führte kein Weg vorbei. Entweder er wagte den Schritt – oder er vernichtete die Datendisc in seinem Besitz und vergaß, dass er sie je erhalten hatte.

Malkner straffte die Schultern, löste sich vom Geländer und steuerte den nächsten Aufzug an, der ihn hinunter zum Flugfeld bringen würde.

Während der ganzen Zeit beobachtete er aus den Augenwinkeln die Menschen ringsum. Er achtete peinlich genau auf jedwedes Zeichen, dass ihm jemand in unangemessenem Umfang Aufmerksamkeit schenkte.

Malkner war ein erfahrener Offizier und ein guter Beobachter. Trotzdem entgingen ihm die drei Männer, die sich aus der Menge lösten und ihm folgten.

2

Lieutenant Colonel Rachel Kepshaw von der Abteilung für Innere Sicherheit stürmte in David Coltors Büro, ohne anzuklopfen. David sah auf. Als er seine alte Freundin und Kollegin erkannte, wollte er lächeln. Dieses erstarb im Ansatz, als er ihren Gesichtsausdruck bemerkte.

Seine Sekretärin versuchte, sich an Rachels Körper vorbeizuschieben, was jedoch völlig misslang.

»Tut mir leid, General«, rechtfertigte sie sich. »Sie ist einfach an mir vorbeigestürmt.«

David legte die Akte, die er soeben studiert hatte, beiseite. »Ist schon gut, Alice. Lassen Sie uns bitte allein.«

Seine Sekretärin wirkte nicht überzeugt, warf Rachels Rücken noch einen mörderischen Blick zu, verließ dann aber ohne Widerspruch das Büro.

»Lass mich raten, weshalb du hier bist.« David musterte sie eindringlich.

»Die ROCKETS.«

David seufzte tief und nickte. »Ja, natürlich. Die ROCKETS.« Er deutete auf einen Stuhl. »Willst du dich nicht setzen?«

»Ich stehe lieber«, lehnte sie unwirsch ab. Sie trat zwei Schritte näher. »Verdammt, David. Was sollte das?«

»Es war nicht meine Idee.«

»Wessen dann?«

»Präsidentin Tylers.«

»Was?«, stieß Rachel ungläubig hervor. »Aber wieso?«

»Willst du dich nicht doch lieber setzen?«

Rachel beruhigte sich langsam, nickte, zog einen Stuhl heran und setzte sich mit steifem Rücken darauf.

Sie legte den Kopf schief und sah ihn fordernd an. »Also?«

»Es gab einen schweren Zwischenfall.«

»Welcher Art?«

»Die Besatzung eines Horchpostens wurde massakriert. Auf Coriala IV.«

»Die Ruul.«

»Nein, es waren Menschen.«

Falls überhaupt möglich, wurde ihr Körper noch steifer. »Ist das sicher?«

»Zwei der Angreifer wurden bei dem Feuergefecht getötet. Rachel, es handelte sich um ROCKETS.«

»Das ist unmöglich.«

»Es wurde bereits bestätigt. Die Informationen entsprechen den Tatsachen.«

»Warum sollten ROCKETS einen terranischen Horchposten ausheben?«

»Tja, das ist eine gute Frage. Es gibt da eine Theorie.«

»Welche wäre?«

»Dass der Horchposten etwas aufgezeichnet hat, das er nicht sollte. Etwas, das niemand hören sollte. Sämtliche Aufzeichnungen der Basis wurden zerstört, ebenso wie das Back-up.«

»Das Back-up auch? Wer könnte so etwas fertigkriegen? Das ist gar nicht so einfach, wie es sich anhört.«

»Ich weiß. Wer immer das getan hat, erlangte Zugriff auf Dateien der obersten Geheimhaltungsstufe. Eine Stufe, zu der Pedro Mendoza gehört.«

»Du glaubst doch nicht allen Ernstes, dass Pedro Mendoza dafür verantwortlich ist. David, um Himmels willen, wir kennen den Mann seit fast zwanzig Jahren. Auf dem Mars rettete er uns das Leben.«

»Natürlich glaube ich das nicht.« David zögerte. »Nicht wirklich.«

Rachel sah ihn ungläubig an. »David? Das kannst du nicht ernst meinen.«

Der Leiter des MAD fluchte unterdrückt. »Verdammt, ich weiß es nicht, Rachel. Die Beweise sind verdammt erdrückend.«

Trotz des ernsten Gesprächsthemas, schmunzelte Rachel. »Soweit ich mich entsinne, war das bei dir damals auf Serena auch der Fall.«

David stutzte und erwiderte schließlich das Lächeln. »Touché!«
Rachels Miene verdunkelte sich schnell wieder. »Trotzdem ist das alles sehr beunruhigend.«
David schnaubte. »Das ist die Untertreibung des Jahrhunderts.«
»Warum sollte Pedro so etwas tun? Ich verstehe immer noch nicht das Motiv.«
»Die Theorie, von der ich dir erzählt habe, ist noch nicht fertig. Man glaubt, dass die ROCKETS ihr eigenes Süppchen kochen und etwas vorhatten. Etwas gegen die Regierung.«
»Einen Putsch?« Rachels Stimme gewann an Intensität. »Das ist lächerlich.«
»Wie gesagt, das ist es, was man glaubt.«
»*Man?* Wer ist *man?*«
»Lieutenant General Simon Henstridge.« David nahm die Akte auf, die er soeben studiert hatte, und reichte sie Rachel, die sie wortlos entgegennahm, aufschlug und studierte.
»Der Name sagt mir was. Er ist ein hohes Tier der Heimatverteidigung, nicht wahr?«
»Ja, eines der höchsten Tiere sogar. Und er hat das Ohr der Präsidentin.«
Rachel sah mit erhobenen Augenbrauen von ihrer Lektüre auf. »Und seine Akte liegt rein zufällig auf deinem Schreibtisch?«
David sah sich zu einem Schmunzeln genötigt und blickte schuldbewusst drein.
Rachel lachte schallend auf. »Du Mistkerl, du ermittelst gegen ihn. Du glaubst genauso wenig an die Schuld der ROCKETS wie ich.«
David zuckte die Achseln. »Meiner Erfahrung nach hat immer der am meisten Dreck am Stecken, der mit dem Finger auf andere zeigt. Wenn Henstridge die ROCKETS beschuldigt, dann will ich wissen warum.«
»Es wäre mir lieber gewesen, die Innere hätte die ROCKETS unter Arrest gestellt. Meine Leute wären deutlich feinfühliger vorgegangen. Ich hörte, es gab Verletzte auf beiden Seiten.«
»War nicht meine Idee. Ich hab selbst erst vor einer Stunde davon erfahren und da war bereits alles zu spät. Henstridge hat die

Präsidentin davon überzeugt, den Geheimdienst und die Innere aus der Sache herauszuhalten. Wegen unserer engen Verbindungen zu den ROCKETS und zu Mendoza.«

»Und ich hab sie auch noch gewählt.«

»Geh nicht zu hart mit ihr ins Gericht. Sie hatte keine Wahl. Einundfünfzig Leute sind auf Coriala IV gestorben. Die Öffentlichkeit wollte, dass etwas geschieht, und zwar schnell. Außerdem ist Wahljahr. Wenn die Präsidentin die nächste Legislaturperiode noch erleben will, dann musste sie schnell und entschlossen handeln. Sie darf sich kein Zeichen der Schwäche erlauben.«

Rachel schlug die Akte zu und wog sie abwägend in den Händen. »Ich verstehe. Und was tun wir jetzt?«

»Wir stellen ebenfalls Ermittlungen an. Inoffiziell.«

»Ohne Wissen der Regierung?«

David lächelte erneut. »Wir sind der Geheimdienst, das machen wir doch tagtäglich. Außerdem würde uns die Regierung nur Steine in den Weg legen. Irgendetwas geht vor und wir müssen herausfinden, was das ist, bevor man sämtliche ROCKETS vor Gericht stellt und nach Lost Hope deportiert.«

Rachels Gesicht wurde aschfahl. »Glaubst du ernsthaft, das könnte passieren?«

»Im Augenblick rechne ich mit allem.«

»Also gut. Ich übernehme das persönlich.«

»Bist du sicher? Als hochrangiger Geheimdienstoffizier stehst du vielleicht schon unter Beobachtung.«

»Das würden sie nicht wagen.«

»Meinst du? Sind dir vielleicht zwei unscheinbare Fahrzeuge vor dem Gebäude aufgefallen.«

Sie schüttelte verwirrt den Kopf.

»Meine Schatten«, erwiderte David. Er versuchte, unbeschwert zu klingen, doch es gelang ihm nicht ganz.

»Du wirst überwacht?«

Er nickte. »Vor dem Nebeneingang stehen zwei weitere Fahrzeuge. Die gehen wirklich kein Risiko ein. Sobald ich das Gebäude verlasse, kleben sie mir an den Hacken.«

»Wer sind die?«

»SES würde ich schätzen. Das ist der einzige Geheimdienst, dem man aus Sicht der Regierung im Moment trauen kann.«

»Danke für die Warnung.«

»Sei sehr, sehr vorsichtig, Rachel. Im Augenblick müssen wir uns jeden Schritt gut überlegen.«

»Mach dir keine Sorgen. Ich weiß, wie ich mit so was umgehen muss.«

»Wo wirst du mit deinen Ermittlungen anfangen?«

Sie überlegte einen Augenblick, schließlich hellte sich ihr Gesicht auf. »Bei den sogenannten Beweisen.«

3

Trotz Davids Warnung verließ Rachel das Hauptquartier der Streitkräfte ganz offen durch den Vordereingang. David hatte ihr einen Wagen mit getönten Scheiben angeboten, den sie jedoch dankend abgelehnt hatte. Es gab nichts zu verbergen und ganz offen gesagt, sie hielt sich auch nicht für so wichtig, dass jemand ein Observationsteam auf sie ansetzte.

Sie winkte sich ein Taxi heran, bestieg den Rücksitz und wies den Fahrer an, zum Hafen von San Francisco zu fahren. Bis zum Abschluss der Untersuchung lagerten die Beweise, die man gesammelt hatte, im Zentralarchiv der Streitkräfte auf der ehemaligen Gefängnisinsel Alcatraz. Es handelte sich dabei, um eine der am strengsten gesicherten Einrichtungen des Planeten. Da Rachel als Leiterin der Inneren eine der höchsten Sicherheitseinstufungen genoss, dürfte das allerdings kein Problem darstellen.

Die Fahrt dauerte weniger als eine halbe Stunde. Sie bezahlte den Fahrer und stieg aus. Noch in derselben Bewegung bemerkte sie ein Fahrzeug auf der anderen Straßenseite. Rachel verfügte über eine ausgesprochen gute Beobachtungsgabe und glaubte, ein Fahrzeug zu erkennen, das bereits vor dem Hauptquartier gestanden hatte.

Sie musterte den Wagen unverhohlen. Soweit sie es erkennen konnte, saßen drei Männer im Inneren. Sie runzelte die Stirn. Während ihres Gesprächs mit David war sie versucht gewesen, ihm einen gewissen Hang zur Paranoia zu unterstellen. Anscheinend war dem nicht so. Offensichtlich stand nun auch sie unter Beobachtung, was zu einem nicht geringen Grad wohl ihrem Gespräch mit David zu verdanken war. Sie schüttelte den Kopf. Sollten sie ihr doch nachspionieren. Wie sie schon David gegenüber erwähnt hatte, gab es nichts, was sie zu verbergen hatte. Sie war ein loyaler Offizier und ihr einziges Bestreben war es, andere loyale Offiziere von einem

Vorwurf zu entlasten, der ihnen durchaus die Todesstrafe einbringen könnte.

Rachel wandte dem Wagen demonstrativ den Rücken zu und steuerte eines der Zubringerboote nach Alcatraz an. Aus Sicherheitsgründen war die Insel nur über den Seeweg zu erreichen. Der Luftraum über der Insel galt als strenge Flugverbotszone, die nur in Notfällen außer Kraft gesetzt werden konnte.

Sie bemühte sich, eine entspannte Haltung an den Tag zu legen, doch nun, da sie von ihren Beobachtern wusste, fiel es ihr zunehmend schwerer. Sie glaubte nun bei jedem Menschen, der ihr zufällig begegnete, lauernde Augen zu entdecken.

So viel zum Thema Paranoia.

Es war herrlich unkompliziert, zu den Beweisen der ROCKETS-Ermittlungen vorgelassen zu werden – sah man davon ab, dass ihr auf dem Zubringerboot furchtbar schlecht geworden war. Ungeachtet ihrer Sicherheitseinstufung überraschte sie dieser Umstand. Entweder war man der Meinung, sie könne ohnehin nichts ausrichten, oder man war neugierig, was sie herauszufinden imstande war.

Wie dem auch sei, war ihr der Mangel an Gegenwind eigentlich nur recht. Es vereinfachte ihre Arbeit zumindest im Moment ganz erheblich.

Man führte sie in einen Raum tief im Inneren der Anlage. Das quadratische kleine Zimmer mit einer Kantenlänge von vielleicht fünf Metern verfügte über einen Tisch, einen Stuhl, einen Bildschirm, aber kein Fenster. Der Raum ließ sich nur von außen öffnen. Was Sicherheitsmaßnahmen anging, war man hier paranoid. Das hiesige Computersystem verfügte zum Beispiel über keinerlei Schnittstelle nach draußen, um Hackerangriffen vorzubeugen. Das Fehlen einer Vernetzung zu anderen Computersystemen beugte außerdem dem Einschleusen eines Computervirus oder eines Wurms vor. Wer auch immer Informationen wollte, musste sich schon herbemühen.

Innerlich schüttelte Rachel den Kopf. Gut möglich, dass zu Zeiten der Kinder der Zukunft solche Maßnahmen notwendig gewesen waren, doch heute kamen sie ihr gänzlich überholt vor.

Ein Mann trat zu ihr und hielt ihr eine Liste hin, auf der sie mit Datum und Zeitangabe unterschreiben musste. Wer auch immer Zugang zu den Beweisen haben wollte, musste sich hier erst registrieren. Rachel stutzte. Ein Name fiel ihr ins Auge: Admiral Johannes Malkner, der Befehlshaber des militärischen Raumhafens São Paulo.

Sie runzelte die Stirn. Sie hatte den Mann nie kennengelernt, wohl aber von ihm gehört. Als sie mit Alan Foulder das ruulanische Flaggschiff TIAMAT infiltriert hatte, kommandierte Malkner die Alamo-Station über Fortress. Was hatte Malkner mit dieser Untersuchung zu schaffen und warum interessierte sich der Mann für die Beweise gegen die ROCKETS? Sie zuckte innerlich die Achseln und verschob die Klärung dieses Rätsels auf einen späteren Zeitpunkt. Sie reichte dem Mann die Liste zurück und dieser verließ immer noch wortlos den Raum.

Ein anderer Mann kam herein und stellte eine abgeschlossene Kassette vor ihr auf den Tisch. Er überreichte ihr eine Schlüsselkarte und verließ den Raum. Sie hörte hinter sich die Tür ins Schloss fallen.

Von Neugier getrieben öffnete sie die Kassette mithilfe der Schlüsselkarte und spähte hinein. Enttäuschung machte sich in ihr breit. Der Inhalt der Kassette bestand lediglich aus einem Datenträger und einigen wenigen Dokumenten. Sie untersuchte als Erstes die Dokumente. Es handelte sich um eine Bestandsaufnahme, der in dem Horchposten sichergestellten Beweise. Ganz oben auf der Liste stand eine Aufzeichnung der Geschehnisse, die die Überwachungsanlage aufgenommen hatte.

Sie rümpfte nachdenklich die Nase. Das wäre vermutlich ein logischer erster Schritt, also steckte sie den Datenträger in den Schlitz unterhalb des Bildschirms und startete die Aufnahme. Nachdenklich stützte sie ihr Kinn auf ihre Hände, während sie Zeuge des Angriffs wurde.

Die Aufzeichnung verlief zu Anfang vergleichsweise unspektakulär, dann jedoch überschlugen sich die Ereignisse. Ein Team von Angreifern verschaffte sich Zugang zur Anlage, schaltete die Wachen aus und drang zielstrebig und mit einer maximalen Opferzahl ins Nervenzentrum des Horchpostens vor. Dort entbrannte ein heftiges Feuergefecht, in dessen Verlauf der Kommandant des Horchpostens und jeder diensttuende Offizier der Kommandozentrale getötet wurde.

Die Angreifer machten sich sogleich an der Anlage zu schaffen und platzierten mehrere Sprengsätze. Sie arbeiteten in höchstem Maße effizient. Eine gewisse Affinität zu den Taktiken der ROCKETS war nicht von der Hand zu weisen. Außerdem waren es eindeutig Menschen.

Die Männer zogen sich nach getaner Arbeit zurück; lediglich Sekunden später detonierten mehrere Sprengsätze und zerstörten alle Anlagen der Kommandozentrale, angefangen bei den Sensoren bis hin zu den Speichereinheiten. An diesem Punkt endete die Aufzeichnung, vermutlich auch deshalb, weil ein Teil der Kameras zerstört worden war.

Sie überlegte angestrengt. Seltsam. David hatte etwas davon erzählt, dass zwei der Angreifer getötet worden waren, doch auf der Aufnahme waren keine Hinweise darauf zu finden.

Rachel lehnte sich zurück und überdachte das Gesehene. Das war nur einer der Punkte, die ihr in höchstem Maße merkwürdig vorkamen. Warum nur die Anlagen zerstören, aber nicht den kompletten Horchposten? Ein paar C-25-Sprengsätze an den richten Stellen hätten den Horchposten aus der Flanke des Berges heraussprengen können. Es hätte sämtliche Spuren auf die Angreifer ausgelöscht.

Rachel schnaubte. Die einzig logische Erklärung bestand darin, dass die Angreifer die Spuren gar nicht beseitigen wollten.

Sie startete eine zweite Aufzeichnung. Es handelte sich um Begebenheiten, die sieben Tage nach dem Überfall stattgefunden hatten. Nachdem der Kontakt zum Horchposten abgebrochen war, hatte man ein Schiff mit der Aufklärung betraut. Mit an Bord befanden sich Forensiker des MAD, die den Horchposten nun einer peinlich genauen Überprüfung unterzogen.

Viel vorzuweisen hatten sie allerdings nicht. Fingerabdrücke oder DNS waren nicht zu finden. Allerdings waren unter den Trümmern der Basis zwei Leichen gefunden worden. Rachel nickte. Also gab es tatsächlich Opfer unter den Angreifern. Das Bildmaterial wackelte immer wieder als der MAD-Offizier, der die Kamera hielt, durch die Trümmer stapfte. Das Bild der Aufzeichnung vergrößerte sich, bis die Gesichter der beiden Toten den gesamten Bildschirm ausfüllten. Sie waren positiv identifiziert worden als zwei Mitglieder eines ROCKETS-Teams. Team Bulldogge, um genau zu sein. Dies war der erdrückendste Beweis, der auf die Schuld der ROCKETS hindeutete.

Rachels Verstand arbeitete fieberhaft. Sie spielte noch einmal die Aufzeichnung des Angriffs ab. Sie glaubte, vielleicht etwas übersehen zu haben, doch dem war nicht so. In keiner einzigen Szene gab es auch nur den kleinsten Hinweis darauf, dass zwei der Angreifer gefallen waren. Wo also kamen plötzlich diese beiden Leichen her? Das war wirklich überaus dubios.

Sie blätterte weitere Dokumente durch. Bei einer handelte es sich um ein Verzeichnis der Stationsbesatzung. Es waren zweiundfünfzig Namen aufgeführt.

Sie stutzte.

Zweiundfünfzig?

Sie kramte in ihren Erinnerungen. Hatte David nicht etwas von einundfünfzig getöteten Soldaten gesagt? Doch die Besatzung bestand offenbar aus zweiundfünfzig Offizieren. Eilig suchte sie eine Liste der gefundenen Leichen und verglich sie mit dem Mitgliederverzeichnis des Horchpostens. Sie wurde auch recht schnell fündig.

Ein Name tauchte nur auf einer Liste auf: Lieutenant Adejola Okoye, Analytiker des MAD.

Der Mann war zum Zeitpunkt des Angriffs definitiv im Horchposten gewesen, aber seine Leiche war nie gefunden worden.

In Gedanken machte sie sich eine entsprechende Notiz. Der Sache musste man nachgehen. Natürlich konnte es mehrere Möglichkeiten geben, warum die Leiche nicht gefunden worden war, doch insgeheim zweifelte sie an jeder einzelnen. Man hatte den Stützpunkt buchstäblich auf den Kopf gestellt, aber nur einundfünfzig Opfer und zwei tote Angreifer gefunden. Was also war aus Okoye geworden? Hatte er zu den Angreifern gehört? Hatte er ihnen womöglich den Zugang zum Horchposten ermöglicht? Oder hatte er es irgendwie geschafft, zu entkommen? Falls dem so war, gab es unter Umständen sogar einen Augenzeugen des Angriffs.

Wie es schien, stapelten sich die Fragen, aber Antworten blieben aus. Sie musste über diese ganze Problematik ausführlich nachdenken.

Auf dem Datenträger befand sich noch eine weitere Datei. Zu ihrer grenzenlosen Überraschung ließ sie sich jedoch nicht ohne Weiteres öffnen, sondern verlangte einen Zugangscode. Der Schriftzug *Streng Geheim* erschien rot leuchtend auf dem Bildschirm. Sie versuchte ihren persönlichen Sicherheitscode, der ihr Zugang zu den meisten verschlüsselten Daten gewährte.

Fehlanzeige – die Datei verlangte weiter einen gültigen Code.

Sie starrte einen endlos scheinenden Moment auf den Bildschirm und entnahm schließlich den Datenträger. Sie legte alle Beweise fein säuberlich zurück in die Kassette und verschloss sie wieder.

Wie auf Kommando ging die Tür auf und der Mann, der die Kassette gebracht hatte, nahm sie ohne Kommentar an sich und verließ den Raum. Sie war wohl überwacht worden. Das war an und für sich keine große Überraschung.

Rachel erhob sich, wobei ihr Verstand weit entfernt weilte und das ganze Problem überdachte. Sie hatte gehofft, das Sichten der Beweise würde vielleicht ein, zwei Fragen klären, doch sie verließ Alcatraz mit weit mehr Fragen als Antworten.

4

Als das Zubringerboot sie wieder im Hafen von San Francisco absetzte, wurde sie bereits erwartet.

Vier Männer in legerer Alltagskleidung lümmelten sich betont unauffällig in der Nähe des Piers herum. Sie setzten sich in dem Moment in Bewegung, in dem Rachels Füße festen Boden berührten. Sie konnte sich nicht vorstellen, dass die Männer sie angreifen wollten, trotzdem tastete ihre Hand wie selbstverständlich nach ihrer Seitenwaffe. Verstohlen löste sie den Verschluss über dem Griff, um die Waffe möglichst schnell ziehen zu können.

Sie war eigentlich der Meinung, ihre Handlung gut genug verborgen gehalten zu haben, doch einer der Männer – offenbar der Anführer – gab den anderen drei zu verstehen zurückzubleiben und näherte sich ihr allein. Der Kerl war gute zwei Köpfe größer als sie und durchtrainiert. Sie registrierte, dass er sich bemühte, auf sie keinesfalls bedrohlich zu wirken. Er lächelte sogar.

Seine Hand griff in die Innentasche seiner Jacke. Rachel war alarmiert und bereitete sich auf den Fall der Fälle vor. Doch anstatt einer Waffe förderte die Hand des Mannes ein Lederetui hervor, das er mit einer laschen Geste aufschlug. Darunter kam ein Ausweis zum Vorschein.

»Lieutenant Colonel Kepshaw? Agent Bowles. Flottensicherheitsdienst. Würden Sie uns bitte folgen?«

Ihre Augenbrauen zogen sich über der Nasenwurzel zusammen. Der Flottensicherheitsdienst war nur für Schiffe und Personal der Flotte zuständig. Er unterstand direkt dem jeweiligen höchstrangigen Flottenoffizier in dem betreffenden Sektor. Agenten der Flottensicherheit hatten einem Offizier der Inneren nicht das Geringste zu sagen. Hinzu kam die beinahe freche Art und Weise, wie er ihr gegenübertrat.

Seine Bemerkung war eine Aufforderung, keine Frage. Sie kannte solche Typen. Damit wollte er sicherstellen, dass sie verstand, er wäre im Prinzip nur höflich, sie aber hätte keine Wahl und müsste auf jeden Fall mitkommen.

Sie sah das jedoch völlig anders. Rachel hatte ihre Stellung nicht erhalten, weil sie sich schnell einschüchtern ließ. »Sie kennen also meinen Namen und meinen Rang. Dann nehme ich an, Sie kennen auch meine Position?«

Der Mann lächelte immer noch. Er war kein bisschen aus dem Konzept gebracht. Dies irritierte sie nun doch. Es sagte ihr, dass der Mann womöglich noch einen Trumpf im Ärmel hatte. »Ja, in der Tat, Colonel. Die weiß ich. Trotzdem muss ich Sie bitten, uns zu begleiten.«

»Bin ich verhaftet? In diesem Fall würde ich gern den Haftbefehl sehen.«

Der Mann zuckte leicht zurück. Sein Lächeln schwand ein wenig. Er hatte keinen Haftbefehl.

»Sie sind keineswegs verhaftet, Colonel. Und es gibt wirklich keinerlei Grund für Misstrauen oder Feindseligkeit. Es wünscht Sie lediglich jemand zu sprechen.«

Rachels Blick wanderte auffällig von Bowles zu seinen Kollegen und wieder zurück. »Ein Telefonanruf hätte es auch getan. Wer schickt denn vier Männer, um eine einfache Einladung zu überbringen?«

Bowles neigte leicht den Kopf. »Nun, an dieser Einladung ist nichts einfach. Es wäre für alle Beteiligten wirklich besser, wenn Sie mitkommen.«

Alles in Rachel sträubte sich gegen diese, nicht sonderlich subtile Art der Drohung. Vier Männer zu schicken, das verhieß an sich schon Zwang. Am liebsten hätte sie sich geweigert und wäre ihres Weges gegangen. Und sie gab einen feuchten Furz darauf, ob es diesen vier Schnöseln passte oder nicht. Sie traute sich durchaus zu, auch gegen die Einwilligung der vier Agenten ihren Weg fortsetzen zu können. Andererseits, man lud sie zu einem geheimnisvollen Treffen ein, *nachdem* sie die Beweise gegen die ROCKETS eingesehen hatte. Das war sicherlich kein Zufall. Ihre Neugier war geweckt.

Sie nahm entsprechend die Hand von der Waffe, ließ allerdings die Schlaufe, die die Waffe im Holster sicherte, offen. Der Umstand entging Bowles keineswegs, entlockte diesem jedoch lediglich ein herablassendes Lächeln.

Sie gab ihm mit einem Nicken zu verstehen, er möge vorangehen. Er tat wie geheißen, doch seine drei Kollegen nahmen Rachel in die Mitte, wobei einer von ihnen direkt hinter ihr ging, was der Geheimdienstoffizierin ganz und gar nicht behagte. Ihr Hinterkopf juckte förmlich in der Erwartung eines plötzlichen Angriffs.

Das Quartett eskortierte sie zu einem Wagen. Bowles öffnete ihr die hintere Tür und bedeutete Rachel einzusteigen.

»Und wo geht es hin?«

Bowles Lächeln wuchs in die Breite. »Lassen Sie sich überraschen.«

Die Fahrt dauerte tatsächlich nicht lange. Während der ganzen Zeit sagten ihre vier Begleiter nicht ein Wort und Rachel verspürte ebenfalls nicht die geringste Lust, ein Gespräch zu beginnen.

Nach etwa zwanzig Minuten erreichten sie den Raumhafen von San Francisco. Man ließ sie, ohne ihre Papiere zu überprüfen, durch die Absperrung, was Rachel bewies, dass sie bereits erwartet wurden.

Der Wagen brauste über den Asphalt des zivilen Teils des Raumhafens und sie erreichten nach wenigen Minuten den militärischen. Auch dort ließ man sie ohne viel Federlesens durch. Nun war Rachels Neugier erst recht geweckt.

Der militärische Raumhafen von San Francisco war bedeutend kleiner als der von São Paulo. Hier wurden hauptsächlich Offiziere zu ihren Schiffen befördert. Daher sah man hier kaum etwas anderes als Personenshuttles.

Der Wagen hielt mit quietschenden Reifen vor einem ziemlich modernen Shuttle des Typs drei. Eines der neuesten im Gebrauch der Flotte; es wurde seit seiner Indienststellung nur dazu benutzt, hohe Offiziere zu befördert. Um genau zu sein: Admiräle.

Bowles öffnete die Tür und ließ sie aussteigen. Er deutete auffordernd auf die geöffnete Luke des Shuttles.

»Man erwartet Sie bereits«, war alles an Informationen, was er preiszugeben bereit war.

Sie wollte an dem Agenten vorbeigehen, doch er hielt sie mit erhobener Hand auf. »Die Waffe bitte.« Er deutete auf das Holster an ihrer Seite.

»Das können Sie vergessen.«

Der Mann lächelte nachsichtig, auch wenn Rachel das boshafte Funkeln in den Augen des Mannes nicht entging. Am liebsten hätte er Gewalt angewendet, doch offensichtlich hatte man ihm befohlen, mit größtmöglicher Diskretion vorzugehen. Das schmeckte Bowles ganz und gar nicht, und wenn Rachel ihn richtig einschätzte, dann verstand sich der Mann darauf, Worten Taten folgen zu lassen.

»Ich bitte Sie, Colonel. Es besteht kein Grund, die Sache komplizierter zu handhaben als nötig. Geben Sie mir einfach die Waffe. Sie erhalten sie mit Sicherheit nach Ende des Treffens zurück. Glauben Sie mir, es lohnt sich.«

Rachel gab ihrer Neugier nun endgültig nach. Sie übergab Bowles widerstrebend ihre Waffe und stieg die Stufen zur geöffneten Luke hinauf. Im Vorbeigehen las sie die Registrierungsnummer auf der Außenseite des Schotts. Die Nummer wies das Shuttle als AARC-212, Beiboot Nummer eins, TKS PROVIDENCE aus.

PROVIDENCE, PROVIDENCE ... wer kommandierte noch einmal die PROVIDENCE?

Bevor sie den Gedanken zu Ende formuliert hatte, stand sie bereits im Inneren. Zwei Offiziere erwarteten sie. Zum einen ein Lieutenant General der TKA; sie kannte ihn vom Sehen: Simon Henstridge. Der TKA-General kommandierte alle auf der Erde stationierten Bodentruppen mit Ausnahme der Marines. Und ganz nebenbei fungierte er im Moment auch noch als Chefankläger der ROCKETS und war Ziel einer geheimen Ermittlung des MAD. Irgendwie war sie nicht überrascht, den Mann hier zu sehen. Auf den zweiten Offizier traf dies nicht zu.

Bei diesem handelte es sich um einen Volladmiral der Flotte. Sie erkannte ihn auf den ersten Blick. Der Mann war Admiral Thomas Eugene Perck. Sie verfluchte sich selbst, weil sie nicht daran gedacht hatte.

Perck. Natürlich. Perck kommandierte die PROVIDENCE. Der Mann kommandierte außerdem sämtliche Flottenverbände im Solsystem. Ausgerechnet nicht auf seinen Namen zu kommen, grenzte für Rachel schon an eine Peinlichkeit. Nun war auch klar, auf wessen direkten Befehl die Agenten der Flottensicherheit handelten.

Perck war derzeit allgegenwärtig. Er war regelmäßiges Thema in den Nachrichten und so gut wie jeder Talkshow. Es wurde gemunkelt, er denke über eine politische Karriere nach und habe es auf das Amt des Präsidenten abgesehen, sobald seine Dienstzeit auslief. Die nächste Wahl stand bereits in wenigen Monaten an. Zu diesem Zeitpunkt würde er noch in der Flotte dienen, aber für die übernächste Wahl in fünf Jahren galt er als aussichtsreichster Kandidat. Vor allem beim Militär war er äußerst beliebt aufgrund seiner strikten und kompromisslosen Haltung gegenüber den Ruul.

Es gab in einigen Parteien der Regierung Stimmen, die Raum schaffen wollten für Friedensinitiativen und die die Fühler ausstrecken wollten in Richtung eines dauerhaften Waffenstillstands mit den Ruul.

Präsidentin Tyler lehnte etwas Derartiges strikt ab. Perck ebenfalls, wobei seine Worte eher weniger diplomatisch gewählt waren. Das hatte ihm vor allen die Zuneigung sowohl einfacher Soldaten als auch des einfachen Mannes von der Straße eingebracht – und den Ruf, schonungslos direkt zu sein und die Dinge stets beim Namen zu nennen. Vor allem, wenn die Wahrheit für einige Leute unbequem war. Auf diese Weise hatte er bereits verschiedene Missstände beim Militär angeprangert und beseitigen lassen und damit an der Front vermutlich schon die Leben etlicher Soldaten gerettet.

Perck und Henstridge saßen hinter einem kleinen Tisch, auf dem eine Karaffe mit einer leicht gelblichen Flüssigkeit vorbereitet war. Die Gläser der beiden Offiziere waren etwa zur Hälfte gefüllt. Bei Rachels Eintreten erhoben sie sich unisono.

»Colonel«, begrüßte Perck sie, während Henstridge lediglich freundliche nickte.

»Admiral. General.« Rachel nahm Haltung an und salutierte zackig vor den beiden hochrangigen Offizieren. Perck lächelte und winkte ab.

37

»Lassen wir doch die Förmlichkeiten, Colonel. Kommen Sie. Setzen Sie sich.«

Rachel trat ein wenig unschlüssig näher. Sie war die Gegenwart hoher Offiziere gewohnt. Sie hätte ihren Job nicht machen können, wäre dem anders gewesen. Doch diese Situation ... nun ... sie schüchterte sie nicht gerade ein, machte sie jedoch überaus vorsichtig. Allein die Umstände, unter denen das Treffen stattfand, waren sehr ungewöhnlich und ließen Böses ahnen.

Rachel setzte sich wie aufgefordert. Ihr gingen dabei verschiedene Assoziationen durch den Kopf. Die angenehmste war, einem Vorstellungsgespräch beizuwohnen, die unangenehmste, beim Direktor nach einer Missetat vorgeladen zu werden.

»Etwas Saft?«, bot Perck freundlich an und auf Rachels Nicken goss er ihr etwas von der gelblichen Flüssigkeit in ein Glas, das er vor ihr abstellte. Rachel nahm es auf und trank einen kleinen Schluck. Sie glaubte nicht, diesen Saft schon einmal probiert zu haben. Er schmeckte süß, aber mit einer herben Note. Sie befand ihn für nicht übel.

»Das ist Naarani. Er wird aus einer Frucht gewonnen, die die Til-Nara abbauen.« Perck nahm ebenfalls einen Schluck. »Einer der Vorteile der Handelsbeziehungen mit unseren insektoiden Freunden.« Das Lächeln des Admirals wurde zu einem schelmischen Schmunzeln. »Und eines der wenigen Laster, die ich mir gönne.«

»Er ist sehr gut«, entgegnete Rachel vorsichtig. Sie war sich sehr wohl bewusst, dass Perck lediglich versuchte, die angespannte Situation zu entschärfen. Im Grunde verstärkte das nur ihr Misstrauen.

»Zunächst einmal möchte ich mich für die Art und Weise entschuldigen, wie Sie hierher bugsiert wurden. Eine derart schroffe Art ist eigentlich nicht meine übliche Vorgehensweise.«

Nach dem, was man so hörte, war das gelogen. Perck war in seinen Handlungen immer sehr konsequent. Wenn auch nur die Hälfte der über diesen Mann kursierenden Gerüchte stimmte, dann hasste er nichts so sehr wie Schnörkel, weder in seinem Verhalten noch in dem anderer. Sie beschloss aber, diese offensichtliche Lüge zu übergehen.

»Schon gut«, erwiderte sie. »Aber ich bin sicher, Sie haben mich nicht hergebeten, um mit mir über Naaranisaft zu reden.«

Das Lächeln des Admirals schwand übergangslos. »Sicher nicht. Sie haben die Beweise der Untersuchung betreffs der ROCKETS eingesehen.«

Dem Tonfall nach war die Bemerkung beinahe schon als Anklage zu verstehen. Sie wusste, dass Leugnen zwecklos war. Der Mann war viel zu gut informiert und eine Lüge hätte ihre Position erheblich geschwächt.

»Das habe ich in der Tat.« Sie neigte fragend den Kopf. »Ist das ein Problem?«

»Es könnte eines werden. Sowohl Innere als auch MAD wurden wohlweislich aus den Untersuchungen herausgehalten. Ihr Freund Coltor wusste das genau, als er Sie über den Sachstand informierte. Die Nähe beider Behörden zu den ROCKETS ist in dem vorliegenden Fall zu kompromittierend und zu bekannt, um eine unvoreingenommene Untersuchung der Vorwürfe zu gewährleisten.«

»Und wer könnte das besser?«, fragte sie bewusst provokant. »Die Flottensicherheit?«

»Zum Beispiel«, entgegnete Perck. »Aber der SES ist noch besser geeignet – und darüber hinaus über jeden Vorwurf der Voreingenommenheit erhaben.«

»Sie können unmöglich glauben, dass wir absichtlich Beweise manipulieren würden, um die ROCKETS zu entlasten. Da kennen Sie aber General Coltor und mich schlecht.«

»Es geht nicht darum, was *ich* glaube, Colonel, sondern darum, wie es in der Öffentlichkeit aussieht.«

»Diese ganze leidige Angelegenheit muss lückenlos aufgeklärt werden«, schloss sich Henstridge an.

»Und wo sollen die Ermittlungen hinführen? Zu einem Schuldspruch aller ROCKETS? Denn meiner Meinung nach läuft es genau darauf hinaus.«

»Ich hoffe doch sehr, dass uns die Ermittlungen zur Wahrheit führen.«

»Nichts anderes habe ich im Sinn.«

Perck wurde schlagartig ernst. Jeder Anschein von Zuvorkommenheit schwand aus seiner Miene. »Ich könnte Ihnen befehlen, sich herauszuhalten«, sagte er betont langsam.

»Sir, ich unterstehe weder Ihnen noch General Henstridge. An einen solchen Befehl fühle ich mich nicht gebunden. Außerdem würde er die Befehlskette verletzen. Ich kann mir beim besten Willen nicht vorstellen, dass Sie durch diese Tür gehen wollen.«

Perck musterte sie einen endlos scheinenden Augenblick lang. »Ich könnte zur Präsidentin gehen und die würde Ihnen ganz sicher Zügel anlegen.«

Rachel straffte ihre Schultern. Es war ihr klar, dass ihre nächsten Worte durchaus das Potenzial hatten, ihre Karriere zu einem unrühmlichen Ende zu bringen. Doch alles in ihr sträubte sich davor zurückzustecken.

»Das könnten Sie tun. Aber damit würden Sie sich in eine unabhängige Ermittlung der Inneren einmischen. Außerdem würden sie damit praktisch zugeben, dass Sie nicht mit einem kleinen Colonel fertiggeworden sind.«

Das war ein Schlag mit der Keule. Der Admiral würde sich in diesem Fall tatsächlich benehmen wie ein Schuljunge, der bei seiner Mutter petzte. Er saß in der Klemme – und er wusste es.

Percks Miene verwandelte sich in Eis und er starrte Rachel mehrere Augenblicke lang tief in die Augen – und brach schließlich in schallendes Gelächter aus.

»Was sagt man dazu, Simon?«, wandte er sich an den TKA-General. »Colonel Kepshaws Ruf ist nicht erfunden.«

»Es scheint wohl so«, stimmte Henstridge weniger enthusiastisch zu.

Perck wischte sich eine imaginäre Lachträne aus dem Augenwinkel und zwinkerte Rachel zu. »Ich kann Sie also nicht aufhalten, Colonel. Habe ich Sie dahin gehend richtig verstanden?«

»Sir, ich will nicht respektlos wirken, aber hier gehen seltsame Dinge vor und ich kann meine Augen einfach nicht vor einem Rätsel verschließen.« Sie vermied es bewusst, Henstridge anzusehen, doch sie spürte *seinen Blick* deutlich auf sich ruhen.

Am liebsten hätte sie den Mann zur Rede gestellt – hier und jetzt. Vor Admiral Perck. Der Admiral wäre sicher ein starker Verbündeter gewesen in dem Bemühen, die Wahrheit aus Henstridge herauszubringen. Doch sie hielt sich zurück.

Trotz ihrer Position war sie tatsächlich nur ein kleiner Colonel. Würde der Admiral ihr überhaupt glauben, wenn sie Henstridge der Verschwörung bezichtigte? Vermutlich nicht. Daher galt es nun, Beweise gegen den Mann zu finden, sollte er tatsächlich darin verwickelt sein.

Perck seufzte und tauschte einen langen Blick mit Henstridge. »Also gut, Colonel. Führen Sie Ihre Untersuchung durch. Unter einer Bedingung: Sie teilen mir Ihre Ergebnisse umgehend mit.«

Rachel überlegte. »Damit könnte ich leben, Sir.«

Perck klatschte in die Hände. »Dann wäre das entschieden. Falls Sie Fragen haben oder bei Ihrer Untersuchung Hilfe brauchen, dann scheuen Sie sich nicht, sich an mich zu wenden.«

Perck wollte sich schon erheben, doch Rachel hielt ihn zurück.

»Da wäre tatsächlich etwas.«

»Ja?«, fragte der Admiral vorsichtig.

»Beim Sichten der Beweise bin ich auf etwas gestoßen: eine Datei, die verschlüsselt und mit einem, mir überraschenderweise nicht geläufigen Codewort gesichert ist Ich nehme an, Sie wissen, was auf der Datei ist.«

Perck und Henstridge wechselten erneut einen seltsamen Blick. »Allerdings«, gab der Admiral schließlich zu. »Ich habe die Datei selbst verschlüsselt.«

»Der Inhalt?«

Perck öffnete den Mund, um zu antworten, doch Henstridge fiel ihm ins Wort. »Sollten wir das wirklich preisgeben, Thomas? Der Inhalt ist viel zu brisant.«

»Wir haben eine Vereinbarung mit Colonel Kepshaw. Ich halte es nur für fair.« Perck musterte Rachel, bevor er erneut ansetzte. »Wir haben Hinweise darauf, dass die ROCKETS von den Kindern der Zukunft infiltriert wurden.«

Es war ein einfacher Satz, doch Rachel spürte, wie ihr der Boden unter den Füßen weggezogen wurde.

»Das ist unmöglich«, hauchte sie schließlich. »Der militärische Arm der Kinder wurde während der MacAllister-Konferenz vernichtet, ihre restlichen terroristischen Netzwerke in den darauf folgenden Monaten zerschlagen. Es blieb nichts übrig.«

»Unseren Informationen zufolge war es zu diesem Zeitpunkt bereits zu spät. Die ROCKETS waren von Schläferzellen infiltriert, die seit dieser Zeit am Wachsen sind und nur auf das Zeichen zum Zuschlagen warteten. Unser Vorgehen gegen die ROCKETS kam ihren Operationen zuvor. Wir sind uns sicher, dass sie sich bereits auf eine große Aktion vorbereiteten, die unsere Kriegsanstrengungen buchstäblich zunichtegemacht hätten. Stellen Sie sich vor, auf jedem größeren Stützpunkt und jedem wichtigen Schiff gibt es ROCKETS-Teams. Was für Schaden hätten die anstellen können, wenn sie gleichzeitig zugeschlagen hätten. Das Ausmaß der Opfer kann gar nicht hoch genug bewertet werden.«

»Ich ... ich kann das nicht glauben.«

»Ich verstehe Sie«, erwiderte Perck mitfühlend. »Ging mir genauso. Und trotzdem ist es Realität.«

»Welche Beweise gibt es?«

»Korrespondenz. Kommuniqués und verifizierte Berichte über geheime Treffen zwischen Truppführern der ROCKETS und ruulanischen Anführern innerhalb der RIZ. Die ROCKETS nutzten ihre Tiefenraumoperationen hinter den feindlichen Linien, um unbemerkt mit dem Feind konspirieren zu können.«

Rachels Gedanken überschlugen sich. Sie hatte immer noch große Schwierigkeiten, all dies für bare Münze zu nehmen. Und doch, so wie Perck die Sache darlegte, entbehrte das alles nicht einer gewissen Logik. Seine nächsten Worte jedoch trafen sie wie einen Hammerschlag.

»General Henstridge hat diese Beweise und Informationen über Monate hinweg zusammengetragen und kam dann damit zu mir, als er sich seiner Sache sicher war.«

Sie blickte scharf auf. »General Henstridge? Ich hätte angenommen, dass MAD oder SES auf die Verschwörung gestoßen sind?«

Perck schnaubte. »Wenn dem doch nur so gewesen wäre. Nein, diese Leistung gebührt der TKA.«

Sie musterte Henstridge erneut, wandte jedoch eilig den Blick ab, als sie befürchtete, ihre Augen könnten ihre wahren Gedanken verraten. Henstridge hatte also all diese sogenannten Beweise vorgelegt. Das war hochinteressant.

»Und all das ist auf dem verschlüsselten Datenträger?«

»All das und noch mehr. Der Horchposten fing kurz vor dem Überfall etwas auf. Unserer Meinung nach handelte es sich um einen verschlüsselten Angriffsbefehl, der die Operation der ROCKETS einleiten sollte. Aus diesem und keinem anderen Grund wurde der Horchposten ausgelöscht. Und aus diesem Grund auch unser schnelles und entschlossenes Handeln. Wir mussten die ROCKETS als Bedrohung ausschalten, bevor sie uns ernsthaft schaden konnten.«

In Rachels Kopf drehte sich alles. »Ich verstehe«, war alles, was sie hervorbrachte.

Sie stand auf. Ihre Knie fühlten sich an wie Wackelpudding. Mit stoischer Gelassenheit hielt sie sich trotzdem aufrecht.

»Meine Herren, ich werde jetzt gehen. Nach dem, was Sie mir soeben erzählt haben, ist es umso wichtiger, mit meinen Ermittlungen fortzufahren. Entweder führt mich das zur Unschuld der ROCKETS – oder zu deren Schuld. Aber wie dem auch sei, ich muss die Wahrheit wissen.«

Perck und Henstridge erhoben sich und gaben ihr nacheinander die Hand. »Dabei wünsche ich Ihnen viel Glück, Colonel«, entgegnete der Admiral zum Abschied.

Rachels Gedanken drehten sich um das soeben gehörte, während sie den Ausgang ansteuerte. Für sie war die Aufklärung des Vorfalls jetzt nur umso dringender. Und im Moment gab es vielleicht nur einen einzigen Menschen im Universum, dem sie vertraute und der gleichzeitig etwas Licht in diese Angelegenheit bringen könnte.

5

Lieutenant Colonel Quan Chi leitete seit über fünfzehn Jahren das militärische Hochsicherheitsgefängnis in der Nähe von Peking. Man konnte nicht direkt behaupten, dass er seinen Job liebte, aber er widmete sich dieser Aufgabe mit Inbrunst und Professionalität.

Er selbst hätte seinen Fokus lieber auf andere Dinge gelegt. Normalerweise wurden hier nur Gefangene untergebracht, die für andere Haftanstalten zu gefährlich waren. Der allerschlimmste Abschaum wurde hier weggesperrt.

Doch nun hatte man die auf der Erde stationierten ROCKETS hier eingepfercht. Über achthundert von ihnen fristeten in Einzelzellen ihr Dasein und warteten auf das Ende der Ermittlungen und den zu erwartenden anschließenden Prozess.

Quan Chi persönlich hielt die Anschuldigungen gegen die Mitglieder des Spezialkommandos einfach für absurd. Die ROCKETS eine Verräterbande? Nie und nimmer.

Quan Chi bewunderte die ROCKETS. Wenn man bedachte, dass sie oftmals weitab von Verstärkung und Nachschubwegen operierten, weit hinter der feindlichen Frontlinie, das konnte die Fantasie eines Mannes schon anregen. Der Gedanke an die ROCKETS neigte dazu, ihn zu beflügeln.

Die ROCKETS waren ein Symbol des Widerstands gegen die Ruul. Für Quan Chi waren diese Männer und Frauen Helden. Sie so gedemütigt zu sehen, schmerzte ihn, zumal er sie auch als Soldaten respektierte. Quan Chi entstammte immerhin einer altehrwürdigen Soldatenfamilie. So behandelte man keine Soldaten, die das Konglomerat bereits ein halbes Dutzend Mal gerettet hatten.

Quan Chi stand auf und ging zu dem Fenster, das die linke Seite seines spartanisch ausgestatteten Büros dominierte. Von hier hatte er einen Ausblick auf den ganzen Gefängnishof.

Für gewöhnlich genossen um diese Zeit die Gefangenen die Annehmlichkeit von einer Stunde Freigang und Sonnenlicht, doch nicht heute – und auch nicht in nächster Zeit. Er hatte strikte Anweisung, die Gefangenen zu keinem Zeitpunkt ins Freie zu lassen. Zu groß sei die Fluchtgefahr, hieß es.
Eine verdammte Schande.
Die regulären Gefangenen, die hier sonst untergebracht waren, hatte man in ein Gefängnis auf den Erdmond verbracht, um Platz für die ROCKETS zu schaffen. Ein ziemlich großer Aufwand für Anschuldigungen, die im Grunde genommen doch nur im Sande verlaufen konnten. Dass die derzeit laufenden Ermittlungen die Schuld der ROCKETS zutage fördern könnten, daran glaubte Quan Chi nicht eine Sekunde.
Es klopfte an der Tür.
»Herein.«
Die Tür ging auf und sein Adjutant steckte den Kopf durch die Öffnung. Bevor der Mann etwas sagen konnte, schob sich ein Energiebündel in der Uniform der Abteilung für Innere Sicherheit an ihm vorbei, ein weiblicher Lieutenant Colonel. Obwohl die beiden denselben Rang innehatten, salutierte sie vor ihm. Quan Chis höheres Dienstalter gab hier den Ausschlag.
Quan Chi nickte ihr freundlich zu und erwiderte die Ehrenbezeugung. »Colonel Kepshaw.«
Sein Adjutant wollte die Tür wieder schließen, doch bevor es dazu kam, drängte sich ein anderer Mann in Zivil durch. Quan Chi verkniff sich eine wütende Erwiderung und begnügte sich damit, den Mann zornig anzufunkeln, bevor er ihn weitestgehend ignorierte.
Die Frau nickte. »Colonel Quan Chi. Ich nehme an, General Coltor hat Sie bereits über meinen anstehenden Besuch informiert.«
»Natürlich, Colonel. Es ist bereits alles vorbereitet. Gestatten Sie, dass ich Sie persönlich begleite?«
»Selbstverständlich«, nickte Rachel. Die MAD-Offizierin warf dem Mann in Zivil, der immer noch an der Tür wartete, einen missmutigen Blick zu. »Und was soll der da? Ist das nötig?«
Quan Chi schnaubte, bevor er sich zurückhalten konnte. »Man scheint es jedenfalls für nötig zu halten. Die Flottensicherheit wurde

uns geschickt, um uns auf die Finger zu sehen, weil wir ja ansonsten nicht unseren Job richtig machen könnten.«

Quan Chis Stimme troff vor Sarkasmus und dieses Mal gab er sich keine Mühe, seine Einstellung zu verbergen. Die Bemerkung löste bei dem Agenten der Flottensicherheit lediglich ein kurzes Zucken der Mundwinkel aus. Nicht einmal das wirkte besonders freundlich, sondern eher arrogant und großspurig.

»Ich verstehe«, nickte Rachel. »Aber muss er wirklich die ganze Zeit dabei sein?«

Quan Chi zuckte entschuldigend die Achseln. »Anweisung von ganz oben. Bei allen Belangen, die mit den ROCKETS zu tun haben, müssen ab jetzt immer«, er deutete auf den Agenten, »*die* da anwesend sein. Da kann ich leider nichts machen. Tut mir leid.«

»Nicht Ihr Fehler«, fügte sich Rachel widerstrebend. »Wollen wir?«

Quan Chi nickte.

Die beiden Offiziere verließen Seite an Seite das Büro und begaben sich Richtung Zellentrakt. Ihr Schatten folgte ihnen in wenigen Metern Abstand und machte nicht einmal aus Höflichkeit den Anschein, das Gespräch nicht belauschen zu wollen. Ein Quartett schwer bewaffneter Wachen folgte ihnen in diskretem Abstand. Auch das war neuerdings Vorschrift, wie Quan Chi ihr hinter vorgehaltener Hand erklärte.

»Ich gestehe, ich war ehrlich überrascht über Ihr Ansinnen«, begann Quan Chi das Gespräch.

»Inwiefern?«

»Die ROCKETS wurden hierher gebracht, um sie wegzusperren. Seitdem wollte niemand sie sehen. Manchmal könnte ich fast den Eindruck gewinnen, man habe sie hier eingesperrt, um sie zu vergessen.«

Rachel warf ihm einen verwirrten Blick zu. »Niemand? Noch nicht einmal, um sie zu befragen?«

Quan Chi schüttelte den Kopf. »Nein, niemand.«

Rachel runzelte die Stirn. »Seltsam. Man sollte meinen, wenn Ermittlungen gegen die ROCKETS laufen, dann würde man sie wenigstens verhören.«

»In diesen Tagen gibt es so einige seltsame Entscheidungen«, entgegnete der chinesische Colonel rätselhaft.
»Welche fallen Ihnen da als Erstes ein?«
Quan Chi deutete mit dem Kinn auf ein Trio Männer in Zivil, die ihnen entgegenkamen. Die Männer trugen keine Uniformen, doch an der Art, wie sie sich bewegten, erkannte Rachel auf den ersten Blick, dass es sich um Soldaten handelte.
»Ebenfalls Flottensicherheit?«, mutmaßte sie, als das Trio vorbei war. Rachel musterte sie aus dem Augenwinkel, bis sie um die nächste Ecke bogen.
»Ja. Etwa fünfzig von denen sind hier.«
»Ich frage mich, warum sie alle Zivil tragen? Im Dienst sind sie verpflichtet, in Uniform zu erscheinen, solange sie nicht verdeckt arbeiten.«
Ein zorniger Unterton schlich sich in Quan Chis Stimme. »Warum sie Zivil tragen, kann ich Ihnen leider nicht sagen, aber ich betrachte deren Anwesenheit als persönliche Beleidigung. Ich mache diesen Job schon sehr lange, Colonel, und noch nie ist jemand auf den Gedanken gekommen, mir einen Aufpasser zu schicken, geschweige denn fünfzig. Im Prinzip haben die hier den ganzen Laden übernommen. Man glaubt wohl, es gäbe innerhalb des Militärs zu viel Sympathie für die ROCKETS.« Er seufzte und zuckte die Achseln. »Für mich riecht das alles gefährlich nach Konkurrenzkampf unter den Waffengattungen.«
»Meinen Sie?« Rachel war nicht überzeugt. »Das würde doch ziemlich weit gehen. Ich kann mir nicht vorstellen, dass jemand den ROCKETS tatsächlich etwas in die Schuhe schieben würde, nur um ihren Einfluss zu minimieren.«
»Ehrgeiz kennt keine Logik«, gab Quan Chi zurück. Er warf seiner Begleiterin einen abschätzigen Blick zu. »Und was suchen Sie hier?«
»Die Wahrheit«, gab Rachel knapp zurück.
»Dabei wünsche ich Ihnen viel Glück.« Er stoppte vor einer verstärkten Stahltür. »Wir sind da. Der Mann, den Sie zu sprechen wünschen, sitzt bereits drin.« Der Gefängnisleiter zögerte. »Wollen Sie das wirklich tun? Wie ich hörte, ist er heute nicht in bester Laune. Kann man auch verstehen, nach allem, was geschehen ist.«

Rachel lächelte. »Keine Sorge. Mit mir wird er reden. Wir kennen uns schon *sehr* lange.«

Ohne eine weitere Entgegnung abzuwarten, öffnete Rachel die Tür und trat hindurch. Der Agent der Flottensicherheit folgte ihr, ohne um Erlaubnis zu bitten oder auf eine Aufforderung zu warten.

Quan Chi wünschte ihr in Gedanken ein weiteres Mal viel Glück. So wie die Dinge standen, brauchten die ROCKETS alles Glück, dessen sie habhaft werden konnten.

Pedro Mendoza sah viel älter aus, als Rachel ihn in Erinnerung hatte. Der Mann wirkte immer noch wie ein Fels. In dieser Hinsicht hatte sich nicht viel verändert, seit sie ihm zum ersten Mal begegnet war, vor so vielen Jahren auf dem Mars, als David und sie gegen den damaligen Gouverneur und seinen Sicherheitschef ermittelt hatten. Doch im Gegensatz zu damals hatte sich inzwischen das eine oder andere graue Haar auf sein Haupt geschmuggelt. Und die eine oder andere Falte war im Gesicht dazugekommen. Ansonsten wirkte er so unverwüstlich wie immer – wären nicht die Handschellen dazugekommen, die seine Hände etwa zehn Zentimeter voneinander entfernt fixierten.

Zwei Wachen des Hochsicherheitsgefängnisses in Peking setzten Mendoza unsanft auf einen Stuhl und schlossen die Handschellen an eine dazugehörige Vorrichtung am Tisch an, damit der Mann kaum Bewegungsfreiheit genießen konnte. Rachel beobachtete den ganzen Vorgang zunächst mit Missbilligung, die schnell in Ärger umschlug.

»Ist das wirklich notwendig?«, blaffte sie die Wachen an.

Einer wandte sich ihr kurz unbeeindruckt zu. »Vorschriften«, erklärte er wortkarg und zog sich mit seinem Partner ans andere Ende des Raumes zurück. Der Agent der Flottensicherheit bezog in der Nähe der Tür Stellung. Von dort entging ihm nicht das kleinste bisschen. Selbst wenn Rachel es vorgehabt hätte, sie hätte Mendoza nichts zustecken oder ihm auch nur etwas zuflüstern können, ohne dass der Kerl es mitbekam. Sie überlegte, es wie Quan Chi zu halten und den Mann einfach zu ignorieren. Sie war heute jedoch nicht in zurückhaltender Laune und konnte sich eine kleine Provokation nicht verkneifen.

»Ich möchte mit meinem Kollegen gern alleine reden«, erklärte sie. Der Agent öffnete den Mund, doch bevor er die Chance hatte, etwas zu sagen, wurde er von Rachel rüde unterbrochen: »Ja, ja, ich weiß: Vorschriften.«

Der Mann schloss seinen Mund mit verkniffener Miene. Eine derartige Behandlung war er offenbar nicht gewohnt. Rachel bemühte sich, den Aufpasser und die Soldaten aus ihrem bewussten Denken zu verbannen, und konzentrierte sich stattdessen auf Mendoza. Dieser lächelte bemüht aufmunternd, was ihm nicht ganz gelang.

»Lassen Sie nur, Colonel. Ist schon gut. Die machen auch nur ihren Job.«

Rachel seufzte. »Ich wünschte, das wäre Ihnen erspart geblieben, Pedro.«

Mendoza grinste breit und zum ersten Mal seit Beginn des Gesprächs uneingeschränkt ehrlich. »Geht mir auch so.«

»Behandelt man Sie gut?«

Das Grinsen schwand. »Den Umständen entsprechend. Für einen Staatsfeind behandeln sie mich sogar außerordentlich gut.«

»Reden Sie keinen Unsinn. Sie sind kein Staatsfeind.«

Er zuckte die Achseln. »Das scheint jedoch die vorherrschende Meinung zu sein.« Seine Miene verdüsterte sich. »Wo sind meine Leute untergebracht?«

»Alle, die zum Zeitpunkt der Aktion im Solsystem waren, sind hier. Innerhalb dieser Mauern. Jeder in Einzelhaft. Man duldet keinerlei Kontakt zwischen den ROCKETS.«

»Wundert mich, dass sie uns überhaupt an einem Ort zusammen einpferchen. Aufgrund unserer Ausbildung sind wir ein Sicherheitsrisiko. Immerhin könnten wir ausbrechen.«

»Man denkt wohl, an einem Ort könnte man sie besser unter Kontrolle halten.«

Mendoza schnaubte und zeigte damit, was er von einer solchen Annahme hielt.

»Sie sagten, alle, die im Solsystem waren. Was ist mit den anderen?«

»Wurden in den Systemen oder auf den Schiffen unter Arrest gestellt, wo sie sich gerade befanden. Einige Teams sind noch auf

Missionen und daher nicht zu erreichen. Sobald sie zurückkehren, wird man auch sie festnehmen. Etliche sind jedoch untergetaucht. Man sucht sie.«

Mendoza fluchte unterdrückt. »Was für ein Wahnsinn.«

»Der Vorwurf lautet, die ROCKETS hätten einen Putsch vorbereitet.«

Mendoza warf ihr mit funkelnden Augen einen bösen Blick zu. »Glauben Sie das?«

»Nein, natürlich nicht.« Sie zögerte. »Ich habe inzwischen die Beweise gesehen. Man sagt, ein ROCKETS-Team hätte einen unserer eigenen Horchposten ausgeschaltet und die Besatzung getötet. Es gibt eine Aufzeichnung. Ich habe sie gesehen. Soldaten in der Aufmachung der ROCKETS haben den Horchposten tatsächlich überfallen. Sie verwendeten dabei auch definitiv Taktiken der ROCKETS.«

»Das beweist noch gar nichts.«

»Man hat zwei Leichen gefunden, die nicht zur Besatzung des Horchpostens gehört haben: zwei ROCKETS, den Anführer von ROCKETS-Team Bulldogge und seinen Scharfschützen. Sie sind von den Waffen der Stationsbesatzung während eines Feuergefechts praktisch durchlöchert worden.«

Das brachte Mendoza zum Nachdenken. »Zu Team Bulldogge haben wir seit gut drei Monaten keinen Kontakt mehr. Sie befinden sich auf einer Tiefenraummission hinter den feindlichen Linien. Sie kartografieren dort ein Netzwerk ruulanischer Versorgungsbasen.«

»Ich weiß nicht, was aus dem restlichen Team geworden ist, aber zwei von ihnen mit Sicherheit nicht. Ich habe die Leichen selbst gesehen.«

Mendoza geriet erneut ins Grübeln. »Colonel ... Rachel ... die ROCKETS sind loyal. Wir waren für das Konglomerat seit Kriegsbeginn immer die erste Verteidigungslinie.«

»Ich weiß, Pedro, ich weiß. Ich will Sie aber nicht anlügen. Es sieht im Moment sehr schlimm aus.«

»Wir haben diesen Horchposten aber nicht angegriffen. Die Leute, die dort gestorben sind, waren Soldaten des Konglomerats. Kameraden. Waffenbrüder.« Mendoza schnaubte belustigt.

»Und außerdem wage ich zu behaupten, hätten wir tatsächlich den Horchposten angegriffen, wäre niemand mit einer derartigen Aufzeichnung entkommen, mit der man uns hätte beschuldigen können.«

»Sagen Sie das lieber nicht so laut.« Trotz ihrer Zurechtweisung stahl sich ein Lächeln auf ihre Lippen. Nein, dieser Mann war kein Verräter. Und wenn sich Pedro Mendoza für seine Leute verbürgte, dann war das alles, was Rachel benötigte. Sie hatte nie an der Unschuld ihres alten Freundes gezweifelt, doch sie fühlte sich nun trotzdem besser, nachdem sie ihm in die Augen gesehen und mit ihm gesprochen hatte. Der Mann, der da vor ihr festgekettet war wie ein gefährliches Tier, war kein Verräter, er war kein Staatsfeind und er deckte auch solche Subjekte nicht.

»Ich weiß noch nicht wie, Pedro, aber ich verspreche, ich werde die Sache aufklären.«

Mendoza lächelte. »Erinnert mich irgendwie an den Mars.«

Rachel erwiderte sein Lächeln, als er, ohne es zu wissen, ihre eigenen Gedanken aussprach.

»Wie werden Sie vorgehen?«

Das war eine gute Frage. Sie zuckte die Achseln. »Weiß ich noch nicht so genau. Alles steht und fällt mit den Beweisen. Ich werde noch mal mit David sprechen müssen. Ich hab so eine Idee, wo ich mit der Suche nach der Wahrheit anfangen werde, doch ich denke, das wird ihm gar nicht gefallen.«

6

»Auf keinen Fall.« Davids Stimme duldete keinen Widerspruch.

»Es gibt keinen anderen Weg, David. Falls es Beweise für die Unschuld der ROCKETS gibt, dann finden wir sie dort.«

»Ist dir eigentlich klar, wie weit Coriala IV hinter den feindlichen Linien liegt? Das ist feindliches Territorium. Falls du den Ruul in die Hände fällst, hast du keine Gnade zu erwarten. Wenn du Glück hast, bringen sie dich einfach nur um.«

»Das Risiko gehe ich ein.«

»Ich aber nicht.« David schüttelte energisch den Kopf. »Im Übrigen, was erhoffst du denn zu finden? Nach dem Überfall haben die Forensiker des MAD den Horchposten auf den Kopf gestellt und alle Erkenntnisse dokumentiert. Unabhängige Analytiker des SES haben es geprüft und dann noch einmal gegengeprüft.«

»Ich bin mir aber sicher, dass sie etwas übersehen haben.«

David runzelte die Stirn. »Wie kommst du darauf?«

»Zunächst einmal hat man nur einundfünfzig Leichen gefunden, obwohl die Besatzung aus zweiundfünfzig Soldaten bestand. Dann die Aufzeichnung der Überwachungsanlage; sie zeigt offenbar ein ROCKETS-Team, das die Besatzung des Horchpostens massakriert. Da das aber schlichtweg nicht sein kann, muss die Aufzeichnung irgendwie manipuliert worden sein. Den Beweis dafür finde ich aber – wenn überhaupt – nur vor Ort.«

»An die Möglichkeit mit der gefälschten Aufzeichnung habe ich auch schon gedacht, aber meine Analytiker kommen nicht mehr an die Aufzeichnung heran, sonst hätte ich sie schon längst auf Herz und Nieren überprüfen können. Der SES hat alles an sich gerissen. Auf Befehl der Präsidentin.« David überlegte. »Die Sache mit der Anzahl der Toten gibt mir allerdings zu denken. Bist du sicher?«

»Das Verzeichnis der Besatzung stimmt definitiv nicht mit der

Anzahl der Opfer überein. Einer fehlt. Übrigens einer von deinen Leuten, ein Lieutenant Okoye, seinem Dossier nach ein strategischer Analytiker.«

»Ein strategischer Analytiker«, wiederholte David nachdenklich.

»Seltsam, dass ausgerechnet er nicht auffindbar ist. Die sehen Zusammenhänge, wo andere nur Chaos sehen. Das ist ihr Job. Darin sind sie gut. Ich kenne den Mann nicht persönlich, aber wenn er auf einem Horchposten Dienst tat, musste er gut sein.«

»Auf jeden Fall werde ich versuchen, ihn zu finden. Falls er noch lebt. Dass seine Leiche nicht aufgetaucht ist, hat etwas zu bedeuten, da bin ich mir sicher.«

»Es kommt trotzdem nicht infrage, dass du in die RIZ fliegst.«

»David ...«

»Nein, Rachel, das ist mein letztes Wort.«

Rachel zögerte. »Da wäre noch mehr, David.«

»Was denn jetzt noch?«

»Ich hatte ein sehr interessantes Gespräch, bevor ich Mendoza besuchte.«

In aller Ausführlichkeit berichtete Rachel David von ihrem Treffen mit Perck und Henstridge. Auch den Verdacht der beiden bezüglich der Kinder der Zukunft ließ sie nicht unerwähnt.

David machte keinen Hehl daraus, was er davon hielt.

»So ein ausgemachter Blödsinn!«, wetterte er. »Die ROCKETS sind über jeden Zweifel erhaben. Ohne sie würden die Ruul vermutlich bereits auf der Erde sitzen.«

»Das brauchst du mir nicht zu erzählen. Da rennst du bei mir offene Türen ein. Perck und Henstridge sind jedoch anderer Meinung. Und sie sind überzeugt, lückenlose Beweise dafür gesammelt zu haben. Wenn wir diese Beweise entkräften wollen, dann muss ich vor Ort nach Hinweisen suchen. Dort, wo man mir keine Steine in den Weg legen kann.«

David sah zur Seite und aus dem Fenster seines Büros. Seine Augen schienen weit weg und Rachel erkannte, dass er die Skyline von San Francisco gar nicht wahrnahm.

»Und Perck hat wirklich gesagt, die Beweise befänden sich auf diesem verschlüsselten Datenträger?«

»Wortwörtlich.«

»Seltsam. Sogar ausgesprochen seltsam.«

»David«, beschwor sie ihn. »Hier auf der Erde kann ich wenig für Mendoza und seine Leute tun.«

David seufzte. »Ja, das befürchte ich leider auch, zumal du jetzt ebenfalls unter Beobachtung stehst.« Er warf seiner alten Freundin einen bedauernden Blick zu. »Tut mir leid. Ich hätte dich da nie mit hineinziehen sollen.«

Sie winkte lapidar ab. »Du hast das Richtige getan. Hättest du mich nicht gebeten, ich hätte freiwillig Nachforschungen aufgenommen.« Sie warf ihm einen eindringlichen Blick zu. »Bitte, David, lass mich gehen.«

»Also schön. Ich stimme zu, aber nur weil ich der Meinung bin, dass ich dich ohnehin nicht wirklich würde aufhalten können.«

Sie warf ihm ihr strahlendstes Grinsen zu. »Da könntest du recht haben.«

Ein Gedanke stahl sich ungewollt in ihr Gedächtnis. »Sag mal, David, könntest du dir vorstellen, warum Admiral Malkner sich Einblick in die Beweise auf Alcatraz verschafft hat?«

»Malkner? Der Kommandant von São Paulo? *Der* Malkner?«

»Ja richtig, genau der. Er hat sich die Beweise vor einigen Wochen geben lassen. Ich habe seinen Namen auf der Zugangsliste bemerkt.«

David neigte nachdenklich den Kopf. »Mit der ganzen Sache hat er eigentlich nichts zu tun.« David griff nach dem Telefonhörer. »Wart eine Sekunde.«

Der Leiter des MAD ließ sich mit dem Militärraumhafen São Paulo verbinden. Während des Gesprächs lehnte sich Rachel zurück und ließ etwas ihren Verstand schweifen, um sich ein Bild aus der ganzen Sache zu machen. Es gelang ihr nicht. Zu viele Puzzleteile waren nicht an ihrem Platz. Bereits nach wenigen Augenblicken legte David den Hörer schwungvoll und mit einem frustrierten Grunzen auf.

»Was ist?«

»Das war Malkners Adjutant am anderen Ende. Der Admiral ist weg.«

»Wie? Weg?«

»Er ist weg. Er erhielt kurz vor seiner Abreise eine Nachricht, die ihn wohl völlig verstört hat. Den Eindruck hatte jedenfalls sein Adjutant. Einen Tag später hat er sich ein Schiff geschnappt und ist mit unbekanntem Ziel aufgebrochen. Er hat nirgends einen Flugplan eingereicht. Wirklich überaus seltsam.«

»Welches Schiff?«

»Die TKS WALES. Ein Leichter Kreuzer.«

»Nicht gerade das typische Schiff für einen Admiral.«

»Nicht wirklich. Er muss es eilig gehabt haben und hat deshalb das erstbeste Schiff genommen, das er erwischt hat.«

Rachel schüttelte den Kopf. »Dieses Rätsel muss bis zu meiner Rückkehr warten. Das Coriala-System hat Vorrang.«

David nickte. »Aber du gehst nicht allein. Du wirst einen kleinen Abstecher zum Mars machen.«

»Und warum mache ich einen kleinen Ausflug zum Mars?«

David grinste. »Weil dort genau die richtigen Leute sind, um dich auf deine Exkursion in die RIZ zu begleiten.«

Rachel blickte ihren Freund verwundert an. »Ich nehme an, vertrauensvolle Leute.«

David lachte. »Voll und ganz. Sie haben alle ihre eigene Art, die Dinge anzupacken, aber ihre Methoden erweisen sich am Ende immer als sehr erfolgreich.« Er zwinkerte ihr zu. »Ich bin sicher, du wirst sie mögen.«

7

Es klopfte verhalten an der Tür zu ihrem Hotelzimmer. Seit ihrem letzten Aufenthalt vor so vielen Jahren, hatte sich Neu-Johannesburg enorm verändert. Die Stadt hatte sich zu einer blühenden Wirtschaftsmetropole entwickelt. Jürgen Ritter war noch immer Gouverneur, ein äußerst beliebter dazu. Er gewann regelmäßig jede Wahl und brachte das Kunststück fertig, länger im Amt zu bleiben als jeder andere Gouverneur in der Geschichte des Konglomerats.

Ihr stand natürlich ein Quartier in der örtlichen Garnison zu, doch sie bevorzugte ein Zimmer in einem der besseren Hotels der Stadt. Es war eine angenehme Abwechslung zu der eher spartanischen Ausstattung, die die Quartiere eines militärischen Stützpunkts kennzeichneten.

Kaum angekommen, hatte sie sich mit den Personen in Verbindung gesetzt, die David für die bevorstehende Mission an ihrer Seite wissen wollte. Sie hatten zugesagt, sie umgehend aufzusuchen.

»Herein.«

Die Tür ging auf und drei Männer in der einfachen, schmucklosen Uniform der TKA traten ein. Es handelte sich um einen Lieutenant Colonel, einen Major und einen Master Sergeant. Alle drei standen vor ihr stramm und salutierten.

Mit einer Geste gab sie den Männern zu verstehen, bequem zu stehen. Ein sympathisches Lächeln teilte das Gesicht des TKA-Colonels und entblößte zwei Reihen weißer, gepflegter Zähne. Der Mann reichte ihr freundlich die Hand.

»Lieutenant Colonel Derek Carlyle«, stellte er sich vor. »Vom 171. Infanterieregiment. Das sind meine rechte Hand, Major Narim Singh und Master Sergeant Lucas Delaney.«

»Sehr erfreut, meine Herren.«

Sie bedeutete den Männern, sich zu setzen.

»Sie wissen, worum es geht?«, fragte sie ohne Umschweife in die Runde.

»Nicht genau«, gab Carlyle zurück. »General Coltor hat sich bereits bei uns gemeldet, blieb aber alles in allem recht vage, was die Mission betrifft.«

In knappen, präzisen Sätzen umriss sie kurz den bevorstehenden Auftrag und die Problematik, die vor ihnen lag. Die drei Männer hörten interessiert und konzentriert zu. Nur einmal durchbrachen Überraschung und Besorgnis ihre Mimik, als die Kinder der Zukunft zur Sprache kamen.

Derek und Narim wechselten einen vielsagenden Blick, während Delaney einfach nur vor sich hin brütete.

»Und glauben Sie das?«, wollte Derek schließlich wissen.

Rachel seufzte. »Ich bin mir nicht sicher«, erwiderte sie wahrheitsgemäß. »Es klingt plausibel, aber ...«

»Aber?«

»Aber ich bin mir sicher, dass die Kinder der Zukunft nicht ohne unser Wissen ein derart hohes Maß an Einfluss gewinnen könnten. Schon gar nicht bei den ROCKETS, also praktisch direkt vor unserer Nase.«

Derek zuckte die Achseln. »Manchmal sieht man den Wald vor lauter Bäumen nicht. Das ist die Gefahr bei solchen Dingen.«

»Deswegen ist es so wichtig, dieser Sache nachzugehen.«

Derek nickte. »General Coltor meinte, Sie bräuchten eine Schutztruppe, der Sie vertrauen könnten.« Er lächelte. »Sie haben sie gefunden.«

Rachel zögerte, nicht sicher, ob sie die nächste Frage überhaupt stellen sollte. Doch schließlich siegte die Neugier. »Warum ausgerechnet Sie, Colonel?«

»Wie bitte?« Der TKA-Offizier wirkte leicht verwirrt.

»Warum hat Coltor Sie ausgewählt? Er hätte aus allen Einheiten von TKA, Flotte oder Marines schöpfen können. Warum also Sie und Ihre Leute?«

Derek schmunzelte. »Wenn ich das nur wüsste. Ich kenne den General nicht persönlich. Ehrlich gesagt hätte ich nie gedacht, dass so ein hohes Tier überhaupt meinen Namen kennt. Meine Einheit kam erst vor sechs Monaten aus dem Serena-System hierher zur personellen und materiellen Neuausrüstung. Um die Sache beim Namen zu nennen, wir sind im Urlaub.«

»Vielleicht ist es Ihr Ruf«, überlegte Rachel. »David hatte schon immer eine Schwäche für die Außenseiter. Und auf Ihre Einheit trifft das mehr zu als auf jede andere, die mir bekannt ist.«

Die Äußerung rief ein amüsiertes Schnauben Delaneys hervor.

»Bitte verzeihen Sie dem Master Sergeant«, bemerkte Derek daraufhin. »Es gab Zeiten, da meinte er, bevor die Einheit jemals im Kampfeinsatz steht, würden vorher Schweine das Fliegen lernen.« Der TKA-Colonel warf dem Sergeant einen fast liebevollen Blick zu. »Er sucht heute noch nach den fliegenden Schweinen.«

Rachel verkniff sich nur mit Mühe ein Lächeln. David hatte recht gehabt, die Leute gefielen ihr. Es war sowohl die Kameradschaft als auch der lockere, ungezwungene Umgang, der ihr imponierte.

»Gehört habe ich von Ihrer Einheit auch schon so einiges«, gab sie unumwunden zu. »Ihre Aktionen auf Alacantor und Serena sind beinahe schon Legende. General Coltor hat eine gute Wahl getroffen bei der Auswahl meiner Beschützer.«

Derek neigte leicht verlegen, aber auch erfreut den Kopf. »Wann wollen Sie aufbrechen?«

»Schnellstmöglich. Am liebsten morgen früh, wenn das machbar ist.«

»Geben Sie mir noch einen Tag mehr. Die meisten meiner Leute sind hier auf dem Mars oder auf der Erde verstreut. Es wird einige Zeit dauern, ein paar von ihnen zusammenzutrommeln.«

»Sie werden doch nicht Ihr ganzes Regiment mitnehmen?«

Derek schüttelte den Kopf. »Nein, keineswegs. Das wäre übertrieben. Ich denke da an fünfzig oder sechzig Mann im Ganzen. Das reicht für die vor uns liegende Aufgabe.«

»Ich muss uns auch noch ein Schiff besorgen«, gab Rachel zu bedenken. »Da wir in die RIZ reisen, wäre ein bisschen Feuerkraft nicht schlecht, falls wir auf Schwierigkeiten stoßen.«

Unvermittelt grinste Derek von einem Ohr zum anderen. »Dafür wurde schon gesorgt. General Coltor hat einen alten Freund um einen Gefallen gebeten.«

Die TKS Berlin, ein Schlachtschiff der alten Hades-Klasse, schwebte majestätisch über dem Nordpol des Mars. Konteradmiral Jakob Staudmann fühlte die Last der Jahre auf seinen Schultern ruhen. Eigentlich hätte er schon zweimal in den Ruhestand versetzt werden müssen, doch diesem Schicksal hatte er bisher erfolgreich entgehen können.

Der Krieg gegen die Ruul forderte unzählige Opfer, sodass jeder verfügbare Soldat – egal wie alt er war oder wie verbraucht er sich fühlte – benötigt wurde. Manchmal fragte er sich, ob es eine kluge Entscheidung gewesen war, immer noch im Militär zu dienen. Doch in solchen Momenten, wenn er aus dem Bugfenster seiner Brücke ins All sah, wusste er, es war richtig. Eigentlich waren es nur noch diese Augenblicke, in denen er sich lebendig fühlte.

Die letzten zehn Jahre hatte er das Solsystem mit der Berlin kaum noch verlassen. Sein Schlachtschiff diente als Teil der Heimatflotte zur Verteidigung der Erde und der angrenzenden Kolonien. Er hätte nicht mehr zu träumen gewagt, einen wirklichen Kampfeinsatz zu erleben. Umso überraschter und erfreuter hatte er Coltors Anruf tags zuvor aufgenommen.

Noch einmal stürmt, noch einmal liebe Freunde, zitierte er in Gedanken Shakespeare und ein Lächeln stahl sich auf seine Lippen.

Seit Jahren musste er mitansehen, wie Schiffe und Besatzungen Richtung Front und RIZ aufbrachen, und viel zu oft hatte er diese Schiffe und deren Besatzungen nie wiedergesehen oder später über Umwegen von deren Zerstörung erfahren.

Nun würde er die RIZ selbst besuchen. Zum allerersten Mal in seinem Leben würde er sein Schiff auf das von den Ruul beanspruchte Territorium führen. Die Gefahr konnte gar nicht hoch genug eingeschätzt werden.

Coltor hatte betont, dass es sich nicht um einen Einsatz mit dem Ziel, den Feind zu stellen, handelte. Tatsächlich würde ein erfolgreicher Einsatz dahingehend definiert, dass es gar nicht erst zu Kampfhandlungen kam. Doch insgeheim hoffte Staudmann, einem oder zwei ruulanischen Schiffen zu begegnen. Die Berlin sollte in den nächsten Jahren ausgemustert werden. Es wäre ein krönender Abschluss, wenn sie kurz vor dem Ende noch einmal das Blut des

Feindes kostete. Der Gedanke löste ein weiteres Lächeln auf dem Gesicht des alten Admirals aus.

Sein XO, Commander Manfred Pratt, trat zu ihm, als sich im hinteren Bereich der Brücke zischend die Tür öffnete. Staudmann schwenkte seinen Stuhl herum, damit er seine Gäste begrüßen konnte. Ein Mann und eine Frau traten ihm selbstbewusst entgegen und salutierten höflich vor ihm. Er erwiderte die Ehrenbezeugung.

»Lieutenant Colonel Kepshaw, Lieutenant Colonel Carlyle«, begrüßte er die beiden Neuankömmlinge. »Willkommen an Bord.«

»Danke«, erwiderte Rachel. Derek nickte als Antwort lediglich.

»Colonel Carlyle, Ihre Leute habe ich bereits untergebracht. Wir leiden leider etwas an Platzmangel. Daher befürchte ich, Sie müssen sich ein Quartier mit Colonel Kepshaw teilen. Ist das ein Problem?«

»Ich verspreche, mich wie ein Gentleman zu benehmen«, lächelte Derek.

»Andernfalls klopfe ich Ihnen auch auf die Finger«, ging Rachel auf die Frotzelei ein.

Der Admiral wandte sich Rachel zu. »Wie gewünscht haben wir keinen Flugplan und kein Missionsziel eingereicht.«

»Hat man Fragen gestellt?«

Staudmann schüttelte den Kopf. »Keine, die ich nicht abwiegeln konnte.« Der Admiral zog eine Augenbraue hoch. »Aber selbst wenn sie nachgebohrt hätten, ich hätte keine befriedigende Antwort geben können. Ich weiß ja selbst kaum, worum es geht.«

»Keine Sorge, ich informiere Sie auf dem Flug. Je schneller wir unser Ziel erreichen, desto besser. Wann können wir aufbrechen?«

»Wenn Sie es wünschen, sofort.«

»Ich sehe keinen Grund, hier länger zu verweilen als notwendig.«

Staudmann schwenkte seinen Sitz herum. »XO. Kurs auf die RIZ setzen. Das Coriala-System.«

»Aye, Sir«, bestätigte Pratt.

Die BERLIN schwenkte gehorsam aus ihrer Parkposition heraus und nahm schnell Fahrt auf mit Kurs auf die Nullgrenze.

David Coltor sah auf, als jemand, ohne anzuklopfen, eintrat. Admiral Thomas Eugene Perck stand in der Tür und musterte David mit einem undeutbaren Ausdruck in den Augen. Hinter dem Admiral stand Davids Sekretärin Alice, die sich kaum zu rühren wagte. Er fragte sich, womit der Admiral die sonst so unerschütterliche Bürokraft eingeschüchtert hatte. Immerhin diente sie als Bollwerk zwischen ihm und unliebsamen Besuchern und war es daher gewohnt, sich mit Admirälen und Generälen auseinanderzusetzen. Normalerweise verteidigte sie Davids Tür wie eine Löwin, nicht jedoch dieses Mal.

David schenkte ihr ein aufmunterndes Lächeln. »Ist schon gut, Alice. Würden Sie uns bitte einen Kaffee machen?«

Bevor sich die Sekretärin davonmachen konnte, wiegelte Perck jedoch ab. »Nicht für mich, danke.« Er schloss die Tür hinter sich und setzte sich ungefragt auf die andere Seite von Davids Schreibtisch.

»Nur zu«, bemerkte David sarkastisch. »Kommen Sie nur herein. Nehmen Sie Platz. Fühlen Sie sich ganz wie zu Hause.«

»Erwarten Sie unter den gegebenen Umständen tatsächlich so etwas wie Höflichkeit?«

David kniff die Augen zusammen. Mit der Äußerung konnte er beim besten Willen nichts anfangen. Perck schien seine Verwirrung zur Kenntnis zu nehmen.

»Die BERLIN«, erwiderte er schließlich.

David lehnte sich zurück. »Ah«, war alles, was er sagte.

»Wie würde es Ihnen gefallen, wenn ich daherkäme und plötzlich Ihren Leuten Befehle erteilen und sie ohne Ihr Wissen auf irgendwelche Missionen schicke.«

»Das würde gar nicht funktionieren. Meine Leute würden nicht auf Sie hören.«

»Sie wissen verdammt gut, was ich meine. Ich kommandiere jedes Schiff im Solsystem. Sie hätten mich informieren müssen, bevor Sie eines meiner Schiffe auf eine Mission schicken.«

»Theoretisch ja, aber praktisch bin ich als MAD-Chef befugt, jedes mir notwendig erscheinende Mittel zu requirieren und auch einzusetzen, seien es Soldaten, Schiffe, Fahrzeuge etc.«

»Auf dem Papier vielleicht, aber dieses Recht wurde noch von keinem MAD-Chef in Anspruch genommen. Usus ist es, vorher den verantwortlichen Kommandeur – in diesem Fall mich – darüber in

Kenntnis zu setzen, und sei es nur aus professionellem Respekt. Wir reden hier immerhin von einem Schlachtschiff verdammt.«

David neigte entschuldigend den Kopf. »Sie haben recht. Das hätte ich wirklich tun sollen«, log er. Es hatte seinen Grund, dass niemand informiert war. Er traute Perck, aber eine solche Anfrage, wäre über verschiedene Tische in Percks Hauptquartier gewandert und niemand konnte voraussehen, wer alles darauf aufmerksam geworden wäre. David hatte dieses Risiko einfach nicht eingehen können.

Perck musterte ihn erneut mit steinerner Miene, doch dann weichte sie auf und er nahm die Entschuldigung zur Kenntnis. David nahm ihm jedoch im Gegenzug zu keinem Moment ab, dass die Sache damit wirklich beigelegt war.

»Da das nun erledigt ist, wohin ist die BERLIN unterwegs?«

David studierte Percks Miene einige Augenblicke lang, dann schmunzelte er. »Sie spielen den Unwissenden wirklich sehr schlecht, Thomas.«

Percks Lippen verzogen sich zu einem schmalen Lächeln. »Sie haben demnach Ihre Lieblingsagentin losgeschickt, um im Fall der ROCKETS zu ermitteln.«

»Ich musste es tun, Tom.«

Perck schüttelte leicht den Kopf. »Verdammt, David, Sie bringen mich vor der Präsidentin in ernste Schwierigkeiten. Wie ich schon Kepshaw erklärt habe, hat es seinen Grund, dass man Ihren Laden aus der Sache herausgehalten hat.«

»Irgendetwas stimmt hier nicht. Das muss Ihnen doch auch aufgefallen sein.«

Perck seufzte. »Ja, in der Tat. Meine Leute von der Flottensicherheit sind aber durchaus in der Lage, die Sache aufzuklären.«

»Sie hätten die ROCKETS deswegen aber nicht *alle* einsperren müssen.«

»Was hätte ich denn tun sollen? Die Anweisung kam von der Präsidentin. Außerdem habe nicht *ich* sie eingesperrt. Das war die TKA.«

»Was mich zum nächsten Punkt bringt.«

Perck blickte auf. »Sie meinen Henstridge?«

David nickte. »Vertrauen Sie dem Mann?«

Perck zuckte die Achseln. »Vertrauen wäre zu viel gesagt. Er hat mir noch keinen Grund gegeben, ihm zu *miss*trauen.«

»Schon seltsam, dass er urplötzlich mit einem Arsenal an Beweisen auftaucht, die alle auf die ROCKETS hindeuten.«

»Irgendwie kann ich seine rigorose Haltung verstehen. Einige der Leute, die auf dem Horchposten krepiert sind, gehörten zu seinen. Wie würden wir beide reagieren?«

»Schon. Trotzdem sagt mir mein Gefühl, dass mehr dahintersteckt.«

»Sollten wir mal mit der Präsidentin darüber reden?«

David dachte ernsthaft über den Vorschlag nach, schüttelte dann jedoch den Kopf. »Im Augenblick könnte sie nichts tun. Wir brauchen Beweise. Unter den gegebenen Umständen muss sie ihrem TKA-Oberbefehlshaber im Solsystem vertrauen, wenn er mit solchen Anschuldigungen zu ihr kommt. Sie kann gar nicht anders.«

»Und was schlagen Sie stattdessen vor?«

»Abwarten, bis Rachel zurückkommt.«

Perck nickte in Gedanken versunken. Schließlich sah er auf. »Glauben Sie, sie findet etwas? Etwas, das MAD und SES übersehen haben?«

David stieß einen Schwall Luft aus. »Wenn es jemand schafft, dann Rachel. Ich kenne sie schon lange. Je größer die Widrigkeiten sind, desto mehr verbeißt sie sich in einen Fall.«

8

Die BERLIN materialisierte ohne Zwischenfälle an der südlichen Nullgrenze des Coriala-Systems und beschleunigte ohne Umschweife in Richtung des vierten Planeten.

»Voller Sensorscan«, ordnete Staudmann an. »Ich will alles wissen, was hier im System zu finden ist, egal wie unbedeutend.«

Rachel und Derek hatten darauf bestanden, den Eintritt in das System von der Brücke aus zu verfolgen.

»Rechnen Sie mit Schwierigkeiten?«, fragte Derek.

»Eigentlich nicht«, erläuterte der Admiral. »Wir sind zwar in der RIZ, aber Coriala liegt so abgelegen, dass sich die Slugs kaum dafür interessieren dürften. Ich will nur auf Nummer sicher gehen. Besser ein Scan zu viel als einer zu wenig.«

»Stimmt«, gab Derek ihm recht. An Rachel gewandt fügte er leiser hinzu: »Mann, komm ich mir jetzt vielleicht dämlich vor.«

»Es gibt keine dummen Fragen«, gab sie heiter zurück.

»Da bin ich mir gar nicht so sicher.«

»Sir?«, meldete sich der XO zu Wort. »Wir sind das einzige Schiff im System. Keine Anzeichen feindlicher Präsenz zu finden. Aus dem Asteroidenfeld in der Nähe des dritten Planeten empfangen wir schwache Energieanzeigen, doch das könnte auch von der normalen Hintergrundstrahlung herrühren, die es überall gibt. Von einigen der Planeten gibt es schwache Anzeichen von Leben, doch das liegt an einheimischer Fauna. Coriala IV ist allerdings tot. Ich würde den Planeten für eine Erkundung als sicher einstufen.«

»Danke, Manfred.« Er wandte sich an Rachel. »Das ist Ihre Show, Colonel. Wie wollen Sie vorgehen?«

»Ich möchte mir so schnell wie möglich den Horchposten ansehen. Bringen Sie uns in den Orbit und lassen Sie das Beiboot vorbereiten.«

»Sind Sie sicher, dass ich nicht doch meine Marines mitschicken soll?«

Rachel nickte in Dereks Richtung. »Glauben Sie mir, für Schutz ist bestens gesorgt.«

Bei den fünfzig Soldaten, die Derek und Rachel auf die Reise begleiteten, handelte es sich ausnahmslos um 52er, die Kommandoeinheit, die Narim ausgehoben hatte, um für Spezialaufgaben gewappnet zu sein. Seit Serena hatte der Inder das Ausbildungsprogramm der Einheit noch einmal erweitert und ausgebaut. Serena hatte die Stärken der Einheit zutage gefördert, aber auch ihre Grenzen aufgezeigt.

Narim war mit der Einheit äußerst zufrieden. Für TKA-Soldaten waren sie hervorragend. Die Einheit war jetzt einhundertzwanzig Mann stark und war nicht Teil der normalen Aufstellung des Regiments. Das 171. Regiment bestand also aus drei Bataillonen und den 52ern. Damit war das Regiment eine Kuriosität innerhalb der TKA.

Die Einheit formierte sich in dem kleinen Steuerbordbeiboothangar der BERLIN. Die Männer und Frauen waren für den Einsatz bei Minusgraden ausgerüstet. Sie alle waren in weiße, isolierende Uniformen gehüllt. In den Händen trugen sie Lasergewehre statt der bei der TKA immer noch oftmals gebräuchlichen Projektilwaffen. Lasergewehre neigten bei eisigen Temperaturen weniger zum Versagen.

Rachel musterte die Gesichter der Männer und Frauen der Reihe nach. Viele waren noch überraschend jung, doch die Art und Weise, wie sie sich aufstellten, ihre Körperhaltung und das Selbstvertrauen, das sie ausstrahlten, zeigte ihre Kompetenz. Außerdem hätten Derek und Narim die Soldaten nicht ausgewählt, wären sie der Meinung gewesen, die Leute seien der Aufgabe nicht gewachsen.

Derek gesellte sich zu ihr. Wie die 52er und Rachel war auch er in die weiße Tarnuniform gehüllt. Das Lasergewehr hing in einer Schlaufe über seiner rechten Schulter. Der Mann wirkte entspannt und Rachel fragte sich, wie er das schaffte.

Vor einem Kampfeinsatz oder wenn sie nicht wusste, was sie erwartete, spürte sie jedes Mal förmlich das Adrenalin durch ihren

Körper kochen. Doch Derek Carlyle vermittelte den Eindruck, als bräche er lediglich zu einem Skiausflug auf.

Narim und Delaney erwarteten sie bereits. Bei ihrem Auftauchen brüllte der Master Sergeant: »Aaachtung!«

Fünfzig Stiefelpaare fielen im selben Augenblick an ihren Platz. Der Schlag hallte von den Wänden des Hangars wider.

Derek nickte Narim zu und dieser begann, vor den versammelten Männern und Frauen auf und ab zu gehen, während er sprach. »Wir wissen nicht, was uns dort unten erwartet. Theoretisch sollte alles glattlaufen und uns keine Probleme begegnen. Doch oftmals hat die Theorie nicht viel mit der Praxis zu tun. Sobald wir unten sind, teilen wir uns in Teams zu zehn Mann auf und durchsuchen und sichern erst mal die Anlage. Dann – und erst dann – wird Lieutenant Colonel Kepshaw ihr Ding durchziehen.« Er drehte sich um und zwinkerte Rachel zu. »Worin auch immer das bestehen mag.« Er drehte sich schwungvoll zu seiner Truppe um. »Noch Fragen?«

Niemand meldete sich zu Wort.

Narim nickte zufrieden. »Dann aufsitzen!«

Die fünfzig Kommandosoldaten drehten sich wie ein Mann nach links und begannen damit, den wartenden Stingray zu besteigen. Narim und Delaney folgten.

Derek und Rachel warteten, bis alle an Bord waren, bevor auch sie sich in Verbindung setzten.

»Mir wäre wohler zumute, wenn uns eine Staffel Zerberusse nach unten eskortieren würde«, gab Derek missmutig zu bedenken.

»Mir auch. Die BERLIN hatte mal Jägerhangars. Hat mir Staudmann erzählt. Die sind bei einer Umrüstung vor etwa zehn Jahren zu zusätzlichen Torpedomagazinen umgebaut worden. Die Jäger wurden auf einen Schlachtträger versetzt.«

»Schade. Die Maschinen könnten wir jetzt gut gebrauchen.«

»Sehen Sie die Sache nicht so schwarz.« Rachel klopfte ihm aufmunternd auf die Schulter. »Wir würden die Jäger vermutlich gar nicht brauchen. Was soll schon groß passieren?«

Der Stingray durchbrach die oberen Atmosphäreschichten und beinahe im selben Augenblick umgab ihn eine heftige Sturmfront. Die

Windböen hämmerten abwechselnd von steuer- und backbord auf das kleine Vehikel ein.

Zumindest hatten sie genügend Platz. Der Stingray war für eine volle Kompanie von hundert Marines ausgelegt. Für die vierundfünfzig Personen gab es daher geradezu verschwenderisch viel Raum.

Der Stingray wurde von einer besonders heftigen Böe getroffen und bockte nach steuerbord. Der Pilot brachte die Maschine jedoch mit geschickten Bewegungen schnell wieder unter Kontrolle.

»ETA in fünf Minuten«, gab er über HelmCom durch.

»Waffen durchladen und fertig machen«, ertönte Narims Stimme in ihren Ohren. Hinter ihr ertönte das charakteristische Summen, als die Lasergewehre mit Energie versorgt wurden.

Der Stingray war ein älteres Modell und verfügte noch in regelmäßigen Abständen über Sichtfenster. Bei den späteren Modellen war darauf verzichtet worden zugunsten einer stärkeren Panzerung. Doch im Augenblick war Rachel froh über den Blick ins Freie. Gespannt verfolgte sie den Anflug auf den Berg, in dem sich der nun verlassene Horchposten befand.

Durch das Schneegestöber sah sie zunächst gar nichts, dann schälte sich die mächtige Silhouette einer Bergspitze aus dem Vorhang aus Eis und Schnee. Der Fuß des Berges verlor sich im Dunkeln unterhalb des Stingray. Doch aus Berichten über diese Welt wusste sie, der Berg war um fast dreißig Prozent höher als der Mount Everest.

Der Stingray verlangsamte merklich und schaltete die Außenbeleuchtung ein. Der Pilot steuerte gekonnt um die scharfkantigen Felsen herum, bis er vor einer schwarzen Öffnung verharrte.

Langsam, aber zielstrebig flog das Sturmboot in die gähnende Öffnung des leeren Hangars. Dunkelheit umfing das kleine Schiff. Die Außenbeleuchtung war kaum in der Lage, sie zu durchdringen. Alles, was mehr als drei Meter entfernt war, versank in Finsternis. Man hatte das Gefühl, in einen tiefen, alles verschlingenden Abgrund zu blicken. Ein Zitat Friedrich Nitzsches fiel ihr dabei ein.

Wenn du lange in einen Abgrund blickst, blickt der Abgrund auch in dich hinein.

Sie schnallte sich von ihrem Sitz ab und machte Anstalten, sich zu erheben, doch Dereks unerbittliche, aber sanfte Hand drückte sie wieder zurück. Er sagte kein Wort, sondern gab Narim ein kurzes Zeichen. Dieser nickte knapp.

»Hoch mit euch!« Der Inder brüllte nicht direkt, doch seine volle Stimme war gut zu vernehmen und verlangte unbedingten Gehorsam. »Ausrücken! Die Station sichern! Truppführer erstatten alle fünf Minuten Meldung!«

In einer beeindruckenden Zurschaustellung von Disziplin zwängten sich die fünfzig Soldaten der 52er durch die Luke und betraten die Basis. Narim und Delaney folgten. Derek blieb an ihrer Seite. Rachel verfolgte die Geschehnisse soweit möglich durch das Bullauge.

Die Soldaten aktivierten umgehend den Scheinwerfer an der Unterseite ihres Gewehrlaufs und schwärmten aus. Rachel wartete angespannt. Sie tippte immer wieder nervös mit dem Fuß auf. Es dauerte keine zehn Minuten und mehrere schwache Leuchten an der Decke verströmten diffuses Licht. Es war nicht viel, aber besser als nichts.

Derek nickte zufrieden. »Jep, das Notstromaggregat funktioniert noch. Das wird uns die Arbeit wesentlich erleichtern.«

Sie nickte als Antwort lediglich. Es drängte sie danach, endlich hinauszustürmen und mit den Ermittlungen zu beginnen. Es wurde bereits viel zu viel Zeit verschwendet.

Endlich neigte Derek leicht den Kopf, als er eine Meldung über HelmCom empfing. »Wir können los. Die nähere Umgebung ist gesichert. Der Rest der Anlage wird es bald sein.«

Rachel verließ mit Derek im Schlepptau den Stingray. Mehrere Kommandosoldaten erwarteten sie bereits. Die Eskorte formierte sich mit je vier Mann vor und hinter ihnen. Sie eilten durch nur spärlich erhellte Gänge. Rachel sah sich aufmerksam um.

Im Vorfeld hatte sie den Grundriss des Horchpostens aufmerksam studiert. Sie näherten sich der Kommandozentrale. Es bildete mit seiner hoch entwickelten Überwachungselektronik sowohl Herz als auch Nervenzentrum dieses militärischen Außenpostens.

In den Wochen, die seit dem Eintreffen der Rettungsmannschaft vergangen waren, hatte sich das Klima von Coriala den Horchposten zurückerobert. Im geöffneten Hangar selbst hatte der Schnee zentimeterhoch gestanden, sodass man den Hangar watend hatte verlassen müssen. Je tiefer sie vordrangen, desto weniger Schnee war zu finden, doch alles war mit einer dicken Eisschicht überzogen.

Hin und wieder bemerkte Rachel getrocknetes Blut, das die Wände sprenkelte und unter dem Eis eingeschlossen war. Sie vermochte sich gar nicht vorzustellen, wie das wohl gewesen war. Die Anlage wurde von unbekannten Angreifern überrannt und die Besatzung wehrte sich mit dem Mut der Verzweiflung, ohne Hoffnung, dass Hilfe rechtzeitig eintraf.

Nach einigen Minuten erklang Dereks Stimme über HelmCom in ihren Ohren: »Bei allem Respekt, Colonel, was erwarten Sie eigentlich zu finden? Die Anlage wurde schon auf links gedreht. Was vielleicht noch an Spuren übrig war, hat das Wetter zerstört oder ist jetzt unter Eis und Schnee begraben. Ich denke nicht, dass das noch großen Sinn hat.«

»Ich bin überzeugt, dass jemand an der Videoaufzeichnung herummanipuliert hat. Mir sind da einige Ungereimtheiten aufgefallen. Vielleicht finden wir hier eine unveränderte Sicherungskopie. Ein Back-up. Damit wäre mir schon wesentlich geholfen.«

»Eine vage Hoffnung«, gab Derek zu bedenken.

Sie zuckte die Achseln. »Irgendwo muss ich anfangen.«

Sie erreichten die Kommandozentrale ohne Zwischenfälle. Die Soldaten der 52er hatten den Bereich bereits in Beschlag genommen. Schon nach einem oberflächlichen Blick ließ Rachel enttäuscht die Schultern sinken. Zuerst das Feuergefecht, dann die Sprengladungen des Feindes und zu guter Letzt die Einheiten von MAD und SES, die die Vorgänge untersucht hatten, hatten wenig intakt gelassen. Überall hingen Drähte aus freigelegten Bildschirmen und Konsolen. An den Wänden und den Anlagen selbst waren die Explosionsspuren noch deutlich zu sehen. Es gab kaum einen Platz, der nicht geschwärzt war.

Derek bemerkte Rachels Blick und legte ihr mitfühlend die Hand auf die Schulter. »Tut mir leid, Colonel.«

»Es war eine schwache Hoffnung«, wisperte sie.

Narim schlenderte herbei. Er trug ein nicht zu identifizierendes Teil eines Computers. Mehrere Kurzschlüsse hatten die Oberfläche geschwärzt und Drähte hingen aus mehreren Öffnungen. Er drückte es wortlos in Rachels Hand.

»Was ist das?«

»Eine der Festplatten des Zentralcomputers. Die anderen sehen genauso aus.«

Rachel fluchte unterdrückt und warf das nutzlos gewordene Teil weg.

»Das ist nicht durch das Feuergefecht passiert«, erläuterte der Inder mit Blick auf die Festplatte. »Auch nicht durch die Sprengladungen. Jemand hat verdammt viel Aufmerksamkeit darauf verwendet, alle Festplatten zu zerstören. Sowohl die Hauptkomponenten als auch diejenigen, die die Back-ups speichern. Auch die Übertragungsprotokolle wurden gelöscht, sodass wir nicht wissen, was vor der Zerstörung noch an andere Stationen gesendet wurde. Das war wirkliche Maßarbeit.«

»Wie meinen Sie das?«

Narim sah schuldbewusst drein. »Wenn die ROCKETS eine solche Aktion durchgeführt hätten, dann genau auf diese Art.«

»Die ROCKETS waren das nicht.«

Narim zuckte die Achseln. »Ich sage nur, was ich hier sehe.«

Delaneys Kopf lugte um die Ecke. »Ich habe etwas gefunden. Das sollten Sie sich mal ansehen.«

»Was denn, Sergeant?« Rachel, Derek und Narim folgten dem Master Sergeant zu einer Konsole, die die Kommunikationsanlage beherbergt hatte. Wie alles andere auch war sie zerstört. Doch hier hatte jemand Teile anderer Konsolen mit der Kommunikationsanlage verbunden. Es wirkte sehr provisorisch. Doch der Zweck, dem das alles diente, war offensichtlich.

»Jemand hat versucht, die Kommunikation wiederherzustellen«, schlussfolgerte Rachel.

Narim stieß einige der benutzten Komponenten mit dem Fuß an. »Nicht nur versucht, wer immer das war, hat gewusst, was er da tut.«

»Soll das heißen, das Ding funktioniert?«

»Nicht mehr.« Narim schüttelte den Kopf. »Und ich bezweifle, dass es sehr lang funktioniert hat. Es wäre aber durchaus möglich, damit eine kurze Sequenz abzustrahlen, beispielsweise einen Notruf. Die Energie hätte für eine Nachricht von vielleicht dreißig oder vierzig Sekunden sicherlich gereicht.«

Narim beugte sich vor und unterzog die Konsole einer eingehenden Begutachtung. Er erhob sich schließlich wieder und seine Mimik war ein Ausdruck purer Überraschung. »Ich mag mich zwar irren, aber ich glaube, das wurde gebaut, nachdem die Rettungsmannschaft wieder weg war.«

»Soll das heißen ... es ist noch jemand hier?«

Die TKA-Soldaten hoben unvermittelt ihre Waffen und wirkten noch ein Quäntchen wachsamer.

»Zumindest war jemand nach der Rettungsmannschaft hier. Ob der bei diesen Temperaturen noch lebt, ist allerdings fraglich.«

»Wurde der Rest der Anlage bereits durchsucht und gesichert?«, fragte Derek.

»Nein, das hole ich aber jetzt nach«, erwiderte Narim und aktivierte sein HelmCom.

Während sie auf das Ergebnis warteten, untersuchten sie die Kommandozentrale, gaben jedoch nach wenigen Minuten wieder auf. Es war klar, hier würden sie nichts mehr von Wert finden. Rachel war der Verzweiflung nahe. Die Chancen standen gut, dass ihre lange Reise vergeblich sein würde.

Mit einem Mal griff sich Narim an den Helm und lauschte einer Meldung. Er blickte schlagartig auf. »Wir haben etwas gefunden. Oder besser gesagt ... jemanden.«

Der Mann hatte sich in einem Wartungstunnel verkrochen. Er lag dort, die Knie angezogen, zusammengekauert. Mehrere tragbare Wärmeaggregate waren um ihn herum drapiert. Er musste auf diese Weise gehaust haben, seit die Anlage attackiert worden war. Die meisten der Wärmeaggregate – mit Ausnahme eines einzigen – waren inzwischen ausgefallen, der Körper des Mannes von einer dünnen Reifschicht überzogen.

Im ersten Augenblick glaubte Rachel, er wäre tot. Doch seine Brust hob und senkte sich kaum merklich bei jedem Atemzug. Ein Sanitäter stürzte herbei, um sich um ihn zu kümmern. Zwei TKA-Soldaten halfen dabei, den Mann flach auf den Boden zu legen. Es stellte sich als gar nicht so einfach heraus, da seine Gliedmaßen steif gefroren waren.

Rachel beugte sich über die regungslose Gestalt. Sie erkannte ihn auf den ersten Blick. »Mein Gott, das ist Okoye, der vermisste MAD-Lieutenant.«

»Jetzt wissen wir schon mal, wer die Kommunikationskonsole umgebaut hat. Nur nicht wozu.«

»Das wird er, wenn wir nicht ein bisschen Glück haben, auch nicht mehr erzählen können«, mischte sich der Sanitäter ein. »Der Mann leidet an schwerer Unterkühlung und wir kriegen ihn nicht wach. Er überlebt wahrscheinlich nicht.«

»Wir schaffen ihn auf die BERLIN«, entschied Rachel. »Wir müssen alles in unserer Macht Stehende tun, um ihn zu retten. Er ist der einzige Anhaltspunkt, den wir haben. Nur er kann uns ein paar Fragen beantworten.«

Derek betrachtete mit einem Ausdruck des Respekts die Wärmeaggregate. »Kaum zu glauben, dass er so lange überlebt hat. Sehen Sie sich nur die vielen leeren Verpackungen von Notrationen an. Er hat all die Wochen unter diesen Bedingungen zugebracht.«

»Warum hat er nicht die Notstromaggregate aktiviert?«

»Vielleicht konnte er nicht. Eine Frage, die mich viel mehr beschäftigt, ist: Warum hat er sich der Rettungsmannschaft nicht zu erkennen gegeben? Es sieht so aus, als hätte er sich vor ihnen versteckt. Warum wollte er nicht gerettet werden?«

»Gute Frage«, meinte Rachel nachdenklich. An den Sanitäter gewandt, fügte sie hinzu: »Bereiten Sie seinen Abtransport vor. Er muss schnellstmöglich auf die Krankenstation.«

Derek schüttelte verständnislos den Kopf. »Wieso hat die BERLIN ihn nicht geortet? Laut den Sensoren ist der ganze Planet tot.«

»Dieser Ort muss abgeschirmt sein. Aus diesem Grund hat ihn auch die Rettungsmannschaft nicht gefunden. Aber wovor hatte der Mann nur solche Angst?«

Plötzlich stürmte Narim herein. Er wirkte über alle Maßen besorgt. »Eine Nachricht von Staudmann kam gerade herein. Wir sollen so schnell wie möglich zurück aufs Schiff. Es gibt Probleme.«

9

Rachel und Derek stürmten auf die Brücke der BERLIN. Die gedrückte Stimmung war kaum zu übersehen. Noch während des Anflugs war ihr aufgefallen, dass die BERLIN ihre Position leicht geändert hatte. Das Schlachtschiff war aus dem Orbit ausgeschert, um besseren Spielraum für Manöver zu haben. Außerdem waren die Torpedoluken bereits geöffnet.

»Was gibt es?«, fragte Rachel gepresst.

»Wie es aussieht, bekommen wir Gesellschaft«, erläuterte Staudmann, ohne vom taktischen Display aufzusehen. »Zwei Schiffe. Nähern sich schnell.«

»Ruul?«

»Möglich, aber ich bezweifle es. Ruulanische Patrouillen bestehen meistens aus mindestens drei Schiffen. Darüber hinaus stimmen die Beschleunigungswerte nicht.«

»Wen es keine Slugs sind, wer ist es dann?«

»Die Schiffe kommen in Sensorreichweite«, informierte Pratt. Der XO tippte mehrere Befehle in sein tragbares Datenterminal.

»Dann sehen wir uns mal an, was wir da haben.« Staudmann beugte sich neugierig in seinem Kommandosessel vor.

Sein taktisches Hologramm wurde umgehend ersetzt durch die Abbildungen zweier Schiffe. Sie drehten sich langsam um die eigene Achse, um dem Admiral von allen Seiten einen ungehinderten Blick auf die beiden Neuankömmlinge zu ermöglichen. Staudmann sog scharf die Luft ein.

Es handelte sich um zwei terranische Schwere Kreuzer der Sioux-Klasse.

Rachel beobachtete Staudmann, während dieser die beiden Schiffe studierte. Der Admiral wirkte über alle Maßen besorgt und sie konnte ihn förmlich denken hören. Was machten diese Schiffe hier?

Und warum ausgerechnet zu diesem Zeitpunkt? Wer hatte sie geschickt? Rachel glaubte keinen Augenblick, dass es sich um einen Zufall handelte. Diese Schiffe waren ihretwegen hier. Es stellte sich bloß noch die Frage nach deren Absichten.

»Ich will diese Schiffe identifiziert haben«, ordnete Staudmann an. »Umgehend.«

Rachel beugte sich vor und flüsterte Staudmann zu: »Irgendetwas stört Sie, nicht wahr?«

Der Admiral lächelte schmal. »Sie meinen, außer dass diese Schiffe überhaupt hier sind?«

Sie neigte leicht den Kopf und blickte ihn auffordernd an. Der Admiral seufzte und vergrößerte das Bild. Es zeigte nun die Steuerbordseite eines der beiden Sioux-Kreuzer.

»Diese Schiffe sind an und für sich schon seltsam«, erklärte er schließlich. Er deutete auf das Bild. »Sehen Sie diese beiden Deckaufbauten?«

Rachel nickte.

»Wenn mich nicht alles täuscht, dann handelt es sich dabei um zusätzliche Waffenstellungen.« Er deutete auf einen weiteren Punkt. »Und das dürfte ein brandneues Hyperraumkommunikationsmudul der dritten Generation sein. Sioux-Kreuzer haben so etwas gar nicht. Außerdem wurde die Panzerung am Bug und mittschiffs verstärkt, die Brücke liegt etwas tiefer und ist von doppelt so vielen Flakstellungen umgeben wie allgemein üblich. Alles in allem würde ich sagen, diese Schiffe wurden extrem verbessert, auf eine Weise, die ihre Kampfkraft um mindestens zwanzig Prozent verstärkt. Solche Sioux-Kreuzer habe ich noch nie gesehen und ich habe schon viele gesehen. Die Werften im Solsystem spucken sie praktisch im Akkord aus. Darüber hinaus habe ich noch nie von derlei Modifikationen bei Sioux-Kreuzern gehört, noch nicht einmal Gerüchte waren über eine solche Entwicklung im Umlauf. All diese Verbesserungen sollten eigentlich erst in der nächsten Schiffsgeneration verbaut werden. Überaus seltsam.«

»Könnten Sie im Notfall mit ihnen fertigwerden?«

Staudmann warf ihr einen schrägen Seitenblick zu. »Rechnen Sie mit einem Kampf?«

Sie zuckte die Achseln. »Immerhin treffen wir an einem Ort auf sie, an dem sie nichts zu suchen haben.«

Staudmann warf dem Hologramm einen weiteren nachdenklichen Blick zu. »Ich weiß es nicht ... ich weiß es wirklich nicht. Diese Schiffe sind stark – und gefährlich. Mit einem könnten wir es ohne Zweifel aufnehmen, doch mit zweien ...? Ich bezweifle es. Selbst, wenn wir es schaffen, würden wir gehörig Prügel beziehen. Die BERLIN ist ein gutes Schiff und zäh, aber sie ist auch alt. Diese Kreuzer sehen aus, als kommen sie frisch aus dem Dock. Ich wäre überrascht, wenn sie auch nur ein einziges Gefecht mitgemacht hätten. Falls die Besatzungen genauso neu und unerfahren sind, wie die Schiffe aussehen, hätten wir eine Chance. Falls es sich um erfahrene Besatzungen handelt, haben wir ein großes Problem.«

Der XO der BERLIN näherte sich und hüstelte diskret. Die Sensoren des Schlachtschiffes hatten eine Antwort auf den Befehl Staudmanns geliefert. Die Antwort befriedigte nur niemanden.

»Die Schiffe senden kein Identifikationssignal. Die Außenhüllen weisen keine Registrierungsnummer auf und keinen Namen. Sie senden nicht einmal ein IFF-Signal.«

Staudmann runzelte die Stirn. »Das ist doch unmöglich. Jedes Schiff hat einen Namen.«

»Diese offenbar nicht«, meinte Pratt. »Und Sir? Die Torpedoluken beider Schiffe sind geöffnet.«

»Das ist gar nicht gut«, flüsterte Derek.

»Das Führungsschiff ruft uns«, meldete der weibliche Ensign an der Kommunikation. »Sie verlangen, dass wir ihnen folgen.«

»Fordern Sie Identifikation und eine Zweiwegeverbindung.«

Der Ensign sprach ein paar Worte ins Com und wartete. Schließlich drehte sie sich um.

»Meine Bitte um Identifikation wird einfach ignoriert und visuelle Kommunikation wurde abgelehnt. Sie fordern erneut, dass wir unsere Torpedoluken schließen, die Schutzschilde deaktivieren und ihnen folgen. Sie behaupten, auf direkte Anweisung der Präsidentin zu handeln.«

Staudmann drehte seinen Kommandosessel zu Rachel und Derek. »Glauben Sie das?«

Rachel warf ihm einen eindeutigen Blick zu. Staudmann prustete unterdrückt. »Ich auch nicht. Die Präsidentin würde uns wohl kaum zwei nichtregistrierte Schiffe hinterherschicken.«

»Das mit der Registrierung bereitet mir Sorgen«, murmelte Derek. »Die Registrierung wird normalerweise noch in der Werft hinzugefügt. Vor dem Stapellauf. Ich wusste gar nicht, dass es überhaupt möglich ist, unregistrierte Schiffe in Dienst zu stellen.«

»Ist es auch nicht«, erwiderte Staudmann. Sein Blick glitt zum Brückenfenster, wo die beiden Schiffe als ferne Punkte erkennbar waren, auf denen sich das Sonnenlicht spiegelte. »Für gewöhnlich.«

»Rein theoretisch«, überlegte Rachel, »wie müsste man so etwas anstellen?«

»Rein theoretisch?« Staudmann dachte angestrengt über die Frage nach. »Das ist sehr schwierig. Man müsste die betreffende Werft unter Kontrolle haben. Und ich meine so richtig unter Kontrolle. Die Schiffe müssten auslaufen, bevor die Kennung angebracht wird, und das erfordert die Mitwirkung einer ganzen Menge Mitarbeiter auf der Werft. Außerdem könnte man das nur in ganz wenigen Fällen ungestraft bewerkstelligen. Ansonsten würde es auffallen.«

»Das bedeutet also, wer immer diese Schiffe bemannt, er ist nicht auf unserer Seite.«

Staudmann nickte. »Ich vermute, sie werden feuern, sobald wir unseren Schutzschild fallen lassen. Sie warten nur noch auf den richtigen Moment.«

»Und wie stehen unsere Chancen?«

Staudmann sah zu ihr auf. Sein Blick sagte eigentlich schon alles. »Wie gesagt, die BERLIN ist ein gutes Schiff, aber sie ist auch fast vier Jahrzehnte alt. Sie ist im Lauf der Jahre in den Genuss einiger Verbesserungen und Nachrüstungen gekommen. Dadurch hat sie es geschafft, dem Abstellgleis zu entkommen. Trotz allem ist sie aber ein altes Mädchen. Das da draußen sind Schwere Kreuzer der Sioux-Klasse. Die sind auf dem neuesten Stand der Technik und ich muss davon ausgehen, dass auch die Besatzungen wissen, was sie tun. Etwas anderes zu denken, wäre töricht und fahrlässig. Mit einem Kreuzer könnten wir fertigwerden, doch mit zweien? Ich schätze unsere Chancen auf bestenfalls fünfzig Prozent.«

»Besser als nichts«, erklärte Derek. »Die haben nicht vor, uns hier wieder wegzulassen.«

»Wenn wir doch nur eine Möglichkeit hätten, das Verhältnis auszugleichen oder wenigstens ein klein wenig zu verbessern«, meinte Rachel.

Bei ihrer Bemerkung sah Staudmann auf. »Ausgleichen funktioniert nicht, aber vielleicht können wir uns verstecken.« Er wandte sich seinem XO zu. »Mr. Pratt? Wie schnell können wir beim Asteroidenfeld sein und wie dicht ist es? Können wir darin manövrieren?«

»In etwa zwei Stunden, vielleicht auch länger. Einige Teile sind für ein Schiff unserer Größe unpassierbar ... aber ja, wir könnten dort hinein und in einigen Teilen manövrieren. Es wird aber verdammt eng. Die BERLIN hat nicht gerade Modellmaße.«

»Das genügt. Vielleicht werden die Kommandanten der beiden Schiffe zögern, uns in ein Asteroidenfeld zu folgen. Die wären verrückt, würden sie es versuchen.«

»Aus gutem Grund«, gab Rachel zu bedenken.

»Wir haben keine Wahl. Wir müssen etwas tun. Je länger wir warten, desto eher wird denen da drüben klar, dass wir keinerlei Absicht haben, auf ihre Forderungen einzugehen.«

Dieselbe Schlussfolgerung schien den Kommandanten der beiden Sioux-Kreuzer soeben durch den Kopf gegangen zu sein, denn unvermittelt fuhr der Kopf seines taktischen Offiziers herum. Dieser blickte seinen Befehlshaber mit großen Augen an.

»Feindlicher Abschuss!«

»Flakbatterien ausrichten und Feuer frei. Steuermann, nach backbord abdrehen. Bringen Sie uns zum Asteroidenfeld! Volle Kraft voraus!«

Aufgrund der Distanz der beiden feindlichen Kreuzer benötigten die Geschosse ungewöhnlich lange, um die Distanz zu überbrücken. Die Kommandanten hatten die Geduld verloren und zu früh gefeuert. Zwei Dutzend Geschosse rasten auf das Schlachtschiff zu. Schwere Kreuzer der Sioux-Klasse verfügten über zwölf Torpedorohre im Bug. Die feindlichen Schiffe eröffneten also mit einer vollen Breitseite von vierundzwanzig Torpedos das Feuer.

Die BERLIN war jedoch immerhin ein Schlachtschiff, wenn auch der alten Hades-Klasse. Ihre acht Flakbatterien eröffneten gleichzeitig den Beschuss und legten eine Feuerwand zwischen die BERLIN und die angreifenden Schiffe. Mit Ausnahme von drei Torpedos wurden alle Geschosse aus dem All gefegt. Diese drei Lenkwaffen detonierten harmlos am Steuerbordschild des Schlachtschiffes.

Der Beschuss richtete keinen Schaden an, doch Staudmann gab sich keinerlei Illusionen hin. Dies war nur der Auftakt des Gefechts. Das bedeutete gar nichts. Und selbst dieser unbedeutende Treffer machte seinem Schiff auf gewisse Weise schon zu schaffen. Auf seinem taktischen Display erkannte er, wie die Schilde an den Trefferstellen schwächer wurden. Die Generatoren arbeiteten daran, die volle Stärke wiederherzustellen, doch das dauerte.

Die beiden Sioux-Kreuzer spien jeweils eine weitere Salve aus, kurz danach noch eine und dann noch eine. Sie gingen zum Dauerfeuer über.

Staudmann fluchte. Die meinten es wirklich bitterernst. Die Hades-Klasse verfügte nur über fünf Torpedorohre im Heckbereich. Das war bei Weitem nicht genug, um sich mit zwei Sioux-Kreuzern zu duellieren, doch Staudmann hatte auch nicht die Absicht, sein Schiff ohne Gegenwehr zusammenschießen zu lassen.

»Feuer frei für die Heckwaffen!«

Die Torpedoluken achtern öffneten sich und fünf Geschosse wurden auf Flammenzungen dem Feind entgegenkatapultiert. Die feindlichen Flakbatterien feuerten röhrend ihre Projektile ab und alle Lenkflugkörper wurden zerstört, lange bevor sie den Sioux-Kreuzern auch nur nahe gekommen waren.

Im Gegenzug schlugen die feindlichen Salven brutal auf die BERLIN ein. Mit jeder Salve, die saß, wurden die Schilde ein wenig schwächer. Das Rettung verheißende Asteroidenfeld kam im Gegenzug viel zu langsam näher, wie es schien.

Die BERLIN verschoss eine sinnlose Salve um die andere, die von den beiden Sioux-Kreuzern mit beinahe verächtlicher Leichtigkeit neutralisiert wurden. Die Schutzschilde des Schlachtschiffes wurden merklich schwächer, über einigen Bereichen sogar dünn wie eine Membran. Die Kommandanten der beiden Kreuzer machten sich über etwas so Profanes wie Munitionsverschwendung keine Sorgen. Alles, wonach sie trachteten, war die Zerstörung der BERLIN.

Staudmann schüttelte verständnislos den Kopf. Anscheinend waren diese Kreuzer noch in anderer Hinsicht verbessert worden. Die Schiffe besaßen anscheinend mehr Munition, als es bei Schweren Kreuzern gemeinhin üblich war. Sie verfügten eindeutig über größere Geschossmagazine.

Die Flakbatterien des Schlachtschiffes leisteten ganze Arbeit. Die Trefferquote lag bei hervorragenden siebzig Prozent, doch auch die Abwehrmöglichkeiten eines so alten Schiffes waren limitiert und schon bald rissen die Lenkflugkörper erste Lücken in die Schutzschilde und hämmerten auf die Außenhülle ein.

Mehrere Bereiche leuchteten in Unheil verkündendem Rot, als die Panzerung der BERLIN malträtiert wurde. Noch hielt die Panzerung stand, doch dem würde nicht ewig so bleiben.

Zwei weitere Salven schlugen auf das Heck von Staudmanns Schiff ein. Die Panzerung zweier Decks riss auf und gab das Innenleben dem Vakuum preis. Der Dekompressionsalarm heulte durch die Korridore. Notkraftfelder und Druckschotten aktivierten sich automatisch mit der Kaltblütigkeit, wie nur Computer das hinbekamen. Sie riegelten den betroffenen Bereich ab, während auf der falschen Seite noch über zweihundert Menschen festsaßen. Auf dem taktischen Display registrierte der Admiral, wie nach und nach die Lebenszeichen erloschen, bis nur noch eine Handvoll am Leben waren. Die Glücklichen hatten es wohl geschafft, einen abschottbaren Rettungsbereich zu erreichen oder in einen Druckanzug zu kommen.

Es war hart, so etwas mit anzusehen, doch hätte man gewartet, bis alle in Sicherheit waren, hätten sie unter Umständen das ganze Schiff verlieren können.

Zwei weitere Salven verheerten die Außenhülle der BERLIN. Obwohl die Panzerung standhielt, verloren sie Kommunikationsantennen, Waffenstellungen und Deckaufbauten an den Feind.

Für einen Moment erwog Staudmann die Möglichkeit, die Geschwindigkeit zu verringern und dem Gegner so das Aufschließen zu ermöglichen. Mit der Energiebewaffnung hätte er sich beileibe besser verteidigen können. Mit fünf eigenen Torpedorohren gegen vierundzwanzig feindliche anzutreten, war wahrlich kein ausgeglichener Kampf. Doch der Admiral widerstand dem Impuls.

Falls die gegnerischen Kommandanten auch nur halbwegs etwas von ihrer Arbeit verstanden, würden sie den Abstand halten und weiterhin versuchen, die BERLIN mittels eines Langstreckenduells niederzukämpfen. Es war die sicherste Methode, dem Schlachtschiff beizukommen, ohne eigene Schäden zu riskieren.

Die BERLIN erlitt vier weitere schwere Treffer, einen in der Nähe der Brücke. Auf Staudmanns taktischem Hologramm wetteiferten die Schadensmeldungen miteinander. Nur drei Decks unterhalb der Brücke brach ein Feuer aus. Sein XO beorderte eine Schadenskontrollmannschaft dorthin, ohne dass Staudmann eine Anweisung geben musste. Er nickte zufrieden. Das zeichnete einen guten XO aus: die Befehle vorherzusehen, die sein Kommandant geben würde, und ihn dadurch zu entlasten.

Das Asteroidenfeld rückte langsam in Reichweite. Es wurde Zeit, die nächste Phase festzulegen.

»Manfred? Einen Kurs durch die Trümmer ermitteln.«

Der XO konsultierte sein tragbares Datenterminal und blickte mit zusammengezogenen Augenbrauen auf. »Da könnten wir ein Problem haben.«

Eine weitere Trefferserie überzog den Rumpf der BERLIN mit Explosionen. Splitter geborstener Panzerung spritzten in alle Richtungen davon.

»Noch ein Problem können wir jetzt ganz und gar nicht gebrauchen. Was ist denn?«

»Dort, wo wir in das Feld eindringen müssen, ist es ungewöhnlich dicht. Zu dicht für uns.«

Staudmann knirschte mit den Zähnen. Was für ein verfluchtes Pech. Dem Feind knapp zu entgehen, nur um an einigen Gesteinsbrocken zu scheitern.

»Zeigen Sie es mir«, verlangte der Admiral.

Vor seiner Nase baute sich eine schematische Darstellung des Trümmerfelds auf. Die Lage war gar nicht so hoffnungslos wie ursprünglich befürchtet. Nur der Rand bestand aus einer Ansammlung dicker Brocken. Dahinter wurde es besser. Sollten sie den Rand passieren können, würde die Panzerung mit den Felsbrocken dahinter vielleicht klarkommen. Eine große Wahl hatten sie ohnehin nicht.

»Torpedoluken Bug öffnen und Feuerbereitschaft herstellen.«

»Auf Ihr Kommando bereit, Sir.«

Staudmanns Hände verkrampften sich in die Lehnen seines Kommandosessels. »Feuer!«

Die BERLIN stieß eine Salve von achtzehn Torpedos aus. Die Geschosse trafen auf den Rand des Asteroidenfeldes und zertrümmerten die Gesteinsbrocken mühelos. Die Lenkflugkörper verwandelten den Rand des Feldes in eine Ansammlung von Schotter. Staudmann verzichtete darauf, eine weitere Salve abzufeuern. Falls sie das Trümmerfeld zu sehr ausdünnten, würden die Sioux-Kreuzer vielleicht das Risiko eingehen, ihnen zu folgen. In diesem Fall wären sie so gut wie tot.

Die BERLIN durchstieß den Rand des Trümmerfeldes und drang ins Innere vor. Kurz bevor die Sioux-Kreuzer verlangsamten, feuerten sie eine weitere vernichtende Salve ab, die das Schlachtschiff mittschiffs und im Achterbereich traf. Der Antrieb versagte flackernd den Dienst. Mehrere Konsolen auf der Brücke explodierten und das Licht erlosch schlagartig. Flackernd setzte die rote Notbeleuchtung ein. Staudmann klammerte sich an den Lehnen seines Kommandosessels fest. Das Zittern des Decks unter seinen Füßen zeigte ihm, dass die Trägheitsdämpfer schweren Schaden genommen hatten.

»Steuer ausgefallen, Admiral«, vernahm er wie aus weiter Ferne die Stimme seines XO. Er hörte Rachel Kepshaw etwas schreien, konnte es jedoch nicht verstehen. Die rote Notbeleuchtung fiel nun auch aus, doch nur für einige Sekunden. Als sie wieder anging, warf Staudmann einen Blick durch das Brückenfenster – und registrierte mit staubtrockener Kehle, wie die BERLIN auf einen der größten Felsbrocken zutrieb, den er je gesehen hatte.

10

Pedro Mendoza war ein eher einfach gestrickter Mensch. Er war Soldat durch und durch und sein Verstand arbeitete eher ... nun ja ... eher in Problemlösungsstrategien. Gab es ein Problem, musste es aus dem Weg geräumt werden. So einfach war das. Und im Moment war seine mangelnde Freiheit das Problem.

Seine ganze Welt umfasste derzeit eine Zelle von zwei mal zwei Meter und eine eiserne Tür, die über einen Schlitz verfügte, durch das man ihm Essen reichte und das leere Tablett wieder abholte. Sogar die obligatorische Stunde Bewegung an der frischen Luft wurde ihm verwehrt. Die Gefahr eines Fluchtversuchs wäre zu hoch. Aus einem Gefängnishof mit Türmen und bewaffneten Wachen an jeder Ecke.

Mendoza schmunzelte. Nun gut, eigentlich war das sogar ein Kompliment, ein krankes, von Paranoia geprägtes, dennoch ein Kompliment. Es zeigte, welchen Ruf die ROCKETS genossen. Die Wachen machten sich jedes Mal beinahe in die Hose, wenn sie ihn aus der Zelle holen mussten.

Mendoza wurde schnell wieder ernst. Seit er inhaftiert war, hatte er noch keinen einzigen seiner Leute gesehen. Er wusste nur, sie befanden sich innerhalb dieser Mauern, doch genauso gut hätten sie auf dem Mars sein können.

Er hielt sich mit Übungen fit, so gut er konnte. Außerdem half es ihm, die Zeit totzuschlagen, die an diesem Ort so gar nicht vergehen wollte.

Das war an und für sich das Schlimmste: die Zeit. Er hatte zu viel Zeit zum Nachdenken. Es behagte ihm gar nicht, hier still zu sitzen, während Coltor und Kepshaw da draußen alles taten, um die ROCKETS zu entlasten. Und er saß hier, zur Untätigkeit verdammt. Mendoza hasste es zu warten.

Die Klappe, durch die ihm sein Essen gereicht wurde, ging auf und ein Tablett wurde hereingeschoben.

Mendoza betrachtete das Tablett mit einem nicht geringen Gefühl der Verwunderung. Seine Zelle besaß kein Fenster, er konnte also die aktuelle Tageszeit nicht abschätzen, doch wenn ihn seine innere Uhr nicht trog, war noch lange nicht Zeit fürs Abendessen.

Misstrauisch erhob er sich von seiner Pritsche, ging zum Tablett und hob den Deckel vom Teller. Darunter war allerdings nichts zu essen, sondern ein kleiner Computer in der Größe eines Taschenrechners. Solche Geräte hatte er schon gesehen. Sie wurden zu Kommunikationszwecken vom MAD, SES und anderen Nachrichtendiensten eingesetzt. Es hieß, das Signal könne unmöglich geortet oder zurückverfolgt werden.

Die Sache fing langsam an, interessant zu werden. Er nahm das Gerät entgegen und aktivierte es. Sofort erschien eine Nachricht auf dem Display.

Wollen Sie hier heraus?

Mendoza runzelte die Stirn. Offenbar dauerte seinem Gesprächspartner die Sache zu lange und eine zweite Nachricht erschien.

Ich fragte, ob Sie hier herauswollen?

Mendoza entschloss sich, auf das Gespräch einzugehen, und tippte eine Nachricht über die Tastatur des Geräts ein.

Wenn das ein Scherz ist, kann ich nicht darüber lachen.
Es ist kein Scherz.
Wer sind Sie?
Ist das wichtig?
Allerdings.
Sagen wir einfach, ich arbeite für einen gemeinsamen Freund, der sie lieber in Freiheit sehen würde.
Coltor?
Keine Namen.

Mendoza zögerte und tippte schließlich eine weitere Nachricht ein.

Können Sie uns hier herausholen?
Nein, nur Sie.
Was ist mit meinen Leuten?
Nur Sie, wiederholte der unbekannte Mann.

Ich gehe nicht ohne meine Leute.
Es ist Ihre Wahl. Bleiben Sie und versauern Sie hinter Gittern oder brechen Sie aus und helfen Sie, denjenigen zu finden, der Ihren Ruf zerstören will.

Mendoza überlegte fieberhaft. Wer immer da am anderen Ende war, er hatte nicht unrecht. Mendoza konnte einfach nicht länger untätig herumsitzen. Er musste etwas unternehmen. Er tippte erneut eine Nachricht ein.
Wie gehen wir vor?

Brigadier General David Coltor saß gerade in seinem Büro, als sein Telefon klingelte. Er nahm den Hörer ab, ohne seinen Blick von den Gefechtsberichten zu nehmen, die man ihm zur Begutachtung vorgelegt hatte.

»Coltor«, meldete er sich.

»David, hier ist Bobby.« David war sofort hellwach. Robert »Bobby« Bates vom SES rief ihn nur äußerst selten an, und wenn doch, dann war der Anlass meistens alles andere als erfreulich.

»Bobby? Du hörst dich ernst an. Ist etwas vorgefallen?«

»Ist dein Fernseher an?«

»Nein.«

»Schalt ihn ein. Kanal zwölf.«

David nahm die Fernbedienung aus der Schublade, schaltete den Fernseher ein, der in der Ecke hinter seinem Schreibtisch hing, und wechselte auf den angegebenen Kanal. Es liefen gerade die Nachrichten. Das Gebäude im Hintergrund erkannte er auf den ersten Blick. Es handelte sich um das Gefängnis nahe Peking. Der Reporter stand auf einer Anhöhe nördlich des Areals, wodurch die Kamera einen hervorragenden Blick von oben hatte. Das Gefängnis brannte. Mindestens ein Zellentrakt war schwer beschädigt worden. David stellte den Ton lauter.

»Vor gut einer Stunde kam es zu einem schweren Zwischenfall in einem militärischen Hochsicherheitsgefängnis in der Nähe von Peking«, erläuterte der Reporter. »Während eines Ausbruchs entkam ein Gefangener, der als äußerst gefährlich gilt, der Haft. Dem Ausbruch ging eine Detonation zuvor, die erheblichen Schaden an der

Anlage anrichtete. Die Regierung gab noch keine offiziellen Zahlen bekannt, doch wie eine interne Quelle verlauten ließ, kamen mindestens drei Wachen bei der Flucht ums Leben. Bei dem Gefangenen soll es sich unbestätigten Meldungen zufolge um Pedro Mendoza handeln, einem Mitglied der ROCKETS-Spezialeinheit. Zurzeit laufen Ermittlungen gegen die Einheit wegen des Verdachts des Hochverrats und der Verschwörung.«

David schaltete den Ton wieder ab.

Verflucht, Pedro. Was hast du da nur angestellt?

11

Wäre die BERLIN ein Mensch gewesen, so hätte sie sich irgendwo zwischen Leben und Tod befunden.

Major Narim Singh und Master Sergeant Lucas Delaney arbeiteten sich unter Hochdruck in Richtung Brücke vor, eine Anzahl 52er im Schlepptau.

Das Schlachtschiff war schwer getroffen worden. Warum sie noch lebten, vermochte Narim nicht einmal ansatzweise zu schätzen. Eines war jedoch sicher: Sie hatten es ins Asteroidenfeld geschafft. Doch aus irgendeinem Grund waren ihnen die beiden unbekannten Sioux-Kreuzer nicht gefolgt, um sie zu erledigen. Sie hatten großes Glück gehabt. Er bezweifelte allerdings, dass es lange anhalten würde.

Die BERLIN war jedenfalls im Moment kaum in der Lage, sich zu verteidigen. Allerorts schlugen Funken aus freigelegten Abdeckungen oder zerschmolzenen Wartungsluken. Sie passierten Korridore, die durch herabgestürzte Träger und Deckenverkleidungen versperrt waren und erst freigeräumt werden mussten. Die Energieversorgung funktionierte nur schleppend. Einige Teile des Schiffes lagen in tiefer Finsternis, andere wurden von flackerndem Licht nur unzureichend erhellt. Überall lagen Leichen, halb verbrannt unter siedend heißen Trümmern, die Gesichter verkohlt und noch im Tode vor Qual verzerrt.

Nach und nach begannen die Überlebenden, sich aus den Trümmern zu graben. Die TKA-Soldaten halfen, wo immer sie konnten. Sie verloren jedoch niemals das Ziel aus den Augen, die Brücke zu erreichen.

Der Chefingenieur richtete gerade sein Kommando auf der Ersatzbrücke ein, um die Kontrolle über die BERLIN zurückzuerlangen. Das war nicht das Problem. Narim trieb etwas ganz anderes an. Derek war auf der Brücke, zusammen mit Staudmann und Kepshaw. Derek war nicht nur sein kommandierender Offizier, sondern auch sein Freund. Ihn zu finden, hatte für Narim alleroberste Priorität.

Nach einer gefühlten Ewigkeit erreichten sie endlich den Zugangskorridor, der zur Brücke führte. Wie die meisten lag auch er in Dunkelheit versunken. Die Soldaten schalteten ihre Taschenlampen ein. Es half nicht viel, um die Finsternis zu vertreiben – oder das beklemmende Gefühl, das sich in ihnen ausbreitete.

Narim war der Erste, der sich in den Korridor vortastete. Die Deckenverkleidung war eingestürzt und einige Stahlträger machten ein Vorankommen schwierig. Narim wich den Hindernissen behände aus. Hinter sich hörte er seine Männer daran arbeiten, die Stahlträger aus dem Weg zu räumen. Diese waren immer noch heiß, was die Arbeit enorm erschwerte.

Der Inder stieg über zwei Leichen in der Uniform der Marines. Er kannte beide. Die Männer hatten vor der Brücke auf Posten gestanden. Vor zwei Tagen hatte er mit ihnen noch Karten gespielt und in der Messe gescherzt. Nun waren sie verbrannt. Die Luft stank ekelerregend süßlich nach verkohltem Fleisch. Narim musterte die Wände mit unverhohlenem Misstrauen. Einige der Leitungen waren gebrochen und hatten den Korridor mit heißem Dampf überflutet, bevor die Sicherheitsmaßnahmen hatten greifen können. Die Männer hatten keine Chance gehabt.

Narim fiel das Atmen zunehmend schwerer. Die Luft in diesem Korridor war zum Schneiden dick. Einige kleinere Brände waren ausgebrochen. Er sah angestrengt nach oben. Besorgt registrierte er, dass sich Qualm unter der Decke sammelte.

Delaney glitt an seine Seite. Die Uniform des bulligen Master Sergeant klebte vor Schweiß an dessen Körper. Narim deutete nach oben.

»Die Lebenserhaltung muss auch was abgekriegt haben.«

Delaney nickte, riss sich einen Stofffetzen aus der Uniform und band ihn sich um Nase und Mund.

»Wenn der Chefingenieur die Energieversorgung nicht bald wieder hinkriegt, haben wir ein echtes Problem.«

Narim nickte. »Dann brauchen wir uns um diese Kreuzer keine Sorgen zu machen.« Er machte es Delaney nach und band sich ebenfalls einen Stofffetzen vors Gesicht. Einige der 52er hatten sich kleine Feuerlöscher organisiert, die überall im Schiff an den Wänden hingen, und machten sich daran, die Feuer mittels Schaum zu löschen.

Narim versuchte, sich dem Schott zu nähern, das die Brücke abriegelte, gab es jedoch schon nach wenigen Metern auf. Das Schott strahlte eine kaum auszuhaltende Hitze ab.

Narim gab einem der Männer ein Zeichen und dieser entlud den ganzen Inhalt seines Feuerlöschers auf das Schott. Das Metall zischte unter der Berührung des kalten Schaums. Als es noch immer Hitze ausstrahlte, wiederholten zwei weitere TKA-Soldaten die Prozedur, bevor das Metall endlich auf ein erträgliches Maß abgekühlt war.

Narim legte behutsam die Hände auf das Schott. Es fühlte sich immer noch warm an, aber nicht mehr so heiß, dass man sich verbrannte. Normalerweise ließ sich das Schott über ein Tastenfeld an der Seite öffnen, doch Narim kannte den Code nicht. Das spielte jedoch ohnehin eine untergeordnete Rolle, da das Tastenfeld völlig verschmort war. Doch selbst wenn dem nicht so gewesen wäre, bezweifelte Narim, dass sich die Tür so leicht hätte öffnen lassen. Die Hitze hatte das Metall verzogen und das Schott in seiner Führungsschiene verkantet.

Hustend gesellte sich Delaney zu ihm. Der Master Sergeant zog sich den Stofffetzen vom Gesicht und musterte die Tür mit düsterer Miene. Er holte tief Luft und spuckte aus. Der Speichel floss daran herab, ohne sich zischend unter der Hitze aufzulösen. Sie hatte sich also tatsächlich genügend abgekühlt, sodass die Soldaten mit ihr arbeiten konnten.

»Irgendwelche Ideen, Sir?«, fragte der Sergeant mit in die Hüften gestemmte Fäuste.

»Lassen Sie einen Plasmaschneider kommen. Am besten noch zwei.«

»Diese Dinger«, Delaney nickte in Richtung des Schotts, »werden aber gebaut, um genau solchen Aktionen zu widerstehen.«

»Ich weiß, wir haben allerdings kaum eine andere Wahl. Wir müssen unbedingt da hinein.«

»Vielleicht ist keiner mehr am Leben«, gab der Master Sergeant leise zu bedenken.

»Und wenn doch? Nein, Sarge, wir müssen das genau wissen. Lassen Sie die verdammten Plasmaschneider holen.«

Während sich Delaney davonmachte, hob Narim ein Stück Metall vom Boden auf und begann, gegen die Tür zu klopfen. Es handelte sich eigentlich lediglich um Beschäftigungstherapie. Es gab kaum Hoffnung, dass durch dieses Panzerschott jemand sein Klopfen bemerkte, doch es war immerhin besser, als nichts zu tun.

Staudmann half seinem XO mühsam auf die Beine. Der Mann machte den Eindruck, seine Knie bestünden nur aus Wackelpudding.

Derek setzte Rachel auf den nun verwaisten Sessel des Kommunikationsoffiziers. Der weibliche Ensign hatte den letzten Angriff der beiden Sioux-Kreuzer nicht überlebt und war gestorben, als ein Teil der Decke heruntergekommen war. Ihr Genick war gebrochen.

Als er sicher sein konnte, dass Rachel halbwegs bei Bewusstsein war, eilte er an die taktische Station und hob den Kopf des diensttuenden Offiziers. Staudmann warf ihm einen fragenden Blick zu. Derek schüttelte als Antwort lediglich den Kopf. Staudmann senkte traurig den Blick. Von den Menschen auf der Brücke hatten nur fünf überlebt – Staudmann, Rachel und Derek eingeschlossen.

Ein Netz feiner Risse überzog das Brückenfenster. Derek dankte Gott dafür, dass die Speziallegierung gehalten hatte. Die terranischen Schiffskonstrukteure verstanden ihr Handwerk.

Der Admiral und der XO überprüften mehrere Konsolen auf ihre Funktionsfähigkeit, doch aufgrund des langen Gesichts, das sie machten, musste Derek gar nicht erst fragen, ob sie noch arbeiteten.

»Die Energieversorgung ist offline«, erklärte Staudmann schließlich. »Kommunikation, Schilde, Waffen und, wenn wir Pech haben, auch die Lebenserhaltung.«

Derek sah zweifelnd zur niedrigen Decke, wo noch ein paar Leuchten flackernd ihren Dienst versahen. Staudmann bemerkte den Blick.

»Das ist nur die Notversorgung und auch die arbeitet nur noch sporadisch. Die könnte jeden Augenblick ausfallen.«

Derek fluchte. »Ich muss gestehen, ich bin zum ersten Mal auf der Brücke eines Kriegsschiffes. Was wäre in einem solchen Fall die Standardvorgehensweise?«

Staudmann kratzte sich über das Kinn. »Außerhalb der Brücke weiß niemand über unsere missliche Lage Bescheid. Genauso gut könnten wir alle tot sein. In dem Fall übernimmt der ranghöchste überlebende Offizier das Kommando und nimmt die Ersatzbrücke in Betrieb. Das dürfte der Chefingenieur sein – falls er noch lebt. Und wenn er da draußen jetzt das Sagen hat, dann wird er sich zuallererst um die Energieversorgung kümmern. Das Retten von Überlebenden kommt erst an zweiter Stelle. Ohne Lebenserhaltung bringt es nichts, weitere Besatzungsmitglieder zu retten.«

»Warum leben wir noch?«, fragte Rachel benommen. Sie betastete vorsichtig mit zwei Fingern eine böse Beule am Haaransatz. Ihre Frisur war blutverkrustet.

»Keine Ahnung«, gab Staudmann zu. »Eigentlich müssten wir tot sein. Die beiden Kreuzer hatten uns schon. Und dann auch noch dieser verdammte Felsen genau in unserer Flugbahn. Müsste ich raten, würde ich sagen, wir sind von dem Ding abgeprallt wie ein Gummiball. Wir hatten verfluchtes Glück. Genauso gut hätten wir auch einfach zerschellen können. Ich schätze, unsere Bugschilde haben den Großteil des Aufpralls abgefangen.«

»Wie tief sind wir im Asteroidenfeld?«

»Ich wünschte, ich hätte ein paar Antworten, aber ohne Sensoren sind wir taub und blind.« Staudmann hämmerte frustriert auf einen seiner Bildschirme ein. Erwartungsgemäß zeigte sich das Gerät wenig beeindruckt von dem Gefühlsausbruch.

»Wenigstens leben wir noch. Das ist die Hauptsache«, gab Derek zu bedenken. »Dafür sollten wir dankbar sein.«

»Ja«, meinte Rachel, »aber wie lange noch?«

Die beiden Sioux-Kreuzer hielten knapp außerhalb des Asteroidenfeldes Position. Auf der Brücke des Führungsschiffes ging der Befehlshaber der Flottille unruhig auf und ab.

Die beiden Schiffe verfügten weder über Registrierung noch über Namen – zumindest offiziell. Inoffiziell jedoch nannte der hochgewachsene Offizier sein Flaggschiff RACHE und deren Schwesternschiff VERGELTUNG.

Es war ein wenig melodramatisch, zugegeben. Doch der Offizier war ein melodramatischer Charakter und nach dem, was ihm in den letzten zwölf Monaten widerfahren war, konnte er sich diese kleine Exzentrizität durchaus leisten.

Er war Offizier durch und durch. Wenigstens sah er sich selbst so: als Offizier und Gentleman. Was man ihm angetan hatte, das war völlig unverdient und er sann auf Rache. Der Schlag gegen die BERLIN war da nur der erste Schritt. Man hatte ihm in Aussicht gestellt, dass er seine Rache bekommen würde, sobald er die BERLIN ausgeschaltet hatte. Als Belohnung sozusagen.

Doch was ein einfacher Sieg hätte werden sollen, entpuppte sich als ärgerliche Jagd nach einem Feind, der einfach nicht krepieren wollte.

Sein Executive Officer, Commander Michael Hathaway, trat näher und räusperte sich, um die Aufmerksamkeit seines Befehlshabers zu erregen.

»Sir?«

»Was gibt es, Mike?«

Der Mann zögerte. »Wir haben sie verloren.«

Der Kommandant drehte sich langsam um. »Sind sie zerstört worden?«

Der XO zuckte die Achseln. »Möglich, aber ich glaube nicht daran.«

»Begründung?«

»Als die BERLIN im Asteroidenfeld verschwand, haben wir noch ihre Energieemissionen gemessen. Diese sind aber nicht schlagartig erloschen, was auf eine Zerstörung hinweisen würde, sondern schrittweise. Unregelmäßig, aber Stück für Stück. Das deutet entweder darauf hin, dass sie Probleme mit der Energieversorgung haben oder ...«

»Oder auf Schleichfahrt gegangen sind«, beendete der Kommandant den Satz.

»Aye. Wir überwachen aber das ganze Feld. Irgendwann müssen sie sich wieder herauswagen und dann haben wir sie. Unserer Analyse zufolge müssen sie beträchtliche Schäden erlitten haben. Gegen zwei Sioux-Kreuzer hat die BERLIN keinerlei Chance. Jetzt nicht mehr.«

»Das dauert mir aber alles zu lange, Mike. Wir müssen hier zum Abschluss kommen und anschließend so schnell wie möglich ins Solsystem zurück.« Der Befehlshaber überlegte. »Und wenn wir sie verfolgen?«

»Davon würde ich dringend abraten, Sir. Das Asteroidenfeld hat sich hinter der BERLIN wieder geschlossen. Die Trümmer sind dicht und zahlreich. Wir würden unsere Zerstörung riskieren, zumindest aber schwere Schäden.«

»Schade. Ich würde die BERLIN nur zu gern jagen, doch das Risiko ist tatsächlich zu groß.«

Der Kommandant der RACHE betrachtete das Asteroidenfeld durch das Brückenfenster. Sein Verstand arbeitete fieberhaft an einer Lösung.

»Vielleicht können wir sie irgendwie herauslocken.«

»Und wie?«

Der Kommandant lächelte. »Aktivieren Sie das ComSystem. Wir müssen eine kleine Nachricht absenden.«

Das Licht auf der Brücke der BERLIN stabilisierte sich mit einem Mal und mehrere der Konsolen fingen blinkend an, wieder zu arbeiten.

»Na wer sagt's denn?«, jubelte Staudmann.

Derek sah nach oben. Es hob die Laune tatsächlich beträchtlich, dass Licht die Brücke durchflutete. »Ihr Chefingenieur scheint die Energieversorgung wieder hinbekommen zu haben.«

Staudmann nickte. »Ich sagte doch, der Mann ist gut.«

»Was machen die anderen Systeme?«, wollte Rachel wissen.

Staudmann aktivierte sein taktisches Hologramm. Es flackerte zunächst, baute sich dann jedoch erneut auf und hielt. Der Admiral rief den Statusbildschirm seines Schiffes auf. Mehrere Systeme glühten immer noch kirschrot, doch andere zeigten grünes Licht.

»Waffen sind immer noch ausgefallen, Schilde und Antrieb ebenfalls. Die Sensoren arbeiten jedoch, auch die Lebenserhaltung. Wir werden also weder ersticken noch erfrieren. Das ist doch was.«

Rachel tippte auf der Konsole, an der sie saß, und diese antwortete mit einem zarten Piepton. »Kommunikation ist ebenfalls online«, meldete sie zufrieden.

Plötzlich schlugen Funken aus dem Druckschott, das die Brücke abriegelte. Die Überlebenden der Brückenbesatzung drehten sich wie ein Mann um.

»Man kommt, um uns zu retten«, verkündete Staudmann.

»Das wird auch Zeit«, meinte Derek. »Wir sitzen seit fast acht Stunden hier fest.«

Die beiden Plasmabrenner brauchten noch weitere drei Stunden, um ein Loch in das Druckschott zu schneiden. Derek hätte es nie für möglich gehalten, wie lange drei Stunden sein konnten.

Als endlich das Druckschott nach innen fiel, stiegen Narim, Delaney und einige 52er durch die Öffnung. Die Ränder glühten noch und die TKA-Soldaten achteten peinlich darauf, ihnen nicht zu nahe zu kommen.

Derek und Narim fielen sich in die Arme, während sich die 52er daranmachten, die Leichen der Brückencrew nach draußen zu schaffen und ihre Körper mit Tüchern abzudecken.

»Status?«, wollte Derek wissen, nachdem sich die beiden Freunde voneinander lösten.

»Die Ersatzbrücke ist betriebsbereit. Im Moment arbeitet man an Lebenserhaltung und Antrieb, danach kommen Waffen und Schilde dran. Die Sensoren müssten eigentlich schon wieder laufen.«

Staudmann tippte auf ein Symbol seines taktischen Hologramms und beinahe ohne zeitliche Verzögerung baute sich eine schematische Darstellung des Asteroidenfelds auf, mit der BERLIN im Innern. Der Admiral kommentierte diese Entwicklung mit einem unbestimmten Grunzen, während er die Position seines Schiffes in Relation zu den Trümmern überprüfte.

»Wir haben den Kontakt zu den meisten Sektionen des Schiffes wiederhergestellt«, fuhr Narim fort. »Ich schätze, die Besatzung hat hundert bis zweihundert Leute verloren. Vielleicht das Doppelte an Verwundeten. Diese Schiffe wussten genau, wie und wo sie uns treffen mussten.«

Derek machte eine verkniffene Miene. »Das macht mir große Sorgen. Gegen Ruul kämpfen zu müssen, ist schlimm genug, aber hier draußen auf zwei Sioux-Kreuzer zu treffen, die uns zur Hölle pusten wollen, das ist eine Entwicklung, die ich so nicht erwartet hätte.«

»Was ist mit unserem Gast?«, fragte Rachel. »Wenn jemand ein paar Antworten für uns hat, dann er.«

»Ist immer noch im Koma, Colonel. Ich befürchte, wir können in der Hinsicht nichts anderes tun als warten – und hoffen, dass er wieder aufwacht.«

Rachel fluchte. Derek fühlte mit ihr. Er kannte das Gefühl, lediglich Schatten zu jagen. Es war frustrierend. Sie hatte sich mit Sicherheit mehr erhofft.

»Ich habe die feindlichen Schiffe«, verkündete Staudmann. Derek, Narim und Rachel versammelten sich um seine Station. Außerhalb des Asteroidenfelds patrouillierten zwei rote Symbole, die die zwei feindlichen Kreuzer darstellten. Sie entfernten sich voneinander, mit weit geringerer Geschwindigkeit, als es ihnen möglich gewesen wäre.

»Die warten nur auf uns.« Bei Staudmanns Bemerkung merkte Derek auf. Der Tonfall des Admirals machte ihm Sorgen. Ihn überkam fast der Eindruck, der Mann freue sich auf die nächste Begegnung. Dabei war die BERLIN kaum in der Lage, sich mit einem Sioux-Kreuzer zu messen, geschweige denn mit zweien. Sie mussten hier heraus, gar keine Frage, aber ohne sich auf ein größeres Gefecht einzulassen.

In diesem Moment piepte die ComKonsole. Pratt eilte hin und betätigte einige Knöpfe. »Wir fangen gerade eine Nachricht auf. Sie ist nicht an uns gerichtet. Es handelt sich um eine Schiff-zu-Schiff-Verbindung zwischen den Kreuzern.«

»Verschlüsselt?«

Der XO runzelte die Stirn. »Nein. Sehr seltsam.«

Staudmann nickte. »Lassen Sie mal hören.«

Der XO hantierte für mehrere Sekunden an der ComKonsole, bevor sich ein Bild auf dem taktischen Hologramm aufbaute. Es zeigte einen grau melierten Offizier mit durchgestrecktem Rücken. Man hätte beinahe den Eindruck gewinnen können, der Kerl habe einen Stock verschluckt.

Bei dem Anblick, der sich ihm bot, sog Derek scharf die Luft ein und wich unwillkürlich einen Schritt zurück.

Rachel bemerkte die Reaktion und beäugte den TKA-Offizier misstrauisch. »Sie kennen den Mann.«

Derek nickte. »Ich bin ihm nie persönlich begegnet, habe aber von ihm gehört. Wir waren zur gleichen Zeit im Serena-System. Der Mann dort ist Leland Braxton. Ehemals Admiral. Während der Schlacht um Serena hat er versucht, Hoffer zu entmachten und dessen Platz einzunehmen. Er wurde seines Kommandos enthoben und unter Arrest gestellt.« Derek schüttelte verständnislos den Kopf. »Was zum Teufel geht hier vor? Der Mann sollte eigentlich im Gefängnis sitzen und auf seinen Prozess vor dem Kriegsgericht warten. Wie ist er freigekommen? Und warum befehligt er jetzt diese Schiffe?«

»Das sind gute Fragen«, kommentierte Staudmann. Die Lippen Braxtons bewegten sich tonlos. Der Admiral deutete auf das Hologramm. »Manfred? Bekommen wir auch ein Audiosignal herein?«

Der XO nickte und kurz darauf begann Braxtons holografisches Abbild zu sprechen.

»RACHE an VERGELTUNG. Ich wiederhole: RACHE an VERGELTUNG. Begeben Sie sich auf folgende Koordinaten: 1-1-5-3 zu 8-7-4-0. Beginnen Sie auf mein Kommando damit, einen Torpedofächer in das Asteroidenfeld zu legen. Wenn die BERLIN nicht freiwillig herauskommt, dann treiben wir sie heraus. RACHE Ende.«

»Wie gefährlich kann uns dieser Fächer werden?«, fragte Derek augenblicklich.

Staudmann antwortete nicht sofort. Als er es doch tat, war seine Stimme eher zögerlich. »Der Fächer macht mir keine großen Sorgen. Zwei Schiffe können nicht das ganze Feld abdecken und sie können lediglich raten, wo wir uns befinden.«

»Aber?«, hakte Derek nach.

»Aber ihre Aufstellung bietet uns eine Schwachstelle, eine Lücke, durch die wir stoßen könnten.«

»Das ist doch gut, oder?«, meinte Derek.

»Nicht wirklich«, erwiderte Rachel an Staudmanns Stelle. »Das ist eine Falle. Sie hoffen, dass wir es versuchen. Sioux-Kreuzer sind schneller als die BERLIN. Wenn wir versuchen abzuhauen, dann sind wir tot. Ich gehe jede Wette ein, dass es kein Zufall ist, dass die Übertragung unverschlüsselt war. Sie hoffen, dass wir in Panik geraten und einen Ausbruchsversuch starten. Den Torpedofächer aussitzen bietet größere Überlebenschancen.«

»Aber hier können wir auch nicht ewig sitzen«, gab Staudmann zu bedenken. »Irgendwann landen sie ein paar Glückstreffer. Im günstigsten Fall zerschmettern sie aber einige Felsbrocken, die uns dann regelrecht mit Schrapnellen bombardieren. Ohne Schilde halten wir das nicht lange durch und auch mit den Schilden nicht unbegrenzt. Also egal für welches Vorgehen wir uns entscheiden, wir müssen schnell handeln, solange wir noch Optionen haben.«

»Wie lange noch, bis wir Schilde und Waffen haben?«, fragte Narim gepresst.

Staudmann überlegte. »Schilde? Etwa zwei Stunden. Waffen? Schwer zu sagen. Vielleicht noch mal eine oder zwei. Auf jeden Fall zu lange, um hier auszuharren.«

Staudmann fiel auf, dass sein XO immer wieder mit seinem tragbaren Datenterminal hantierte. Das Gerät war seit einigen Minuten wieder online und gab ständig Geräusche von sich.

»Manfred? Ist irgendetwas?«

»Bin mir nicht sicher, Sir. Als wir ins System einflogen, registrierten die Sensoren immer wieder aufflammende Energieemissionen aus dem Asteroidenfeld.«

»Und? Ich dachte, das wäre nur Hintergrundstrahlung.«

»Dachte ich auch. Aber nun sind die Strahlenwerte viel höher und die Ursache scheint ganz in der Nähe zu liegen.«

»Auch das noch. Ist die Strahlung gefährlich?«

Der XO schüttelte den Kopf. »Nein, aber die Werte erinnern mich an etwas. Sie wirken fast wie ...«

»Wie was, Manfred? Herrgott, lassen Sie sich doch nicht jedes Wort aus der Nase ziehen.«

Der XO seufzte. »Sie wirken fast wie ein defekter Schiffsreaktor.«

Staudmann runzelte die Stirn. »Was? Lassen Sie mal sehen. Speisen Sie die Daten ein.«

Auf dem taktischen Hologramm erschien ein leuchtender roter Punkt, nicht weit von der BERLIN entfernt.

Staudmann schüttelte den Kopf. »Das ist definitiv kein natürliches Objekt. Manfred, wir brauchen einen aktiven Sensorscan. Aber nur kurz, damit unsere Freunde da draußen keine Zeit haben, uns anzupeilen.«

Pratt tat wie geheißen und bereits nach wenigen Augenblicken verwandelte sich der rote Punkt in die winzige schematische Darstellung eines Schiffes. Staudmann vergrößerte die Ansicht.

»Das ist auf jeden Fall ein terranisches Schiff«, erklärte er. »Sieht ziemlich mitgenommen aus. Ein Leichter Kreuzer, Falcon-Klasse.« Staudmann vergrößerte die Anzeige erneut, bis der Schiffsname auf der vernarbten Außenhülle deutlich zu erkennen war. »TKS WALES«, las er vor.

»Mein Gott!«, hauchte Rachel erschüttert. »Die WALES. Das Schiff, mit dem Admiral Malkner verschwunden ist. Wie kommen die denn hierher?«

12

Präsidentin Gabriele Tyler saß an ihrem Schreibtisch und versuchte, sich auf ihre Arbeit zu konzentrieren, was ihr zunehmend schwererfiel. Die Berichte von der Front waren alles andere als ermutigend. Die Ruul verzichteten zwar derzeit auf größere Militäroperationen, doch ihre überfallartigen Angriffe hatten seit der Befreiung von Serena um fast dreißig Prozent zugenommen.

Die Analytiker des MAD glaubten, die Ruul wären bei Serena entscheidend geschwächt worden und versuchten nun auf diese Weise, das Militär der Koalition auf Trab zu halten, bis sie ihre Verluste wieder ausgeglichen hatten. Diese Schlussfolgerung entbehrte nicht einer gewissen Logik. Genau dasselbe hätte auch Tyler gemacht, wäre sie an deren Stelle gewesen.

Der Umstand, dass die Größe der Überfallkommandos der Slugs um beinahe fünfzig Prozent geschrumpft waren, schien diese Annahmen noch zu bestätigen. Die Ruul versuchten, mit weniger Schiffen die gleiche Anzahl an Überfällen durchzuziehen wie vor dem Serena-Feldzug. Das Militär der Koalition schlug sie in sechs von zehn Fällen zurück, doch das war nur ein schwacher Trost für die Opfer der übrigen vier Fälle.

Besorgniserregender waren allerdings die Nachrichten von der Heimatfront. Die Sache mit den ROCKETS zehrte an ihren Nerven. Inzwischen befanden sich gut siebzig Prozent der ROCKETS in Gewahrsam. Die übrigen dreißig Prozent befanden sich immer noch auf ihren Missionen oder verbargen sich, nicht wenige vermutlich sogar auf der Erde. Die Kommandosoldaten konnten auf nicht unerhebliche Mittel und große Sympathien zurückgreifen. Das machte es schwer, diejenigen ausfindig zu machen, die der Gefangennahme bisher entgangen waren. Einerseits war das sogar ein Kompliment für das Ausbildungsprogramm, das die Regierung für die ROCKETS hatte entwerfen lassen. Diese Männer und Frauen waren wirklich gut.

Die Situation war jedoch nicht gut, ganz und gar nicht gut.

Insgeheim glaubte Tyler keinen Augenblick an eine Verschwörung der ROCKETS. Sie weigerte sich schlichtweg zu glauben, die ROCKETS könnten sich tatsächlich mit den Slugs verbündet haben und zu deren Handlangern geworden sein. Allein die Vorstellung war lachhaft. In den vergangenen Jahren hätten sie Dutzende Möglichkeiten gehabt, das Konglomerat an den Rand der Niederlage zu bringen. Es ergab einfach keinen Sinn, dass sie so lange warteten, bis ihre vermeintlichen Herren und Meister eine empfindliche Schlappe hinnehmen mussten.

Doch auf der anderen Seite waren da die nicht zu leugnenden Beweise. Sie waren aussagekräftig und stichhaltig.

Die Präsidentin fuhr sich durch das langsam grau werdende Haar. In ihrer Jugend war das Haar von einem tiefen Schwarz gewesen. Sie war erst knapp fünfzig, doch der Job ließ einen vor der Zeit altern.

Es klopfte verhalten an der Tür.

»Herein!«

Die Tür ging auf und Harold, ihr Leibwächter vom SES, steckte den Kopf herein. »Frau Präsidentin? Man wünscht Sie zu sprechen.«

Der Mann wirkte leicht verunsichert, was ihm nicht ähnlich sah. Er war dazu ausgebildet worden, sich notfalls für sie in die Schusslinie zu werfen. Wenn er so reagierte, dann musste es wirklich hochkarätiger Besuch sein. Sie legte die Berichte beiseite und nickte ihm zu. Der Kopf des Mannes verschwand, die Tür schwang auf und eine Gruppe Personen schob sich an ihrem Leibwächter vorbei. Bei der Parade, die sich vor ihren Augen abspielte, hob sie beide Augenbrauen. Das versprach durchaus interessant zu werden.

Bei den ersten drei Personen handelte es sich um Lieutenant General Ephraim MacCullogh von den Marines, Admiral Maria Antonetti von der Flotte und Lieutenant General Daniel Sutter von der TKA – ihre drei militärischen Stabschefs. Beim Nächsten, der eintrat, handelte es sich um Robert Bates, den Chef des SES. Als krönender Abschluss traten Admiral Thomas Perck und TKA-General

Simon Henstridge ein, die ranghöchsten Vertreter der Verteidigung des Solsystems. Die Offiziere und Bates nickten der Präsidentin der Reihe nach zu, bevor sich jeder einen Stuhl nahm.

Tyler musterte die versammelte Riege mit einem nicht geringen Anteil persönlicher Belustigung. »Coltor hatte wohl keine Zeit?«, meinte sie verschmitzt.

»Der ist noch in San Francisco und konnte leider nicht so kurzfristig kommen«, erwiderte Bates an ihrer aller statt.

»Ich verstehe. Und was verschafft mir das Vergnügen?«

Die Offiziere warfen sich gegenseitig unbehagliche Blicke zu.

»Nur zu. Ich beiße nicht.« Tyler sah auffordernd in die Runde, doch niemand schien wirklich gewillt, den Anfang machen zu wollen. Schließlich seufzte Bates leicht genervt und setzte zu einer Erklärung an.

»Diese Offiziere sind einhellig der Meinung, man sollte im Solsystem das Kriegsrecht ausrufen und die Notstandsverordnung in Kraft setzen.«

Tylers Augen verengten sich gefährlich. »Das soll doch wohl ein Scherz sein?!«

»Frau Präsidentin«, begann Admiral Perck. »Das Problem mit den ROCKETS ist aus dem Ruder gelaufen. Die Regierung muss zeigen, dass sie gewillt und in der Lage ist, mit der Situation fertigzuwerden.«

»Das Problem mit den ROCKETS ist unter Kontrolle.«

»Bei allem Respekt, Frau Präsidentin, da bin ich anderer Meinung.« Perck drückte sein Rückgrat durch, als würde er sich innerlich schon auf die sich anbahnende Auseinandersetzung vorbereiten. »Der Ausbruch Pedro Mendozas hat gezeigt, dass die ROCKETS eine Bedrohung sind. Der Mann ist äußerst gefährlich. Nicht auszudenken, was für Schaden er bereits angerichtet hat, ohne dass wir davon Kenntnis erlangten.«

»Das ist doch reine Spekulation.«

»Aber eine, die wir ernst nehmen müssen. Es sind Menschen während seiner Flucht gestorben. Die Regierung muss jetzt der Öffentlichkeit Stärke demonstrieren. Und wenn ich Regierung sage, dann meine ich – bei allem Respekt – *Sie*.«

»Pedro Mendoza ist nur *ein* Mann.«

»Er ist ein ROCKET und es sind immer noch ROCKETS in Freiheit. Eine ganze Menge von ihnen. Er könnte diese Ressourcen um sich sammeln und zu einem Machtfaktor innerhalb des Konglomerats werden. Terrorismus darf man nicht auf die leichte Schulter nehmen. Das haben uns die Kinder der Zukunft gelehrt.«

»Belehren Sie mich nicht über die Kinder der Zukunft. Ich war mittendrin, als sie MacAllister angegriffen haben.«

»Umso mehr müssten Sie daran interessiert sein, dass so etwas nie wieder passiert.«

»Ich wiederhole: Wir reden von nur einem Mann. Und MAD sowie SES arbeiten unter Hochdruck daran, seiner habhaft zu werden. Sobald er irgendwo sein Gesicht zeigt, wird man ihn schnappen.«

»Bis dahin könnte er längst eine Bombe gelegt haben. Oder zehn Bomben. Sollten wir wirklich so lange warten?«

Tyler fiel auf, dass die anderen Anwesenden gar nichts sagten. Offenbar war Perck vor Beginn des Treffens zum Wortführer bestimmt worden. Hochinteressant. Die versammelten Offiziere schätzten zwar Percks professionelles Fachwissen als Offizier, doch ihn als Person mochten die wenigsten. Vielleicht mit Ausnahme von Henstridge und Coltor. Perck musste einiges an Überzeugungsarbeit geleistet haben, um die anderen mit seiner eigenen Meinung auf Linie zu bringen. Und Tyler machte sich in diesem Punkt keine Illusionen. Der ganze Vorschlag roch regelrecht nach Perck.

»Sie erwarten also allen Ernstes von mir, die Bürgerrechte außer Kraft zu setzen und das Militär auf die Straßen zu schicken? Wegen eines mutmaßlichen Kriminellen, dessen Schuld noch nicht einmal feststeht?«

»Immerhin ist er geflohen und ich betone noch einmal Admiral Percks Ausführungen – es sind dabei Wachen getötet worden«, wagte Maria Antonetti zum ersten Mal einen Einwand. »Das spricht nicht gerade für seine Unschuld. Genauso wenig wie für die Unschuld der anderen ROCKETS. Warum stellen sie sich nicht einfach? Unschuldige verbergen sich nicht.«

»Doch das tun sie. Wenn sie befürchten müssen, ungerecht behandelt zu werden.« Tyler winkte ab. »Außerdem müssen wir hier differenzieren. Dass er geflohen ist, bestreitet niemand. Auch dass bei seiner Flucht Menschen zu Schaden gekommen sind, ist nicht zu leugnen. Das hat aber nichts mit der Anklage wegen Hochverrats zu tun. Wegen seiner Flucht ist er nicht zwingend auch ein Sympathisant der Kinder der Zukunft oder der Slugs.«

Percks Augen blickten drohend. »Sind Sie blind? Was soll denn noch alles passieren?«

Beim Ausbruch des Admirals spannte sich Bates' Gestalt an. »Nicht in diesem Tonfall, Perck!«, wies er den Offizier zurecht. »Sie reden mit der Präsidentin. Vergessen Sie das nicht!«

Perck rang sichtlich um Fassung und strich seine makellose Uniform glatt, wohl eher, um sich zu sammeln, als dass diese es wirklich nötig gehabt hätte.

»Ich bitte um Verzeihung. Das hätte ich nicht sagen dürfen.«

Tyler lehnte sich zurück. Jeder Anflug von Heiterkeit war aus ihrer Haltung gewichen. »Schon gut«, erwiderte sie knapp. Sie warf Bates einen fragenden Blick zu. »Was ist mit Ihnen, Bobby? Sind Sie mit Admiral Perck und den anderen einer Meinung?«

Bates schüttelte den Kopf. »Ganz und gar nicht. Ich denke, das Ausrufen des Kriegsrechts würde eine ohnehin schon angespannte Situation nur verschärfen. Ich glaube eher, Deeskalation wäre hier das Zauberwort.«

Perck sah den Geheimagenten an, als hätte dieser den Verstand verloren. »Mit Zuckerbrot kommen wir hier nicht weiter, Bates. Hier hilft nur noch die Peitsche.«

»Das halte ich für den völlig falschen Ansatz«, widersprach Bates vehement. »Es gibt keinen – auch nicht den kleinsten – Anhaltspunkt für einen geplanten Anschlag oder für terroristische Aktivitäten in irgendeiner Form. Weder im Solsystem noch auf einer anderen Welt des Konglomerats. Ich wage zu behaupten, dass dem SES so etwas nicht entgangen wäre.«

»Sind Sie bereit, das Leben Tausender Unschuldiger darauf zu verwetten?«

»Das tun wir jeden Tag«, hielt die Präsidentin stoisch entgegen. »Diese Denkweise mag nicht wirklich populär sein, doch bei jeder Entscheidung, die wir in Bezug auf den Krieg treffen, spielen wir mit

Menschenleben. Manchmal treffen wir die richtigen Entscheidungen und manchmal nicht. Und in jedem Fall zahlen Unschuldige den Preis dafür. Hier ist das nicht anders. Nein, es tut mir leid, aber die Ausrufung des Kriegsrechts kommt nicht infrage.«

Der Mann, den ein ausgewählter Personenkreis nur unter dem Namen Hektor kannte, war guter Dinge. Seine letzten Missionen waren hervorragend verlaufen, sodass er sich einige freie Tage auf der Erde verdient hatte.

Immerhin mussten auch Auftragskiller in Diensten des MAD sich irgendwann mal etwas erholen. Außerdem lagen derzeit ohnehin keine weiteren Aufträge an. Genau genommen, war die Lage seit dem Niedergang der Kinder der Zukunft recht ruhig. Offenbar gab es derzeit kein großes Forum für ruulanische Sympathisanten. Der Gedanke ließ ihn schmunzeln. Dass er daran nicht unbeteiligt gewesen war, gefiel ihm.

Hektor verfügte über ein ausgeklügeltes und gut organisiertes Netzwerk von Informanten aus allen gesellschaftlichen Schichten. Dies ermöglichte es ihm, dem MAD insgeheim ein wenig zuzuarbeiten, vor allem was mögliche Liquidationsziele anbelangte.

Einer dieser Informanten hatte Hektor heute zu einem Treffen bestellt. Der Mann arbeitete als ziviler Angestellter beim Flottensicherheitsdienst. Auch wenn er nur eine recht niedrige Zugangsberechtigung besaß, war der Kontakt zuweilen recht nützlich. Der Informant war für Hektors Dafürhalten allerdings ein wenig nervös, und zwar ständig. Der Begriff *Bienen im Hintern* passte da schon recht gut. Bei dem kurzen Telefonat, das er mit dem Mann heute geführt hatte, war er sogar noch weit nervöser gewesen als sonst. Aus diesem Grund hatte Hektor den festen Vorsatz, das Treffen so schnell abzuhandeln wie nur möglich.

Der Mann hieß Viktor und hatte darauf bestanden, Hektor in einer Seitengasse der Hauptstadt Oslo zu treffen. Für Hektors Geschmack war die Wahl des Treffpunkts ein wenig zu theatralisch, um nicht zu sagen, klischeehaft.

Hektor sah auf die Uhr, als er in die angegebene Gasse einbog. Er nickte zufrieden. Annähernd pünktlich. Das würde Viktor ganz gewiss gefallen. Unpünktlichkeit machte ihn nervös – so wie fast alles andere auch.

»Da bist du ja endlich«, sprach ihn unvermittelt eine Stimme aus dem Halbdunkel an. »Ich warte schon eine halbe Ewigkeit.«

Hektor spähte angestrengt in die Richtung, aus der die Stimme gekommen war. »Viktor? Bist du das? Was zum Teufel machst du denn da? Warum versteckst du dich?«

Eine hagere Gestalt mit zerzausten Haaren trat ins Licht. Hektor war gelinde gesagt geschockt beim Anblick, den sein Informant bot. Viktor ging normalerweise nicht ungepflegt oder schlecht frisiert aus dem Haus. Das war eine seiner wenigen Tugenden.

Hektor verzichtete auf den offensichtlichen Hinweis, dass er überpünktlich war, und kam sofort zur Sache. »Mann, Mann, Mann, du siehst ja richtig fertig aus.«

»Du hast ja keine Ahnung, Hektor. Ich war seit zwei Tagen nicht mehr zu Hause. Sie wissen, dass ich es weiß. Ich bin sicher, meine Wohnung wird überwacht.«

»Wer überwacht deine Wohnung? Wer soll hinter dir her sein?« Hektor war überzeugt, dass sein Informant inzwischen der Paranoia verfallen war. Der Mann wirkte fahrig und schrak sogar vor seinem eigenen Schatten zurück. Wenn er Viktor nicht so gut gekannt hätte, dann wäre er sicher gewesen, der Mann habe den Verstand verloren. Doch aus Erfahrung wusste er, dass Viktor Angst vor ihm hatte. Er würde ihn nicht rufen, wenn es nicht unbedingt sein musste. Dies weckte Hektors Neugier. Er trat zwei Schritte näher, langsam, um den Mann nicht zu verschrecken, und hob beruhigend beide Hände.

»Jetzt komm erst mal runter. Lass uns irgendwohin gehen und in Ruhe was trinken. Dann kannst du mir erzählen, was passiert ist. Einverstanden?«

»Keine Zeit, Hektor. Es ist einfach keine Zeit. Du musst dich beeilen.«

»Beeilen? Weshalb?«

»Sie haben sich Sprengstoff besorgt. Sie wollen sie umbringen. Ich dachte nicht, dass sie jemals so weit gehen würden.«

Nun war Hektor vollends verwirrt. »Wer hat Sprengstoff? Wen will man umbringen?«

Viktor setzte an, etwas zu sagen, doch mit einem Mal erstarrte er mitten in der Bewegung. Sein Gesicht verlor von einer Sekunde zur nächsten jede Farbe und sein Kiefer klappte herunter. Selbst in dem diffusen Licht erkannte Hektor den Angstschweiß auf der Stirn seines Informanten.

Hektor drehte sich um. Zwei Männer gingen gemächlichen Schrittes auf sie zu. In Hektors Kopf schrillten sämtliche Alarmglocken los. Die Männer wirkten zwar auf den ersten Blick völlig unscheinbar, doch Hektors geübte Sinne erkannten die ausgebildeten Killer in ihnen. Es lag an der Art, wie sie sich bewegten, wie ihre Augen die Umgebung regelrecht abscannten, und auch der Art, wie sie sich beinahe unbewusst gegenseitig absicherten. Nein, das waren keine harmlosen, zufälligen Fußgänger. Das waren Raubtiere auf der Jagd.

Hektor erkannte dies auf den ersten Blick.

Er erkannte seinesgleichen.

Die beiden Männer griffen in die Innenseite ihrer Jacke. Man brauchte nicht viel Fantasie, um sich auszumalen, dass die Hände mit Waffen wieder zum Vorschein kommen würden.

Hektor reagierte augenblicklich. Er machte einen Satz und stieß Viktor mit seinem eigenen Körpergewicht zur Seite. Gleichzeitig zog er seine eigene Waffe. Die beiden Männer zögerten bei Hektors entschlossenem Handeln keine Sekunde. Sie zogen ihre Waffen. Vier Schüsse knallten durch die Luft.

Hektor fühlte den Luftzug zweier Projektile an seinem Ohr und seinem Hals vorbeipfeifen. Die Jungs waren gut, das musste er ihnen zugestehen. Doch sie hatten keine Ahnung, mit wem sie sich hier anlegten.

Hektor feuerte dreimal. Beide Angreifer wichen aus, doch einer nicht schnell genug. Zwei von Hektors Projektilen gingen fehl, das dritte stanzte ein sauberes Loch in die Stirn des Mannes. Die Wucht des Aufpralls riss dessen Kopf zurück und er stürzte hintenüber, wo er schwer auf den Asphalt knallte.

Der zweite Mann feuerte erneut. Beide Schüsse gingen fehl. Sie kamen Hektor nicht einmal nahe. Der Attentäter ging in die Hocke, atmete langsam aus und noch während des Ausatmens feuerte er erneut einen einzelnen Schuss ab. Das Projektil durchschlug Brustbein und Herz des Angreifers. Dieser ließ mit weit aufgerissenen Augen seine Waffe fallen, sank zuerst auf die Knie, während er Hektor weiterhin mit großen Augen anstarrte, bevor er vornüberfiel.

Hektor erhob sich in einer fließenden Bewegung. Mit angelegter Waffe ging er zu dem Angreifer, den er zuletzt gefällt hatte, und drehte ihn mit dem Fuß um. Der Mann war eindeutig tot. Von dem ging keine Gefahr aus. Hektor kniete sich neben den Leichnam und durchsuchte mit flinken Fingern dessen Taschen. Außer einer nicht gerade gut gefüllten Geldbörse fördert er ein Lederetui zutage. Als er es öffnete, musste er seine ganze Selbstbeherrschung aufbringen, um nicht zusammenzuzucken. In dem Lederetui befand sich ein Ausweis des Flottensicherheitsdienstes. Demnach hatte er gerade einen Agenten namens Bowles erschossen. Er sah sich zur anderen Leiche um. Vermutlich hatte er gerade sogar zwei Agenten getötet. Was zum Teufel ging hier vor?

»Alles in Ordnung mit dir, Viktor?«, fragte er über die Schulter, ohne sich umzudrehen.

Als er keine Antwort erhielt, sah er zu der Stelle, an der sein Informant hätte stehen sollen, doch der Mann lag in seinem eigenen Blut am Boden.

Hektor fluchte und eilte zu ihm. Der Mann lebte noch, doch er hatte nicht mehr lange. In dessen Brust klafften zwei große Löcher. Hektor fluchte. Die letzten beiden Projektile dieses Agenten hatten nicht ihm gegolten, sondern Viktor.

Viktor war noch bei Bewusstsein. Er hustete und spuckte in einem fort Blut. Hektor sah in dessen Augen. Der Mann wusste, dass er sterben würde.

»Viktor? Es ... es tut mir leid, aber du musst mir jetzt sagen, was du weißt. Wer soll umgebracht werden?«

Viktors Lippen bewegten sich, doch kein Laut drang aus ihnen hervor. Hektor rückte mit seinem Ohr ganz nahe an Viktors Mund, in der Hoffnung, der Mann brächte noch in seinen letzten Zügen die Kraft auf, etwas zu sagen.

Als Viktor schließlich ein einzelnes Wort über die Lippen presste, war seine Stimme kaum mehr als ein Flüstern. Hektor musste sich anstrengen, um es überhaupt verstehen zu können. Doch dieses einzelne Wort ließ ihm das Blut in den Adern gefrieren. Hektor sah auf. Viktors Blick war bar jeden Lebens. Mit seinem letzten Atemzug hatte er enthüllt, weshalb er Hektor so dringend hatte sprechen wollen. Der Mann hatte sein Leben dafür gegeben.

Hektors Gedanken rasten. Das änderte alles. Wem sollte er Bescheid geben? Coltor? Oder Bates? Der Attentäter traf eine schnelle Entscheidung. Am besten Bates. Er war wesentlich näher am Geschehen und würde rascher reagieren können.

Hektor kramte sein ComGerät aus der Tasche und gab Bates' Kennung ein. Ungeduldig wartete er darauf, dass der Leiter des SES am anderen Ende abnahm.

Während dieser Sekunden, die ihm wie Stunden erschienen, geisterte dieses einzelne Wort immer wieder durch Hektors Verstand. Dieses einzelne Wort, für das sein Informant gestorben war.

Tyler.

Präsidentin Gabriele Tyler sah ein wenig irritiert auf, als Bates' ComGerät hartnäckig zu piepen anfing. Seit fast einer geschlagenen Stunde musste sie sich gegen die Forderungen ihrer ranghöchsten Offiziere wehren, das Kriegsrecht auf der Erde zu verhängen. Was ihr jetzt noch gefehlt hatte, war dieses ständige, nervtötende Piepen.

Sie versuchte, das Geräusch auszublenden, doch ein Teil ihres Verstandes schweifte immer wieder in diese Richtung ab. So bekam sie mit einem Auge mit, wie Bates das ComGerät aus der Tasche zog, aktivierte und an sein Ohr hielt. Auch registrierte sie, wie mit einem Mal seine Miene einfror. In diesem Moment erkannte ihr Unterbewusstsein, dass etwas nicht stimmte, doch der bewusste Teil ihres Denkens konnte mit dieser Information noch nichts anfangen.

Bates' Gestalt versteifte sich. »Harold!«, rief er mit fester Stimme.

Tylers Leibwächter stürzte durch die Tür, die Waffe bereits halb aus dem Holster gezogen.

»Die Präsidentin muss hier raus!«, ordnete Bates an. »Sofort!«

Harold war gut ausgebildet und fragte seinen Vorgesetzten nicht großartig nach einem Grund. Mit zwei Sätzen war er hinter Tylers

Schreibtisch, packte die Präsidentin ohne viel Federlesens am Arm und zerrte sie zur Tür hinaus.

»Alle raus hier!«, schrie Bates, nachdem die Präsidentin den Raum verlassen hatte. »Bewegung!«

Die Offiziere eilten, ohne Fragen zu stellen, der Präsidentin hinterher. Bates überholte die Meute und schloss zu Tyler und ihrem Leibwächter auf.

»Was ist denn los?«, verlangte Tyler vor Anstrengung japsend zu erfahren.

»Es gibt eine Bombendrohung, Frau Präsidentin. Wir müssen sie ernst nehmen.«

»Hier? Im Präsidentenpalais?«

»Davon müssen wir leider ausgehen.«

Tyler wollte den Aufzug ansteuern, doch Bates hielt sie zurück. »Nicht den Aufzug. Wir nehmen das Treppenhaus.«

Harold stieß die Tür auf und zog die Präsidentin in den Korridor hinein. Mehrere SES-Agenten schlossen sich an und gemeinsam bildeten sie einen schützenden Wall vor ihrer Staatschefin, anschließend folgte Bates und das Schlusslicht bildeten die Offiziere.

Das Amtszimmer der Präsidentin befand sich im vierten Stock des Palais. Sie hatten beinahe den zweiten Stock erreicht, als das Gebäude unter einer furchtbaren Explosion erbebte. Die Männer und Frauen hatten Schwierigkeiten, auf den Beinen zu bleiben. Eine Schockwelle brach sich ins Treppenhaus Bahn und riss mehrere Menschen von den Füßen. Eine zweite Explosion erklang. Tyler stürzte. Sie spürte wie sich ein Mann auf sie warf, um sie zu schützen. Eine dritte Explosion erfolgte und Tyler fühlte nur noch Hitze auf ihrem Gesicht.

13

»Außenscheinwerfer an.«

Auf Rachels Befehl hin aktivierte der Pilot des Stingray die Scheinwerfer. Sie warfen tanzende Lichtkegel auf die Außenhülle der WALES. Es half kaum, sich ein Bild der Lage zu machen, doch Rachel genügte es. Die WALES hatte einiges mitgemacht.

Das Schiff wies multiple Schäden auf. Es schien kaum einen Flecken zu geben, der nicht von Laserfeuer oder Torpedotreffern geschwärzt und aufgerissen war. Rings um die WALES trieben Hunderte Trümmerteile. Ihre Größe reichte von wenigen Zentimetern Durchmesser bis hin zu Trümmern, die die Maße eines Kleinwagens aufwiesen. Und zwischen den Trümmern trieben die Leichen Dutzender Besatzungsmitglieder.

Rachels erster Impuls bestand darin, den Blick abzuwenden, als die Scheinwerfer des Stingray einen Blick auf die Leichen zuließen. Doch sie zwang sich, weiter hinzusehen. Dieser Männer und Frauen hatten es sich verdient, dass jemand Anteil an ihrem Schicksal nahm. Dass jemand Zeuge dessen wurde, was man ihnen angetan hatte. Einige der Besatzungsmitglieder hatten es noch in die Raumanzüge geschafft und waren offenbar erstickt, als die Sauerstoffreserven zur Neige gingen. Andere waren von der explosiven Dekompression überrascht und ins All gerissen worden. Die Besatzung der WALES war regelrecht massakriert worden.

Der Pilot des Stingray schwenkte langsam nach rechts, den lang gezogenen Rumpf des Leichten Kreuzers entlang. Dort, wo eigentlich der schlanke Kommandoturm hätte in die Höhe ragen sollen, war lediglich ein Stumpf übrig geblieben, aus dem noch die Reste der Verstrebungen ragten.

Hinter Rachel pfiff jemand durch die Vorderzähne. Sie war jedoch so geschockt, dass sie darauf verzichtete, denjenigen zur Ordnung zu rufen. Eine ganze Schiffsbesatzung war hier gestorben. Es bestand keinerlei Anlass, dieses Zerstörungswerk auch noch mit Anerkennung zu betrachten.

Im Gegensatz zu ihrem Ausflug in den Horchposten hatte Staudmann dieses Mal darauf bestanden, ihr seine Marines zur Seite zu stellen. Sechzig der gut ausgebildeten Soldaten saßen festgeschnallt in ihren Sitzen und warteten nur auf den Befehl zum Einsatz. Von den TKA-Soldaten waren nur Derek, Narim und Delaney anwesend. Die drei Männer sahen sich inzwischen als ihre inoffiziellen Beschützer an und waren nicht davon abzubringen gewesen, sie zu begleiten.

»Wo gehen wir rein?«, wollte Derek wissen. In dem Raumanzug wirkte der TKA-Soldat seltsam fehl am Platz. Das All war ganz offensichtlich nicht seine bevorzugte Domäne. Rachel hielt ihm zugute, dass er seine Abneigung nicht allzu deutlich zeigte.

Sie deutete auf einen Punkt zwanzig Meter unterhalb der Reste des Kommandoturms. »Dort. Etwa auf dieser Höhe, im Mittelteil des Schiffes, befindet sich die Ersatzbrücke. Falls jemand von Rang die Zerstörung der Brücke überlebt hat, dann finden wir ihn dort. Und auch das Logbuch. Ich hoffe, dass die Aufzeichnungen etwas Licht in die Sache bringen.« Sie zuckte die Schultern. »Wer weiß? Vielleicht finden wir sogar Malkner.«

Derek wirkte zweifelnd. »Falls ja, dann sicher nicht mehr lebend. So wie das Schiff aussieht, treibt das hier schon ein paar Wochen herum. So lange hätte niemand durchgehalten.«

»Nach allem, was ich gehört habe, war Malkner ein findiger Mann. Vielleicht hat er einen Weg gefunden.«

»Die Hoffnung stirbt zuletzt, was?«

»Optimismus ist nicht die schlechteste Philosophie.«

Derek zuckte die Achseln. »Ich halte es da lieber mit: *Rechne mit dem Schlimmsten und hoffe auf das Beste.*«

»Eine deprimierende Einstellung.«

»Sie erhält einen am Leben.«

Der Pilot des Stingray steuerte das Sturmboot mithilfe der Schubdüsen sanft gegen die Außenhülle. Er bewerkstelligte dies so gekonnt, dass Rachel kaum einen Ruck verspürte, als der Stingray Kontakt mit dem Leichten Kreuzer herstellte.

Der Bug verankerte sich und das Lasermodul schnitt mühelos ein kreisrundes Loch in die Außenhülle. Derek gab dem Lieutenant, der die Marines befehligte, ein Zeichen und dieser ließ seine Männer in das havarierte Schiff ausschwärmen. Der Stingray leerte sich mit beeindruckender Schnelligkeit.

»Alles klar!«, gab der Lieutenant kurz darauf grünes Licht. Rachel und die drei TKA-Soldaten beeilten sich, dem Stoßtrupp zu folgen.

Bereits beim ersten Schritt in das terranische Kriegsschiff spürte sie, wie sich die Schwerelosigkeit bemühte, sie durch den Raum treiben zu lassen. Ihre Erfahrungen mit Einsätzen im Vakuum waren eher bescheiden, doch die Ausbildung beim MAD beinhaltete umfassende Kampfschulungen in Schwerelosigkeit. Das war für jeden Agenten Pflicht.

Sie griff geschickt nach einer aus der Wand ragenden Verstrebung und stieß sich ab, bis ihre Stiefel das Deck berührten. Sofort aktivierten sich die magnetischen Verschlüsse und die Stiefel hafteten auf der glatten Oberfläche.

Hinter ihr arbeiteten sich Derek, Narim und Delaney ebenfalls in die WALES. In Dereks und Delaneys Fall etwas ungelenk, bei Narim sah das Ganze – wenig überraschend – weit eleganter aus. Er wirkte beinahe wie ein Tänzer. Sein Gleichgewichtsgefühl war beeindruckend.

Rachel nahm sich erstmals Zeit, ihre Umgebung in Augenschein zu nehmen. Die Marines hatten im Halbkreis Aufstellung genommen. Die an den Unterseiten ihrer Gewehrläufe montierten Scheinwerfer ließen die Szenerie erscheinen wie aus einem Horrorfilm entnommen.

Der Kampf, der um die WALES getobt hatte, musste brutal und mörderisch gewesen sein. Egal, wo sie auch hinblickte, überall trieben Leichen oder Leichenteile, viele zur Unkenntlichkeit verbrannt. Die WALES musste sich ein Lasergefecht auf kürzeste Distanz geliefert haben. Umso beeindruckender, dass es der Kreuzer überhaupt halbwegs intakt ins Asteroidenfeld geschafft hatte.

Derek rückte näher und sie realisierte, dass er ihre Betroffenheit bemerkte. Sie wollte es ihm nicht zu deutlich zeigen, war jedoch dankbar für seine Anteilnahme.

»Sollen wir?«, fragte er überraschend sanft. Sie vermutete, dass er auf Serena ähnlich Erschreckendes oder sogar Schlimmeres gesehen hatte. TKA-Soldaten waren die Ersten, wenn es darum ging, im Schlamm zu kriechen oder knöcheltief im Blut zu waten. Für Männer, die derlei gewohnt waren, musste das hier sein wie ein ganz normaler Tag im Büro.

Sie schluckte den Kloß hinunter, der Gefahr lief, sich in ihrer Kehle breitzumachen, und nickte.

»Lieutenant?«, ordnete Derek mit fester Stimme an. »Wir rücken vor.«

Der Helm des Mannes bewegte sich kurz vor und zurück, als er den Befehl nickend zur Kenntnis nahm. »Alpha-Trupp. Vorhut bilden! Beta-Trupp, Nachhut! Delta-Trupp bleibt beim Stingray.« Die Marines lösten sich auf die Anweisungen des Lieutenants hin in Zwanzigmannteams auf und nahmen ohne Zögern Aufstellung.

Ironischerweise erleichterte der schlechte Zustand des Kreuzers den Zugang zu den inneren Sektoren des Schiffes. Es gab kaum ein Schott, das nicht zerschmolzen oder aus der Verankerung gerissen worden war. Die Energieversorgung arbeitete ebenfalls nicht, sodass sie keine Kraftfelder deaktivieren mussten. Rachel vermutete, dass die letzten Energiereserven vor gut einer Woche aufgebraucht worden waren. Sie bezweifelte jedoch, dass zu diesem Augenblick noch jemand am Leben gewesen war.

Unvermittelt knackte es in ihren Ohren. »Staudmann an Prisenkommando.«

Rachel bestätigte die Verbindung. »Hier Kepshaw.«

»Wie sieht es aus, Colonel?«

»Wir arbeiten uns auf die Ersatzbrücke vor. Ich schätze, wir erreichen sie in einigen Minuten. Bisher sind wir auf keine Überlebenden gestoßen.«

»Das ist keine große Überraschung.«

Rachel verstand Staudmanns Bemerkung nur zu gut, doch sie war enttäuscht, niemanden mehr lebend vorzufinden. Nicht nur aus rein humanitären Gründen, ein Überlebender hätte ihnen zumindest einen rudimentären Eindruck darüber verschaffen können, was hier vorgefallen war. Die Anwesenheit der WALES in diesem System stellte Rachel vor ein Rätsel. Nicht nur das, die ganzen Ermittlungen schienen immer nur zu weiteren Fragen statt zu Antworten zu führen. Das war in höchstem Maße frustrierend.

»Wie sieht es bei Ihnen aus?«, fragte sie, um nicht auf seine Bemerkung eingehen zu müssen. »Was machen unsere Freunde da draußen?«

»Die haben damit begonnen, einen Teppich mit ihren Lenkwaffen zu legen, und sie gehen dabei nicht gerade zimperlich vor. Nach dem, was die da an Munition verschießen, würde ich sagen, sie sind auch in dieser Hinsicht verbessert worden. Die haben mindestens doppelt so große Magazine, wie es bei Sioux-Kreuzern üblich ist.«

»Besteht Gefahr?«

»Noch nicht. Die sind noch meilenweit von uns entfernt, doch der Beschuss zieht langsam, aber sicher in unsere Richtung. Sie sollten sich innerhalb der nächsten Stunde auf den Rückweg machen. Es wäre mir wohler, wenn sie wieder auf der BERLIN sind, sobald uns die Geschosse um die Ohren fliegen.«

»Verstanden. Werden Sie die Position wechseln, sobald der Tanz losgeht?«

Eine Pause folgte. Staudmann war sich wohl selbst nicht ganz sicher, was er in diesem Fall tun würde. Entweder das oder er wusste, dass sein Plan Rachel ganz und gar nicht gefallen würde.

»Nicht, wenn es nicht sein muss. Es wäre mir lieber, den Beschuss auszusitzen. Jede Aktivierung des Antriebs – sei sie auch noch so gering – erhöht die Gefahr, dass man uns anpeilen kann, und das wäre dann wirklich schlecht.«

»Wie Sie meinen. Kepshaw Ende.« Sie versuchte, sich ihren Unmut nicht anmerken zu lassen. Den Beschuss auszusitzen – ohne Schilde und ohne Möglichkeit zurückzuschießen –, war riskant. Ein paar gute Treffer und die BERLIN wäre Geschichte. Staudmann ging ein großes Risiko ein, indem er sich tot stellte.

»Wir sind da«, verkündete der Lieutenant, der die Marines kommandierte.

Er deutete auf ein Schott voraus. Das gepanzerte Schott, das die Ersatzbrücke schützte, hätte einem Bombardement aus schweren Infanteriewaffen standgehalten. Gegen die Kräfte jedoch, die auf es eingewirkt hatten, war es machtlos gewesen. Das Metall, aus dem das Schott bestand, war zu einem Schlackeberg zerschmolzen. Der Lieutenant betrachtete das Dilemma eine Weile und winkte wortlos einen seiner Männer nach vorn.

Der Schlackeberg versperrte den Zugang zur Ersatzbrücke und war zu dick, um mit Schneidbrennern aufgeschweißt zu werden. Also hatte sich der Lieutenant für eine etwas direkte Vorgehensweise entschieden.

Noch während Rachel zusah, platzierte der Marine an einigen Schlüsselpunkten mehrere Sprengladungen, die einen Stoff verwendeten, der altem Thermitplasma nicht unähnlich war. Die Sprengladungen brannten so heiß, dass sie das, was von dem Druckschott noch übrig war, verflüssigten und verbrannten. Vermutlich würde sich das Plasma durch den Boden brennen und ein Loch hinterlassen. Das brachte den Vorteil mit sich, dass sie nicht warten mussten, bis das Metall abkühlte.

Der Vorgang dauerte nur wenige Augenblicke. Als der Marine fertig war, winkte der Lieutenant alle Anwesenden zurück in den Korridor. Rachel fiel nicht zum ersten Mal auf, dass der Mann nicht viele Worte verlor.

Nachdem alle einen großzügigen Sicherheitsabstand eingenommen hatten, ging der Lieutenant hinter der nächsten Ecke in Deckung und löste die Ladung aus.

Durch das ringsum herrschende Vakuum hörte Rachel weder die Detonation noch spürte sie irgendwelche Auswirkungen der Explosion. Tatsächlich lief alles enttäuschend unspektakulär ab.

Der Lieutenant lugte um die Ecke und gab mit einem knappen Zeichen zu verstehen, alles sei sicher. Der Trupp bewegt sich vorsichtig auf die Ersatzbrücke zu. Das Plasma hatte tatsächlich ein Loch in den Boden gebrannt. Von der zerschmolzenen Tür war nichts mehr zu sehen.

Nacheinander lösten die Mitglieder des Trupps die magnetischen Verschlüsse ihrer Stiefel und ließen sich über das Loch gleiten. Derek bestand darauf, vor Rachel die Lücke zu überqueren. Nachdem er drüben angekommen war, machte er Anstalten, ihr helfen zu wollen, doch Rachel schüttelte leicht den Kopf. Sie ließ sich behände über das Loch gleiten. Es war nicht so, dass sie Dereks Ritterlichkeit nicht schätzte, doch sie kam durchaus selbst mit derlei Situationen zurecht.

Die Ersatzbrücke der WALES war in ähnlich schlechtem Zustand wie der Rest des Schiffes. Auf den ersten Blick erkannte sie gut zwei Dutzend Leichen, die im Raum umhertrieben. Der ranghöchste Offizier war der Chefingenieur im Rang eines Lieutenant Commanders in der Nähe des Holotanks. Er hatte wohl bis zum letzten Augenblick versucht, das Schiff zu retten. Die Leiche trieb langsam um die eigene Achse. Als Rachel seinen Rücken sah, sog sie scharf die Luft ein. Schutzanzug und Rücken des Mannes waren total zerfetzt. Mehrere faustgroße Metallstücke steckten darin. Die Agentin sah nach oben. Ein Treffer hatte sich seinen Weg quer durch das Schiff gebahnt und oberhalb der Ersatzbrücke die Panzerung durchschlagen. Der ganze Raum war von Dutzenden scharfkantigen Splittern bombardiert worden. Derek folgte ihrem Blick.

»Ein Glückstreffer?«, folgerte er ohne rechte Überzeugung.

Rachel schüttelte den Kopf. »Nein, die wussten ganz genau, wie und wo sie zuschlagen mussten. Sie hatten es mit dieser Salve auf die Ersatzbrücke abgesehen. Die WALES hatte keine Chance. Sie haben diese Menschen einfach unbarmherzig abgeschlachtet.«

»Dafür wird man sie noch zur Rechenschaft ziehen.« Der TKA-Offizier versuchte, mehr Zuversicht auszustrahlen, als er tatsächlich fühlte. Und er selbst war sich dessen nur allzu bewusst.

»Nur, wenn wir es lebend hier herausschaffen.« Noch während sie die Worte sagte, hätte sie sich am liebsten auf die Zunge gebissen. Mehrere der Marines warfen ihr vorwurfsvolle Blicke zu. Jeder war sich der misslichen Lage bewusst, in der sie sich befanden. Niemand musste auch noch daran erinnert werden.

Der Lieutenant räusperte sich diskret. »Wir haben die Energieversorgung teilweise wiederhergestellt.«

Er deutete auf einen kleinen, aber leistungsfähigen tragbaren Generator, den einer der Soldaten an die Konsole der Kommandostation angeschlossen hatte.

»Laden Sie so viele Daten runter wie möglich. Vor allem das Logbuch und alle taktischen Daten, die vorhanden sind. Die Sensoren der WALES sind besser als die der BERLIN. Vielleicht hatten sie am Ende eine gewisse Vorstellung, mit wem sie es zu tun hatten.«

Der Lieutenant salutierte knapp und einer der Soldaten machte sich an die Arbeit.

»Staudmann an Kepshaw.«

»Ich höre«, erwiderte Rachel.

»Beeilen Sie sich. Die Besatzungen der beiden Sioux gehen schneller vor, als ich dachte. Der Beschuss kommt uns innerhalb der nächsten dreißig Minuten unangenehm nahe. Das könnte vor allem für Sie in dem Leichten Kreuzer hässlich werden.«

»Verstanden. Wir machen uns gleich auf den Rückweg.« Sie kappte die Verbindung.

»Lieutenant?«, wandte sie sich an den Anführer der Marines.

»Noch etwa zehn Minuten.«

»Ich weiß nicht, ob wir noch so lange haben.«

»Wenn Sie alle Daten wollen, müssen wir uns die Zeit nehmen.«

»Colonel Kepshaw?«

Dereks Ruf lenkte sie ab. Der TKA-Colonel stand mit Narim und Delaney vor einer geöffneten Tür im hinteren Teil der Ersatzbrücke. Derartige Räume kannte sie. Es handelte sich meistens um einen weiteren Arbeitsraum für den diensthabenden Offizier.

Sie gesellte sich zu dem Trio und blickte in den dahinter liegenden Raum. Dort trieb ein einzelner Mann. Das Helmvisier des Raumanzugs war gesprungen. Der Mann war jedoch nicht im Vakuum gestorben. Zu diesem Zeitpunkt hatte sich bereits ein Splitter in dessen Brust gebohrt und er war schnell gestorben.

Rachel trat näher. Erst jetzt erkannte sie, was Derek an dem Leichnam so interessant gefunden hatte. Der Raumanzug wies die Rangabzeichen eines Admirals auf. Sie blickte dem Toten ins regungslose Antlitz.

Es war Malkner.

Und er hielt etwas fest umklammert in seiner Hand. Er hielt es auf eine Art, als würde sein Leben davon abhängen – oder das Leben anderer. Es handelte sich um eine Datendisc.

14

Oslo befand sich im Ausnahmezustand. An jeder Straßenecke sah man Polizei oder Militär. Im Minutentakt erklangen die Sirenen von Rettungsdiensten oder Sicherheitskräften. Es bestand zwar keine Ausgangssperre, die meisten Bürger zogen es dennoch vor, in den Häusern zu bleiben.

Je näher man dem Regierungsviertel kam, desto engmaschiger wurden die Sicherheitsvorkehrungen. Rund um den Amtssitz der Präsidentin waren sogar Panzer aufmarschiert. Niemand zweifelte daran, dass das Militär damit eine Botschaft schicken wollte. Einen weiteren Angriff auf die Präsidentin oder ihren Stab würde man mit überwältigender Gewalt beantworten.

Die oberen zwei Stockwerke des Präsidentenpalais waren praktisch weggesprengt worden und nur noch rauchende Ruinen. Auf dem Rasen vor dem Präsidentenpalais waren die Opfer des Anschlags zum Abtransport vorbereitet worden. Die Zahl lag bisher bei einundsiebzig. Man hatte aber noch nicht in alle von den Explosionen betroffenen Bereiche vordringen können, sodass die endgültige Zahl sicherlich noch steigen würde.

Bei allem Mitgefühl für die Opfer von Oslo war dies jedoch noch nicht einmal das Schlimmste. Noch auf dem Weg von San Francisco in die Hauptstadt hatte David erfahren, dass es einen zweiten Anschlag auf das Parlamentsgebäude gegeben hatte, das sich ebenfalls in Oslo befand. Fast vierzig Delegierte waren getötet worden. Viele weitere waren verletzt. Die Regierung war im Moment quasi handlungsunfähig. Jemand hatte enorm viele Mühe, Planung und Mittel investiert, um die Regierung auszuschalten.

Brigadier General David Coltor stand diesem Ausmaß an Zerstörung fassungslos gegenüber. In der ganzen Geschichte des Konglomerats hatte es nicht einmal einen derart verheerenden Anschlag gegeben. Und noch nie war jemand derart dreist gewesen, den Amtssitz des Präsidenten anzugreifen. Analytiker von MAD und SES durchstreiften die Trümmer auf der Suche nach Hinweisen.

David schüttelte den Kopf. Der Angriff war nicht nur eine Tragödie, es war auch eine Niederlage für beide Geheimdienste – und eine persönliche für David. Er hätte dies verhindern müssen. Es wäre seine Pflicht gewesen. Er hatte versagt.

Er spürte die Annäherung einer anderen Person mehr, als er sie hörte. David brauchte sich gar nicht erst umzudrehen, um zu wissen, wer hinter ihm stand.

»Sie haben gerade drei weitere Leichen aus den Trümmern gezogen«, meinte Robert Bates niedergeschlagen.

»Dafür wird jemand büßen, Bobby.«

»Die Schuldigen müssen erst einmal gefunden werden und das dürfte nicht einfach sein. Die meisten Spuren sind durch die Explosion zerstört worden, was zweifellos auch der Absicht der Terroristen entsprach.«

David drehte sich um. »Wie geht es der Präsidentin?«

Das Gesicht des SES-Chefs war auf der linken Wange gerötet und eine verbrannte Hautstelle zog sich den linken Kiefer hinunter und den Hals entlang. Es erinnerte David daran, dass sie auch Bates beinahe verloren hätten.

Der SES-Chef zuckte die Achseln. »Sie lebt. Sie hatte unglaubliches Glück. Sie hatte den Explosionsradius knapp verlassen. Ihr rechtes Handgelenk ist gebrochen und einige Haare sind angesengt, aber sonst geht es ihr den Umständen entsprechend gut.« Bates seufzte schwer. »Antonetti und MacCullogh sind tot. Sie waren direkt hinter uns, als die Explosionen losgingen. Sutter liegt im Koma. Sein Überleben ist ungewiss. Damit sind alle Waffengattungen im Moment quasi ohne Oberkommando. Ich muss noch deren jeweilige Nummer zwei in der Hierarchie darüber informieren, dass sie bis auf Weiteres das Oberkommando innehaben. Wir brauchen jedoch schnellstens eine permanente Lösung, damit alles seinen reibungslosen Gang gehen kann. Das Gleiche gilt für die Erdverteidigung. Henstridge hat schwere Verbrennungen und ist auf dem Weg ins Krankenhaus. Perck ist ebenfalls verletzt, aber zum Glück nur leicht. Er kann seinen Dienst weiterführen. Einer der wenigen Lichtblicke im Moment.«

David warf den schwelenden Trümmern einen weiteren verzweifelten Blick zu. »Das ist eine verfluchte Katastrophe.«

Bates nickte. »Wer immer dafür verantwortlich ist, wollte unsere Führungsriege auslöschen.«

»Und es wäre ihm beinahe gelungen.« David sah sich verstohlen um, ob jemand in der Nähe war. Zum Glück waren sie für den Moment allein. »Gibt's Neuigkeiten von unserem Freund?«

Bates senkte unwillkürlich die Stimme. »Hektor hat sich seither nicht mehr gemeldet. So wie ich ihn kenne, wird er jetzt eigene Nachforschungen anstellen.«

»Ich hoffe, er hat damit mehr Erfolg als wir. Bisher war der MAD nicht sehr erfolgreich damit aufzudecken, was hier vor sich geht. Eigentlich ganz schön peinlich.«

Bates nickte. »Trösten Sie sich, David. Der SES auch nicht und wir sind schließlich unmittelbar für den Schutz der Präsidentin verantwortlich.«

David deutete in Richtung des Krankenwagens, in dem die Präsidentin versorgt wurde. Ein Dutzend SES-Agenten standen rings um das Fahrzeug Wache. Bates ging kein Risiko mehr ein. Eine hochgewachsene Gestalt fiel jedoch auf, die im Sicherheitsring der Agenten stand und gestikulierend argumentierte.

»Perck ist mal wieder auf Hochtouren«, kommentierte David. »Ich befürchte, es wird noch sehr viel schlimmer, bevor es besser wird, vor allem wenn es nach ihm geht.«

Bates nickte. »Damit haben Sie leider recht. Er will für das Solsystem das Kriegsrecht ausrufen lassen. Jedenfalls, bis die gegenwärtige Krise vorbei ist.«

»Was?«, brauste David auf. »Warum weiß ich davon nichts?«

»Er hat es das erste Mal vorgebracht, kurz bevor die Bomben hochgingen. Tut mir leid, es war bisher keine Zeit, Sie zu informieren.«

»Kriegsrecht auf der Erde und dem Mars.« Daniel spie beinahe aus. »So weit kommt es noch. Dem werde ich die Suppe versalzen.«

David ging in Richtung des Krankenwagens. Bates folgte ihm.

Die SES-Agenten wollten ihm zuerst den Weg versperren, doch auf einen Wink Bates' hielten sie sich zurück.

Die Präsidentin saß im hinteren Teil des Wagens auf einer Trage und ließ sich von einem Sanitäter verarzten. Wenn man bedachte, was sie gerade miterlebt hatte, hielt sie sich ganz großartig. Von einer gewissen Blässe abgesehen, blieb sie aufrecht und ihre Miene beinahe neutral. David vermutete, dass man ihr auch ein Schmerzmittel gegeben hatte.

Bei seiner Ankunft blickte Perck ihm missmutig entgegen. David war sich nicht sicher, ob es daran lag, dass der Admiral heute beinahe gegrillt worden wäre, oder daran, dass er wusste, David würde mit der Ausrufung des Kriegsrechts nicht einverstanden sein. Vielleicht auch eine Mischung aus beidem. Als der Admiral Bates im Hintergrund erkannte, lockerte sich seine Miene jedoch auf.

David nickte dem Admiral zu, jedoch eher, um der Höflichkeit Genüge zu tun. Anschließend wandte er sich der Präsidentin zu.

»Alles in Ordnung?«, fragte er besorgt.

Sie nickte. Ihre stoische Miene bekam jedoch deutliche Risse. »Könnte schlimmer sein.« Sie schüttelte leicht benommen den Kopf. »Der arme Harold.«

David betrachtete sie mit einem mitfühlenden Blick. Er wusste, dass ihr SES-Leibwächter gestorben war, als er sich auf sie geworfen und sie damit vor herabfallenden Trümmern beschützt hatte.

»Mein Beileid«, erwiderte David voll Anteilnahme.

»Könnten wir vielleicht wieder zum Thema zurückkehren?«, unterbrach Perck unwirsch.

»Admiral Perck versucht, mich davon zu überzeugen, das Kriegsrecht auszurufen«, erklärte die Präsidentin. »Ich bin nicht begeistert von der Idee.«

»Und damit liegen sie auch goldrichtig.« David war empört. »Die Bürgerrechte außer Kraft zu setzen, kann nicht die Lösung sein. Es gibt bereits jetzt zu viele Waffen auf den Straßen.« David deutete auf die aufgefahrenen Panzer. »Niemand kann ernsthaft noch mehr davon wollen.«

»Bin ich denn der Einzige, der die Tragweite all dessen, was passiert ist, begreift? Die ROCKETS sind eine Bedrohung. Das haben sie jetzt recht eindrucksvoll bewiesen. Bisher war ich zumindest in Ansätzen bereit zu glauben, dass die Anschuldigungen gegen die Spezialeinheit falsch sind.« Perck deutete auf das Präsidentenpalais. »Doch jetzt sieht die Sache anders aus.«

»Wir wissen nicht, ob dieser Anschlag mit den ROCKETS zusammenhängt.«

»Mendoza wurde gesehen. Hier in Oslo.«

Davids Gesicht verlor jede Farbe bei Percks Offenbarung. »Das ist unmöglich.«

»Es ist wahr. Er taucht auf mehreren Überwachungsvideos auf. Hier im Regierungsviertel.«

»Mendoza hätte niemals von China nach Europa kommen können. Alle Wege sind abgeriegelt und werden kontrolliert.«

»Nun ja, zumindest nicht ohne Hilfe«, stimmte Perck zu. »Das untermauert den Verdacht, dass die ROCKETS von den Kindern der Zukunft unterwandert wurden. Sie verfügen zweifellos über die Mittel, ihn durch die Absperrungen zu schleusen. Das haben sie schon früher getan.«

»Ich will diese angeblichen Beweise sehen. Geben Sie mir diese Videoaufzeichnungen«, forderte der MAD-Chef.

»Sie werden sie erhalten, aber ich befürchte, sie werden Ihnen nicht gefallen. Sie sind unwiderlegbar.«

David stand kurz vor der Explosion. »Sie können nicht ernsthaft glauben, dass Pedro Mendoza für das hier verantwortlich sein soll.« Er deutete beinahe anklagend auf die Ruine des Palais. »Ich kenne den Mann seit Jahren.«

»Und wie lange haben Sie ihn schon nicht mehr gesehen? Wissen Sie denn wirklich, was er in all der Zeit getan hat, die er nun für die ROCKETS verantwortlich ist? Was wäre einfacher, als bereits bei der Ausbildung der ROCKETS Mitglieder für die Kinder der Zukunft zu rekrutieren? Man wäre bereits ganz zu Anfang in der Lage auszusortieren. Rekruten, die sich nie darauf einlassen würden, lässt man durchfallen und schickt sie nach Hause. Rekruten, die Sympathien zu den Kindern aufweisen, werden begünstigt und systematisch gefördert. Wann sehen Sie es endlich ein? Wir müssen handeln, und zwar jetzt!«

Percks Argumentation ließ David für einen Moment innehalten. Die Worte des Admirals trafen tatsächlich einen Nerv. Er hatte Pedro wirklich schon eine Weile nicht mehr gesehen. Und falls der Admiral recht hatte, dann wäre das Vorgehen der Kinder der Zukunft beinahe schon brillant. David schüttelte den Kopf, um seinen Verstand klar zu kriegen.

»Nein«, blieb er hartnäckig. »Das wäre dem MAD nicht entgangen.«

»Und dem SES auch nicht«, schloss sich Bates an.

»Man ist oftmals blind für das, was vor der eigenen Nasenspitze geschieht.« Percks Stimme entbehrte nicht einer gewissen Herablassung, doch David entschied sich, die Spitze zu ignorieren. Bevor er jedoch etwas erwidern konnte, wandte sich der Admiral erneut an die Präsidentin. »Ich könnte die Sache beenden, Frau Präsidentin. Auf der Stelle.« Seine Stimme wurde leiser, eindringlicher. »Gabriele ... geben Sie mir die Befugnisse und ich zerschlage diese Verschwörung innerhalb kürzester Zeit. In ein oder zwei Wochen kann ich genügend loyale Truppen und Schiffe im Solsystem haben, um die Sicherheit von Bevölkerung und Regierung zu gewährleisten, und dann geht es den Kindern der Zukunft an den Kragen. Egal, wo sie sich verstecken.«

David wurde hellhörig. »Was ist denn mit den Truppen und Schiffen, die sich bereits im Solsystem befinden? Die dürften für Ihr Vorhaben doch völlig ausreichen. Warum noch mehr Truppen herbeordern?«

»Ich halte nicht alle Einheiten im System für vertrauenswürdig. Viele von ihnen haben an der Front mit den ROCKETS gedient. Viele verdanken den ROCKETS ihr Überleben. Das könnte falsche Prioritäten setzen.«

»Frau Präsidentin, das geht jetzt wirklich zu weit«, wetterte David. »Wir können das Solsystem doch nicht in einen Polizeistaat verwandeln.«

»Und wenn wir es nicht tun?«, fragte Perck. »Dann wird sich das hier noch oft wiederholen.« Er holte ein Datenpad hervor, auf dem ein Schriftstück angezeigt wurde. Es benötigte nur noch eine Unterschrift.

David schnaubte. »Sie haben die erforderlichen Unterlagen bereits parat? Sie verlieren wirklich nicht viel Zeit.«

Perck ignorierte ihn und hielt der Präsidentin das Datenpad auffordernd hin. »Gabriele? Es wird Zeit zu handeln. Zum Schutz unserer Bevölkerung.«

»Das Kriegsrecht in Kraft zu setzen, ist nicht so einfach«, machte David einen weiteren Vorstoß. »Es bedarf der Zustimmung des Parlaments in einer Zweidrittelmehrheit.«

Perck musterte ihn ungerührt. »Es sei denn, es besteht eine akute Notlage oder das Parlament ist nicht verfügbar«, belehrte der Admiral ihn. »Im Moment trifft beides zu. In diesem Fall verfügt die Präsidentin automatisch über Sondervollmachten und kann die Notstandsverordnung in Kraft setzen. Sie muss dann nur noch im Nachhinein vom Parlament abgesegnet werden.«

David fluchte innerlich. Perck war leider viel zu gut informiert. Er musste sich bereits im Vorfeld schlau gemacht haben.

Die Präsidentin überlegte. David erkannte, dass sie hin und her gerissen war.

Sie blickte zu dem Admiral auf. »Welche Maßnahmen schlagen Sie im Einzelnen vor?«

»Die Sicherung der Hauptstadt durch ein großes Kontingent loyaler Truppen und Sicherung aus der Luft und dem Orbit. Das Recht auf Versammlungs- und Pressefreiheit wird bis auf Weiteres außer Kraft gesetzt. Ab sofort tritt eine Ausgangssperre in Kraft, die jeden Tag von acht Uhr abends bis sechs Uhr des nächsten Morgens dauert. Alle Werften des Solsystems werden gegen Sabotageakte gesichert, indem Marines die wichtigsten Sektionen der Einrichtungen besetzen. Außerdem werden alle Kolonien und Einrichtungen des Solsystems durch Truppen gesichert, notfalls auch gegen die Einwilligung der örtlichen Administration. Alle Miliztruppen werden augenblicklich entwaffnet, bis die Krise beigelegt und die Loyalität ihrer Soldaten ausreichend geprüft ist. Zu guter Letzt wird auch das Bürgerrecht der Unversehrtheit des eigenen Wohnraums außer Kraft gesetzt. Truppen dürfen ohne Beschluss Durchsuchungen durchführen. Das wird uns helfen, auch die letzten ROCKETS aus ihren Löchern zu scheuchen.«

»Oh, ist das schon alles?«, höhnte David.

»Das sind alles notwendige Eingriffe in das tägliche Leben. Wir müssen dafür sorgen, dass das Konglomerat diese Krise übersteht«, versetzte Perck.

Mit zögernden Fingern griff die Präsidentin nach dem Pad.

»Gabriele?«, versuchte David einen erneuten Vorstoß. »Das können sie unmöglich ernst meinen.«

»Nein, David«, wehrte sie ab. »Vielleicht muss das hier wirklich sein, damit wir diese Bedrohung abwenden können. Ich persönlich weiß nicht, ob Pedro Mendoza und die ROCKETS hinter dem Anschlag stecken oder nicht. Das zu entscheiden, überlasse ich den Gerichten. Es muss jedoch unbedingt etwas getan werden. Drei Bomben wurden im Palais gezündet und zwei weitere im Parlamentsgebäude. Es gibt Dutzende Tote. Wer immer auch dahintersteckt, hätte das nicht ohne Hilfe tun können.« Mit entschlossener Miene unterzeichnete sie das Dokument. »Diese Maßnahmen erlöschen aber augenblicklich, sobald die Situation unter Kontrolle ist.«

Perck machte sich nicht einmal die Mühe, seine Genugtuung zu verbergen. »Frau Präsidentin, darauf gebe ich Ihnen mein Wort.«

David begab sich wutentbrannt zurück zu seinem Wagen. Er rannte beinahe. Er wollte nur noch hier weg. Diesen Tag betrachtete er als persönliche Niederlage und als schwarzen Tag für die Menschheit.

Das Präsidentenpalais und das Parlamentsgebäude Schauplatz einer verheerenden Anschlagsserie, die ROCKETS tiefer im Verdacht als je zuvor und im Solsystem wurde das Kriegsrecht ausgerufen. Schlimmer hätte dieser Tag wirklich nicht enden können.

David öffnete seine Wagentür und setzte sich hinter das Steuer. Von Rechts wegen hätte ihm ein Wagen mit Fahrer zugestanden, doch er zog es immer noch vor, selbst zu fahren. Er war ein Mann der Tat und konnte sich einfach nicht daran gewöhnen, chauffiert zu werden. Vor und hinter ihm fuhr jeweils ein Wagen mit seinen Leibwächtern. Es war das einzige Zugeständnis an seine Stellung, das er gestattete. Die Präsidentin und auch Bates waren in dieser Hinsicht unnachgiebig gewesen. Sie wollten nicht, dass es ihm so erging wie Nogujama. David hatte wohlweislich auf den Hinweis verzichtet, dass dem ehemaligen MAD-Chef seine Leibwächter auch nichts genutzt hatten.

David schloss die Tür seines Wagens und bemühte sich, einen klaren Kopf zu kriegen.

»Nicht umdrehen!«

Die Stimme war kaum mehr als ein Flüstern. David versteifte sich unwillkürlich. Obwohl die Worte nur gewispert waren, erkannte er die Stimme auf Anhieb.

»Ganz schön unverfroren, sich in meinem Wagen zu verstecken ... Pedro.«

»Ich wusste nicht, wo ich sonst hinsollte.«

»Vor ein paar Minuten habe ich noch argumentiert, dass es niemand unerkannt von China nach Europa schaffen könnte. Und jetzt haben Sie mich eines Besseren belehrt.«

»Es war näher als San Francisco und ich hoffte, Sie würden irgendwann die Präsidentin aufsuchen. Ich hatte wohl recht, auch wenn ich nicht mit einem solchen Zwischenfall gerechnet habe.«

David konnte sich die nächste Frage nicht verkneifen. »Dann haben Sie die Sprengsätze nicht gelegt?«

Eine unerwartet lange Pause folgte. »Sie sollten mich besser kennen, David.«

»Schon möglich, aber Sie und Ihre Leute werden des Verrats verdächtigt, Sie fliehen aus der Haft, das Präsidentenpalais fliegt beinahe komplett in die Luft ... und jetzt sind Sie hier. Sagen Sie mir mal, was ich davon halten soll? Was würden Sie an meiner Stelle denken?«

»Dass ich etwas mit all dem zu tun habe.«

»Ich frage noch mal: Haben Sie?«

»Nein, habe ich nicht. Jemand hat mir geholfen, aus der Haft zu fliehen.«

»Wer?«

»Ich dachte, Sie wären es gewesen.«

»Ich?« David verschlug es beinahe die Sprache. »Sie wissen, dass ich niemals jemanden aus einem Gefängnis herausholen würde, gegen den Ermittlungen laufen. Ich bin Chef des MAD, verdammt noch mal!«

»Ja, so weit hätte ich denken sollen. Habe ich aber nicht.« Mendozas Stimme klang zerknirscht. »Von den toten Wachen habe ich erst erfahren, als ich schon auf halbem Weg nach Europa war. Ich wusste nicht, dass bei meiner Flucht jemand umgekommen ist.«
»Dann gehen die Toten auf das Konto Ihres ominösen Befreiers?«
»Es muss wohl so sein.«
David war zwiegespalten. Einerseits kannte er den Mann bereits seit gut zwanzig Jahren, andererseits klang das alles ein wenig zu hanebüchen. Mendoza spürte Davids Verfassung.
»Wenn Sie wollen, können Sie mich festnehmen. Ich werde mich nicht zur Wehr setzen, doch ich schwöre bei allem, was mir heilig ist, dass ich weder mit den Toten beim Ausbruch noch mit diesem Anschlag etwas zu tun hatte.«
»Wie sind Sie nach Europa gekommen?«, hakte David nach.
»Das geht ebenfalls auf das Konto meines Befreiers. Er hatte alles akribisch vorbereitet.«
»Man sagte mir, es gebe Videoaufzeichnungen von Ihnen in Oslo, kurz bevor das Palais in die Luft flog.«
Mendoza zögerte. »Ich befürchte, das könnte sogar stimmen. Ich bin schon seit mehreren Tagen hier und warte darauf, dass Sie herkommen. Kann sein, dass mich die eine oder andere Kamera mal ins Visier bekommen hat. Ich wollte es eigentlich vermeiden, kann aber nicht garantieren, dass es mir immer und überall gelungen ist.«
David überlegte fieberhaft. »Falls auch nur die Hälfte von dem stimmt, was Sie mir erzählen, dann hat sich jemand große Mühe gegeben, Sie schuldig erscheinen zu lassen. Außerdem wollte man, dass Sie sich zum Zeitpunkt des Anschlags in Oslo aufhalten. Jemand will die ROCKETS um jeden Preis diskreditieren.«
»Das scheint mir auch fast so. Aber warum?«
David schürzte die Lippen. »Da fällt mir nur ein Grund ein: um sie aus dem Weg zu schaffen.«
»Zu welchem Zweck?«
»Das muss ich jetzt herausfinden. Aber zuerst bringe ich Sie mal in Sicherheit. Ich weiß schon, wo ich Sie verstecken kann. Es gibt ein Safe House nicht weit von hier. Nur eine Handvoll Leute wissen davon. Dort werden Sie erst mal untertauchen können.«

»Dann glauben Sie mir also?«

David warf einen Blick in den Rückspiegel. Mendoza hatte sich auf dem Rücksitz jedoch so klein gemacht, dass David ihn nicht sehen konnte.

»Fürs Erste, Pedro, fürs Erste. Ich hoffe, Sie enttäuschen mein Vertrauen nicht.«

15

Rachel bekam in der Offiziersmesse vom Beschuss der beiden Sioux-Kreuzer nicht wirklich viel mit. Staudmann zog es tatsächlich vor, toter Mann zu spielen. Wenn sie aus dem nächsten Bullauge sah, bemerkte sie nur hin und wieder, wie sich die Sternenbilder beinahe unmerklich veränderten, wenn die BERLIN mithilfe ihrer Manövrierdüsen minimal die Position änderte, um den gröbsten Auswirkungen der feindlichen Lenkwaffen zu entkommen.

Hin und wieder dröhnten Alarmsirenen durch das Schiff und Schadenskontrollmannschaften sprinteten durch die Korridore. Besatzungsmitglieder machten den Männern und Frauen bereitwillig Platz, damit diese ihre Arbeit tun konnten.

Die Besatzungen der beiden Schweren Kreuzer verschossen derart viel Munition, dass sie zwangsläufig mal einen Glückstreffer landen mussten.

Derek betrat leichten Schrittes die Messe und steuerte zielstrebig ihren Tisch an, als er sie sah. Sie widmete dem TKA-Offizier lediglich ein beiläufiges Lächeln. Sie war viel zu sehr auf den Computer fixiert. In einem Schlitz unterhalb des Bildschirms steckte die Datendisc, die Admiral Malkner mit seinem Leben beschützt hatte.

Rachel bedauerte, dass sie den Leichnam des Admirals nicht hatten bergen können. Er trieb immer noch nahe der Ersatzbrücke der WALES.

»Und?«, fragte Derek. Er gab vor, nicht allzu neugierig zu sein, doch Rachel bemerkte dessen funkelnde Augen und den um Informationen heischenden Blick.

Sie schüttelte erschöpft den Kopf. »Die Disc ist mir ein Rätsel.«

»Sind die Daten verschlüsselt?«

»Im Gegenteil. Alles frei zugänglich. Und es sind nicht einmal geheime Daten.«

»Was ist drauf?«

Sie schürzte die Lippen. »Hauptsächlich Versetzungsbefehle. Von Offizieren. Nichts wirklich Wichtiges. Nichts, für das jemand töten würde – oder sterben.«

»Gibt es vielleicht Gemeinsamkeiten zwischen den Offizieren?«

»Falls ja, ist mir noch nichts aufgefallen.« Sie überlegte. »Doch, eine gibt es.«

Derek hob fragend eine Augenbraue.

»Die Flotten und Truppen, um die es geht, sind alle rund um das Solsystem stationiert.«

»Das ist in der Tat seltsam.« Derek kratzte sich über das Kinn. »Und im Solsystem?«

»Da gibt es nur wenige Versetzungsbefehle.«

Sie betätigte einige Tasten und die Liste scrollte nach unten. Unvermittelt stoppte sie.

»Hm ...«

»Was? Hm ...?«

»Die Versetzungsbefehle im Solsystem betreffen hauptsächlich die Verteidigungszentralen. Und ausschließlich hohe Offiziere.«

»Wie hoch?«

»Vom Colonel aufwärts.«

»Und in welchem Zeitraum?«

»Alles innerhalb der letzten zwölf Monate.« Sie studierte einige Daten und schnalzte mit der Zunge. »Alle Versetzungen wurden kurz vor oder nach der Schlacht um Serena ausgestellt.«

»Das ist in der Tat seltsam«, meinte Derek. »Was hätte jemand davon?«

»Gute Frage. Und mir ist noch etwas aufgefallen. Die Versetzungen wurden alle vom selben Offizier genehmigt: Henstridge.«

»Das ist keine Überraschung. Die Bodenverteidigung der Erde obliegt seiner Verantwortung. Neue Kommandeure für die Verteidigungszentralen ernennen ist sein Job.«

»Trotzdem ist es seltsam. Allein die Menge an Versetzungen macht mich schon stutzig.«

Rachels Gedanken überschlugen sich. Sollte das Solsystem – speziell aber die Erde – angegriffen werden, oblag die Koordination der Erdverteidigung bei den sechs Verteidigungszentralen. Darüber hinaus verfügte jeder der Einrichtungen über ein Arsenal hoch entwickelter Waffen, und zwar sowohl Waffen für die Abwehr großer Raumschiffe als auch taktische Waffen, die ausschließlich der Selbstverteidigung dienten und verhindern sollten, dass ein Gegner in eine Anlage eindrang und diese eroberte.

Die europäische Anlage lag in Stuttgart, die asiatische in Seoul, die nordamerikanische in Mexiko City, die südamerikanische in Maracaibo, die afrikanische in Dakar und die australische in Sydney. Wollte jemand mit möglichst wenig Aufwand die Erde angreifen und einnehmen, musste er vorher sicherstellen, dass die Verteidigungszentralen nicht arbeiteten.

Diese sechs Stützpunkte waren Festungen, deren überwiegender Teil unterirdisch angelegt war. Ein direkter Angriff schon auf eine dieser Festungen wäre eine äußerst blutige Angelegenheit. Für einen Angriff auf alle sechs wäre eine geradezu gigantische Streitmacht notwendig. Der weitaus leichtere Weg wäre es, wenn ein potenzieller Angreifer jemanden vor Ort hätte. Einen Insider, der die Anlage im richtigen Augenblick sabotieren konnte.

Der Gedanke ließ sie frösteln. Wer steckte dahinter? Die Ruul? Dieser Verdacht lag nahe, aber nicht einmal die Ruul wären so arrogant – oder selbstmörderisch –, einen Angriff auf die Erde zu starten. Sie lag weit hinter der Front. Sie mussten damit rechnen, dass binnen kürzester Zeit aus allen Richtungen Verstärkungen ins Solsystem strömen und ihre Invasionsstreitmacht auslöschen würden. Nein, die Ruul ... das fühlte sich einfach nicht richtig an. Doch wer hätte sonst etwas davon, die Verteidigungszentralen unter seine Kontrolle zu bringen?

Ein unwillkommener Verdacht keimte in ihr auf. Gab es die Kinder der Zukunft vielleicht doch noch? War es einer oder mehrerer Zellen gelungen, den Säuberungen zu entgehen und die Organisation wiederzubeleben? Es war unwahrscheinlich, doch gänzlich ausschließen konnte man das nicht.

Sie bemerkte, dass Derek sie immer noch irritiert ansah, und sie fragte sich, wie lange sie wohl schon nichts mehr gesagt hatte und einfach so ins Leere starrte. Aus seiner Perspektive musste sie in diesem Augenblick leicht irre wirken. Sie räusperte sich und erläuterte ihm ihre Gedankengänge. Als sie schließlich endete, wirkte er nicht nur betroffen, sondern auch in höchstem Maße beunruhigt.

»Das gefällt mir nicht«, murmelte er. »Das gefällt mir ganz und gar nicht.«

Rachel wollte etwas sagen, doch plötzlich stürmte Narim in die Messe und steuerte zielstrebig auf sie zu.

»Er ist wach«, begann er ohne Umschweife. »Okoye.«

Rachel und Derek erhoben sich gleichzeitig.

»Vielleicht werden jetzt endlich mal ein paar Fragen geklärt«, meinte Rachel erregt. »Ich habe endgültig genug davon, im Trüben zu fischen.«

Lieutenant Adejola Okoye wirkte immer noch benommen, was aufgrund dessen, was er hinter sich hatte, allerdings kaum verwunderlich schien. Doch er sah um Längen besser aus als noch vor einigen Tagen. Ein Tropf, dessen Nadel in seiner Vene steckte, versorgte ihn mit Flüssigkeit und Nährstoffen, die er dringend benötigte. Sein Gesicht war blass und eingefallen, was von Mangelerscheinungen herrührte.

Staudmann und Delaney warteten bereits, als Rachel, Derek und Narim durch die Tür der Krankenstation stürmten. Ein Arzt hielt sich diskret im Hintergrund, für den Fall, dass seine Hilfe vonnöten war.

Staudmann hatte nur auf ihr Eintreffen gewartet, denn er gönnte ihnen nur ein knappes Nicken und begann auch schon zu sprechen.

»Wissen Sie, wo Sie hier sind?«

Okoye sah sich aufmerksam in der Krankenstation um. Mit jeder Sekunde, die verstrich, schien sein Blick klarer zu werden. Zu guter Letzt fiel sein Blick zurück auf Staudmann und blieb an dessen Rangabzeichen hängen.

»An Bord eines terranischen Kriegsschiffes, Admiral.«

Staudmann nickte zufrieden. »Sie sind an Bord des Schlachtschiffes TKS BERLIN. Mein Name ist Konteradmiral Jakob Staudmann.«

»Die BERLIN?« Okoye wirkte etwas verwirrt. »Das ist unmöglich. Die BERLIN gehört zur Heimatflotte.«

»Und doch ist es wahr. Das sind Lieutenant Colonel Kepshaw, Lieutenant Colonel Carlyle, Major Singh und Master Sergeant Delaney.«

»Wie haben Sie mich gefunden?«

»Um ehrlich zu sein, wir sind rein zufällig über Sie gestolpert. Wir kamen, um den Angriff auf den Horchposten zu untersuchen.« Staudmanns fester Blick fixierte sich auf Okoye. »Was mich zur ersten Frage bringt: Warum waren Sie dort? Es gab eine Rettungsmannschaft und eine Untersuchungseinheit des MAD. Beide Male hätten Sie sich nur zu erkennen geben müssen und wären gerettet worden. Ich frage mich nun schon, warum jemand in dieser Hölle ausharrt, anstatt sich in Sicherheit bringen zu lassen.«

»Ich hab denen nicht vertraut. Keinem von denen. Ich befürchtete, dass man mich einfach verschwinden lässt, wenn ich mich zu erkennen gebe.«

»Sie haben ihnen nicht vertraut?« Staudmann verzog kaum eine Miene. »Aber Sie vertrauen uns?«

»Ich habe kaum eine andere Wahl. Hätten Sie mich töten wollen, dann wäre ich jetzt nicht hier.« Okoye überlegte. »Sie sind hier, um den Angriff zu untersuchen?«

»Ja, den Angriff der ROCKETS auf den Horchposten«, erwiderte Staudmann. Rachel wollte aufbegehren, wollte klarstellen, dass sie immer noch nicht an eine Beteiligung der ROCKETS glaubte. Ein verstohlenes Zeichen von Staudmann ließ sie jedoch innehalten. Sie begriff, dass die Frage bewusst provokant gestellt war, um Okoye auf die Probe zu stellen. Staudmann wollte herausfinden, was der MAD-Analytiker über den Angriff wusste.

Zu ihrer aller Überraschung schüttelte Okoye energisch den Kopf. »Keine ROCKETS. Irgendein Spezialkommando, aber keine ROCKETS.«

Staudmann und Rachel warfen sich einen schnellen Blick zu.

»Erklären Sie das«, forderte der Admiral.

Okoye senkte den Kopf. »Wo soll ich nur anfangen?«, sinnierte er.

»Am besten am Anfang«, half Narim aus. Ein Raunen schien durch das Metall zu gehen, als ein Torpedo den Rumpf der BERLIN streifte und mittschiffs detonierte. Augenblicklich hallte ein Dekompressionsalarm durch das Schiff. Irgendwo gab es einen Hüllenbruch. »Und schnell, wenn ich bitten darf«, fuhr Narim fort. »Ich befürchte, uns rennt langsam die Zeit davon.«

»Die ganze Geschichte fing vor knapp einem Jahr an, als ich auf den Horchposten versetzt wurde. Als Analytiker des MAD ist es meine Aufgabe, alle möglichen Daten auszuwerten. Das habe ich gemacht. Ich hatte keine Ahnung, dass ich damit in ein Wespennest stoßen würde.«

»Ein Wespennest?« Rachel rückte näher an das Krankenbett.

Okoye nickte. »Zuerst fielen mir die Zusammenhänge gar nicht auf, aber im Lauf der Zeit, als ich weitere Daten sammeln konnte, wurde das Bild klarer. Eine Vielzahl von Offizieren wurde versetzt. Nach und nach wurden sämtliche Führungspositionen rund um das Solsystem mit neuem Personal besetzt. Es betraf TKA und Flotte, aber nicht die Marines. Ich glaube, die Daten waren gar nicht für uns bestimmt. Wir liegen viel zu weit von der Erde entfernt, als dass solche Informationen für uns interessant sein könnten. Irgendjemand hat Mist gebaut und diese Daten auf einem Kanal gesendet, auf dem sie nichts zu suchen hatten. Dadurch sind sie letztendlich bei uns gelandet. Zeitgleich fiel mir auf, dass Kommandooffiziere der Verteidigungszentralen der Erde ersetzt wurden, und das Puzzle ergab endlich ein Gesamtbild.«

Rachel nickte. »Jemand hat sich die Kontrolle über den Raum rund um das Solsystem gesichert, indem er Schlüsselpositionen mit Personen seines Vertrauens besetzte. Bodentruppen, Flotteneinheiten und Verteidigungszentralen.«

Okoye nickte abermals. »Zu diesem Schluss gelangte ich auch. Es war die einzige Schlussfolgerung, die Sinn ergab.«

»Und Sie haben es gemeldet?«

Okoye wirkte zutiefst bestürzt. »Zu meiner größten Schande ... ja. Mir war nicht klar, was ich da anrichte. Ich schickte es direkt an den MAD. Entweder dort gibt es eine undichte Stelle oder jemand hat meine Meldung abgefangen. Auf jeden Fall griffen zwei Wochen später diese Soldaten an und löschten die Besatzung des Horchpostens aus. Ich konnte ihnen knapp entkommen. Ich denke, sie nahmen an, ich wäre entweder auch tot oder könnte hier nicht überleben. Anschließend manipulierten sie die Überwachungsbänder und ließen zwei tote ROCKETS zurück, um ihnen alles in die Schuhe zu schieben.«

»Was haben Sie dann gemacht?«, wollte der Admiral atemlos wissen. Die anwesenden Offiziere hingen wie gebannt an den Lippen des MAD-Analytikers.

»Ich tat alles, um zu überleben. Gleichzeitig setzte ich die Kommunikationsausrüstung instand. Die Angreifer haben alle Speicheranlagen zerstört, aber ich hatte zum Glück eine Sicherungskopie angefertigt. Ich wusste nicht, wem ich trauen konnte, also schickte ich sie dem einzigen Mann, von dem ich wusste, dass er ganz sicher nicht mit drinsteckt.«

»Lassen Sie mich raten?«, unterbrach Rachel ihn. »Malkner.«

Okoye blickte sie aus großen Augen überrascht an. »Woher wissen Sie das? Ja, ganz recht. Ich schickte sie Admiral Malkner.«

»Warum ihm?«

Okoye wirkte mit einem Mal etwas verlegen. »Er ist mein Patenonkel. Ich wusste, ihm kann ich vertrauen. Ich schickte ihm eine kurze Botschaft mit dem Hinweis, dass ich noch lebe, und all meinen Erkenntnissen. Tja, und dann wartete ich, aber er ist nicht gekommen.«

Rachel schluckte schwer. »Es tut mir leid, Lieutenant, aber Admiral Malkner ist ... tot.«

Okoye wäre am liebsten zurückgewichen, wenn er nicht in einem Bett gelegen hätte. Tränen traten in seine Augen. Narim stellte sich neben sein Bett und legte ihm tröstend die Hand auf die Schulter.

Rachel erzählte in kurzen, präzisen Sätzen, wie sie auf zwei modifizierte Sioux-Kreuzer gestoßen und von ihnen ins Asteroidenfeld getrieben worden waren. Sie berichtete auch vom Fund der WALES und dem toten Admiral darin.

»Er war auf dem Weg«, schluchzte Okoye. »Er kam, um mich zu retten.«

»Ja«, stimmte Rachel zu. »Und dann traf die WALES auf dieselben Kreuzer wie wir und der Captain versuchte ebenfalls, Schutz im Asteroidenfeld zu suchen.«

135

»Allerdings mit weniger Erfolg«, fügte Staudmann hinzu. Der Admiral schüttelte leicht den Kopf. »Diese beiden Kreuzer müssen die ganze Zeit hier gewartet und auf der Lauer gelegen haben für den Fall, dass noch jemand kommt. Sie haben im Hinterhalt gewartet und wir sind direkt hineingelaufen.«

»Lieutenant«, begann Rachel eindringlich. »Wissen Sie, wer all diese Versetzungen autorisiert hat? Wer ist für all das verantwortlich?«

»Perck«, erwiderte Okoye sofort. »Die meisten Versetzungen waren zwar von Henstridge unterschrieben, trugen aber zur Verifizierung Percks Autorisierungscodes. Ich könnte wetten, Henstridge steckt ebenfalls mit drin. Versetzungen zu den Verteidigungszentralen könnte Perck nicht in die Wege leiten. Einzig Henstridge kann das.«

»Ich verstehe das alles nicht.« Staudmann runzelte die Stirn. »Wozu das alles?«

Darüber zerbrach sich Rachel schon die ganze Zeit den Kopf. All ihre Gedankengänge führten sie nur an einen Ort. Einen Ort, der für sie alle nur als Schrecken bezeichnet werden konnte.

»Es ist ein Putsch«, erklärte sie tonlos. »Ein Militärputsch.«

Alle Offiziere sahen sie an, als hätte sie den Verstand verloren.

»Das ... das ist unmöglich«, stammelte Staudmann. »So was ist in der Geschichte des Konglomerats noch nie vorgekommen.«

»Es ist aber das Einzige, was Sinn ergibt. Überlegen Sie doch mal, er besetzt Position, die in wichtigen Stellungen liegen, mit Offizieren, denen er glaubt, vertrauen zu können. Gleichzeitig sichert er sich die Kontrolle über die Verteidigungszentralen. Er hat vor, die Regierungsgewalt zu übernehmen.«

»Ich frage mich, ob die Heimatflotte auch betroffen ist«, wunderte sich Derek.

»Auf keinen Fall«, begehrte Staudmann auf. »Dafür lege ich meine Hand ins Feuer. Vizeadmiral Steger würde bei so was nie mitmachen.«

»Wäre die Heimatflotte auf seiner Seite, müsste er nicht so viele Einheiten außerhalb des Solsystems kontrollieren. Das ergibt durchaus Sinn. Innerhalb des Solsystems konnte er nicht so viele Offiziere ersetzen, wie er es gern getan hätte. Insbesondere bei der Heimatflotte wäre dies aufgefallen. Also tat er es rund um das Solsystem. Stück für Stück. Über beinahe ein Jahr hinweg. Das beinhaltet für ihn auch einige Vorteile. Damit ist er effektiv in der Lage, das Solsystem abzuriegeln, falls etwas schiefgehen würde. Er könnte im Falle eines Fehlschlags auch immer noch auf eine gewisse Machtbasis zurückgreifen.«

»Aber warum die ROCKETS in Misskredit bringen?«, wollte Narim wissen.

»Ich wette, viele der Offiziere und Einheiten, die Perck folgen, wissen gar nicht, was er eigentlich vorhat. Die ROCKETS sind mehr als eine militärische Einheit, sie sind ein Symbol. Sie sind die Speerspitze des Militärs im Kampf gegen die Ruul. Sie würden bei einem Putsch niemals mitmachen. Die ROCKETS würden sich klar aufseiten der Regierung und der Präsidentin stellen. Und viele der Soldaten in den Einheiten, über die Perck nun die Kontrolle ausübt, würden es ihnen gleichtun, ganz egal, was ihnen ihre Offiziere befehlen. Die ROCKETS werden als Helden verehrt. Perck musste sie als Bedrohung eliminieren.«

»Der Mistkerl plant das schon lange.« Dereks Stimme vibrierte vor unterdrückter Wut.

»Davon gehe ich aus.« Rachel hatte alle Mühe, das Zittern ihrer Knie zu unterdrücken. Nun, da sie der Lösung des Falles immer näher rückte, spürte sie das volle Ausmaß dessen, was da auf sie zurollte. »Und er wird bald in seine finale Phase eintreten. Er kann nicht mehr länger warten. Das bedeutet, er wird bald versuchen, die Kontrolle über das Solsystem zu übernehmen. Ich bin mir sicher, dass das einige nicht überleben werden. Präsidentin Tyler, Bates ... Coltor.«

»Wir müssen zurück ins Solsystem«, begehrte Staudmann auf. »Die Heimatflotte muss gewarnt werden, bevor Perck es schafft, sie kaltzustellen.«

»Dafür müssen wir zuerst mal hier raus und da draußen kreisen immer noch diese beiden vermaledeiten Kreuzer.«

Wie um Rachels Worte noch zu unterstreichen, dröhnte ein weiterer Alarm durch die Korridore.

»Von denen dürfen wir uns nicht aufhalten lassen.« Staudmann senkte den Kopf. Rachel erkannte, dass sich im Geist des Admirals bereits ein Plan formierte. Plötzlich lächelte Staudmann. Das machte Rachel sehr nervös.

»Was haben Sie vor, Admiral?«

Staudmann antwortete nicht. Stattdessen lächelte er nur noch breiter.

16

Staudmanns Plan war im Prinzip recht simpel. Der Schlüssel zu seinem Erfolg lag in der WALES.

Auf der Flucht vor seinen Verfolgern war das Schiff ins Asteroidenfeld geflohen, wo die überlebenden Besatzungsmitglieder schließlich elendig zugrunde gegangen waren. Die Besatzungen der beiden Sioux-Kreuzer mussten annehmen, das Schiff sei zerstört worden. Sie wussten weder, dass das Schiff intakt überlebt hatte, noch, dass die BERLIN rein zufällig darauf gestoßen war.

Die letzten beiden Tage waren Staudmanns Techniker damit beschäftigt gewesen, Antrieb und notwendigste Funktionen des Schiffes notdürftig instand zu setzen.

Die BERLIN würde einen Kampf mit den beiden aufgemotzten Schweren Kreuzern nicht überstehen. Selbst unter günstigsten Voraussetzungen wäre dies äußerst schwierig. In ihrem angeschlagenen Zustand war ein Sieg ausgeschlossen. Also mussten im Idealfall beide Schiffe abgelenkt werden. Im Notfall würde es auch reichen, nur eines der Schiffe eine Weile beschäftigt zu halten.

Staudmanns Plan sah vor, die WALES lediglich mithilfe des Bordcomputers aus dem Asteroidenfeld fliegen zu lassen, und zwar auf einem Austrittsvektor, der entgegengesetzt zu dem lag, den die BERLIN nehmen musste, um zu entkommen. Da die beiden feindlichen Kreuzer nicht wussten, dass es zwei funktionsfähige Schiffe im Trümmerfeld gab, würden sie automatisch annehmen, es handele sich dabei um Staudmanns Schlachtschiff, und die Verfolgung aufnehmen.

Natürlich würden sie versuchen, das Schiff zu scannen, aber die Felsbrocken waren voller Mineralablagerungen, was die Ortung enorm erschweren würde. Falls ihnen das Glück hold war, würden die Besatzungen der Kreuzer ihren Fehler erst erkennen, wenn sie zur WALES aufgeschlossen hatten, und dann würde es zu spät sein, um die BERLIN noch einzuholen.

So viel zur Theorie. Es musste sich natürlich erst noch erweisen, ob sie dem Praxistest standhielt. Vieles hing davon ab, wie erfahren die feindlichen Besatzungen waren und wie lange es dauerte, bis sie den Plan durchschauten und zur Jagd auf die BERLIN bliesen.

Rachel gesellte sich zu Staudmann auf die Brücke, während Derek und die übrigen TKA-Soldaten dabei halfen, das Schiff zu sichern. Sobald der Tanz losging, würden sie helfen, wo auch immer sie gebraucht wurden, sollte es bei der Versorgung von Verwundeten sein oder beim Löschen von Bränden. Dass sie so glimpflich davonkamen, wie Staudmann sich das wünschte, das glaubte niemand so wirklich.

»Ist alles bereit?«, fragte sie so leise, dass nur Staudmann sie verstehen konnte.

»So bereit wir nur sein können. In den letzten Stunden haben zwei meiner Shuttles die WALES in eine Position manövriert, von der aus sie das Trümmerfeld mit möglichst wenig Kontakt zu den Felsbrocken verlassen kann.«

»Und das funktioniert?«

»Sollte es eigentlich. Die WALES muss nur geradeaus fliegen. Der Bordcomputer ist zwar ziemlich angeschlagen, aber das sollte er eigentlich hinkriegen.«

»Hoffentlich haben die Sioux-Kreuzer die Energieemissionen der beiden Shuttles nicht geortet.«

»Darüber mache ich mir die wenigsten Sorgen. Ihre Energiesignaturen sind zu gering.«

»Wir wissen aber immer noch nicht zur Gänze über die Fähigkeiten dieser beiden neuen Kreuzer Bescheid. Was, wenn die Sensoren ebenfalls aufgerüstet sind?«

»Dann stecken wir noch tiefer in der Scheiße als ohnehin schon. Dann werden sie nämlich auf Anhieb entdecken, dass es die WALES ist, die aus dem Asteroidenfeld stößt. Die ganze Sache wird dann ganz übel für uns enden.«

Commander Pratt gab Staudmann wortlos ein Signal und dieser nickte knapp als Zeichen, er habe verstanden.

»Die Shuttles sind zurück und die W<small>ALES</small> ist in Position.«

»Dann ist es so weit?«

»Ja, wir starten jetzt.« An seinen XO gewandt, befahl Staudmann: »Manfred, Befehl an den Bordcomputer der W<small>ALES</small>: den Antrieb zünden und dem vorprogrammierten Kurs folgen.«

Leland Braxton, ehemaliger Admiral in Diensten des terranischen Konglomerats, tigerte auf der Brücke der R<small>ACHE</small> auf und ab. Wobei die Bezeichnung *ehemalig* seiner Meinung nach nicht auf ihn zutraf. Nein, ganz und gar nicht. Nach seinem Befinden, war er immer noch Admiral. Man hätte ihn nie seines Kommandos entheben dürfen. Sie waren alle neidisch gewesen. Neidisch auf seine Führungsqualitäten. Das war die einzig logische Erklärung, warum man sich gegen ihn verschworen hatte, um ihm seinen rechtmäßigen Platz streitig zu machen. Allen voran Hoffer. Er wünschte sich ein weiteres Zusammentreffen mit Hoffer. Er wünschte es sich so sehr – damit er den greisen, verkalkten Mistkerl aus dem All fegen konnte.

Wie die meisten Menschen von Braxtons Charakter, glaubte auch der ehemalige Admiral, er sei zu Höherem berufen und sein Scheitern nur das Zusammenspiel geringerer Menschen. Dass sein Scheitern gerechtfertigt war, der Gedanke kam ihm zu keinem Augenblick.

Sein XO näherte sich zögernd. Braxton hatte noch nicht lange das Kommando über die R<small>ACHE</small> und die V<small>ERGELTUNG</small>, doch bei beiden Besatzungen war er bereits als schwieriger, um nicht zu sagen, cholerischer Befehlshaber bekannt. Auch dieser Umstand entging völlig seiner Aufmerksamkeit.

»Was gibt es, Hathaway?«

»Wir orten eine Energiesignatur. Sie nähert sich dem Rand des Asteroidenfelds.«

»Na endlich«, jubelte Braxton. »Die Feiglinge stellen sich zur Schlacht.«

»Nicht ganz«, erwiderte sein XO weiterhin zögerlich.

»Was? Wieso nicht?« Braxton griff sich das tragbare Datenterminal, das sein XO in Händen hielt, und studierte die Anzeigen.

Die Vektor- und Beschleunigungsanalyse ließ nicht viel Spielraum für Spekulationen. »Sie versuchen zu entkommen.«

»So scheint es zu sein«, entgegnete Hathaway und nahm sein Datenterminal zurück. »Auch wenn ich gestehen muss, dass mir an dem Signal etwas entschieden seltsam vorkommt. Die Energieemission ist zu gering. Viel zu gering für ein Schlachtschiff der Hades-Klasse.«

»Na und wenn schon? Sie versuchen, auf Schleichfahrt zu entkommen. Damit war zu rechnen.«

»Schon möglich.« Hathaway schien nicht überzeugt.

»Schicken Sie die VERGELTUNG in Richtung des Austrittsvektors der BERLIN. Sie müsste in der Lage sein, das Schlachtschiff abzufangen, bevor es auf Fluchtkurs gehen kann.«

»Sir? Die VERGELTUNG? Allein? Sollen wir nicht folgen?«

Braxton runzelte die Stirn. Er war es nicht gewohnt, seine Befehle vor Untergebenen rechtfertigen zu müssen.

»Nein, wir beobachten die Sache nur. Die VERGELTUNG müsste mit der BERLIN allein fertigwerden. Das Schlachtschiff ist angeschlagen und nach mehreren Tagen im Asteroidenfeld dürfte es sehr gelitten haben.«

Braxton verschwieg wohlweislich, dass ihm der Gedanke, sich ein weiteres Mal mit der BERLIN anzulegen, einen kalten Schauder über den Rücken jagte. Bei der ersten Konfrontation hatte sich das alte Schlachtschiff überraschend gut geschlagen. Zwar war es diesem nicht gelungen, die Abwehr von Braxtons Schiff zu durchbrechen, doch das einzig und allein aus dem Grund, weil es lediglich die Heckwaffen zur Verfügung gehabt hatte. Braxton war – wie die meisten arroganten Emporkömmlinge – in der Tiefe seines Herzens ein Feigling. Er wollte zwar Siege erringen, aber nach Möglichkeit ohne Gefahr für Leib und Leben. Er glaubte bedingungslos an das, was er sagte. Die VERGELTUNG müsste tatsächlich ohne größere Probleme mit der BERLIN fertigwerden, doch er wollte kein Risiko eingehen.

Sollte die VERGELTUNG wider Erwarten verlieren, würde sie der BERLIN vorher ein so hohes Maß an Schaden abverlangen, dass Braxton nur noch aufzuräumen brauchte.

Er warf seinem XO einen kurzen Seitenblick zu. Der Mann versuchte, seine Abscheu zu verbergen, doch Braxton sah sie trotzdem. Diesen Ausdruck hatte er schon viel zu oft auf viel zu vielen Gesichtern gesehen, um ihn missdeuten zu können.

»Sie haben Ihre Befehle, Commander«, erklärte er kurz angebunden.

Hathaway salutierte und begab sich zur ComStation, um Braxtons Befehle an die VERGELTUNG übermitteln zu lassen.

Der XO hielt seinen Rücken streng durchgedrückt und Braxton spürte immer noch Wellen der Verachtung von dem Offizier ausgehen. Braxton ignorierte ihn. Warum verstanden ihn die Leute nie? Warum konnten sie nie begreifen, dass er unbedingt überleben musste? Schließlich hielt das Schicksal Größeres für ihn bereit, als in einer Schlacht zu sterben. Viel Größeres.

»Eines der Schiffe nimmt Kurs auf die WALES«, informierte Pratt seinen Kommandanten.

»Nur eines? Und das andere?«

»Hat ebenfalls Fahrt aufgenommen, aber viel langsamer. Und Admiral? Es steht uns im Weg.«

Staudmann drehte seinen Kommandosessel so, dass er seinen XO direkt ansehen konnte. »Sind Sie sicher?«

Pratt nickte. »Jawohl. Wenn es in den nächsten Minuten nicht wesentlich an Geschwindigkeit zulegt, dann versperrt es uns den Fluchtkurs.«

Staudmann seufzte. »Wäre auch zu schön gewesen, wenn alles glattliefe. Aber ein Schiff ist besser als zwei. Dann müssen wir uns eben den Weg freikämpfen. Commander? Alle Mann auf Gefechtsstation. Antrieb zünden und Kurs nehmen. Wenn wir schon kämpfen müssen, dann bringen wir es eben schnell hinter uns.«

»Sir?«, meldete Hathaway plötzlich ungewohnt emotional. »Wir orten eine zweite Energiesignatur. Wesentlich größer als die erste.«

Braxton stutzte. »Eine zweite? Unmöglich.«

Die Gedanken des Admirals rasten. Wo zum Teufel kam diese zweite Signatur her? Es konnte sich im Prinzip nur um eine List handeln. Aber wie hatte der alte Staudmann das hingekriegt? Und worin lag die List? In der ersten georteten Signatur oder der zweiten?

»Die zweite Signatur, welchen Kurs nimmt sie?«

Hathaway drehte sich um und Braxton meinte tatsächlich, so etwas wie einen Hauch Genugtuung in der Stimme des Mannes wahrzunehmen. »Auf uns.«

Die BERLIN stieß wie ein Raubtier aus dem Asteroidenfeld. Das Schlachtschiff hatte schon deutlich bessere Tage gesehen. Die Oberfläche war übersät von Schäden des ersten Gefechts gegen die beiden Kreuzer und der anschließenden Flucht ins Asteroidenfeld. Ein Teil der Waffen war immer noch ausgefallen und die Schilde arbeiteten nur mit einer Kapazität von knapp siebzig Prozent. Mehr war in der kurzen Zeit einfach nicht möglich gewesen. Das Schlachtschiff rammte aber mit einem Selbstbewusstsein, wie es einer so alten, ehrwürdigen Dame zukam, kleinere Brocken, die ihr im Weg trieben, einfach beiseite und ließ das Asteroidenfeld hinter sich.

Braxton wollte eigentlich nichts weniger, als sich der BERLIN in einem fairen Duell zu stellen, doch ihm blieb kaum eine Wahl. Die BERLIN befand sich knapp unterhalb der RACHE und der Sioux-Kreuzer wandte dem Schlachtschiff die Steuerbordseite in einem Vierzig-Grad-Winkel zu.

Braxtons erster Befehl hatte darin bestanden, das Schiff zu wenden, um dem angreifenden Schlachtschiff, die schwere Torpedobewaffnung zuzuwenden. Ein schwerwiegender taktischer Fehler, denn nun waren weder die Lenkwaffen noch die Breitseitenbewaffnung auf die BERLIN gerichtet. Staudmann fletschte die Zähne und dachte nicht eine Sekunde daran, diesen Vorteil ungenutzt verstreichen zu lassen.

»Feuer!«, hallte sein Befehl über die Brücke der BERLIN.

Die Torpedoluken am Bug des Schlachtschiffes öffneten sich und stießen auf Flammenzungen einen Schwarm Lenkwaffen gegen den feindlichen Kreuzer.

Die RACHE mochte zwar schlecht geführt werden, ungeachtet dessen verstanden die Flakbesatzungen ihr Handwerk. Die Geschütze eröffneten röhrend das Feuer und fegten die erste Salve komplett aus dem All.

Es folgten eine zweite, eine dritte und eine vierte. Mit jeder Salve, die verschossen wurde, schloss die BERLIN zu ihrem Gegner auf und verkürzte die Distanz.

Weitere Explosionen blühten zwischen den beiden Kontrahenten auf, als die Flaks der RACHE Torpedo um Torpedo zerstörten. Erst mit der vierten Salve drangen erste Geschosse durch die Abwehr. Die Schutzschilde des Schweren Kreuzers schillerten in allen Regenbogenfarben, als sie die Kräfte, die auf sie einwirkten, ablenkten.

Die RACHE beendete ihr Wendemanöver, doch die BERLIN war bereits zu nahe für ein Fernkampfduell. Zwei kohärente Energiestrahlen lösten sich vom Bug des Schlachtschiffs und brachten die Schilde des Sioux-Kreuzers erneut zum Schillern. Die schweren 5-Zoll-Laser beharkten das feindliche Schiff mit all ihrer Wut, doch sie waren nicht in der Lage, die Schilde zu durchdringen.

Staudmann seufzte enttäuscht. Das wäre eigentlich auch zu schön gewesen.

»XO, mit den 3-Zoll-Lasern nachsetzen.«

Die mittelschweren Laser der BERLIN tasteten nur Sekunden nach dem erfolgten Befehl nach der RACHE und tatsächlich wurde der Schirm, der den Rumpf des Kreuzers schützte, langsam schwächer. An manchen Stellen war der Energieschild beinahe schon durchlässig.

Doch nun war die RACHE an der Reihe. Sie antwortete mit einem Lichtgewitter aus den 5ern, gefolgt von den 3ern. Die ohnehin schon geschwächten Schilde der BERLIN mühten sich ab, dem Beschuss standzuhalten, doch Staudmann registrierte mit Besorgnis, wie der Schild vor allem über dem Bug und der Brücke gefährlich dünn wurde. Die Besatzung des feindlichen Schiffes wollte einen schnellen Sieg davontragen und die Kommandobrücke ausschalten.

Das könnt ihr euch abschminken, ihr Vollidioten, dachte Staudmann gehässig.

»Manfred, dreißig Grad um die Querachse drehen.«

Die BERLIN drehte sich gehorsam um die eigene Achse, sodass sie der RACHE ihren Bauch entgegenstreckte.

Keine Sekunde zu früh.

Eine weitere Salve des Kreuzers stach an der Stelle gegen den Schild, wo sich vor Sekunden noch die Brücke befunden hatte. Die unbeschädigten Bauchschilde arbeiteten immer noch mit siebzig Prozent Leistung. Auch sie wurden unter dem Beschuss schwächer, hielten jedoch stand.

Die BERLIN schlug mit all ihrer Wut zurück. Energiestrahlen tanzten über die Schilde der RACHE und fanden endlich die ersten Lücken. Die BERLIN mochte zwar im Vergleich zu ihrem Kontrahenten technisch veraltet sein, doch sie war immer noch ein Schlachtschiff und die RACHE ein einzelner Schwerer Kreuzer.

Die Energiestrahlen vernarbten die Oberfläche des Sioux, brannten Waffenstellungen und Antennen davon und schafften es sogar, in der Nähe des Antriebs ein Loch in die Außenhülle zu brennen.

Staudmann hatte den Eindruck, die beiden Schiffe waren sich jetzt so nah, dass er nur hinausgreifen musste, um das andere zu berühren. Damit waren sie jetzt auf jeden Fall nah genug.

»Raketenbatterien Feuer frei!«, ordnete er an.

Im Lauf der letzten Jahre waren mehrere der schweren Nahkampfwaffen entfernt worden, um Platz für moderne Sensor- und Kommunikationssysteme zu schaffen. Die Elektronik der BERLIN bot nur begrenzten Raum für derartige Aufrüstungen. Sie verfügte jedoch immer noch über zwei der schlagkräftigen Geschossplattformen.

Das Heck der RACHE verschwand unter einer Folge von Explosionen. Die Schilde des Kreuzers waren hoffnungslos überfordert damit, dieser Gewalt entgegenwirken zu wollen. Sie fielen flackernd aus, kurz darauf versagten mehrere der Antriebsaggregate.

Staudmann wollte innerlich jubilieren, doch er hielt sich zurück. Der feindliche Kreuzer war angeschlagen, doch weit davon entfernt, außer Gefecht zu sein, wie die nächste Aktion des Sioux-Kreuzers bewies.

Das Schiff rollte sich auf die Seite – zwar weit langsamer, als es für diese Klasse normal gewesen wäre, doch immer noch schnell genug – und brachte den beschädigten Antrieb damit außer Reichweite von Staudmanns Waffen. Gleichzeitig erwiderte der Kreuzer den Beschuss mit den eigenen Anti-Schiffsraketenwerfern.

Die Schilde wurden mühelos durchbrochen. Hinter Staudmann explodierte etwas auf der Brücke. Der Admiral ignorierte es und konzentrierte sich stattdessen weiter auf den Gegner. Sein taktisches Hologramm verwandelte sich in eine lange Liste von Schadensmeldungen.

Demnach war der Backbordrumpf an drei Stellen aufgerissen und sie hatten einen der Raketenwerfer verloren, was ihre taktischen Möglichkeiten stark einschränkte.

Die BERLIN rollte sich auf die andere Seite und präsentierte dem feindlichen Schiff die nahezu unbeschädigte Steuerbordseite. Staudmann war jedoch absolut klar, dass dem nicht lange so bleiben würde. Er musste jeden Vorteil nutzen, den er nur kriegen konnte.

Auf seinem taktischen Hologramm ging eine Meldung ein, derzufolge der zweite feindliche Kreuzer kehrtgemacht hatte und sich dem Gefecht mit Höchstgeschwindigkeit näherte. Staudmann musste jetzt eine Entscheidung herbeiführen, und zwar schnell oder die Sache würde ganz böse enden.

Die 3- und 5-Zoll-Laser des Kreuzers feuerten in einer kombinierten Salve und durchdrangen den Schild am Bug. Sie bestrichen die Außenhülle über drei Decks und lösten eine Reihe von Sekundärexplosionen aus.

Der Admiral ließ alle verfügbare Energie dem Antrieb zuführen. Die BERLIN machte einen gewaltigen Satz nach vorn, sehr zur Überraschung der feindlichen Besatzung, denn plötzlich war der Antrieb wieder im Bereich der Waffen des Schlachtschiffes. Die BERLIN schlug mit einer gewaltigen Salve zu und schnitt tief durch die Panzerung der RACHE und anschließend in die sensiblen Systeme des Kreuzers. Der Antrieb versagte mit letztem Aufblitzen. Gleichzeitig ließ Staudmann sein Schiff abdrehen und mit Höchstgeschwindigkeit Kurs auf die südliche Nullgrenze nehmen.

Die RACHE sandte dem Schlachtschiff noch ein paar Salven aus den Energiewaffen hinterher, doch es war eine nutzlose Geste. Die infrage kommende Laserbewaffnung konnte weder Schilde noch Panzerung am Heck durchdringen und die RACHE befand sich im Verhältnis zur BERLIN in der falschen Position, um ihre Lenkwaffen einsetzen zu können. Die BERLIN entfernte sich immer weiter von ihrem geschlagenen Gegner, der Sicherheit des Hyperraums entgegen.

Auf der Brücke der RACHE fluchte Braxton lauthals vor sich hin und es kümmerte ihn einen Dreck, was seine Besatzung davon hielt oder über ihn dachte.

Er war ausmanövriert worden.

Schon wieder.

Gerade dieser Gedanke behagte ihm gar nicht.

Die Brücke des Kreuzers war erfüllt von einkommenden Schadensmeldungen und dem Stöhnen einiger Verwundeter. Sanitäter eilten herbei, um den Unglücklichen zu helfen.

Es kümmerte ihn wenig.

Sein XO näherte sich vorsichtig. Mit einer ungeduldigen Geste forderte er ihn zum Sprechen auf.

»Wir sind manövrierunfähig, Sir. Es wird mindestens einen vollen Tag dauern, bis wir wieder flott sind.«

»Und die VERGELTUNG?«

»Bis die hier ist, ist die BERLIN längst weg.«

Staudmann nickte. Das hatte er sich schon gedacht, doch es steigerte seine Laune nicht gerade, diese unbequeme Wahrheit aus dem Mund seines Ersten Offiziers zu hören.

Das würde Perck nicht gefallen. Das würde ihm sogar ganz und gar nicht gefallen.

Die Sterne vor Staudmanns Brückenfenster verschwammen, als die BERLIN in den Hyperraum sprang. Nun waren sie endgültig in Sicherheit – vorerst.

»Und wo jetzt hin?«, fragte Rachel.

»Zurück ins Solsystem«, erklärte Staudmann, »und zwar so schnell wie möglich.«

»Damit ist es aber nicht getan, Admiral. Der Flug zur Erde dauert gut zwei Wochen. Bis dahin könnte bereits alles verloren sein. Wir müssen vorher etwas unternehmen.«

»Wir werden auch etwas unternehmen. Wir legen auf dem Weg zur Erde einen kurzen Zwischenstopp ein..«

17

Vizeadmiral Roland Steger betrat die Brücke seines Flaggschiff TKS WILLIAM T. SHERMAN mit einem unheilvollen Gefühl in der Magengegend.

Das Schlachtschiff der Shark-Klasse stellte das Flaggschiff der Heimatflotte dar und umkreiste derzeit mit dem Gros der Flotte den Saturn außerhalb der Ringe.

Sein XO, Commander Alexander Stableton, erwartete ihn bereits. Die Miene seines Ersten Offiziers ließ nichts Gutes erahnen. Steger überkam das Gefühl, seine düstere Vorahnung würde gleich furchtbare Realität.

Er selbst war erst vor knapp einer halben Stunde von der Präsidentin informiert worden, dass die Heimatflotte bis auf Weiteres nicht mehr für den Schutz des Solsystems verantwortlich war. Vielmehr wurden Kräfte von außerhalb des Systems zusammengezogen, um diese Aufgabe zu übernehmen.

Zu behaupten, Steger wäre wütend, traf den Kern der Sache nicht ganz. Genauer gesagt war er fuchsteufelswild. Die Heimatflotte war mehr als in der Lage, das Solsystem zu schützen. Diese Anweisung der Präsidentin betrachtete er als Schlag gegen seine persönliche Ehre und so was nahm er nicht auf die leichte Schulter.

Ohne sich etwas von seiner Gemütsverfassung anmerken zu lassen, setzte er sich auf seinen Kommandosessel und aktivierte sein taktisches Hologramm. Sofort wurde eine Ansicht des Solsystems aufgerufen. Wo normalerweise nur vereinzelte Symbole zivilen und militärischen Schiffsverkehr anzeigten, da wirkte es nun, als hätte jemand einen brennenden Stock in eine Ameisenkolonie gesteckt. Das System wimmelte nur so vor Aktivität. Die Größenordnung bereitete ihm Sorgen.

»Bericht!«, fordert er.

Sein XO trat gehorsam näher. Er gab einige Befehle in sein tragbares Datenterminal ein und mehrere der Symbole wurden hervorgehoben.

»Es wurden keine einheitlichen Flotten ins Solsystem verlegt, sondern nur einzelne Schlachtgeschwader, dafür eine Menge.« Stableton gab weitere Befehle ein. »Das sind die Geschwader 4.5 bis 7.5 der 5. Flotte von Areanus, allesamt Schwere Kreuzer.« Weitere Symbole folgten. »Und das sind die Geschwader 3.1 bis 5.5 der 7. Flotte von Tangor, eine Mischung aus Leichten und Schweren Kreuzern.« Er deutete auf eine weitere Gruppe von Symbolen. »Das ist das Geschwader 2.2 von Beta Carinor, Schlachtschiffe der Shark-Klasse. Und so geht es weiter und weiter.«

»Wie viele Schiffe?«

»Insgesamt fast dreihundert.«

»Und wirklich alle aus verschiedenen Flotten zusammengewürfelt?«

Stableton nickte. »Ja, es gibt kaum Einheiten, die schon einmal etwas miteinander zu tun hatten.«

Steger schüttelte den Kopf. »Warum macht Perck das? Warum verlegt er nicht einfach eine oder zwei Flotten ins Solsystem? Warum dieses Stückwerk?« Steger beobachtete das Treiben eine Weile. »Wie sieht es bei den Bodentruppen aus?«

»Ähnlich zusammengewürfelt. Perck hat Truppen aus zwölf verschiedenen Divisionen ins Solsystem geholt. Alles TKA-Einheiten. Ich würde schätzen, insgesamt um die achtzigtausend Mann.«

»Mein Gott«, hauchte Steger, »das ist eine größere Truppenansammlung, als ich sie je zuvor im Solsystem erlebt habe.«

Ein starker Verband der Neuankömmlinge, bestehend aus beinahe zweihundert Schiffen, nahm Kurs auf den Saturn. Steger war sofort alarmiert. Das gefiel ihm aber gar nicht.

»Sir?«, meldete sein ComOffizier. »Wir bekommen eine Nachricht rein.«

»Lassen Sie hören.«

Das Gesicht eines Admirals, den Steger nicht kannte, erschien als Hologramm direkt vor seinem Gesicht. Der Mann schien eigentlich viel zu jung zu sein für den Rang, den er innehatte.

Das Hologramm begann umgehend zu sprechen. »Gemäß Notstandsverordnung vier eins Paragraf drei, übernehmen wir mit sofortiger Wirkung sämtliche Sicherheitsaufgaben im Solsystem. Fahren Sie bis zu unserer Ankunft sämtliche Systeme herunter und leisten Sie unseren Anweisungen Folge.«

Das Hologramm verschwand. Der Kerl hatte nicht einmal den Anstand gehabt zu warten, bis Steger zu dieser unverschämten Forderung Stellung nehmen konnte. Die Gedanken des Admirals überschlugen sich. Im Prinzip hatte man ihm gerade befohlen, seine Schiffe vor Anker gehen zu lassen und sich auf Gedeih und Verderb auszuliefern. Steger schnaubte. Den Teufel würde er tun.

Er warf einen erneuten Blick auf das Hologramm. Die Heimatflotte umfasste zweihundertvierzehn Schiffe, wobei sich in der Umlaufbahn des Saturn nur einhundertzwölf befanden. Der Rest war im System verstreut und schützte die Habitate der Jupitermonde sowie die Kolonien auf Merkur, Pluto und Venus. Zweihundert Schiffe waren für eine terranische Flotte relativ wenig. Normal wäre eigentlich die doppelte Stärke gewesen. Doch auch wenn die Heimatflotte überaus wichtig war, so wurde auf Grundlage der gegenwärtigen taktischen Lage ein Angriff der Ruul auf das Heimatsystem als unwahrscheinlich angesehen. Es ergab keinen Sinn, große Verbände im Solsystem zu konzentrieren, wenn sie dringend an der Front gebraucht wurden. Also bekamen die Frontverbände das Gros der verfügbaren Schiffe zugeteilt.

Dadurch wurde Perck nun in die Lage versetzt, das System mit relativ geringem Aufwand unter Kontrolle bringen zu können.

Der Gegner – er wunderte sich selbst, dass er von terranischen Schiffen schon als Gegner dachte – war zahlenmäßig fast zwei zu eins überlegen. Nicht gerade das Kräfteverhältnis, das er sich wünschte.

»Sir?«, fragte sein XO. »Was tun wir jetzt? Die Systeme runterfahren?«

Steger schüttelte den Kopf. »Im Gegenteil, Alex. Geben Sie für alle Schiffe stillen Alarm aus. Sämtliche Einheiten sollen Kampfbereitschaft herstellen, aber so, dass die es nicht mitkriegen. Hier stimmt irgendetwas nicht und ich will verdammt sein, wenn die uns mit heruntergelassenen Hosen erwischen.«

Jürgen Ritter, Gouverneur der Marskolonie, eilte in den taktischen Kommunikationsraum unterhalb der Gouverneursresidenz. Er wurde bereits von seinem Stab erwartet, zu dem auch einige MAD-Offiziere und Kim Coltor gehörten. Die Ehefrau David Coltors diente immer noch als Oberhaupt der Behörde für planetare Sicherheit, und das bereits seit zwanzig Jahren. Jürgen hätte sich keine bessere Vertraute und Ratgeberin wünschen können. Ihre stille, unkomplizierte Art sowie ihr scharfer Verstand hatten für ihn schon oft die Kastanien aus dem Feuer geholt. Doch dieses Mal wirkte sie ungewohnt ernst.

In der Mitte des Raumes stand ein einzelner Holotank, der ein Bild projizierte, das nicht viel Optimismus zuließ. Das Solsystem wandelte sich zusehends von einem Hoffnungsschimmer der Freiheit zu einem Polizeistaat.

Er nickte Kim und Major Pavel Yuskov, dem ranghöchsten MAD-Offizier auf dem Mars, zu und forderte die beiden wortlos zum Reden auf. Kim und Yuskov wechselten einen schnellen Blick, dessen Tenor Jürgen ganz und gar nicht entging. Keiner wollte der Überbringer schlechter Neuigkeiten sein. Schließlich seufzte Kim und ergab sich in ihr Schicksal.

»Terranische Truppen besetzen jede Kolonie, jedes Habitat und jede Einrichtung des Systems. Soweit wir das beurteilen können, gibt es derzeit so gut wie keinen Widerstand gegen die Anweisungen des Militärs. Beim Saturn scheint sich so was wie eine Auseinandersetzung anzubahnen, aber das ist auch alles.«

»Die Leute haben auch kaum eine Wahl, als sich zu fügen«, fügte Yuskov hinzu. »Sie werden praktisch mit vorgehaltener Waffe gezwungen.«

»Nachricht von Coltor oder der Präsidentin?«, wollte Jürgen wissen, obwohl er die Antwort bereits zu wissen glaubte.

Yuskov schüttelte betroffen den Kopf und warf Kim einen vorsichtigen Blick zu. »Ich komme nicht zum Chef durch. Keine Chance. Sämtliche Kommunikationskanäle wurden stillgelegt – bis auf die, die die neu eingetroffenen Truppen und Schiffe verwenden.« Er warf Kim einen weiteren um Verzeihung heischenden Blick zu. »Das muss natürlich gar nichts bedeuten. Ich bin sicher, es geht ihm gut.«

Kim schenkte dem MAD-Offizier ein Lächeln, das ein wenig zu gekünstelt wirkte, um echt zu sein. »Mein Mann kann gut auf sich selbst aufpassen. Machen Sie sich um den bitte keine Sorgen.«

Ungeachtet ihrer Worte bemerkte Jürgen den Ausdruck in ihren Augen. Sie litt Höllenqualen. Keine Nachricht von ihrem Ehemann zu haben, ließ allerlei Horrorszenarien vor ihrem inneren Auge ablaufen.

»Da wäre noch mehr«, sagte sie plötzlich.

»Ja?«

Sie betätigte einige Kontrollen und ein Ausschnitt des Hologramms vergrößerte sich. »Diese Schiffe sind auf dem Weg zu uns. Zwölf Kriegsschiffe, die an die zwanzig Truppentransporter eskortieren.«

Jürgen fluchte, doch dann beruhigte er sich wieder. »Die werden nie wagen, uns anzugreifen. Wir sind alle Teil des Konglomerats und per Definition sind wir sogar weitestgehend autonom, und das schon seit 2135. Die werden das niemals riskieren. Ein solcher Akt würde uns praktisch in den Bürgerkrieg treiben.«

»Bist du sicher?« Kim deutete auf die beiden Flotten, die sich in der Nähe des Saturn gegenüberstanden. »Ich glaube, es fehlt nicht mehr viel und die schießen aufeinander.«

Jürgen überlegte. »Wie sehen unsere Verteidigungskapazitäten aus?«

»Unsere Sicherheitskräfte umfassen fünftausend Mann und wir besitzen auch schweres Gerät, aber ich bezweifle, dass wir uns mit einer terranischen Armee messen können. Raumschiffe haben wir gar keine, aber gut zweihundert Jäger. Wir könnten sie sicherlich eine Weile aufhalten, aber nicht mehr. Außerhalb von Neu-Johannesburg ist eine Einheit Marines stationiert. Sie gehören per Definition zur Regierung, aber ich kann mir nicht vorstellen, dass sie mit dem einverstanden sind, was hier vor sich geht.«

Jürgen kratzte sich am Kinn. »Ja, das ist mir auch schon aufgefallen. Die Truppen, die ins System verlegt wurden, gehören ausschließlich der TKA an. Warum keine Marines? Die wären doch viel schneller verfügbar und für eine solche Operation auch besser ausgerüstet.«

»Und was schließt du daraus?«

»Kann ich noch nicht sagen«, meinte Jürgen ehrlich, »aber ich werde ganz sicher nicht zulassen, dass der Mars besetzt wird und wir nicht länger die Herren im eigenen Haus sind. Versetz alle Einheiten in Alarmbereitschaft. Und verbinde mich mit dem Kommandeur der Marines.«

Brigadier General David Coltor saß gerade an seinem Schreibtisch in seinem Büro in San Francisco, als unvermittelt die Tür aufgerissen wurde und sich vier Offiziere der Flottensicherheit an seiner völlig aufgelösten und vehement protestierenden Sekretärin vorbeidrängten.

Einer der Männer stellte sich direkt vor Davids Schreibtisch auf. Der Kerl war vergleichsweise schmächtig, plusterte sich aber auf, um imposanter zu erscheinen. Ein Verhalten, das David lediglich belächelte.

»Brigadier General David Coltor?«, fragte der Agent der Flottensicherheit.

David runzelte die Stirn, nicht sicher, ob er wütend oder amüsiert reagieren sollte. Er antwortete völlig ruhig: »Mein Name steht an der Tür, durch die sie soeben gestürmt sind. Daher nehme ich doch an, Sie wissen verdammt gut, wer ich bin.« David legte seinen Stift beiseite. »Kann ich Ihnen irgendwie helfen?«

»Wir sind hier, um Sie in Gewahrsam zu nehmen.«

Jeglicher Humor schwand aus Davids Haltung. »Unter welcher Anklage?« Sein erster spontaner Gedanke galt Mendoza. Hatte man etwa entdeckt, dass er dem Anführer der ROCKETS half, sich der Verhaftung zu entziehen, und ihn nun in einem Safe House in Oslo versteckte. Doch die nächsten Worte des Agenten zerschlugen diese Befürchtung.

Der Mann bemühte sich um ein beruhigendes Lächeln. Es misslang ihm jedoch völlig. Tatsächlich wirkte er überaus berechnend. »Sie missverstehen mich. Wir sind nicht hier, um Sie zu verhaften. Wir nehmen Sie in Schutzhaft.«

Nun war David vollends verblüfft. »In Schutzhaft? Das soll doch wohl ein schlechter Scherz sein.«

»Keineswegs. Auf Anweisung von Admiral Perck werden alle Personen von Rang in Schutzhaft genommen, bis die gegenwärtige Krise beigelegt ist.«

»Ich fühle mich hier keineswegs in Gefahr.« David verschwieg wohlweislich, dass die einzige Gefahr, die er spürte, von diesen vier Clowns ausging. »Eine Schutzhaft wird daher nicht notwendig sein.«

Der Mann trat einen Schritt näher. David warf einen Blick auf das Hüftholster des Agenten. Seine Waffe war entsichert.

»Ich befürchte, ich muss darauf bestehen, General. Agent Bates sowie die Präsidentin und verschiedene Mitglieder des Parlaments sind bereits in Schutzhaft. General Sutter wäre jetzt auch in unserem Gewahrsam, wenn er nicht im Koma liegen würde. Sie sehen also, wir tun nur unsere Arbeit.«

»Und die Präsidentin und Bates haben sich das so einfach gefallen lassen?«

Der Mann lächelte erneut. Doch dies täuschte David keine Sekunde. »Natürlich. Warum auch nicht? Es dient doch nur dem Allgemeinwohl.«

David glaubte dem Agenten kein einziges Wort. Bates hätte sich niemals einfach so mitnehmen lassen. Er fragte sich, ob sein alter Freund überhaupt noch lebte.

Percks Handlungsweise ließ im Grunde nur einen Schluss zu: Er griff nach der Macht. Und seine Chancen standen gar nicht schlecht. David weigerte sich, den Gedanken zu Ende zu denken. Ein Admiral des Konglomerats, der gegen die Regierung putschte. Perck musste wahnsinnig geworden sein. Selbst wenn er obsiegte, würden die anderen Mitglieder der Koalition den Regierungswechsel niemals akzeptieren. Die Koalition würde zerbrechen, und damit das einzige Bollwerk, das die Slugs halbwegs in Schach hielt.

»Und wo werde ich in Schutzhaft genommen? Wo soll dieser sichere Ort sein?«

»In Oslo, und zwar im Regierungsviertel. Die unteren Stockwerke des Präsidentenpalais sind durchaus noch bewohnbar. Sie werden alle dorthin gebracht. Präsidentin Tyler und Agent Bates befinden sich bereits dort.«

David spannte seine Wangenmuskeln an. Das ergab durchaus Sinn. Das Regierungsviertel in Oslo war abgeschirmt und gut zu verteidigen. Selbst eine relativ kleine, aber gut ausgerüstete Truppe könnte das Viertel und speziell das Palais gegen eine wesentlich größere Truppe problemlos halten, zumindest eine Zeit lang. David befürchtete jedoch, nach dem, was Perck da gerade abzog, gab es im ganzen Solsystem keine loyale Truppe, die in der Lage gewesen wäre, das Regierungsviertel zu stürmen und sie zu befreien.

Die Miliz wäre vielleicht bereit, sie zu unterstützen, aber sie würden es mit Percks Elitetruppen nicht aufnehmen können.

David stand langsam auf. Seine Hand bewegte sich auf die Waffe in seinem eigenen Holster zu. Die Agenten der Flottensicherheit erstarrten. Ihre Finger zuckten.

Ganz langsam zog David seine Waffe und legte sie vor sich auf den Tisch. Der Agent vor ihm schien tatsächlich enttäuscht zu sein.

Die vier Agenten nahmen David in die Mitte und führten ihn vorbei an seiner Sekretärin auf den Korridor. Tränen schimmerten in den Augen der Frau.

Auf dem Korridor beobachteten zivile Angestellte und Agenten des MAD gleichfalls fassungslos, wie man ihren Chef abführte. Einige der MAD-Offiziere machten Anstalten einzugreifen, notfalls mit Gewalt. Doch David gab ihnen mit verstohlenen Handzeichen zu verstehen, sie sollen sich zurückhalten. Hier und heute war kein Sieg zu erringen und ein Schusswechsel hätte Perck lediglich den Vorwand geliefert, den er brauchte, um den MAD aufzulösen und alle ihre Mitglieder unter Arrest zu stellen – oder Schlimmeres. Perck hatte mit seiner Aktion eines bewiesen: Er war skrupellos, zielstrebig und entschlossen. Doch David fragte sich insgeheim, ob er auch bereit war, dieses Spiel bis zum bitteren Ende durchzuspielen.

18

Das holografische Gesicht wirkte nicht weniger arrogant als noch zwei Stunden zuvor und es musterte das reglose Gesicht Vizeadmiral Roland Stegers mit gerümpfter Nase.

»Admiral«, begrüßte der Mann ihn. Inzwischen wusste er, dass es sich um Konteradmiral Raoul Ortega handelte, ein Offizier, der es geschafft hatte, mit einem Minimum an Kampferfahrung in seinen Rang befördert zu werden. Das stank geradezu nach Protektion und Steger hatte auch so eine Ahnung, auf wessen Konto Ortegas kometenhafter Aufstieg ging.

Steger nickte als Antwort lediglich. Rechts neben dem Hologramm, ließ Steger eine taktische Ansicht ablaufen. Die zweihundert Schiffe, die der viel zu junge Konteradmiral befehligte, begannen auszuschwärmen. Sie umzingelten Stegers weit unterlegene Einheiten. Sein XO hatte die feindlichen Schiffe mehrmals abgetastet. Ihre Torpedoluken waren geöffnet, ihre Waffen feuerbereit und ihre Schutzschilde voll ausgefahren.

»Ihre Schiffe sind immer noch betriebsbereit«, erklärte der Mann mit einer seltsam anmutenden näselnden Stimme. »Darf ich fragen, wie ich das verstehen soll?«

Steger runzelte die Stirn. Seine Augenbrauen zogen sich drohend über der Nasenwurzel zusammen. »Vergreifen Sie sich nicht im Tonfall. Vergessen Sie nicht, dass ich ranghöher bin, *Konter*admiral.« Den ersten Teil des Ranges betonte Steger auf eine provokante Art und Weise, die seinem Gegenüber die Zornesröte ins Gesicht trieb. Vielleicht war es auch Scham, doch Steger bezweifelte dies.

»Ich handle hier auf direkten Befehl der Präsidentin und Admiral Percks. Ich muss Sie wohl nicht daran erinnern, dass Admiral Perck als Oberbefehlshaber der Raumstreitkräfte im Solsystem auch *Ihr* Vorgesetzter ist.«

»Ich möchte mit der Präsidentin sprechen.«

Die vorgebrachte Forderung brachte Ortega doch tatsächlich für einen Augenblick aus dem Gleichgewicht.

»Die Präsidentin hat Ihnen doch persönlich den Befehl übermittelt.«

»Das ist wahr«, gab Steger ihm recht. »Doch ich bezweifle, dass Präsidentin Tyler darüber informiert ist, dass Sie meine Schiffe bedrohen. Oder dass Sie fordern, meine Schiffe sollen ihre Energiesysteme herunterfahren. Der Befehl lautete schlicht, dass Ihre Einheiten die Sicherung des Solsystems übernehmen, nicht, dass ich meine Schiffe Ihnen übergeben oder sie wehrlos im All zurücklassen soll.«

»Das ist doch Haarspalterei.«

»Keineswegs. Ich werde meine Schiffe übergeben, aber ausschließlich dann, wenn ich persönlich mit der Präsidentin gesprochen habe und sie mir den unmissverständlichen Befehl hierzu erteilt hat.«

Zu Stegers grenzenloser Genugtuung war Ortega sprachlos. Der Kiefer des Mannes klappte buchstäblich nach unten. Er fing sich jedoch sofort wieder, die alte Arroganz kehrte in seine Züge zurück.

»Vizeadmiral Steger, ich glaube, Sie sind sich nicht über das Ausmaß Ihrer Handlungen bewusst. Ich habe Befehl, das Kommando über Ihre Schiffe zu übernehmen, egal was es auch kostet. Mein Befehl lautet außerdem, sollten Sie oder Ihre Besatzungen sich weigern, sie alle als Abtrünnige anzusehen. In diesem Fall ...«

»In diesem Fall was?«, brauste Steger auf. »Eröffnen Sie das Feuer auf meine Schiffe? Um Himmels willen, Ortega, nehmen Sie doch Vernunft an. Wären Sie tatsächlich bereit, das Feuer auf loyale terranische Soldaten zu eröffnen? Damit öffnen Sie die Büchse der Pandora. Sie müssen doch erkennen, dass Ihre Befehle illegal sind.«

Ortegas Miene verzerrte sich. »Illegal ist höchstens Ihr Widerstand gegen einen korrekten Befehl Ihres Oberbefehlshabers. Sie haben eine Stunde, um Ihr Tun zu überdenken. Danach werden Sie entweder Ihre Schiffe übergeben oder wir gehen gegen Sie vor.«

Ortega kappte abrupt die Verbindung und ließ Steger sowohl ratlos als auch mit einem flauen Gefühl in der Magengegend zurück.

Commander Alexander Stableton betrachtete seinen kommandierenden Offizier mit einem Ausdruck tiefen Respekts. Das konnte

Steger nicht so recht nachvollziehen. Schließlich hatte er nichts erreicht. Nichts, außer einen Schritt näher an den Ausbruch eines Bürgerkriegs zu kommen.

»Ihre Befehle, Sir?«, fragte Stableton.

Steger überlegte. »Es hat keinen Sinn mehr, auf Heimlichkeit zu setzen. Geben Sie Generalalarm für alle Schiffe aus. Kampfbereitschaft herstellen und Verteidigungsformation einnehmen.«

Stableton schluckte. »Glauben Sie, es wird wirklich dazu kommen?«

Steger wandte sich ihm zu. »Dass Ortega auf uns schießt? Ich will es nicht hoffen. Er mag zahlenmäßig überlegen sein, aber wir sind trotzdem stark genug, ein großes Stück aus seiner Flotte herauszubeißen – selbst wenn wir verlieren. Ortega muss das klar sein. Falls nicht, ist er ein verdammter Narr. Er mag arrogant sein, doch als Narr schätze ich ihn nicht ein.«

Stableton warf einen Blick durch das Brückenfenster. Ortegas Flaggschiff und die ihn begleitende Flotte waren mit bloßen Auge noch nicht zu erkennen.

»Was, glauben Sie, geht da drüben jetzt vor?«

»Wenn Ortega der Mann ist, für den ich ihn halte, dann hat er sich umgehend an Perck gewandt. Ortega scheint mir nicht der Typ Offizier zu sein, der Entscheidungen trifft, ohne sich vorher abzusichern.«

»Was wird Perck sagen?«

»Keine Ahnung. Kommt drauf an, was hier vor sich geht. Ich werde immer noch nicht ganz schlau aus diesen ganzen Ereignissen. Für mich ergibt das alles wenig Sinn.«

»Und wenn Perck den Befehl gibt, auf uns zu schießen?«

»Dann wird Ortega ihn ausführen, aber so weit wird es nicht kommen. Perck wird das nicht wagen.«

Stableton nickte.

Das hoffe ich wenigstens, fügte Steger in Gedanken hinzu.

Die TKS BERLIN materialisierte an der nördlichen Nullgrenze des Solsystems und Staudmann beugte sich unwillkürlich in seinem Kommandosessel leicht vor. Der Rückweg zur Erde hatte siebzehn

Tage gedauert – drei Tage länger als veranschlagt. Sie hatten einen Zwischenstopp bei der Kolonie auf Duranis VII eingelegt, um einige wichtige Reparaturen durchzuführen und eine Nachricht abzusetzen. Staudmann rechnete bei der Rückkehr ins heimatliche System mit dem Schlimmsten.

Der Anblick, der sich ihm bot, überstieg jedoch seine Befürchtungen bei Weitem.

»Großer Gott!«, hauchte er. »Manfred? Kommen über Com irgendwelche Meldungen herein?«

Der XO der BERLIN klinkte sich mittels seines Datenterminals in die ComKonsole ein und lauschte mehrere Sekunden lang. An dessen gerunzelter Stirn erkannte Staudmann, dass die Lage noch weit ernster sein musste als ursprünglich angenommen. Schließlich blickte der XO auf. »Das wird Ihnen nicht gefallen, Admiral. Der Heimatflotte wurden ihre Befugnisse entzogen und sie ist durch eine große Streitmacht praktisch neutralisiert. Die Hauptstadt ist abgeriegelt. Nur Meldungen, die von Percks Streitkräften ausgehen, sind autorisiert. Alles andere wird blockiert oder ignoriert. Aus Oslo gibt es nur Funkstille. Die Stadt könnte praktisch in einem Schwarzen Loch verschwunden sein. Die Kolonien und orbitalen Habitate von Pluto, Venus und Jupiter sind besetzt worden, ebenso sämtliche Werften und militärischen Einrichtungen des Systems.« Das Gesicht des XO bekam einen leicht geistesabwesenden Eindruck, als er einer erneuten Meldung lauschte. »Bis auf die Werften des Mars. Der planetare Gouverneur hat sich geweigert, das Kriegsrecht auszurufen. Truppen und Schiffe sind in Stellung, um den Mars zu besetzen. Sie warten noch auf ihren Einsatzbefehl. Der Mars hat offenbar Truppen in Position gebracht, um sich einer gewaltsamen Okkupation zu widersetzen.« Pratt blickte mit offenem Mund auf. »Sie werden offenbar von terranischen Marines unterstützt.«

Staudmann stieß einen Schwall Luft zwischen seinen zusammengebissenen Zähnen aus. »Na toll, die Lage könnte gar nicht verworrener sein.«

Hinter ihm ging die Tür auf und Rachel sowie Derek stürmten herein. Als Rachel die allgemeine Stimmung wahrnahm, blieb sie schlagartig stehen.

»Was ist los?«

»Ach, nichts weiter«, erwiderte Staudmann ein wenig zu locker. »Wie es ausschaut, erleben wir nur gerade das Ende unserer Zivilisation mit.«

In kurzen Sätzen umriss der Admiral die Situation. Mit jedem Wort wurden Rachels und Dereks Gesichter ernster.

»Es wundert mich nur, warum Perck noch nicht den Angriff auf die Heimatflotte und den Mars befohlen hat. Das sind im Moment die Einzigen, die sich ihm widersetzen.«

»Er hätte Probleme, das zu rechtfertigen«, meinte Rachel nach kurzem Überlegen. »Unter dem Vorwand, die Sicherheit aufrechtzuerhalten, das Kriegsrecht auszurufen, ist eine Sache, eine ganze andere, auf terranische Truppen und Schiffe das Feuer zu eröffnen. So weit ist er noch nicht.«

»Die Frage ist, was tun wir jetzt?«, wollte Staudmann wissen. »Noch hat niemand auf unsere Anwesenheit reagiert, aber das wird nicht mehr lange so bleiben.«

»Ich muss zur Erde«, erklärte Rachel rundheraus.

»Bitte?« Staudmanns Stimme klang so ungläubig, dass sie unwillkürlich schmunzeln musste.

»Ich meine es ernst. Es gibt ein paar Menschen, die Perck im Weg stehen: David Coltor, Robert Bates, die Präsidentin, um nur einige zu nennen. Wer weiß, ob sie noch leben? Ich muss nach Oslo, um es herauszufinden.«

»Ich begleite Sie«, bot sich Derek hilfreich an.

Staudmann blickte von einem zum anderen. »Sie beide sind verrückt, das ist Ihnen schon klar, oder?«

Rachel zuckte als Antwort lediglich mit den Achseln. Staudmann seufzte. »Also gut, Sie auf die Erde zu bringen, dürfte ich eigentlich hinkriegen. Ich überlasse Ihnen ein Shuttle. Wir fälschen die Markierung und Registrierung, sodass es als eines von Percks Schiffen durchgeht. In dem Durcheinander, das derzeit da draußen herrscht, müsste das eigentlich klappen. Mal angenommen, es funktioniert und Sie schaffen es in einem Stück auf den Boden, was dann?«

»Ich muss die Präsidentin suchen ... und David. Einen von beiden zu finden, hat absolute Priorität.«

»Ich werde meine Leute zusammentrommeln.« Dereks Augen blitzten vor Tatendrang. »Die meisten von ihnen befinden sich ohnehin zwecks Urlaub auf der Erde.«

»Ja, aber unbewaffnet«, gab Staudmann zu bedenken.

»Das ist ein Problem. Unbewaffnet sind wir nicht wirklich hilfreich.«

Rachel schnalzte mit der Zunge. »Ich frage mich, ob Perck auch die Miliz unter seine Kontrolle gebracht hat.«

»Er wäre ein Dummkopf, falls nicht. Wieso?« Derek sah sie fragend an.

»Vielleicht finden wir dort die eine oder andere Unterstützung. Ich weigere mich zu glauben, dass alle Soldaten des Solsystems auf Percks Seite stehen.«

»Wohl kaum«, stimmte Staudmann zu. »Die meisten Soldaten werden vollkommen ahnungslos sein und nur ihre Befehle ausführen. Dasselbe wird auf die meisten Offiziere zutreffen. Ich wäre überrascht, wenn auch nur ein Bruchteil über Percks wahre Absichten informiert wäre.«

»Würde mich auch wundern.« Rachels Gedanken rasten. Ein unbewaffnetes Regiment würde auf der Erde keinen großen Unterschied machen. Sie brauchten mehr Unterstützung und dazu mussten sie den Leuten klarmachen, dass sie auf der falschen Seite standen.

Rachel lächelte unvermittelt. Derek und Staudmann wechselten einen verwirrten Blick.

»Was ist plötzlich so komisch?«, wagte Derek im Tonfall eines Mannes zu fragen, der wusste, dass ihm die Antwort wohl nicht gefallen würde.

»Admiral?«, fragte Rachel. »Dürfte ich mir wohl ihre ComAnlage für einen Augenblick ausborgen.«

Präsidentin Gabriele Tyler und Agent Robert »Bobby« Bates befanden sich in einem Besprechungsraum im zweiten Stock des Präsidentenpalais. Bates saß beinahe ein wenig zu entspannt auf einem Stuhl, während Tyler ihre Zeit damit zubrachte, im Raum auf und ab zu laufen.

Für eine Gefängniszelle war der Raum sogar recht luxuriös, es täuschte sie aber nicht über die Tatsache hinweg, dass es letztendlich doch eine Gefängniszelle blieb. Vor dem Raum standen vier bewaffnete Agenten der Flottensicherheit.

Bates und sie selbst waren von den anderen Geiseln – anders konnte man die Gefangenen nicht nennen – getrennt worden. Man hatte wohl Angst, dass die Leute Dummheiten machen würden, wenn man sie gemeinsam einsperrte. Zu den Geiseln zählten unter anderem verschiedene Minister wie zum Beispiel der Verteidigungs- und der Finanzminister, einige Parlamentsabgeordnete, derer man habhaft werden konnte, und sämtliche Agenten des SES, die man zusammen mit der Präsidentin festgesetzt hatte.

Tyler schaute aus dem Fenster. Das Bild, das sich ihr bot, verkrampfte ihr Herz in der Brust. Auf dem Rasen vor dem Palais waren Panzer und Schützenpanzer aufgefahren. Soldaten der TKA waren dabei, mit Stacheldraht einen Sicherheitsbereich um das Palais einzurichten. Tyler hatte sich in ihrem ganzen Leben noch nie so einsam und verlassen gefühlt.

»Sie sollten vom Fenster weggehen«, forderte Bates sie schließlich auf.

Sie drehte sich zu ihrem obersten Leibwächter um und funkelte ihn böse an. »Warum? Ist doch egal, wo ich stehe.«

»Der Anblick deprimiert Sie nur. Sie sollten sich das nicht antun.«

»Wie schaffen Sie es nur, so ruhig zu bleiben? Das alles derart stoisch zu ertragen? Da draußen wird gerade alles zu Grabe getragen, was wir in den letzten Jahren erreicht haben.«

Bates neigte leicht den Kopf. »Ich schaffe das, weil es im Moment ohnehin nichts gibt, was ich dagegen tun könnte.«

Sie drehte sich um und blickte erneut aus dem Fenster. »Warum macht er das nur?«

Bates stand auf und schlenderte zu ihr. »Perck? Wer weiß schon, was so einen Menschen antreibt?«

Als hätte er nur auf sein Stichwort gewartet, öffnete sich die Tür und Admiral Thomas Eugene Perck stand im Raum. Zwei Agenten der Flottensicherheit flankierten ihn, jederzeit bereit, gegen einen Angriff auf ihren Befehlshaber vorzugehen.

Bates dachte nicht daran, ihnen diesen Gefallen zu tun. Stattdessen postierte er sich demonstrativ zwischen ihrem Geiselnehmer und der Präsidentin.

Perck ließ sich davon nicht aus der Ruhe bringen. »Ich hoffe, die Unterbringung ist in Ihrem Sinne«, begann er, offenbar in dem Versuch, Anteilnahme zu heucheln.

»Ist es denn wichtig, was ich darüber denke?«, fragte die Präsidentin giftig zurück.

»Aber sicher doch. Ich möchte, dass Sie es so bequem wie möglich haben.« Er hob beschwichtigend die Hände. »Ich bedaure das alles zutiefst, aber mir blieb wirklich keine andere Wahl. Hätte es eine gegeben, ich hätte sie wahrgenommen.«

»Warum, Thomas? Wieso haben Sie das getan?«, fragte Tyler atemlos. »Ich zermartere mir das Hirn, aber ich kann mir nicht vorstellen, warum Sie sich gegen das Konglomerat gewendet haben?«

Perck wirkte bestürzt. »*Gegen* das Konglomerat? Ich mache das, um das Konglomerat zu retten.« Er ging an Fenster. Die Agenten der Flottensicherheit ließen vor allem Bates nicht aus den Augen.

»Sehen Sie dort hinaus, Gabriele«, forderte er sie auf. »Sehen Sie hinaus. Das Konglomerat ist am Ende. Und wissen Sie auch warum? Weil dieser Krieg nicht so geführt wird, wie man ihn führen sollte. Wir sind zu nachsichtig. Wir spielen nach Regeln, die Ruul aber nicht. Wenn ich etwas zu sagen hätte, dann hätte ich bereits jeden einzelnen Planeten der RIZ mit Atomwaffen bombardiert. Die Systeme der RIZ und ihre Rohstoffe sind der Hauptgrund, weshalb sich dieser Krieg immer mehr in die Länge zieht. Die Slugs zehren die Rohstoffe der besetzten Welten auf, es hält ihre Kriegsmaschinerie am Laufen.«

»Es leben immer noch Menschen auf den von den Slugs besetzten Welten. Sie würden sie allesamt opfern? Einfach so?«

Er drehte sich zu ihr um, sein Gesicht eine Maske der Wut. »Nein, nicht einfach so, aber in harten Zeiten müssen harte Entscheidungen getroffen werden. Diese Menschen sind verloren. Daran kann niemand mehr etwas ändern.« Er schüttelte beinahe traurig den Kopf. »Ich habe doch versucht, es Ihnen klarzumachen, Gabriele.

So viele Male habe ich versucht, zu Ihnen durchzudringen, aber Sie wollten einfach nicht hören.«

»Vielleicht weil Völkermord keine Option für mich ist. Wir schlagen die Ruul auch auf andere Weise.«

Er lachte kurz und humorlos auf. »So wie auf Serena etwa? Ein Feldzug, der Monate dauerte und Hunderttausende von Leben kostete. Sollen das die Siege sein, die wir gegen die Ruul erringen werden? Nein, das ist nicht die Zukunft, die ich mir erträume.«

»Sie erträumen sich also eher eine Militärdiktatur.«

»Das ist nur eine Übergangsphase. Sobald die Ruul geschlagen sind, werde ich persönlich für die Rückkehr zur Demokratie sorgen. Aber bis dahin brauchen wir eine starke Führung.«

»Und wie lange wird das wohl dauern? Fünf Jahre? Zehn Jahre? Oder zwanzig? Reden Sie keinen Unsinn, Thomas. Sind Sie erst mal an der Macht, werden Sie sie nicht mehr loslassen.«

»Ich bedaure, dass Sie diesen Eindruck von mir haben, aber ich bin nicht hier, um über mein Vorgehen zu philosophieren. Ich muss mich vor Ihnen nicht rechtfertigen.«

»Warum sind Sie dann hier?«

»Ganz in der Nähe ist ein Stützpunkt der TKA. Dort befindet sich eine der stärksten ComAnlagen im Umkreis von Oslo. Sie werden mich dorthin begleiten, Kontakt zu Steger aufnehmen und ihm befehlen, seine Schiffe meinem Kommando zu unterstellen. Dann werden Sie Kontakt mit dem Mars aufnehmen und Ritter überreden, die Kuppeln von Neu-Johannesburg meinen Streitkräften zu öffnen und sich während der Übernahme der Kolonie ruhig zu verhalten.«

Tyler bemerkte aus dem Augenwinkel, wie Bates schmunzelte. »Probleme?«, bemerkte der SES-Chef amüsiert.

Perck warf ihm einen gereizten Blick zu. »Keine, die ich nicht bewältigen könnte.«

»Steger weigert sich also, sich bei Ihrem kleinen Spiel zum Statisten und Mitläufer degradieren zu lassen«, bemerkte Tyler. »Das hatten Sie wohl nicht erwartet.«

»Nein, hatte ich nicht«, gab Perck freimütig zu. »Das spielt auch keine Rolle. Das System ist so gut wie in unserer Hand und Stegers

Flotte steht einer Übermacht meiner Einheiten gegenüber. Tun Sie, was ich verlange. Sie retten Leben damit.«

Tyler riss die Augen auf. »Das würden Sie nicht wagen. Nicht einmal Sie würden so weit gehen, die Heimatflotte und den Mars anzugreifen.«

»Oh doch, das würde ich. Ich bin schon zu weit gegangen, um jetzt noch zurückzustecken. Jetzt heißt es durchhalten bis zum bitteren Ende.«

»Ja, aber da gibt es doch noch ein klitzekleines Problem, nicht wahr?!«, meldete sich Bates zu Wort. »Mit Gewalt vorzugehen, würde Ihr Gewand der Rechtmäßigkeit zerreißen. Jeder würde die Vorgänge als das betrachten, was sie sind: ein Militärputsch. Wenn sich das herumspricht, steht das ganze Konglomerat gegen Sie, von unseren Verbündeten mal ganz abgesehen. Ich möchte gern sehen, wie Sie sich gegen eine Flotte aus Til-Nara und Nerai behaupten. Ihre Unterstützung im Militär kann nicht so groß sein, dass Sie es tatsächlich mit dem Rest des Konglomerats aufnehmen könnten.«

»Das werde ich nicht müssen, denn Frau Präsidentin hier wird tun, was immer ich von ihr verlange.«

»Und wenn nicht?«, fragte Tyler.

»Dann werde ich tun, was ich muss. Die Heimatflotte wird untergehen und der Mars gewaltsam besetzt. Es wird Zigtausende Tote geben.«

»Tun Sie das nicht, Thomas. Noch können Sie Ihren Weg aufgeben und das Richtige tun.«

»Ich tue das Richtige, Gabriele. Ich bin von der Rechtmäßigkeit meines Tuns überzeugt. Der Krieg muss härter und zielstrebiger geführt werden. Serena war unser erster größerer Erfolg seit Kriegsbeginn und sehen Sie nur, was uns dieser vermeintliche Sieg gekostet hat – und vor allem, was er gebracht hat. Wir haben eine zerstörte, verbrannte Welt zurückerobert, die für keinen mehr von großem Nutzen ist.«

»Aber mehr terranisches Blut wird daran nichts ändern.«

»Die Geschichte wird mir recht geben«, beharrte Perck. »Also? Werden Sie mir meine kleine Bitte erfüllen? Sie würden unzählige Leben retten.«

Tylers Augen fixierten Perck mit festem Blick. Perck erwiderte ihn. Sie erkannte Angst in ihnen, aber auch felsenfeste Überzeugung. Und sie erkannte, dass er nicht innehalten würde auf seinem Weg. Man musste ihn aufhalten. »Wenn Sie mich auch nur in die Nähe eines ComGeräts lassen, werde ich Sie auffliegen lassen. Auf keinen Fall befehle ich der Heimatflotte aufzugeben.«

»Dann sind Sie für die Toten verantwortlich. Nicht ich.«

»Hilft Ihnen diese Unterscheidung, nachts besser zu schlafen?«, hielt Tyler ihm vor.

Perck stand ihr noch einen Augenblick abwartend gegenüber. Fast machte er den Eindruck, noch etwas sagen zu wollen, doch er drehte sich ruckartig um und verschwand. Die Agenten der Flottensicherheit schlossen die Tür hinter dem abtrünnigen Admiral. Das Geräusch der sich schließenden Tür hatte etwas Endgültiges an sich.

David Coltor saß halbwegs entspannt auf dem Rücksitz einer Limousine. Man hatte darauf verzichtet, ihm die Hände zu fesseln. Das war auch gar nicht nötig. Ihm gegenüber saßen zwei bewaffnete Agenten der Flottensicherheit. Außerdem fuhr sowohl vor als auch hinter der Limousine jeweils ein weiterer Wagen mit Agenten. Es gab keinen Ort, den er aufsuchen oder an dem er sich verstecken konnte, selbst wenn er hätte fliehen können. Perck hatte es irgendwie geschafft, einen signifikanten Teil der Flottensicherheit auf seine Seite zu bringen und darüber hinaus auch noch eine Streitmacht zu formen, die nun das Solsystem im Würgegriff hielt. Und alles unter der Nase von MAD und SES.

David, alter Junge, schalt er sich selbst, *diesmal hast du's echt versiebt.*

Nach seiner Verhaftung – und nichts anderes war diese sogenannte Schutzhaft – hatte man ihn direkt zu einem wartenden Flieger gebracht und nach Oslo ausgeflogen. Der Weg, den sie nahmen, war ihm nur allzu bekannt. Sie waren auf direktem Weg zum Präsidentenpalais. Er seufzte. Wenigstens würde er bald wieder mit Bates und der Präsidentin vereint sein. Vermutlich hielt Perck es für vorteilhaft, alle ranghohen Gefangenen an einem Ort zu bringen, wo er sie besser unter Kontrolle halten konnte.

Über seine Zukunftsaussichten gab sich David keinen Illusionen hin. Perck konnte es sich nicht erlauben, sie am Leben zu lassen. Keinen Einzigen von ihnen. Dass sie es mit einem Staatsstreich zu tun hatten, daran bestand für David inzwischen kein Zweifel mehr. Perck würde alle Personen, die er nicht auf Linie bringen konnte, ersetzen müssen. Ihm blieb keine andere Wahl. Dies schloss Bates, die Präsidentin, verschiedene hohe Militärs und leider auch ihn selbst mit ein. Sein Überleben würde exakt so lange andauern, wie sich Perck einen Nutzen davon versprach. Keine Sekunde länger. Sobald er sich fest genug im Sattel fühlte, würde er alle Risikofaktoren über die Klinge springen lassen.

In der Ferne konnte er bereits den Hügel sehen, auf dem das Präsidentenpalais thronte, und der Sicherheitsbereich, den Percks loyale TKA-Soldaten eingerichtet hatten, war ebenfalls nicht zu übersehen.

David verzog missmutig das Gesicht. Sobald er den Stacheldraht passierte, konnte er nichts mehr unternehmen. Wenn er etwas tun wollte, musste es schnell geschehen.

Er musterte die beiden Gorillas, die ihm gegenübersaßen. Sie waren bedauerlicherweise gut ausgewählt worden. Sie mochten vielleicht nicht die hellsten Kerzen im Kronleuchter sein, doch die Agenten waren mit Sicherheit auch nicht wegen ihrer geistigen Fähigkeiten ausgewählt worden. Die Männer waren ihm körperlich überlegen, bewaffnet und mit Sicherheit hervorragend ausgebildet. Seine Chancen standen schlecht – und wurden immer schlechter, je näher sie dem Präsidentenpalais kamen.

Auf einen Kampf mit den beiden Muskelpaketen verspürte er nicht die geringste Lust, doch er sah nicht, welche Alternativen er hatte. David bezweifelte, dass die beiden das mit der guten, alten, bewährten Schere-Stein-Papier-Methode würden regeln wollen.

Voraus sah er eine Haarnadelkurve. Er kannte diese Strecke. Die Haarnadelkurve war ihm persönlich zuwider. Sie zwang einen immer, das Gewicht zu verlagern, weil man automatisch gegen die Scheibe gedrückt wurde. Es war nicht ideal, doch eine bessere Möglichkeit würde er nicht finden.

Sie näherten sich der Kurve.

David spannte jeden Muskel an, bereit, seine beiden Bewacher anzuspringen. Es kam allein auf Geschwindigkeit und seine Fähigkeit an, die beiden schnell auszuschalten.

Seine Finger tasteten nach dem Verschluss seines Sicherheitsgurtes.

Der erste Wagen ihres Konvois bog in die Kurve ein – und flog in die Luft. Eine Explosion zerriss Chassis und Innenraum des Fahrzeugs vor ihnen.

Der Fahrer von Davids Wagen bemühte sich, den Trümmern auszuweichen, und kämpfte zeitgleich gegen die Druckwelle an, die ihr Fahrzeug durchschüttelte.

Der Mann war gut, er hätte es beinahe geschafft die Gefahrenzone sicher zu verlassen. Doch dann flog auch noch das hintere Fahrzeug in die Luft.

Die zweite Druckwelle traf Davids Fahrzeug und drehte es in nur einem Sekundenbruchteil um die eigene Achse. Der Fahrer kämpfte mit den Kontrollen, doch er besaß längst keine Gewalt mehr über den Wagen. David war froh, dass er den Sicherheitsgurt noch nicht gelöst hatte. Der Gurt presste ihm beinahe die Luft aus den Lungen, doch schlimmere Verletzungen blieben ihm erspart. Seine beiden Begleiter hingegen wurden wie Spielzeuge im Innenraum umhergeschleudert.

Der Wagen rammte ein Gebäude, prallte wie eine Kugel in einem Flipperautomaten ab und gegen ein Gebäude auf der anderen Straßenseite, wo es liegen blieb.

David war benommen und kaum in der Lage, einen vernünftigen Gedanken zu fassen. Seine Ohren klingelten und er hatte höllische Kopfschmerzen. Beides deutete auf eine Gehirnerschütterung hin. Trotz ihrer Blessuren erging es den beiden Agenten der Flottensicherheit wesentlich besser.

Eine Seite des Fahrzeugs war versperrt, da das Gebäude, gegen das der Wagen geprallt war, die Tür blockierte. Stattdessen riss der Agent das Sonnendach der Limousine auf. Die Öffnung war für den Mann zu klein, als dass er sich hätte hindurchzwängen können, doch sie war groß genug, um zu schießen. Der Mann zog mit grimmiger Miene seine Waffe.

Währenddessen hatte der andere die Tür auf seiner Seite aufgestoßen und ging dahinter mit ebenfalls gezückter Waffe in Deckung. All das bekam David nur wie aus weiter Ferne mit. Die Welt drehte sich immer noch um ihn und schien damit partout nicht aufhören zu wollen.

Schüsse hallten durch die Luft. Ein Feuergefecht brandete auf. Automatische Waffen ratterten, vereinzelte Schüsse von Handfeuerwaffen antworteten.

Es dauerte nur wenige Sekunden. Den Agenten am Sonnendach erwischte es als Ersten. David sah ihn zunächst nur von der Hüfte abwärts, doch unvermittelt erstarrte dessen Gestalt, nur um einen Augenblick später zu erschlaffen und zurück in den Innenraum zu rutschen – mit einem blutigen Loch in der Stirn und einem im Hals.

Der zweite Agent feuerte erneut, vier Einschläge ließen ihn zu Boden gehen. Selbst in seinem desolaten Zustand erkannte David, der Mann würde nie wieder aufstehen.

Der MAD-General warf einen Blick nach vorn. Der Fahrer rührte sich nicht. Ob er tot oder nur verwundet war, ließ sich nicht sagen. Mehrere Gestalten umringten mit einem Mal das zerstörte Fahrzeug und einer von ihnen beugte sich zu David hinunter.

Der MAD-Chef kniff die Augen zusammen, um seinen Retter besser wahrnehmen zu können. David musterte den Mann ungläubig.

»Pedro? Sind Sie das?«

Mendoza grinste. »Sie wissen doch, General: Die ROCKETS stehen steht's zu Diensten.«

Der Kommandosoldat betastete vorsichtig Davids Stirn. Dieser zuckte zusammen. Erst jetzt bemerkte er die Beule unter seinem Haaransatz.

»Das wird schon wieder«, beruhigte Mendoza ihn. David musterte die Männer in seine Begleitung. An der Art und Weise, wie sie ihre Waffen hielten, sich bewegten und die Umgebung nie aus den Augen ließen, erkannte David erfahrene Kommandosoldaten. ROCKETS.

»Wo haben Sie Ihre Freunde gefunden?«

»Lange Geschichte«, erklärte Mendoza. »Ich erzähle Sie Ihnen aber besser an einem anderen Ort. Hier wird gleich eine ganze Menge los sein.«

David nickte und ließ sich von Mendoza aus dem Wagen helfen. Seine Knie fühlten sich wie Wackelpudding an.

Der MAD-Chef warf einen Blick auf das lädierte Fahrzeug und blickte schließlich seinen Retter erneut an. »Dafür schulde ich Ihnen was.«

»Dieses sture Miststück.« Wenn Perck ehrlich zu sich selbst war, dann hatte er sich das Ganze erheblich einfacher vorgestellt.

Der Admiral warf dem an der Tür stehenden Henstridge einen bedeutungsvollen Blick zu, doch dieser schwieg. Die künstliche Haut, die man auf seine Brandwunden aufgetragen hatte, begann bereits festzuwachsen. In einigen Wochen würde sie nicht mehr von natürlicher Haut zu unterscheiden sein. Trotzdem würde der TKA-General einige Narben auf Hals, Armen und im Gesicht zurückbehalten.

Leicht schuldbewusst wandte Perck sich ab. »Tut mir leid, Simon.«

Aus dem Augenwinkel bekam er mit, wie der General ihm einen mörderischen Blick zuwarf. »Wir hätten eigentlich längst weg sein sollen, als die Sprengsätze hochgingen. Du hast sie viel zu früh gezündet.«

Perck zuckte die Achseln. »Ich hatte keine Wahl. Die Explosion hätte Tyler und ihren gesamten Führungsstab auslöschen sollen. Hätte das geklappt, wäre die Situation erheblich einfacher zu handhaben und alles wäre mit einem Minimum an Opfern über die Bühne gegangen. Doch als Bates gewarnt wurde, musste ich improvisieren. Sieh es mal positiv. Da wir ebenfalls zu den Opfern des Anschlags gehörten, hat uns niemand verdächtigt, bis wir bereit zum Zuschlagen waren.«

Henstridge schnaubte. »Ich sehe aber keine Brandwunden auf deinem Gesicht.«

»Du hast für unsere Sache ein Opfer gebracht, Simon. Glaub mir, das werde ich nicht vergessen.«

Der TKA-General wandte den Blick ab. »Wir sollten vielleicht zum Thema zurückkehren.«

Perck spürte, dass die leidige Angelegenheit rund um Henstridges Verletzungen für den General noch längst nicht abgehakt waren, aber das ließ sich nicht ändern. Im Moment drängten wichtigere Probleme auf eine Lösung.

»Was wirst du wegen des Mars und der Heimatflotte unternehmen«, sprach Henstridge gerade die zwei drängendsten Krisenherde an.

»Im Augenblick? Nichts.«

»Das ist aber nicht gerade viel.«

»Was soll ich denn machen? Das Feuer auf die Marskolonie und die Heimatflotte eröffnen? Das darf nur der letzte Ausweg sein.«

»Was hält dich ab? Moralische Erwägungen?«

»Politische. Wir verlieren an Glaubwürdigkeit, wenn wir tatsächlich Gewalt anwenden. Mars und Heimatflotte sind von loyalen Verbänden bedrängt und praktisch neutralisiert. Die können im Augenblick gar nichts tun. Wie steht es um die Verteidigungszenralen?«

Henstridge zuckte die Achseln. »Die Kommandanten unterstehen mir persönlich und ich habe dafür gesorgt, dass nur vertrauenswürdige Offiziere in diese Position kommen. Mach dir da mal keine Sorgen.«

»Gut, mit dem Verteidigungszenralen kontrollieren wir auch sämtliche militärische Kommunikation auf allen Kontinenten sowie den Schiffsverkehr und den Orbit. Kein Schiff kann starten, wenn die Waffen der planetaren Verteidigungsposten auf unserer Seite stehen. Andernfalls würden sie augenblicklich abgeschossen. Sind die zivilen Nachrichtensender alle besetzt?«

Henstridge nickte. »Ja. Meine Leute wissen, was sie zu tun haben. Außerdem habe ich eine Nachrichtensperre verhängt.«

»Gut, gut. Wenigstens mal ein Lichtblick.«

»Die Situation ist aber immer noch angespannt und es kann nicht lange dauern, bis man auch außerhalb des Solsystems erfährt, was geschehen ist. Falls das nicht schon passiert ist. Wir müssen die Lage in den Griff kriegen, und zwar schnell.«

»Irgendwelche Ideen?«

»Sprich noch mal mit Tyler. Mach ihr klar, wie die Konsequenzen aussehen, wenn sie sich weigert. Droh ihr oder versuch, sie zu bestechen, aber um Himmels willen, du musst sie zur Zusammenarbeit bewegen. Die Heimatflotte mag unterlegen sein, aber sie ist zweifellos trotzdem eine Bedrohung. Und Steger ist ein verdammt guter Kommandeur. Weit besser als dein Ortega.«

Perck seufzte. »Ja, Loyalität ist leider kein Garant für Fähigkeiten. Der Mann hat bisher kaum ein Gefecht miterlebt.«

»Dann musst du die Heimatflotte zur Aufgabe bewegen und das geht nun mal nur mit Tylers Hilfe. Steger sendet am laufenden Band Anfragen, er möchte mit der Präsidentin sprechen. Seine Schiffe sind kampfbereit und warten nur auf einen Vorwand, aus dem Kessel auszubrechen, den Ortega gezogen hat. Und wenn wir gegen die Heimatflotte vorgehen, müssen wir gegen den Mars vorgehen. Die Situation gleicht einem Pulverfass und es genügt ein einziges Streichholz, um alles hochgehen zu lassen.«

»Ich weiß, aber ich bezweifle, dass Tyler mitspielen wird.«

»Töte ein paar ihrer SES-Agenten, dann wird sie sich schon fügen. Schon allein, um Leben zu retten.«

Perck warf dem Mann einen ungläubigen Blick zu.

»Sieh mich nicht so an«, schalt Henstridge ihn. »Die meisten Soldaten unter meinem Kommando wissen gar nicht, was vor sich geht. Sogar die meisten Offiziere sind ahnungslos. Sie denken, sie stünden aufseiten der Regierung und würden selbst einen Aufstand bekämpfen. Und bei deiner Flotte ist es genau dasselbe. Weißt du eigentlich, was passiert, wenn die die Wahrheit erfahren würden? Wir hätten Glück, wenn man uns nur verhaftet. Man würde uns lynchen. Es ist mir langsam egal, was du tust, aber tu endlich etwas und sitz nicht nur apathisch hier rum und hadere mit deinem Schicksal.«

»Geiseln umbringen löst aber das vorliegende Problem nicht. Es schwächt nur unsere Position. Außerdem brauchen wir sie vielleicht noch als Druckmittel.«

»Wenn Tyler sich weiterhin querstellt, dann nützen uns auch Druckmittel nicht mehr viel.«

Bevor Perck etwas erwidern konnte, ging die Tür auf und ein Adjutant stürzte in den Raum. Der Mann wirkte leicht fahrig. Sein Atem ging schwer. Er blickte von einem Offizier zum anderen, offenbar unschlüssig, wem er Meldung erstatten sollte, obwohl es sich um Percks Adjutanten handelte.

Der Admiral entschied, den Mann von seinem Leiden zu erlösen.

Außerdem verspürte er nicht die geringste Lust darauf, die Diskussion mit Henstridge fortzusetzen.

»Was gibt es denn, Lieutenant?«

»Sir? Das sollten Sie sich anhören.« Der Mann verließ den Raum, ohne auf die beiden Offiziere zu warten. Perck und Henstridge wechselten einen verständnislosen Blick und folgten dem Lieutenant ins Vorzimmer. Dort saßen oder standen mehrere rangniedrige Offiziere um ein Radio und lauschten einer Stimme. Perck erkannte sie sofort. Es handelte sich um Rachel Kepshaw.

»Ich wiederhole«, erklärte Kepshaws Stimme eindringlich. »Mein Name ist Lieutenant Colonel Rachel Kepshaw von der Abteilung für Innere Sicherheit des MAD. Ich befinde mich derzeit auf der TKS BERLIN, einem Schlachtschiff der Heimatflotte. Ich richte meine Worte an alle loyalen Offiziere und Soldaten der Streitkräfte im Solsystem. Derzeit ist ein Putschversuch gegen die ordnungsgemäß unter demokratischen Grundsätzen gewählte Regierung im Gange. Das Schicksal Präsidentin Tylers und verschiedener Mitglieder ihres Stabes ist ungewiss. Drahtzieher des Putsches sind unter anderem Admiral Perck und Lieutenant General Henstridge sowie eine Gruppe ihnen unterstellter Offiziere. Außerdem ist die Flottensicherheit ebenfalls kompromittiert und kann nicht länger als vertrauenswürdig eingestuft werden.

Ich rufe hiermit alle loyalen Soldaten auf, sich allen Befehlen zu widersetzen, die dem Zweck dienen, terranische Bürger, Einrichtungen oder Soldaten Schaden zuzufügen.

Des Weiteren fordere ich die Kommandanten der Verteidigungszentralen auf, sich entweder zur rechtmäßigen Regierung zu bekennen oder ihre Kommandos abzugeben. Uns ist bekannt, dass einige der Kommandanten in Diensten der Putschisten stehen.

Ich bitte jeden von Ihnen, seinem oder ihrem Gewissen zu folgen. Hier stehen terranische Soldaten terranischen Soldaten gegenüber, bereit, aufeinander zu feuern. Niemand mit auch nur einem Funken Verstand oder Sinn für Anstand und Ehre kann dies wirklich wollen.

Weiterhin fordern wir die Putschisten umgehend auf, die Waffen niederzulegen und sich loyalen Armeeverbänden zu ergeben. Sollten Sie dem Folge leisten, wird niemand verletzt.

Natürlich müssen Präsidentin Tyler und ihr Stab umgehend freigelassen und die Regierung wieder in die Hände der rechtmäßigen Regierung gelegt werden.

Ich wiederhole: ...«

»Es ist eine Endlosschleife. Sie fängt jetzt wieder von Neuem an«, erklärte der Adjutant. »Sie senden es von der BERLIN. Sie überfluten den Äther damit. Jeder kann es hören. Es kommt auf allen Frequenzen.«

»Wie kann das sein?«, wetterte Henstridge. »Wir haben sämtliche Nachrichten- und Sendeanstalten unter Kontrolle.«

»Sie speisen es direkt in die Satelliten ein«, meinte Perck überraschend ruhig. »Vermutlich haben sie irgendein Übertragungsrelais geknackt. Dieser Kepshaw ist alles zuzutrauen. Da wir die Sendeanstalten kontrollieren, wird sie damit nicht die privaten Haushalte erreichen. Das will sie auch gar nicht. Du hast sie gehört. Ihre Worte richten sich an das Militär. Und da werden es genug mitkriegen, selbst wenn wir den Funkverkehr streng zensieren und kontrollieren. Es wird wie ein Lauffeuer die Runde machen.«

Percks Adjutant nahm mehrere Meldungen entgegen, bevor er sich zu seinem Befehlshaber umdrehte. »Sir? Wir empfangen Hunderte Meldungen von Einheiten im ganzen Solsystem. Sie verlangen eine Erklärung. Außerdem ist Steger nicht mehr der Einzige, der mit der Präsidentin reden will. Einige Einheiten drohen damit, alle Befehle zu verweigern, solange nicht klar ist, dass es der Präsidentin gut geht.«

»Das ist das Streichholz, von dem ich gesprochen habe.« Henstridge warf Perck einen düsteren Blick zu. »Und jetzt? Was hast du jetzt vor?«

Perck überlegte einen Augenblick. »Wir haben keine Wahl. Aufgeben werde ich auf keinen Fall. Nicht, wo wir schon so weit gekommen sind. Wir stehen kurz vor der dem Ziel.« Er wandte sich an seinen Adjutanten. »Beantworten Sie alle Anfragen mit folgender Meldung: Aufgefangene Endlosschleife ist eine List abtrünniger Einheiten. Ab sofort alle Nachrichten ignorieren, die nicht mit dem korrekten Code gesendet werden.« Der Admiral überlegte. »Und fügen Sie noch folgende Meldung hinzu: Präsidentin Tyler ist tot.

Sie wurde Opfer eines weiteren Anschlags.« Perck seufzte. »Damit werden wir vielleicht ein paar der unschlüssigeren Einheiten wieder auf unsere Seite ziehen. Tylers angeblicher Tod wird viele in Wut versetzen. Wir müssen verhindern, dass die Cleveren von ihnen zum Nachdenken kommen. Und der Rest wird dem folgen, der die Befehle gibt. Es wird immer ein paar geben, die das glauben, was man ihnen erzählt.«

»Das wird aber nicht reichen«, meinte Henstridge.

»Ich weiß«, erwiderte Perck entschlossen. »Damit sind die Würfel gefallen. Jetzt haben wir wirklich keine andere Wahl mehr. Wir gehen gewaltsam gegen Mars und Heimatflotte vor. Haben wir erst mal das komplette Solsystem unter Kontrolle, gibt es nichts mehr, was Kepshaw oder ihre Verbündeten tun können.«

Lieutenant Colonel Quan Chi lauschte fassungslos der Meldung, die aus dem Radio kam. Bei jedem Wort Kepshaws verkrampften sich seine Eingeweide mehr. Er befand sich in seinem Büro im obersten Stockwerk des Westflügels des Hochsicherheitsgefängnisses. Ihm gegenüber stand sein Verbindungsoffizier zur Flottensicherheit. Dieser wirkte allerdings eher wütend als überrascht, wie Quan Chi bewusst wurde.

»... Die Flottensicherheit ist ebenfalls kompromittiert und kann nicht länger als vertrauenswürdig eingestuft werden.« Als diese Worte Kepshaws aus dem Radio drangen, sah Quan Chi überrascht auf. Sein Blick traf den des Agenten der Flottensicherheit.

Quan Chi hatte zeit seines Lebens mit Kriminellen und Verbrechern zu tun gehabt. Er kannte deren Verhaltensweisen zur Genüge. Der Mann wirkte weder überrascht noch gekränkt über eine solche Anschuldigung. Tatsächlich wirkte er eher – ertappt.

Quan Chis Hand fuhr an die Hüfte zu seinem Holster, zeitgleich griff der Agent ebenfalls nach seiner Waffe. Ein Schuss knallte. Der Agent der Flottensicherheit kippte rücklings um, seine Waffe noch nicht einmal zur Hälfte aus dem Holster gezerrt. Ein Loch zierte seine Brust knapp über dem Herzen.

Quan Chi stieß den Atem aus und legte seine Waffe vor sich auf den Schreibtisch. Sein Adjutant sowie zwei Wachen stürmten mit gezückter Waffe in den Raum, blieben jedoch schlagartig stehen, als sie ihren Kommandanten unverletzt vorfanden. Sein Adjutant verschaffte sich kurz einen Überblick über die Situation und schürzte schließlich die Lippen. »Sie haben es also schon gehört.«

Quan Chi nickte.

»Wir müssen uns entscheiden, zu welcher Seite wir stehen wollen.«

Quan Chi schmunzelte und deutete auf den gefallenen Agenten vor seinem Schreibtisch. »Das habe ich wohl gerade getan.«

Der Adjutant und die beiden Wachen nahmen Haltung an. »Ihre Befehle, Sir.«

Quan Chi schenkte den drei Männern ein anerkennendes Nicken. »Lassen Sie augenblicklich alle Agenten der Flottensicherheit verhaften und einsperren. Anschließend lassen Sie alle Zellen und auch die Waffenkammern öffnen. Präsidentin Tyler wird alle ROCKETS benötigen, die sie nur kriegen kann.«

19

Mendoza führte David und die Gruppe ROCKETS durch mehrere verwinkelte Gassen Oslos. In diesem Teil der Stadt war er noch nie gewesen. Längst hatte er die Orientierung verloren.

Auf Mendozas Drängen hin waren sie zu Fuß unterwegs. Ein Fahrzeug wäre zu leicht aufzuspüren. Die ROCKETS benahmen sich, als wären sie auf feindlichem Territorium, was streng betrachtet ja auch zutraf.

Mendoza hob die geballte Faust. Die Kommandosoldaten blieben schlagartig stehen, gingen in die Hocke und hoben die Waffen.

Mendoza lauschte angestrengt. Und tatsächlich fuhren nur Sekunden später mehrere Fahrzeuge durch eine Querstraße einige Meter voraus. Militärfahrzeuge, soweit David erkennen konnte.

Der MAD-Chef hielt unbewusst den Atem an.

Mendoza verharrte noch einen Augenblick und gab schließlich Entwarnung. Die Gruppe bewegte sich vorsichtig weiter.

»Wann sind wir da?«, wisperte David.

»Gleich«, flüsterte Mendoza zurück. »Ist nicht mehr weit.«

»Es wäre langsam an der Zeit, mir ein paar Dinge zu erklären.«

Mendoza warf David über die Schulter einen verschmitzten Blick zu. »Tut mir leid, dass ich gegen Ihren Befehl verstoßen habe. Ich weiß, ich hätte in dem Safe House bleiben sollen, aber ich war noch nie gut darin, Däumchen zu drehen.«

»Also sind Sie abgehauen«, folgerte David. »Und wohin?«

»Ein paar alte Kontakte abklappern. Ich wusste, dass sich einige ROCKETS mit Sicherheit noch auf der Erde versteckt hielten, und ich hatte da auch so eine Ahnung, wo das sein könnte.«

»Ihre Leute haben sich trotz der vielen Kontrollen, der Ausgangssperre und des Kriegsrechts ungehindert auf der Erde bewegen können? Eine beeindruckende Leistung.«

»Ehrlich gesagt war das gar nicht so einfach. Ein paarmal sind wir ganz schön ins Schwitzen gekommen. Ich war gerade dabei, meine Leute um mich zu sammeln, als ich hörte, dass man Sie herbringen würde.«

»Sie haben es gehört? Von wem?«

Mendozas Stimme klang bei seinen nächsten Worten entschieden zu heiter. »Wir haben uns ein paar Agenten der Flottensicherheit geschnappt und sie eingehend befragt.« Der Kommandosoldat zuckte die Achseln. »Wie gesagt, im Däumchendrehen war ich noch nie besonders gut.«

»Ich beklage mich nicht«, erwiderte David. »Danke noch mal für die Rettung.«

»Keine Ursache. Die Frage ist nur, was tun wir jetzt. Perck und Henstridge haben die Erde fest im Würgegriff. Und nach allem, was man hört, sieht es im Rest des Systems auch nicht besser aus.«

»Wir müssen uns organisieren, jemandem außerhalb des Systems mitteilen, was vor sich geht. Wie ich Rachel kenne, ist sie in der ganzen Sache sicher nicht untätig geblieben, aber sie wird das allein nicht schaffen.«

Mendoza führte die Gruppe in einen kleinen Hinterhof. Als er sich einer der Türen näherte, wurde sie von innen aufgemacht. Mendoza schlüpfte ohne Umschweife hinein. David und die ROCKETS folgten.

Zu Davids Erstaunen fanden sie sich in der Küche eines Gasthauses wieder. Mehrere Personen erwarteten sie bereits.

»Wo sind wir hier?«

»Willkommen im *Goldenen Hirsch*«, meinte Mendoza gut gelaunt, »einem der besten Restaurants in ganz Oslo. Es gehört einem alten Freund von mir. Er war früher bei der Sondereinheit für Spezialoperationen. Vor seinem Ruhestand natürlich.«

Mendoza deutete auf einen Mann in den Sechzigern, der abwartend in der Nähe einer Schwenktür stand. Als Mendoza auf ihn deutete, kam er näher und schüttelte enthusiastisch Davids Hand. »Staff Sergeant Björn Nilsson. Im Ruhestand. Ist mir eine Ehre, General.«

»Ganz meinerseits«, entgegnete David ein wenig perplex.

»Wegen der Ausgangssperre ist mein Lokal bedauerlicherweise

derzeit geschlossen, aber betrachten Sie es bitte mit all seinen Annehmlichkeiten als Ihr Refugium.«

»Vielen Dank, Sergeant ... Mister Nilsson, meine ich.«

Der Mann grinste. »Björn reicht völlig.« Er deutete auf den Schankraum. »Aber jetzt machen wir es uns erst mal bequem. Sie sind nicht meine einzigen Gäste.«

David warf Mendoza einen leicht verwirrten Blick zu. Dieser lächelte lediglich und folgte Nilsson. David blieb keine andere Wahl, als es ihnen gleichzutun.

Als er durch die Schwenktür trat, blieb David überrascht stehen. Auf den ersten Blick hätte man nie für möglich gehalten, dass das Lokal tatsächlich geschlossen war. Im Schankraum hielten sich etwa vier Dutzend Menschen auf, darunter zahlreiche Frauen und Kinder sowie mehrere Offiziere in der grauen Uniform der Miliz.

Einer der Männer erhob sich und ging mit weit ausgreifenden Schritten auf David zu. Ein freundliches Lächeln brandete in dem von Falten durchzogenen Gesicht auf.

»General Coltor«, sprach der Mann ihn an.

»Abgeordneter Brockos«, erwiderte David und ergriff die dargebotene Hand mit ehrlich empfundener Erleichterung.

Abgeordneter Samuel Brockos war Vorsitzender des Geheimdienstausschusses, der jedes Jahr über das Budget der einzelnen Sicherheitsdienste entschied. Sie waren sich bei verschiedenen Sitzungen begegnet und hatten des Öfteren das eine oder andere Wort miteinander gewechselt.

»Wie kommen Sie denn hierher?«, wollte David neugierig wissen.

»Nach dem Anschlag auf das Parlamentsgebäude haben Agenten der Flottensicherheit alle überlebenden Abgeordneten und ihre Familien zu Hause abgeholt und in eine Turnhalle gebracht. Zu unserer eigenen Sicherheit, hieß es. Uns wurde aber ziemlich schnell klar, dass etwas furchtbar schiefflief, als man auch noch Offiziere der Miliz unter Bewachung in die Turnhalle brachte. Die Turnhalle wurde zu einem Gefängnis.«

»Perck hat die Miliz neutralisiert, indem er ihre höheren Offiziere eingesackt hat. Deswegen hat die Miliz stillgehalten. Die haben keine Ahnung, was sie tun sollen, sind führungslos.«

Brockos nickte. »Vor zwei Tagen sollten wir dann an einen anderen Ort gebracht werden. Mittels Lkws.«

»Und da haben wir sie uns geschnappt«, mischte sich Mendoza ein. »Wir wussten nicht, was sich in den Lkws befindet. Wir dachten lediglich, etwas, das so stark bewacht wird, müsste die Mühe wert sein. Es ging uns lediglich darum, Perck etwas Ärger zu machen. Und nun stellen sie sich mal unsere Überraschung vor.«

David nickte. Vor seinem geistigen Auge sah er eine Gruppe von ROCKETS, die einen Lkw in Beschlag nahmen und sich Auge in Auge mit verängstigten Frauen und Kindern gegenübersahen.

»Perck hält noch mehr Milizoffiziere sowie Abgeordnete und deren Familien gefangen«, fuhr Mendoza fort. »Wir konnten leider nicht alle befreien.«

»Sie haben schon mehr getan, als wir hoffen konnten«, beschwichtigte Brockos ihn.

»Jedes bisschen hilft«, stimmte David zu. »Aber jetzt sollten wir ein paar Pläne schmieden. Wir müssen Perck und Henstridge unbedingt aufhalten.«

»Und wie stellen wir das an?« Mendoza wirkte ratlos. »Er hat eine Armee auf seiner Seite.«

»Der Schlüssel zu Sieg oder Niederlage liegt in der Präsidentin. Mit ihr steht und fällt Percks ganzer Plan.«

»Sie wollen sie befreien? Dazu bräuchten wir aber auch eine Armee. Wir sind zu wenige.«

David schnaubte. Sein Blick streifte die Milizoffiziere. »Dann besorgen wir uns eben eine.«

Henstridge stürmte in den Raum, ohne anzuklopfen.

»Coltor ist entkommen«, begann der TKA-General ohne Vorrede.

Perck studierte weiter die einkommenden Berichte, ohne aufzublicken. »Hab ich schon gehört.«

Henstridge stutzte. »Wie kannst du dann nur so ruhig dasitzen, als würde alles glattlaufen?«

Perck blickte auf. »Wie soll ich mich denn deiner Meinung nach verhalten? Ich muss das Beste aus den Karten machen, die mir das Schicksal austeilt.«

»Wie philosophisch«, höhnte Henstridge. »Aber während wir hier reden, setzt Coltor vermutlich Himmel und Hölle in Bewegung, um eine Opposition gegen uns zu formieren.«

»Coltor ist auch nur ein Mann. Du solltest ihn nicht glorifizieren oder das glauben, was man sich über den Kerl erzählt. Sein Ruf ist weit überzogen, wenn du mich fragst.«

Henstridge schüttelte den Kopf. »Trotzdem hat er enormen Einfluss. Und er ist beim Militär gut angesehen. Viele der Unentschlossenen könnten seinen Worten Glauben schenken, wenn er es schafft, gegen uns Position zu beziehen.«

»Das wird er aber nicht schaffen.« Perck seufzte. »Ja, gut, er wurde befreit, aber er kann sich nirgends blicken lassen. Sobald er seine Nase irgendwo zeigt, wird er verhaftet oder erschossen.«

»Im Augenblick wäre mir Letzteres lieber, wenn du mich fragst.« Perck hob eine Datendisc in die Höhe. »Dieser Bericht hier macht mir entschieden größere Sorgen. Der Gefängnisleiter von Peking hat die ROCKETS freigelassen. Damit nicht genug, ist er derzeit sogar damit beschäftigt, sie aus seinen eigenen Beständen zu bewaffnen.«

»Was?« Henstridge wich einen Schritt zurück, als hätte man ihn körperlich attackiert. »Warum erfahre ich das erst jetzt?«

»Du warst gerade nicht greifbar«, entgegnete Perck ungerührt.

»Was tun wir dagegen?«

»Tja, das ist die Frage.« Perck überlegte und blickte schließlich auf. »Wo liegt der nächste Fliegerhorst, auf dessen Loyalität wir uneingeschränkt bauen können?«

Henstridge überlegte einen Moment. »Ich könnte dir einen in Südchina anbieten. Wieso?«

»Ich will, dass du einen Luftschlag gegen das Gefängnis in Peking anordnest.«

Henstridge klappte die Kinnlade herunter. »Bist du verrückt geworden? Damit würden auch eine Menge Unschuldiger ihr Leben verlieren.«

Für einen Augenblick vernebelte Zorn Percks Gesicht. »Muss ich dich etwa daran erinnern, was geschieht, wenn diese ROCKETS es schaffen, an die Öffentlichkeit zu treten? Aufseiten der rechtmäßigen Regierung? Dann ist es aus. Du machst dir Sorgen? Mach dir nicht wegen Coltor Sorgen, mach sie dir wegen der ROCKETS. Was glaubst du, wie lange es dauert, bis sie andere Gleichgesinnte um sich scharen können? Im Augenblick haben wir nur die Oberhand, weil es niemanden gibt, hinter dem sich unsere Gegner versammeln können. Himmelherrgott, Simon, wir sind so dicht davor. Morgen früh werden *wir* die rechtmäßige Regierung sein und dann schreiben wir die Geschichte. Die Menschen werden alles glauben, was wir ihnen erzählen. Und weißt du auch warum? Weil es niemanden mehr geben wird, der das Gegenteil behaupten könnte. Aber bis dahin müssen wir durchhalten und die Dinge in den Griff kriegen.«

»Und das bedeutet, wir müssen den Tod guter Soldaten einfach so in Kauf nehmen?«

»Wenn es sein muss, ja.«

Henstridge senkte den Kopf. »Ich werde den Luftangriff anordnen«, erwiderte er geschlagen.

Perck nickte. »Gut.« Er sah auf seine Uhr. »Der Angriff auf die Heimatflotte wird in etwa einer Stunde beginnen. Zeitgleich gehen unsere Truppen gegen den Mars vor. Ich begebe mich auf die PROVIDENCE, um die Sache persönlich zu beaufsichtigen.«

Henstridge blickte ruckartig auf. »Du verlässt die Erde? Jetzt?«

Perck lächelte nachsichtig. »Keine Sorge, ich bleibe in Reichweite. Ich bin nur im Weltall. Du machst dir viel zu viele Gedanken. Du behältst hier unten die Dinge im Blick. Am besten, du nimmst eine der Verteidigungszentralen als Kommandostand. Dort bist du sicher und dir stehen alle Möglichkeiten offen, gegen Widerstand vorzugehen. Welche der Zentralen ist am geeignetsten?«

Henstridge dachte einen Augenblick über die Frage nach. »Dakar«, erwiderte er schließlich. »Der Kommandant ist ein treuer Gefolgsmann und nicht einfach nur ein unwissender Mitläufer. Er glaubt an unsere Sache.«

»Gut, dann flieg nach Dakar.«

»Was ist mit der Präsidentin? Wäre es nicht langsam an der Zeit, sich ihrer zu entledigen?«

Der Admiral dachte angestrengt über Henstridges Vorschlag nach. Der Gedanke war in der Tat verführerisch. Er hatte öffentlich verlauten lassen, sie sei tot. Würde sie jedoch plötzlich in der

Öffentlichkeit erscheinen, würde sich seine ganze Glaubwürdigkeit buchstäblich in Rauch auflösen. Vielleicht war es tatsächlich an der Zeit, dass sich die Meldung über ihr Ableben als wahr erwies. Immerhin hätte er dann eine Leiche, die er in den Medien präsentieren konnte. Doch schließlich schüttelte er den Kopf.

»Nein, vielleicht brauchen wir sie noch. Am besten, du nimmst sie und ihr Gefolge mit nach Afrika. Dort hast du sie im Auge und kannst sie falls nötig als Druckmittel benutzen. Coltors Flucht hat gezeigt, dass unsere Position hier in Oslo verwundbarer ist, als uns lieb sein kann.«

Perck stand auf und umrundete seinen Schreibtisch, bis er Henstridge gegenüberstand. Er legte seinem langjährigen Weggefährten die Hand auf die Schulter. »Keine Sorge. Wir sind auf dem richtigen Weg. Es sind nur ein paar Steine, die wir noch aus dem Weg räumen müssen.«

»Keine Steine, Thomas. Menschen.«

»Wir opfern heute vielleicht ein paar Tausend Leben und retten dafür Morgen Milliarden. Jahre der Planung stehen kurz vor der Vollendung, Simon. Vertrau mir. Alles wird sich so fügen, wie ich es dir versprochen habe.«

20

Major Scott Fergusen reichte Major Alan Foulder ein Sturmgewehr und einige Magazine. Dieser nahm es an sich und überprüfte die Waffe mit den Handbewegungen des geübten Soldaten.

Es war erstaunlich, wie schnell sich eine Situation ändern konnte. Eben noch waren die ROCKETS Gefangene, ihrer Freiheit beraubt und ihrer Ehre angezweifelt. Und im nächsten Moment öffneten die Gefängniswachen die Zellen und drückten ihnen lächelnd Waffen und Munition in die Hände. Wäre die Lage nicht so ernst gewesen, man hätte beinahe darüber lachen können.

Scott sah sich auf dem Gefängnishof um. Die unterschwellige Stimmung von plötzlich aufbrandendem Optimismus war beinahe ansteckend. Nach Wochen der Gefangenschaft waren die ROCKETS endlich wieder Herren über ihr eigenes Schicksal. Sie waren bewaffnet, hatten eine Aufgabe und sahen das Ziel glasklar vor Augen: diejenigen zu bestrafen, die versuchten, die Regierung zu stürzen, und ihnen all das angetan hatten. Scott schloss nicht aus, dass bei einigen der ROCKETS inzwischen Rache das vorherrschende Motiv war, doch damit konnte er ganz gut leben.

Der Gefängnishof wimmelte vor Aktivität. Die Wachen schleppten kistenweise Waffen, Energiezellen und Munition heran, während die ROCKETS sich mit allem eindeckten, was sie für den bevorstehenden Kampf benötigten, und die Ausrüstung überprüften.

Inzwischen waren alle Angehörigen der Flottensicherheit von den Gefängniswachen unter Arrest gestellt worden. Einige hatten es vorgezogen, sich zu wehren, und dementsprechende Blessuren davongetragen. Die weitaus meisten jedoch hatten sich angesichts der Übermacht in ihr Schicksal gefügt und sich ergeben.

Was Scott jedoch erhebliche Sorgen bereitete, war das Selbstvertrauen, mit dem die Agenten der Flottensicherheit dies taten.

Sie waren sich sicher, dass diese kleine Episode des Ungehorsams seitens Quan Chis genau das bleiben würde – eine kleine, unbedeutende Episode. Nach Scotts Erfahrung war derlei Selbstvertrauen nicht immer unbegründet. Sie mussten auf der Hut sein.

Laura schlenderte herbei, mehrere Lasergewehre über der Schulter hängend. »Das sind die letzten«, meinte sie ächzend, während sie die Waffen neben ihm ablegte.

»Was ist mit den Granaten?«

Seine Stellvertreterin deutete auf ein halbes Dutzend ROCKETS, die gerade dabei waren, mehrere Kisten aus dem nahe gelegenen Eingang zu schleppen. Zu ihnen gehörten auch Esteban, Nancy und Natascha, die trotz aller Widrigkeiten immer noch zu Scotts Panther-Team gehörten.

Der Teamleiter nickte zufrieden. »Wenn wir weiter in dem Tempo vorankommen, können die ersten Teams innerhalb der nächsten Stunde ausrücken.«

»Nur wohin?«, fragte Alan Foulder, der sich zu ihnen gesellte. Das Gewehr wirkte in seinen riesigen Pranken beinahe wie ein Kinderspielzeug.

»Wir verstreuen uns, tauchen unter, bis wir genau wissen, wo wir gebraucht werden. Solange wir uns auf einem Fleck aufhalten, bieten wir ein zu verlockendes Ziel.«

»Das löst aber unser Transportproblem nicht. Wenn auch nur die Hälfte von dem stimmt, was da über den Äther hereinkam, dann steht jeder Mann, der eine Waffe halten kann und immer noch auf Perck hört, gegen uns. Wenn er auch nur einen Bruchteil von seinem Job versteht, dann kontrolliert er jeden Flug- und Raumhafen sowie jeden Bahnhof. Straßensperren wird er mit Sicherheit auch noch errichtet haben. Wenn wir uns den Weg quer durch Asien und über den Ural bis nach Oslo nicht durch ganze Regimenter freimetzeln wollen, dann brauchen wir einen Plan. Dringend.«

»Ich habe da schon ein paar ganz gute Ideen«, meinte Lieutenant Colonel Quan Chi, der die Unterhaltung aus einigen Schritt Entfernung mit angehört hatte. »Machen Sie sich nicht zu viele Sorgen, Major. Ich habe mit einigen anderen Offizieren gesprochen und viele von ihnen sind auf unserer Seite. Unter anderem ein General, der eine Logistikdivision nahe Nanking befehligt. Offiziell steht er immer noch zu Perck, wird aber uns unterstützen. Er würde uns einige seiner Flugzeuge und alle benötigten Codes zur Verfügung stellen. Wir kriegen die ROCKETS schon nach Europa.«

Alan schnaubte wenig überzeugt. »Na, wenn das keine Situation ist, in der man sich Sorgen machen sollte, dann weiß ich es auch nicht.«

Scott hätte erwartet, dass der chinesische Colonel beleidigt reagierte, stattdessen fing er an lauthals zu lachen. Das Lachen schien keineswegs gekünstelt. Der Mann wirkte ehrlich amüsiert.

»Sie brauchen unbedingt etwas Vertrauen, Major. Glauben Sie mir ...«

Die ROCKETS erfuhren nie, was Quan Chi eigentlich hatte sagen wollen, denn plötzlich röhrten die Alarmsirenen los. Der Ton signalisierte jedoch keinen Gefangenenausbruch, sondern einen bevorstehenden Luftangriff.

Die Augen der Soldaten richteten sich nach oben. Zuerst bemerkten sie nichts. Doch dann erkannten sie sich nähernde Flugkörper am wolkenlosen Himmel – zunächst nicht größer als Stecknadelköpfe vor dem blauen Hintergrund, aber schnell näher kommend.

Scott überschattete seine Augen, um besser sehen zu können. »Zerberusse«, sagte er schließlich. »Das Design ist unverkennbar.«

»Wir müssen hier weg!«, schrie Alan über den aufbrandenden Lärm hinweg. »Alle sofort raus!«

Die ROCKETS und die Gefängniswachen setzten sich gleichzeitig in Bewegung. Jeder schnappte an Ausrüstung und Waffen, was er tragen konnte, ohne beim Laufen behindert zu werden. Die Sirenen setzten ihr Unheil verkündendes Gekreische fort.

Die auf den Türmen und den Dächern angebrachten Luftabwehrwaffen begannen röhrend zu feuern. Ein Hagel aus Granaten färbte den Himmel rot und schwarz, als die Geschosse in einer Tour explodierten. Die Zerberusse flogen elegant anmutende Ausweichmanöver. Die Piloten waren offenbar keine Anfänger.

Trotzdem waren es zu viele Geschosse, denen sie ausweichen mussten. Einer der Zerberusse verlor eine Tragfläche. Der Jäger drehte sich um die eigene Achse und ging unkontrolliert in Sturzflug über.

Ein weiterer Zerberus wurde buchstäblich in der Mitte in zwei Teile gerissen, als eine Flakgranate seinen Bug perforierte. Der Pilot hatte nicht den Hauch einer Chance.

Inzwischen lief die Evakuierung des Gefängnisses auf Hochtouren. Die ROCKETS und ihre ehemaligen Wächter liefen um ihr Leben. Alan Foulder hielt sich dicht bei Scott, doch der Teamleiter des Panther-Trupps bemerkte, wie sich dieser immer wieder hektisch umsah.

»Alan?«, fragte er zwischen zwei Atemzügen.

»Ich kann meine Leute nicht finden.«

»Die kommen schon klar. Wir sammeln uns außerhalb des Gefängniskomplexes, sobald es sicher ist.«

Alan nickte lediglich. Im Augenblick konnte er ohnehin nichts anderes tun, als wie alle anderen um sein Leben zu rennen.

In diesem Augenblick eröffneten die Zerberusse das Feuer.

Raketen sprengten die obersten zwei Stockwerke des Hauptkomplexes ab. Das Dach stürzte – plötzlich ohne den nötigen Halt – einfach in sich zusammen. Die drei Flakbatterien darauf verstummten augenblicklich. Der Energiestrahl aus einem schweren Laser, abgefeuert von der Führungsmaschine, fuhr einer Sense gleich unter die fliehenden Männer und Frauen. Soldaten wurden eingeäschert oder in lebende Fackeln verwandelt.

Eine Flakbatterie nahm den Führungsjäger aufs Korn und brachte ihm mehrere schwere Treffer auf der Backbordseite bei. Die Schilde des Jägers versagten, doch der Pilot schaffte es noch, an Höhe zu gewinnen, bevor die Batterie ihm den Gnadenstoß versetzen konnte.

Weitere Raketen schlugen ein. Männer und Frauen wurden wie Stoffpuppen durch die Luft geschleudert. ROCKETS waren erfahrene Soldaten und Meister ihres Fachs, doch in diesem Augenblick waren sie der Willkür des Gegners hilflos ausgeliefert. Es blieb ihnen nichts anderes übrig, als zu rennen. Zu rennen, zu beten und zu hoffen.

Alan lief auf das rettende Tor zu. Dahinter befand sich zwar eine freie Fläche von vielleicht dreihundert Metern, aber die ROCKETS hatten die Möglichkeit, sich zu zerstreuen. Das würde es den Piloten der angreifenden Jäger wesentlich erschweren, sie zu erledigen.

Hinter der offenen Fläche kamen erst Wälder und schließlich unwegsames, felsiges Gelände. Die perfekte Umgebung, um sich zu tarnen und zu verstecken. Und es gab niemanden, der sich besser mit Tarnung auskannte als die ROCKETS.

Ein weiterer Zerberus fiel wie ein Stein vom Himmel, doch im Gegenzug schalteten seine Kameraden die letzte Flugabwehrstellung aus, die das Gefängnis noch schützte. Ab jetzt würde es ein reines Tontaubenschießen werden.

Nur wenige Schritte neben Scott wurde eine Gefängniswache von einem schweren Laser erfasst und sie verschwand einfach von einer Sekunde zur nächsten. Ihr Schreckenschrei erstarb, bevor er Gelegenheit erhielt, sich richtig zu entfalten.

Scott fluchte. Nur noch weniger als hundert Meter trennten ihn von dem Tor. Er atmete schwer. Der Teamleiter sog gierig Sauerstoff in seine Lungen, mobilisierte jede Kraftreserve seines Körpers.

Beinahe geschafft.

Unvermittelt schlug eine Rakete genau hinter dem Tor ein und sprengte es in tausend Stücke. Die Explosion erfasste mehr als zwei Dutzend Fliehende. Die armen Kerle hatten nicht den Hauch einer Chance. Die Druckwelle pflanzte sich fort und wirbelte Männer und Frauen gleichermaßen umher.

Scott wurde davon erfasst und durch die Luft geschleudert. Er schlug hart auf dem Rücken auf. Alle Luft wurde ihm aus den Lungen gepresst und er japste angestrengt. Die Sicht vor seinen Augen verschwamm. Es wurde immer dunkler. Das Letzte, was er mitbekam, war die Silhouette eines Zerberus-Jägers, der todbringend über ihn hinwegzog.

Konteradmiral Jakob Staudmann kaute angestrengt auf seiner Unterlippe herum. Dabei handelte es sich um eine schlechte Angewohnheit, die er sich eigentlich längst hatte abgewöhnen wollen, es aber nie so richtig geschafft hatte.

Die TKS BERLIN steuerte auf die orbitalen Habitate um den Jupitermond Io zu. Ursprünglich hatte er eigentlich zu den Hauptverbänden der Heimatflotte am Saturn stoßen wollen, doch die Stärke feindlicher Verbände zwischen ihm und seinem angepeilten Ziel ließ diese Idee als wenig ratsam erscheinen. Stattdessen hatte er Kurs auf den Io genommen. Dort hielten zwei isolierte Geschwader der Heimatflotte die Stellung, um die orbitalen Habitate gegen eine Übermacht aus doppelt so vielen Feindschiffen zu halten. Seine Kameraden vor Ort würden die Verstärkung durch die BERLIN zu schätzen wissen, auch wenn die Last des Kommandos und der Verantwortung damit auf ihn als den ranghöchsten anwesenden Offizier übergehen würde. Auf diesen Umstand hätte er gut und gerne verzichten können.

Mit einem Auge beobachtete er ständig sein taktisches Hologramm. Das Shuttle, mit dem Rachel Kepshaw und die Offiziere des 171. Regiments abgeflogen waren, hatte vor gut einer halben Stunde ohne Zwischenfälle den Orbit der Erde erreicht.

Die Feindschiffe betrachteten ein einzelnes Shuttle wohl nicht als Bedrohung oder hielten es aber ihrer Aufmerksamkeit für unwürdig. Staudmann lächelte verhalten. Die Arroganz der Putschisten würde sie noch teuer zu stehen kommen.

»Sir? Man versucht, sich mit uns in Verbindung zu setzen«, meldete sein ComOffizier.

»Und wer? Befreundete Einheiten?«

»Ja, Sir. Aber die Verbindung ist sehr schlecht. Man versucht, die Kommunikation zu stören.«

»Ich verstehe«, nickte Staudmann. »Lassen Sie mal hören.«

Das Hologramm eines Mannes in mittleren Jahren baute sich flackernd vor Staudmann auf. Trotz der Bemühungen des ComOffiziers hielt das Flackern an. Auch die Stimme des Offiziers kam relativ gedämpft auf der Brücke der BERLIN an, doch Staudmann war in der Lage, ihn trotzdem gut zu verstehen.

»Hier spricht Commodore Eckbert van Elden an Bord der MARY STEWART. Können Sie mich empfangen?«

Staudmann unterdrückte ein ironisches Grinsen und fragte sich insgeheim, wer wohl auf die glorreiche Idee gekommen war, ein Schiff nach einer Frau zu benennen, die buchstäblich den Kopf verloren hatte.

»Hier Konteradmiral Staudmann von der BERLIN. Wir empfangen Sie. Wie ist die Lage?«

Dem Gesicht des Commodore war die Erleichterung deutlich anzumerken. Staudmann war sich nicht sicher, woher diese rührte: von der Tatsache, dass ein weiteres Schlachtschiff als Verstärkung dazustieß, oder daher, dass sich ein Admiral an Bord befand, der das Kommando übernehmen würde.

»Seien Sie bei Ihrer Annäherung äußerst vorsichtig«, betonte van Elden. »Wir stehen derzeit praktisch unter Belagerung.«

»Haben wir schon gesehen. Kam es zu Kampfhandlungen?«

»Negativ. Die feindlichen Schiffe scheinen noch keine Kampfbefehle erhalten zu haben. Sie provozieren uns jedoch, wo immer sie können. Bisher konnte ich jedoch eine Eskalation vermeiden. Meine Kommandeure werden sich auf dieses Spiel nicht einlassen.«

Staudmann nickte zufrieden. Er befahl dem ComOffizier mit einer Geste, die Verbindung für einen Augenblick stumm zu schalten, bevor er sich an seinen XO wandte.

»Behindert man uns beim Anflug auf Io?«

Der XO schüttelte den Kopf. »Nein, auch wenn einige der feindlichen Schiffe ihren Kurs angepasst haben. Die werden uns extrem nah kommen.«

»Wie nah?«

»Ich will es mal so ausdrücken: Könnten wir ein Bullauge öffnen, wären wir vielleicht in der Lage, ihnen mit unseren Fingernägeln den Lack vom Rumpf zu kratzen.«

Staudmann schnaubte amüsiert, wurde jedoch schnell wieder ernst. »Was halten Sie davon?«

»Ich denke, sie zögern, den ersten Schuss abzugeben. Die wollen, dass wir zuerst feuern.«

Der Konteradmiral nickte. »Das würde uns als die Aggressoren dastehen lassen. Ein simpler Trick, aber immer noch effektiv, wenn man auf die öffentliche Meinung Rücksicht nehmen muss.«

»Das bereitet mir große Sorgen.«

»Mir auch. Wir sitzen auf einem Pulverfass.«

Er bedeutete dem ComOffizier, Commodore van Elden wieder hinzuzuschalten. »Commodore. Wir erreichen ihre Position in knapp dreißig Minuten. Halten Sie die Position und setzen Sie Ihre gute Arbeit fort. Reagieren Sie auf keinerlei Provokationen.«

»Verstanden, Admiral.«

Die Verbindung wurde gekappt und das Abbild des Flottenoffiziers verschwand.

»Das gefällt mir nicht«, flüsterte Staudmann mehr zu sich selbst. »Das gefällt mir absolut nicht.«

»Sir?«

»Ach, nichts, Manfred. Ich habe nur laut gedacht.«

Er machte sich tatsächlich größere Sorgen, als er gegenüber seinem XO zugeben wollte. Wenn sich das soeben genannte Pulverfass entzündete, war es sehr gut möglich, dass der Flächenbrand nicht nur das Solsystem erfasste, sondern das gesamte Konglomerat. Als ob die Ruul nicht schon schlimm genug wären, jetzt nahmen die Menschen den verdammten Slugs auch noch die Arbeit ab.

Auf seinem taktischen Hologramm bemerkte er, wie mehrere feindliche Schiffe Kurs auf die BERLIN setzten. Pratt hatte recht. Wenn sie den eingeschlagenen Kurs fortsetzten, würden sie seinem Schiff wirklich unangenehm nahe kommen.

Die BERLIN setzte ihren Flug zum Io fort. Die feindlichen Schiffe zogen an ihr vorbei, so nah, dass Staudmann das unangenehme Gefühl beschlich, die feindlichen Kommandeure legten es tatsächlich auf eine Kollision an.

Mit einem Mal scherte ein Leichter Kreuzer der Falcon-Klasse aus und kreuzte den Bug der BERLIN. Es war eine offensichtliche und beabsichtigte Provokation. Staudmann krallte seine Fingerspitzen in die Lehnen seines Kommandosessels.

»Geschwindigkeit um zwei Drittel reduzieren. Manövriertriebwerke auf Gegenschub.«

Das Schlachtschiff verlangsamte merklich seine Fahrt, sonst hätte es das Heck des Falcon-Kreuzers gerammt. Staudmann knirschte mit den Zähnen und bemerkte gar nicht, wie eine Ecke eines Schneidezahns dabei abbrach. Er verstand diese Kerle nicht. Die Schiffskommandanten der Gegenseite riskierten viel zu viel. Das musste denen doch klar sein.

Ein weiteres Schiff – ein Zerstörer der Blizzard-Klasse – führte dasselbe Manöver aus, diesmal nur aus der Gegenrichtung. Noch während es den Bug kreuzte, änderte es erneut den Kurs und flog haarscharf über die Deckaufbauten der BERLIN und deren Kommandobrücke hinweg. Staudmann befürchtete schon, der verdammte Idiot von einem Captain würde seine Brücke rammen und aufreißen. Doch nichts dergleichen geschah. Der Zerstörer passierte Staudmanns Schiff ohne Zwischenfälle und reihte sich wieder in die Formation ein.

Doch der Admiral wusste, dass das nicht immer so glattgehen konnte. Früher oder später würde jemand einen tödlichen Fehler begehen und dann würde entweder die eine oder die andere Seite das Feuer eröffnen – und von diesem Moment an, wäre die ganze Sache nicht mehr aufzuhalten.

Das Spiel mit den Manövern rund um die BERLIN spielten die gegnerischen Schiffskommandanten noch eine ganze Weile so weiter. Es schien ihnen völlig gleichgültig, dass sie nicht nur den Vorwand für eine verheerende Schlacht unter Menschen liefern sollten, sie riskierten auch noch in völlig verantwortungsloser Weise das Leben ihrer eigenen Untergebenen.

Der Io war schon beinahe erreicht, als einer der feindlichen Kommandanten tatsächlich besagten Fehler beging. Zwei Zerstörer kreuzten erneut den Bug der BERLIN, einer oberhalb, der andere unterhalb des Schlachtschiffs. Der Zerstörer oberhalb des Bugs traute den eigenen Fähigkeiten wohl nicht so ganz und hielt einen deutlich höheren Sicherheitsabstand, während der andere Zerstörerkommandant viel zu dicht an Staudmanns Schiff vorbeiflog.

Staudmann wollte erneut die Geschwindigkeit reduzieren, um eine Kollision zu vermeiden, doch der feindliche Zerstörer kreuzte den Bug so abrupt und in so knappem Abstand, dass eine Katastrophe unvermeidlich war.

Die BERLIN wies eine deutlich höhere Masse auf als der Zerstörer und war darüber hinaus wesentlich besser gepanzert. Der Zerstörer blieb buchstäblich am Bug der BERLIN hängen und wurde von dem Schlachtschiff anschließend praktisch einfach aus dem Weg geschoben. Die BERLIN erlitt lediglich mehrere Dellen in der Panzerung, während der Schaden am Zerstörer weitaus spektakulärer ausfiel. Praktisch der ganze Heckbereich mit dem Antrieb wurde erst unter zwei Sekundärexplosionen und Tausenden Funken eingerissen und schließlich ganz abgerissen. Beide Trümmerstücke, die früher einmal ein Zerstörer gewesen waren, trieben steuerlos davon.

Nur Sekunden später verließen mehrere Rettungskapseln den Bugteil, doch viel zu wenige, um einen wesentlichen Bruchteil der Besatzung in Sicherheit bringen zu können.

Staudmann öffnete den Mund, um augenblicklich den Befehl zu geben, der Besatzung des havarierten Schiffes zu helfen, doch dazu kam er schon nicht mehr. Einige andere Besatzungen nahmen den Vorfall zum Anlass, das Feuer auf die BERLIN zu eröffnen. Eine Kettenreaktion setzte sich in Gang, die nicht mehr aufzuhalten war.

»Mündungsklappen der feindlichen Schiffe öffnen sich!«, bellte Commander Alexander Stableton, der XO der WILLIAM T. SHERMAN.

Vizeadmiral Roland Steger besaß noch die Geistesgegenwart, »Alle Energie auf die Bugschilde!« zu befehlen, bevor die ersten Torpedos in die Heimatflotte einschlugen.

Gouverneur Jürgen Ritter befand sich im Kommandozentrum der planetaren Sicherheitskräfte des Mars und beobachtete mit verkniffener Miene, wie sich ein halbes Dutzend Kriegsschiffe direkt über Neu-Johannesburg positionierten, während die Truppentransporter Kurs auf den Raumhafen nahmen und zur Landung ansetzten.

»Öffnen Sie die Kuppel«, ordnete er völlig ruhig an.

Kim Coltor warf ihm einen fragenden Blick zu. »Wirklich? Wir könnten sie eine ganze Weile draußen halten.«

»Und zu welchem Preis? Sie sind entschlossen zu landen. Im schlimmsten Fall schießen sie sich einfach den Weg in die Kuppel frei.« Jürgen schüttelte den Kopf. »Nein, viel zu gefährlich. Wenn sie die Kuppel durchbrechen müssen, dann verlieren wir die halbe Stadt.«

Kim nickte widerstrebend. Sie verstand, warum es notwendig war, einer feindlichen Invasionsarmee den Zugang zum Raumhafen zu ermöglichen, trotzdem gefiel es ihr kein bisschen.

Jürgen zwang sich zu einem Lächeln. »Mach dir keine Sorgen. Der Kampf hat gerade erst begonnen. Sobald sie erst mal gelandet sind, halten wir sie in den Verbindungstunneln zwischen den einzelnen Kuppeln auf.«

Sie blickte besorgt auf. »Und wenn wir das nicht können?«

»Wir müssen. Es gibt keine Alternative. Wir müssen der Präsidentin die Zeit verschaffen, die Lage in den Griff zu kriegen.«

»Falls sie noch lebt.«

»Falls sie tot ist, haben wir ohnehin schon alle verloren, ganz egal, wie der Kampf auch ausgeht.«

21

Präsidentin Gabriele Tyler wurde von Agenten der Flottensicherheit aus dem Präsidentenpalais geführt, wo eine Limousine stand.

Mit Widerwillen registrierte sie, dass sie bereits erwartet wurde. TKA-General Henstridge wartete an der Tür der Limousine und hielt sie für die Präsidentin offen.

Aber noch etwas anderes fiel ihr auf: eine allgemeine Aufbruchsstimmung. Es waren wesentlich weniger TKA-Soldaten auf dem Gelände präsent als noch vor einigen Stunden. Auch Panzer und Fahrzeuge rückten nach und nach ab. Nur noch eine Handvoll Truppen sicherten das Areal.

Henstridge nickte ihr beinahe freundlich zu, während sie sich von den beiden Agenten zum Fahrzeug führen ließ. Einen Schritt von Henstridge entfernt blieb sie stehen. Einer der Agenten wollte sie am Arm packen und grob zum Weiterlaufen bewegen, doch eine knappe Geste des TKA-Generals hielt ihn zurück.

Er kam näher, wirkte allerdings nicht bedrohlich, sondern beinahe bedauernd. Angesichts seiner Taten, hielt sich ihr Mitleid jedoch in Grenzen.

»Wo geht die Reise hin?«

»Zur afrikanischen Verteidigungszentrale.«

Sie lächelte ohne jeden Humor. »Dakar. Sehr schön um diese Jahreszeit. Und was passiert auf dem Weg dorthin? Stoßen Sie mich persönlich über dem Mittelmeer aus dem Flugzeug?«

Henstridge wandte peinlich berührt den Blick ab. »Frau Präsidentin, bitte. Niemand hat vor, Sie umzubringen.«

Sie durchbohrte ihn förmlich mit Blicken. »Sie meinen, solange ich noch von Wert bin.«

»Davon hängt Ihr Überleben nicht ab. Ich gebe Ihnen mein Wort.«

Tyler legte den Kopf schief und musterte den TKA-General eindringlich. »Ich glaube Ihnen kein Wort. Falls Ihr kleines Bühnenstück für Sie und Perck ein Happy End haben soll, darf es keine Zeugen geben. Ich bin in Geschichte gut genug bewandert, um mir über mein Schicksal klar zu sein.«

»Glauben Sie, was Sie wollen. Es wird Ihnen nichts geschehen. Sie haben mein Wort.«

»Habe ich auch Percks Wort?«

Erneut wandte er den Blick ab. Diese Geste sagte mehr als tausend Worte. Henstridge war ein erfahrener Offizier. Ihm musste klar sein, dass ein Putsch nur dann wirklich erfolgreich war, wenn alle Spuren der alten Führung beseitigt waren – im übertragenen und buchstäblichen Sinn. Vermutlich hatte er lediglich Hemmungen, sich die Hände selbst schmutzig zu machen, und hoffte, dass Perck dies am Ende erledigen würde.

Tyler bezweifelte, dass einer von beiden den Schneid aufbrachte, die Sache eigenhändig über die Bühne zu bringen. Letzten Endes würde es wohl irgendein armer Tropf sein, der zu ihr in die Zelle kam und ihr eine Kugel in den Kopf jagte.

Sie deutete mit einem Kopfnicken in Richtung der TKA-Soldaten, die damit beschäftigt waren, ihre Stellungen rund um das Präsidentenpalais zu räumen. »Was ist mit Ihren Soldaten? Ich hätte erwartet, dass Sie das Palais halten wollen. Immerhin ist es ein Symbol der Macht für die Bevölkerung.«

»Einige von ihnen werden uns zum Flughafen eskortieren. Die übrigen Soldaten werden anderswo gebraucht.«

»Probleme?«, fragte sie süffisant.

»Keine, die wir nicht in den Griff bekommen würden.«

»Major Kepshaws Ansprache hat wohl für einige Unruhe gesorgt und nun brauchen Sie die Soldaten zur Aufrechterhaltung der Ordnung.«

Henstridge war tatsächlich ein guter Offizier, aber ein ganz miserabler Schauspieler. Er schaffte es kaum, seine Verblüffung zu verbergen; seine Mimik bei dem Versuch wirkte unnatürlich. Schließlich gab er jeden diesbezüglichen Versuch auf.

»Woher wissen Sie das? Sie waren die ganze Zeit isoliert.«

Tyler lächelte und deutete auf die beiden Agenten der Flottensicherheit. »Ihre Leute reden zu viel und zu laut.«

Henstridge warf den beiden Agenten einen vorwurfsvollen Blick zu. Das Gesicht eines der beiden war wie in Stein gemeißelt, doch der andere blickte beschämt zur Seite und lief rot an.

Henstridge entspannte sich etwas. »Na ja, macht nichts. Es spielt gar keine Rolle, was Sie wissen oder zu wissen glauben. In einigen Stunden ist alles vorbei.«

»Oh, Simon, was haben Sie getan?«

Für einen Augenblick verzerrten sich Henstridges Züge. »Was *ich* getan habe? Was haben *Sie* getan? Der Krieg stagniert seit Jahren und wir sind keinen Schritt näher daran, die Ruul zu besiegen, als zu Kriegsbeginn.«

»Und Sie denken, ein Putsch würde das ändern?«

»Perck hat recht. In solchen Zeiten brauchen wir eine starke Führung.«

»Und wie lange soll diese starke Führung andauern?«

»So lange wie nötig.«

»Klingt für mich nach Diktatur und Tyrannei.«

Henstridge zuckte zurück. Er versuchte, seine Reaktion zu unterdrücken, was ihm nicht gelang. Tylers Spitze hatte ihn bis ins Mark getroffen.

»Ich denke, wir haben genug diskutiert. Keiner wird den anderen vom eigenen Standpunkt überzeugen, daher ist jedes weitere Wort überflüssig.«

Tyler nickte zustimmend. »Das ist eine traurige Wahrheit. Ich hoffe nur, ich lebe lange genug, um Ihren Kriegsgerichtsprozess mitzuerleben.«

»Dazu wird es nicht kommen.« Henstridge stieg ebenfalls in die Limousine und setzte sich Tyler gegenüber.

Sie warf einen letzten Blick auf das Palais, das in den vergangenen Jahren ihr Zuhause geworden war. »Was passiert mit meinen Leuten? Mit Robert Bates und den anderen SES-Agenten? Den zivilen Mitarbeitern? Den Soldaten? Was haben Sie mit denen vor?«

Henstridge besaß den Anstand, sie nicht anzusehen, als er antwortete: »Wie schon gesagt, wir geben die Stellung hier auf. Es werden keine Soldaten zurückbleiben, um die Gefangenen zu bewachen. Wir hätten ohnehin keine Kapazitäten frei. Gefangene können wir uns im Moment nicht leisten.«

Tyler riss die Augen auf. »Das können Sie nicht tun, Simon. Sind Sie wirklich fähig, zum Mörder an unschuldigen Menschen zu werden? Menschen, die nur ihre Pflicht getan haben? Simon, ich flehe Sie an ...«

»Es tut mir leid, Frau Präsidentin, aber diese Entscheidung wurde mir aus der Hand genommen.«

Die Kolonne nahm langsam Aufstellung. Mehrere gepanzerte Fahrzeuge nahmen die Limousine in die Mitte. Dahinter kamen mehrere Truppentransporter und zwei Schützenpanzer.

Tyler sah zum Gebäude hinüber und bemerkte zwei Trupps Soldaten, die den gepflasterten Weg zum Palais hinaufschlenderten. Sogar auf diese Entfernung bemerkte sie, wie die Männer ihre Waffen entsicherten.

Die Kolonne passierte das Tor des Areals. Die Wachen, die das Tor sicherten, nahmen Haltung an. Sie wussten, dass sich Henstridge in dem Fahrzeug befand.

Tyler wollte noch etwas sagen, um das Leben ihrer Leute flehen. Doch in diesem Augenblick flog der Cherokee-Panzer an der Spitze der Kolonne in einer spektakulären Explosion in die Luft. Die Wucht der Detonation hob das brennende Wrack fast zwei Meter vom Boden hoch, bevor es auf die Straße krachte und sie damit effektiv blockierte.

»Was zum Teufel war das?«, brüllte Henstridge den Fahrer an.

»Eine Panzermine!«, schrie dieser zurück.

»Zurücksetzen! Wir müssen hier weg!«

Der Fahrer kurbelte hektisch am Lenkrad und bemühte sich, das Fahrzeug aus der Gefahrenzone zu bringen. Henstridge zog seine Waffe und spähte durch das Seitenfenster. Mit einem Mal wirkten die umgebenden Gebäude überaus bedrohlich. Tyler zog den Kopf ein. Eine Bewegung erregte ihre Aufmerksamkeit. Mehrere Gestalten huschten schattengleich über die Dächer. Ein Gesicht lugte über den Rand und hievte etwas auf seine Schulter. Henstridge bemerkte es ebenfalls.

»Raketenwerfer!«, gelang es dem TKA-General herauszupressen. Da feuerte der doppelläufige Werfer bereits im Abstand von weniger als einer Sekunde zwei Geschosse ab, die sich beide in den Panzer am Ende der Kolonne bohrten.

Die Spitzen aus abgereichertem Uran trafen die Frontpanzerung. Das erste Geschoss schwächte die Panzerplatte, das zweite Geschoss durchschlug sie mühelos und explodierte im Inneren. Die folgende heftige Detonation sprengte die Dachluke weg und schleuderte sie fast zwanzig Meter in die Luft. Rauch und Feuer drangen aus der entstandenen Öffnung. Die Besatzung schaffte es jedoch nicht ins Freie.

Henstridge fluchte. Der zweite Panzer versperrte den Rückweg. TKA-Soldaten sprangen von den Ladeflächen der Fahrzeuge und aus den Kabinen der Schützenpanzer. Niemand wollte das Risiko eingehen, dass sein Beförderungsmittel zum nächsten Ziel eines Raketenangriffs werden könnte.

Ein heftiges Feuergefecht entbrannte. Schützen auf den Dächern nahmen die TKA-Soldaten von beiden Seiten aufs Korn. Etliche fielen im unbarmherzigen Kreuzfeuer. Die Schützenpanzer eröffneten aus ihren leichten Lasergeschützen in den Turmaufbauten das Feuer auf die Dächer.

Ein Raketenschütze fiel vom Dach, ein weiterer wurde durch einen Energiestrahl in zwei Stücke geschnitten.

Tyler war nie beim Militär gewesen, hatte nie gedient. Doch um dem Konglomerat als Präsidentin zu dienen, musste sie sich auch in militärischen Dingen ein wenig auskennen. Und in den letzten Jahren war sie gezwungen gewesen, in dieser Hinsicht viel dazuzulernen. Ihr geschultes Auge erkannte daher die sich anbahnende Niederlage. Ein Blick in Henstridges Augen bestätigte ihr, dass der Mann sich darüber völlig im Klaren war.

Seine Truppe wurde aus einer überlegenen Stellung in Schach gehalten, die beiden schwersten Fahrzeuge seiner Kolonne waren zerstört und die Schützenpanzer würden bald folgen. Sie konnten ihre Waffen nicht auf alle Ziele gleichzeitig richten. Früher oder später würde ein Raketenschütze die Fahrzeuge aufs Korn nehmen können.

Als hätte dieser Gedanke ihn beschworen, tauchte auf einem Gebäude schräg hinter einem Odin IV ein Mann mit einem Raketenwerfer auf. Er zögerte keine Sekunde. Er hievte sich das doppelläufige Rohr auf die Schulter, zielte und schoss.

Der Odin IV detonierte und verschlang dabei noch ein halbes Dutzend TKA-Soldaten, die sich Schutz suchend in seinen Schatten kauerten.

Kleinkalibrige Munition prasselte gegen die gepanzerte Limousine. Es hörte sich beinahe an wie Regen, der ans Fenster klopft. Tyler hatte keinen Zweifel daran, dass die Angreifer früher oder später hier hereinkamen, doch kurze Zeit würde die Panzerung dem Beschuss sicherlich standhalten. Vielleicht war das bereits zu lange, denn Tyler erkannte, wie es hinter Henstridges Stirn fieberhaft arbeitete.

Ein weiterer Schützenpanzer explodierte.

Henstridge zog seine Waffe und richtete sie auf Tylers Kopf. Die Präsidentin erstarrte.

»Die sind hinter ihnen her.«

Tyler schwieg.

»Das ist die einzig logische Möglichkeit. Hätten die mich erledigen wollen, dann hätten die den Wagen einfach mit einer Mine oder einem Raketenwerfer in die Luft gejagt.« Der TKA-General schüttelte den Kopf. »Nein, die wollen Sie befreien.«

Mit einer Bewegung seines Zeigefingers entsicherte er die Pistole. »Ich muss das verhindern.«

»Simon, überlegen Sie doch, was Sie gerade im Begriff sind zu tun. Ist das wirklich der Weg, den Sie einschlagen wollen?«

»Es gibt kein Zurück mehr.«

»Es gibt immer ein Zurück. Legen Sie die Waffe hin und wir sorgen gemeinsam dafür, dass alles gut wird.«

»Nicht für mich. Ich kann nicht mehr umkehren.« Der Finger um den Abzug der Waffe zuckte verdächtig.

Tyler wagte nicht, den Blick von dem Mann abzuwenden, der sich wie ein in die Enge gedrängtes Tier fühlen musste, doch aus dem Augenwinkel bemerkte sie einen der Angreifer, der sich an der Tür der Limousine zu schaffen machte.

Der Fahrer drehte sich mit der Waffe in der Hand zu Henstridge um. Plötzlich splitterte das Frontfenster und der Hinterkopf des Mannes explodierte in einem Schauer aus Blut und Knochensplittern.

Henstridge war für einen Augenblick abgelenkt. Das genügte den Angreifern. Die angebrachte Richtladung sprengte die Tür der Limousine auf und füllte das Innere mit Qualm. Tyler hustete würgend. Hände griffen nach ihr und zerrten sie ins Freie. Undeutlich wurde sie sich der Anwesenheit mehrerer Bewaffneter bewusst, die sie wie ein schützender Kordon umgaben, bereit, sie mit ihrem Leben zu verteidigen.

Jemand reichte ihr eine Wasserflasche, die sie an ihre Lippen setzte. Sie nahm dankbar einen tiefen Schluck. Als sie aufsah, erkannte sie ein vertrautes Gesicht.

»David?«

Brigadier General David Coltor lächelte erleichtert auf sie hinab. Die bewaffneten Männer und Frauen ringsum nahmen davon allerdings kaum Notiz. Tyler bemerkte hier und da eine verräterische Tätowierung unter der Kleidung ihrer Retter hervorlugen.

»ROCKETS.«

David nickte. »Nicht ganz so illoyal, wie man gemeinhin annimmt.«

Tyler erkannte durchaus den leicht vorwurfsvollen Unterton in der Stimme des MAD-Generals. Sie konnte es ihm nicht verdenken. Sie hatte die Jagd auf diese Leute freigegeben und wurde nun von ihnen gerettet.

David stand auf und winkte zu einem der umliegenden Dächer hoch. Tyler beschattete ihre Hände, um den Mann, der sich dort erhob, vor dem Sonnenlicht besser sehen zu können. Es war Mendoza, der ein unhandlich wirkendes großkalibriges Scharfschützengewehr zusammenbaute. Er war es also gewesen, der den Fahrer ausgeschaltet hatte. Das brachte sie jedoch auf einen ganz neuen Gedanken.

»Wo ist Henstridge?«

»Dummerweise weg«, erklärte David ohne Beschönigung. »Der kleine Mistkerl hat den Rauch und das Chaos ausgenutzt und ist verschwunden, bevor wir ihn erwischen konnten. Ehrlich gesagt war uns auch mehr daran gelegen, Sie in Sicherheit zu bringen und das Palais zu sichern.«

»Was ist mit Bobby und den anderen?«

»Ebenfalls in Sicherheit«, bestätigte David. Ein Mann in schwarzer Kleidung kam herbei und flüsterte dem MAD-General etwas ins Ohr. Dieser nickte lediglich mit verkniffener Miene.

»Schlechte Neuigkeiten?«

David neigte leicht den Kopf. »Geht so. Ich habe Verbündete mitgebracht. Regierungstreue Einheiten der Miliz. Wir haben Oslo genommen. Das ist die gute Nachricht.«

»Und die schlechte?«

»Einheiten der Putschisten wurden bereits auf den Weg geschickt, um uns zu erledigen. Wie es aussieht, werden wir Oslo gegen eine Belagerung verteidigen müssen, und das auch noch gegen unsere eigenen Leute.«

22

Scott Fergusen schloss die ins Leere starrenden Augen von Lieutenant Colonel Quan Chi. Der Körper des tapferen Gefängniskommandanten wirkte zerbrochen wie ein in die Ecke geworfenes Spielzeug. Eine Raketenexplosion hatte ihn voll erwischt.

Etwas entfernt deckte Laura den Leichnam von Natascha Yankow mit einem Tuch ab. Die Russin hatte schon vor der MacAllister-Konferenz zum Panther-Team gehört und Scott hatte sie sehr geschätzt.

Langsam stand er auf. Er vermied unnötige Bewegungen. Sein Innenohr war möglicherweise geschädigt. Immer wieder setzte Schwindel ein, der so stark war, dass er Probleme hatte, auf den Beinen zu bleiben.

Er taumelte erneut, doch unvermittelt griffen ein Paar Hände nach ihm, um den Truppführer zu stützen.

»Alles in Ordnung, Kumpel. Ich hab dich.«

Scott erkannte Alans Stimme und ließ erleichtert die Schultern sacken. Er seufzte. Bei dem Anblick, der sich ihnen bot, war es nicht leicht, nicht in Depressionen zu verfallen. Vom Gefängnis war nicht mehr viel übrig. Kaum ein Stein stand noch auf dem anderen. Dort, wo die Gebäude gestanden hatten, lagen jetzt nur noch Schuttberge. Unter den Trümmern lugten Gliedmaßen unzähliger Toten hervor. Wer dem Angriff entgangen war, machte sich daran, denen zu helfen, die weniger Glück gehabt hatten.

»Was ist mit den Jägern?«

»Sind vor ein paar Minuten abgedreht«, meinte Alan. »Hatten wohl keine Munition mehr.«

»Oder sie waren der Meinung, uns genügend zugesetzt zu haben.«

»Schon möglich.«

»Hast du deine Leute gefunden?«

Scott spürte das Kopfschütteln seines Freundes mehr, als er es sah. »Nein.«

»Tut mir leid.«

»Ach, die leben noch, daran hab ich keinerlei Zweifel.«

»Was macht dich so sicher?«

»Das sind alles Überlebenskünstler.« Scott sah sich vielsagend um. »Das waren viele hier.«

Darauf wusste Alan nichts zu sagen. »Wie geht's jetzt weiter?«, fragte er stattdessen.

»Quan Chi hat uns eine Transportmöglichkeit versprochen.«

»Das Wissen darum ist jedoch mit ihm gestorben.«

»Dann brauchen wir eben eine andere.« Scott stöhnte leise auf. »Ich muss mich kurz setzen.«

Alan ließ den anderen Truppführer sanft zu Boden gleiten und wischte sich den Schweiß von der Stirn. »Hast du auch eine Ahnung, wo wir uns ein Flugzeug oder Shuttle besorgen können? Im Moment sind unsere Möglichkeiten etwas eingeschränkt.«

Scott überlegte für ein paar Sekunden, schließlich sah er auf. »Sammle alle Überlebenden, die laufen und eine Waffe halten können. Wenn wir keinen Zugriff auf ein Flugzeug haben, dann kapern wir uns eben eines.«

Major General Brandon Leslie kommandierte das Kontingent Marines auf dem Mars. Die Einheit setzte sich aus den Überresten mehrerer Regimenter zusammen, die allesamt zur Erholung und personellen Aufstockung ins Solsystem geschickt worden waren.

Nach beinahe drei Jahren Frontdienst hatte er sich darauf gefreut, auf dem Mars nach langer Zeit endlich mal eine ruhige Kugel zu schieben. Er hatte die Versetzung als wohlverdienten Urlaub nach harten Kämpfen gesehen.

Wie viel Pech konnte eigentlich ein einzelner Mensch haben, fragte er sich in Gedanken, während seine Männer an der Seite der planetaren Sicherheitskräfte des Mars Aufstellung nahmen, um den Feind in Empfang zu nehmen.

Die Marines und die Marsmilizionäre hatten sich in allen drei Röhren verschanzt, die von dem Raumhafen in die Zentralkuppel führten. Es waren die einzigen Zugänge, durch die man den Raumhafen verlassen und die eigentliche Kolonie betreten konnte.

Leslie stellte sich auf das Chassis eines Fahrzeugs und setzte sein Fernglas an. Was er sah, gefiel ihm überhaupt nicht. Sein HelmCom piepte einmal. Es war die einzige Vorwarnung für eine einkommende Nachricht.

»Ritter an Leslie«, drang die Stimme des Gouverneurs zu ihm durch. Der Marine-General bestätigte die Verbindung.

»Hier Leslie.«

»General? Wie sieht es aus?«

»Nicht gut«, kommentierte Leslie. »Sie sind mit drei Truppentransportern gelandet und laden allerhand Zeug aus, darunter auch schweres Gerät.«

»Ich stelle Ihnen jetzt eine einfache Frage und ich will keinen Scheiß hören: Können Sie sie aufhalten?«

Angesichts der unverblümten Wortwahl grinste Leslie für einen Moment, doch die Ernsthaftigkeit der Frage holte ihn schnell wieder ein. Er dachte ausgiebig darüber nach, bevor er antwortete.

»Wir stehen mit MGs, Raketenwerfern und einigen Schützenpanzern gegen Cherokees und Ravens. Um ehrlich zu sein, wir können ihnen wehtun – sogar sehr weh –, aber ich rechne eher mit minimalen Chancen, sie auf Dauer aus Neu-Johannesburg fernzuhalten. Ihnen den Raumhafen kampflos zu überlassen, war ein schlauer Schachzug, Herr Gouverneur. Wir hätten nur unnötig Ressourcen und Leute vergeudet bei dem Versuch, ein Areal zu verteidigen, das man nicht verteidigen kann. Nicht gegen eine solche Übermacht.«

»Wie sieht Ihre Empfehlung aus? Und erzählen Sie mir jetzt ja nichts von Kapitulation.«

Leslie grinste erneut. »Das würde mir im Traum nicht einfallen. Mein Vorschlag lautet, sie angreifen lassen, Widerstand leisten und schließlich zurückweichen. Wir zwingen ihnen ein verlustreiches Rückzugsgefecht auf.«

»Das bedeutet aber im Endeffekt Straßenkämpfe. Das gefällt mir nicht wirklich.«

»Es wird nicht besonders hübsch, das stimmt natürlich, ist aber die einzige Möglichkeit, wie der Mars eine gewisse Zeit durchhält.

Eine stationäre Linie werden sie ganz einfach überrennen. Außerdem bieten sich ihnen bei Straßenkämpfen weniger klare Ziele für ihre Panzer. Wir wären deutlich im Vorteil.«

Schweigen antwortete über die immer noch geöffnete Funkverbindung.

»Sie wollten meine Empfehlung, das ist sie«, setzte Leslie nach.

»Ich verstehe«, brummte der Gouverneur. »Tun Sie, was Sie müssen, aber halten Sie bitte meine Stadt.«

»Ich gebe mein Bestes, Herr Gouverneur.«

»Viel Glück, Brandon«, erwiderte Ritter, zum ersten Mal Leslies Vornamen benutzend.

»Ihnen auch, Jürgen.« Der Marine-General lächelte. Es knackte erneut und die Verbindung war gekappt.

Leslie spähte erneut durch sein Fernglas. Die feindlichen Truppen begannen mit dem Vormarsch. Sie wurden von einem halben Dutzend Panzer verschiedener Typen angeführt. Er tätschelte mit einer Hand das Chassis eines alten Goliath-Kampfpanzers der Miliz. Dieses gute Stück und vier weitere verstärkten die Verteidigungslinie, stellten jedoch auch alles an schwerem Gerät dar, was sie zur Verfügung hatten. Das würde leider beileibe nicht reichen. Er dachte an die letzten Worte des Gouverneurs, bevor dieser die Funkverbindung gekappt hatte.

Glück ist das, was wir jetzt am meisten brauchen und vermutlich am wenigsten haben, mein Freund.

Die Heimatflotte schlug sich beachtlich. Obwohl Ortegas Einheiten eine Jägerwelle um die andere gegen Stegers Verbände schickten, wurden deren Linien nicht ein einziges Mal durchbrochen.

Stegers Jäger bildeten einen Schirm vor der eigentlichen Hauptstreitmacht und fingen die feindlichen Maschinen ab, bevor sie nahe genug kamen, um Schaden anzurichten. Sie ließen die Angriffe buchstäblich ein ums andere Mal ins Leere laufen.

Auch die gelegentlich abgefeuerten Torpedosalven verpufften nahezu wirkungslos. Der Großangriff, den Steger nach dem ersten feindlichen Torpedoabschuss erwartet hatte, blieb zu seiner Erleichterung aus. Die Abwehr aus Flakbatterien und Arrow-Abfangjägern verfehlte ihre Wirkung nicht. Die feindlichen Geschosse trafen auf entschlossene Piloten und Geschützbesatzungen und fegten sie ein ums andere Mal aus dem All.

Einmal wären beinahe Skull-Bomber bis zu Stegers Nachschubtendern durchgekommen, doch Arrows waren rechtzeitig zur Stelle, um diese Bedrohung zu neutralisieren. Ortega verlor mehr als zwei Dutzend Bomber und der Rest musste sich mit eingezogenem Schwanz zurückziehen.

Jeder Verlust, sowohl bei den eigenen Einheiten als auch bei den gegnerischen, schmerzte Steger im Herzen. Hier kämpften sie schließlich nicht gegen Ruul. Sie standen anderen Menschen gegenüber. Vermutlich glaubten viele der Besatzungen, gegen die sie antraten, sie würden auf der richtigen Seite stehen und die Heimatflotte wäre der Feind, den es zu bezwingen galt. Es war eine verdammte Schande. Immer wieder rief er sich in Erinnerung, dass man ihm dieses Gefecht aufgezwungen hatte, doch es half nicht viel, wenn er wieder Symbole eigener und feindlicher Jäger von seinem taktischen Plot verschwinden sah.

Bisher wurde die Schlacht beinahe ausschließlich mit Jägern geführt. Beide Seiten schreckten noch davor zurück, den Kampf mittels der Großkampfschiffe auszufechten. Trotz der Übermacht des Feindes würde der Verlust an Schiffen und Leben auf beiden Seiten schrecklich hoch sein. Ortega wusste dies – und er fürchtete diese Entwickelung.

Stattdessen konzentrierte sich der feindliche Admiral darauf, Stegers Nachschubeinheiten auszuschalten. Ohne Nachschubtender würden den Großkampfschiffen bei einem Gefecht schon bald Raketen und Torpedos ausgehen. Damit wäre Ortega – wenn man die zahlenmäßige Überlegenheit außer Acht ließ – sogar noch deutlicher im Vorteil. Er baute allem Anschein nach darauf, dass sich Steger ergeben würde, sollte er seine Nachschubschiffe verlieren.

Ortegas Taktik beinhaltete jedoch einen großen Denkfehler, berücksichtigte sie doch nicht das Naturell seines Gegenübers.

Selbst falls es dem feindlichen Admiral gelang, Steger seines Nachschubs zu berauben, so verspürte dieser trotzdem nicht die geringste Lust, sich zu ergeben. Eher würde die Hölle zufrieren, bevor er vor den Putschisten kapitulierte. Schlimmstenfalls würde die Heimatflotte zum Nahkampf übergehen. Dies würde Steger höchst ungern befehlen. Es würde letztendlich bedeuten, den Kampf bis zum letzten Mann auszutragen. Der Verlust an Leben würde furchtbar sein.

»Weitere Jägerwelle im Anflug«, meldete sein XO.

Steger quittierte die Nachricht mit einem Nicken. Auf seinem taktischen Hologramm schob sich eine Wand aus roten Symbolen seinen Schiffen entgegen, doch ein Schild aus grün markierten Objekten stellte sich ihnen augenblicklich in den Weg. Die Jägerverbände beider Seiten lieferten sich einen heftigen Schusswechsel, bevor die roten Symbole sich erneut zurückzogen. Steger schätzte die gegnerischen Verluste bei diesem Vorstoß auf knapp dreißig Prozent, seine eigenen auf etwa zwanzig.

Der Admiral vermutete, dass Ortega hauptsächlich über unerfahrene Truppen verfügte. Das würde zumindest erklären, wie Perck es geschafft hatte, sie auf seine Seite zu ziehen. Naivität schien das Schlüsselwort zu sein. Naivität, Leichtgläubigkeit und die vorherrschende Meinung vieler junger Offiziere, das Wort eines Admirals dürfe man grundsätzlich nicht anzweifeln. Wenn diese Sache für das Konglomerat positiv ausging, mussten viele Dinge aufgearbeitet und alte Verhaltensweisen überdacht werden. So etwas durfte nie wieder geschehen.

Im Moment schossen seine Einheiten den Feind in einem brauchbaren Verhältnis ab, doch Steger bezweifelte, dass es ausreichen würde, dieses Gefecht über kurz oder lang für sich zu entscheiden. Ortega besaß ausreichend Schiffe und Jäger, um sich diese Verluste leisten zu können, Steger nicht.

Admiral Thomas Perck bemühte sich, auf seine Besatzung nicht ruhelos zu wirken. Es war wichtig für einen kommandierenden Offizier mit seinem Beispiel zu führen, nicht durch das bloße Brüllen von Befehlen.

Leider sah es in Percks Innenleben nicht ganz so ruhig aus, wie er es nach außen hin vorgab. Die Dinge entwickelten sich ganz und gar nicht nach Wunsch. Zu Anfang war alles glatt verlaufen. Die RO-

CKETS waren als Bedrohung eliminiert und inhaftiert oder auf der Flucht, doch nun entwickelte sich alles zu einem wahren Albtraum.

Die Heimatflotte leistete an mehreren Standorten Widerstand, der Mars erwehrte sich mit Händen und Füßen zunächst der Inkraftsetzung des Kriegsrechts und nun der Okkupation durch ihm loyale Kräfte, und als wäre das noch nicht genug, hatte er soeben von Henstridge erfahren, dass Oslo sich wieder in der Hand regierungstreuer Truppen befand. Offenbar richteten sie sich darauf ein, die Stadt zu verteidigen. Henstridge hatte es gerade noch geschafft, aus der Stadt zu fliehen. Er befand sich nun in einem Flugzeug über Spanien mit Ziel Dakar. Sollte sich der Kerl ruhig verkriechen. Dort war er Perck wenigstens noch nützlich. Die Verteidigungszentralen auf der Erde mussten unter Kontrolle gehalten werden. Sie waren der Schlüssel zur Kontrolle über den Planeten.

Aber Oslo ... Oslo stellte ein Problem dar.

An und für sich war ihm die Stadt selbst herzlich egal, wenn sich nicht die Präsidentin und beinahe jeder unbequeme Zeuge seiner Machenschaften dort aufgehalten hätte. Ihm blieb keine andere Wahl. Oslo musste zurück unter seine Kontrolle fallen und das gelang leider nur auf die harte Tour. Zum Glück verfügte er auf der Erde noch über genügend loyale Truppen, um dies zu bewerkstelligen.

Noch war nicht alles verloren. Er konnte immer noch gewinnen.

»Sir? In der Nähe des Saturn entwickelt sich ein Gefecht«, sprach ihn Commander Suri Perry an, seine XO.

Perck schlenderte betont langsam – ohne jeden Anflug von Eile – zu seinem Platz und rief sein taktisches Hologramm auf.

Er beobachtete das Geschehen eine Weile, bevor er verkniffen die Lippen verzog. »Was macht der Idiot denn da?«, flüsterte er.

»Sir?«

»Stellen Sie mir eine Verbindung zur APOLLO her. Ich muss dringend mit Ortega reden. Falls er nicht die Eier hat, die Sache endlich richtig anzugehen, dann lasse ich ihn durch jemanden ablösen, der sie hat.«

Perry hob eine Augenbraue, angesichts der ungewohnten Ausdrucksweise des Admirals, sagte jedoch nichts. Perck kümmerte es nicht. Seine Gedanken bewegten sich um dringlichere Probleme. Ortega spielte mit Steger, anstatt ihn zu vernichten. Eine Welle Jäger um die andere zu schicken, würde den Kommandanten der Heimatflotte nicht in die Knie zwingen. Ortega besaß genügend Feuerkraft, um diesen Mistkerl zu vernichten, und Perck erwartete von ihm, dass er auch genau das tat. Sie mussten die Kontrolle über das Solsystem erlangen, bevor jemand außerhalb mitbekam, was hier vor sich ging. Sollte ihnen das nicht gelingen, würde der folgende Sturm seine Verbündeten, ihn selbst und alle seine Ambitionen einfach hinwegfegen.

Das Präsidentenpalais wurde von fast zweihundert ROCKETS gesichert. Die Präsidentin war von SES-Agenten in den gesicherten Bunker unterhalb des Palais gebracht worden, wo sie unter strenger Bewachung durch Robert Bates und eines großen Kontingents an Agenten stand.

Außer diesen waren noch David Coltor und Pedro Mendoza anwesend. Oslo war in beeindruckendem Tempo gesichert worden. Fast alle aufständischen Truppen waren bereits vor Beginn der Kämpfe an andere Orte abgezogen worden. Die wenigen in der Stadt verbliebenen waren schnell überwältigt worden.

Oslo entwickelte sich mit rapider Geschwindigkeit zum Anlaufpunkt aller regierungstreuen Kräfte in der Region. Es befanden sich nun mehrere Milizregimenter in der Stadt, Einheiten der Marines und ROCKETS sowie vereinzelte Truppenteile der TKA, die sich zur Regierung bekannten. Durch Henstridges Verstrickung in den Putsch traute diesen allerdings niemand so richtig. Sie waren jedoch nicht in der Lage, Hilfe abzulehnen.

Und noch jemand war – sehr zu Davids Freude – eingetroffen. Am Tag nach der Befreiung Oslos war Rachel Kepshaw an der Spitze von gut zwei Dritteln des 171. Infanterieregiments in die Stadt marschiert. So langsam nahmen ihre Bemühungen Formen an.

Es herrschte bedrücktes Schweigen in dem Bunker. Niemand wusste so recht, was noch zu bereden war. Die Dinge entwickelten eine Art Eigendynamik und keiner schien willens oder in der Lage, die Entwicklung aufzuhalten.

Rachel eilte durch geöffnete Tür der Anlage, vorbei an zwei Marines und einem halben Dutzend SES-Agenten. Sie widmete den Wachen nur einen beiläufigen Blick. Über der Schulter trug sie ein Lasergewehr.

David schmunzelte. Er erinnerte sich noch gut an die etwas unsichere Agentin, die er vor so vielen Jahren kennengelernt hatte. Sie hatte sich verzweifelt darum bemüht, ihre Unsicherheit durch Arroganz zu überspielen, was ihr nie ganz gelungen war. An diese Frau erinnerte jetzt kaum noch etwas. Unsicherheit war ersetzt worden durch Selbstvertrauen und Arroganz durch Professionalität. Etwas Wehmut überkam ihn. Er fragte sich, ob sie dadurch nicht auch ein wenig von sich selbst verloren hatte.

Rachel schenkte ihm ein schmales Lächeln, als sie seinen Blick bemerkte. »Die äußeren Bezirke der Stadt sind gesichert. Das 171. hält das Zentrum, die Miliz und Marines jeweils eine Flanke.«

»Die TKA?«

»Die halten wir bislang noch in Reserve. Niemand will so recht etwas mit ihnen zu tun haben, mit Ausnahme des 171. Die sind über jeden Zweifel erhaben nach allem, was gewesen ist. Die anderen TKA- Einheiten allerdings ...« Sie ließ den Satz vielsagend ausklingen.

»Kann ich sogar nachvollziehen, aber wir dürfen uns von Ressentiments nicht beeinflussen lassen. Nur wegen der Handlungen einer Minderheit dürfen wir nicht die gesamte Waffengattung unter Generalverdacht stellen.«

»So wie ich es tat«, wisperte eine erschöpfte Stimme aus dem hinteren Teil des Bunkers. Die Ränge der SES-Agenten teilten sich widerstrebend und ließen die schlanke Gestalt Tylers durch. »Ich hätte dem Druck niemals nachgeben dürfen. Wären die ROCKETS nicht alle inhaftiert worden, wäre es vielleicht nie so weit gekommen.«

»Das konnte niemand ahnen«, beruhigte David sie. »Außerdem bezweifle ich, dass Perck sich davon hätte aufhalten lassen. Wären die ROCKETS nicht inhaftiert worden, wären sie vermutlich alle einem Angriff zum Opfer gefallen und dann stünden sie uns jetzt nicht mehr zur Verfügung.«

Die Präsidentin lächelte. »Versuchen Sie mir einzureden, dass am Ende alles irgendwie seinen Sinn hat?«

»Daran glaube ich fest.«

»Sie sind ein Romantiker, General. Das wusste ich ja noch gar nicht.«

»Es gibt viel, was Sie von mir nicht wissen.« David lächelte erneut und wandte sich Rachel zu. »Verteil die TKA-Einheiten gleichmäßig auf alle Fronten. Behalte nur einen Teil als Reserve zurück. Wir brauchen alle Kräfte, die wir kriegen können. Falls jemand meckert, sagst du, es wäre ein Befehl der Präsidentin.«

Lieutenant Colonel Derek Carlyle vom 171. Regiment fühlte sich bedeutend wohler, seit er einen Cherokee-Panzer an seiner Seite wusste. Einige der Einheiten, die sich ihnen angeschlossen hatte, brachten überaus nützliches Gerät mit: Panzer, Panzer- und Flugabwehrwaffen sowie schwere Infanterieausrüstung und Munition. Und sie würden alles dringend brauchen, wenn man bedachte, was die Putschisten gegen sie ins Feld führten.

Die waren noch dabei, ihre Schlachtreihen aufzubauen, doch bereits jetzt sah die Lage alles andere als rosig aus. Derek zählte ein paar Dutzend Panzer unterschiedlicher Typen und jede Menge Infanterie. Außerdem wäre er sehr überrascht, wenn der Gegner nicht auch über Artillerie verfügte. Ihre eigene Ausrüstung war vergleichsweise beschämend unzureichend, doch sie würden Oslo nicht kampflos dem Feind preisgeben. Sie würden vor der bevorstehenden Diktatur nicht weichen.

Master Sergeant Lucas Delaney gesellte sich zu ihm und spuckte einen Priem gegen das Chassis des Cherokees-Panzer. Einer der Panzerfahrer, der aus der Dachluke spähte, bedachte den Sergeant mit einem strafenden Blick, sagte jedoch nichts. Er war vermutlich der Meinung, dass dies im Moment ihr geringstes Problem darstellte.

»Sergeant?«

»Ich habe die Leute auf die Barrikade verteilt und mehrere Leute bestimmt, die die Versorgung mit Munition und Energiezellen übernehmen.«

Derek nickte. »Ich wünschte, wir hätten mehr zusammentrommeln können.«

Delaney neigte leicht den Kopf. »Wir haben fast tausend Mann zusammenbekommen. Da können wir froh sein. Das Regiment ist über die halbe Erde und auch noch den Mars verteilt. Man sollte sich auch über die kleinen Dinge freuen.«

Derek schenkte dem Sergeant ein schmales Lächeln. »Nur Sie schaffen es, an einer Belagerung etwas Gutes zu finden.«

Delaney schmunzelte. »Was soll ich sagen? Ich bin eben ein alter Soldat.«

»Was ist mit den Granatwerfern?«

»In Stellung gebracht. Ebenso die Raketentrupps. Wenn die versuchen, unsere Stellung zu stürmen, dann werden sie ihr blaues Wunder erleben.«

Derek schnalzte misstrauisch mit der Zunge. »Ich befürchte, das sehen Sie weit positiver als ich. Die haben dieselbe Ausbildung wie wir genossen. Ihre Offiziere haben zum Teil ebenfalls schon gegen die Ruul gekämpft. Sollte es tatsächlich zum Kampf kommen, dann wird das kein Zuckerschlecken. Für niemanden. Das ist der Unterschied in diesem Kampf. Der Feind kennt uns teilweise besser als wir uns selbst.«

Ein hohes Pfeifen ertönte. Derek hob unwillkürlich den Kopf, konnte jedoch am Himmel nichts erkennen. Plötzlich schlugen etwa zweihundert Meter hinter ihm Flammen und Rauch aus einem Gebäude. Weitere Einschläge folgten.

»Artillerie!«, brüllte Delaney über den Lärm hinweg den Soldaten zu, die sich hinter die Barrikade duckten. »Bleibt nicht alle auf einem Fleck. Verteilt euch.«

»Der Tanz geht also los«, schlussfolgerte Derek.

Etwas hatte sich verändert. Das war unübersehbar. Auf Vizeadmiral Roland Stegers taktischem Hologramm wechselten sich Schadensmeldungen und Hiobsbotschaften beinahe im Sekundentakt miteinander ab.

Ortegas Flotte rückte gegen seine Stellung vor und diesmal schien es sich keineswegs um eine Drohgebärde zu handeln. Jemand hatte

Ortega in den Hintern getreten und ihn zum Handeln aufgefordert. Das war offensichtlich. Und diesmal ging er über Leichen.

Stegers Reaktion bestand darin, seine Einheiten dichter zusammenzuziehen. Solange sie buchstäblich mit dem Rücken zur Wand standen – sprich dicht an die Saturnringe gepresst –, blieb ihm gar keine andere Wahl.

Ortegas Einheiten gaben jede Zurückhaltung auf. Sie prügelten mit ihrer gesamten Fernkampfbewaffnung auf die Heimatflotte ein und diese konnte nur reagieren, indem sie den Beschuss aussaß, wo es nötig war, und diesen ansonsten erwiderte. Die Beschussdichte, die Stegers Einheiten aufbrachten, war jedoch gut und gerne dreißig Prozent geringer als die Ortegas.

Eine weitere Salve schlug in den ohnehin schon geschwächten Schild der WILLIAM T. SHERMAN ein. Stegers taktisches Hologramm zeigte weitere rote Stellen am Bug und an Steuerbord. Die nächsten Treffer dort würden fast sicher den Schild durchstoßen und zu ernsten Schäden am Rumpf führen. Doch trotz des hartnäckigen Beschusses zögerte Steger immer noch, mit gleicher Münze zurückzuschlagen. Der Gegner feuerte alles, was er hatte, ab, um die Heimatflotte zu überwältigen. Sie nahmen den Tod guter Männer und Frauen billigend in Kauf.

Steger hingegen vermied es bewusst, die feindlichen Schiffe frontal anzugehen. Daher zielten seine Einheiten vor allem auf feindliche Waffen-, Zielerfassungs- und Kommunikationssysteme.

In diesem Augenblick verschwanden zwei Symbole von seinem Plot. Das eine war ein Leichter Kreuzer, die TKS NEAPEL, und ein Schwerer Kreuzer der Hermes-Klasse, die TKS BLOOD BORN. Beides gute Schiffe mit guten Besatzungen. Menschen, die einfach nur ihre Pflicht getan hatten.

Kalte Wut ergriff von Steger Besitz. Ortega war zu weit gegangen. Der Mann hatte bewusst eine Grenze überschritten. Steger konnte nicht mehr länger Nachsicht walten lassen. Es war egal, ob er hier Menschen gegenüberstand. Er hatte Pflicht und Verantwortung seinen eigenen Leuten gegenüber und gerade waren zwei Schiffsbesatzungen von seinem Gegner brutal ermordet worden. Seine Finger krallten sich erneut in die Lehnen seines Kommandosessels.

»XO?«

»Sir?«

»Nachricht an die Schiffe. Ab jetzt schießen wir konzentriertes Feuer auf das feindliche Zentrum.«

Er bemerkte nicht, wie sein XO neben ihm einen Kloß im Hals hinunterschluckte – und wenn er es gewusst hätte, wäre es ihm wohl egal gewesen.

»Die Kinderspiele sind vorbei.«

Nur Sekunden später spie die Heimatflotte eine Torpedosalve gegen die APOLLO und das Zentrum der feindlichen Linien aus.

So zurückhaltend der Kampf um den Saturn bisher geführt worden war, so brutal und ohne jedes Gewissen wurde er um den Io geführt.

Die BERLIN bildete mit vier Schweren Kreuzern der Sioux-Klasse Zentrum und Anker der Formation. Etwa dreißig kleinere Einheiten, drei davon Träger, waren um die schweren Kampfschiffe herum gruppiert. Ihnen standen über fünfzig feindliche Großkampfschiffe gegenüber, davon alleine drei ältere Schlachtschiffe der Hades-Klasse und fast ein Dutzend Schwerer Kreuzer.

Die orbitalen Habitate des Io verfügten zu deren Schutz über mehrere autonom arbeitende Waffenplattformen. Diese waren der einzige Grund, weshalb die Verteidiger der Heimatflotte noch nicht überrannt worden waren.

Die Wracks eines Dutzends Kriegsschiffe der Putschisten bewiesen eindrucksvoll, wozu die Plattformen mit Unterstützung mehrerer mobiler Einheiten in der Lage waren. Der Gegner hatte aus bitterer Erfahrung gelernt, der Umgebung des Io eine gehörige Portion Respekt entgegenzubringen.

Doch den Putschisten lief die Zeit davon – und sie wussten es. Außerdem war ihr Geduldsfaden dabei zu reißen. Staudmann erkannte die Anzeichen dafür. Die feindlichen Kommandanten wurden mutiger, um nicht zu sagen: verwegener.

In den letzten Stunden hatte jedoch Staudmann ebenfalls Federn lassen müssen. Neun Kriegsschiffe der Heimatflotte lagen um seine Position verstreut im All, von den Torpedos des Gegners zusammengeschossen.

»Weitere Torpedowelle im Anflug!«, meldete sein taktischer Offizier. Die Flakbatterien der Schiffe eröffneten röhrend das Feuer und schickten den anfliegenden Geschossen einen unaufhörlichen Strom an Metall entgegen. Dutzende Explosionen blühten zwischen den beiden Flotten auf. Nehezu die Hälfte der Lenkflugkörper wurde zerstört, doch es kamen genügend durch, um zu einem Problem zu werden.

Die BERLIN legte sich schwer auf die Seite, als die Backbordpanzerung von einem halben Dutzend Geschossen getroffen wurde. Die Schilde waren längst ausgefallen und der Rumpf musste die ganze Gewalt des Angriffs tragen.

Auf Staudmanns taktischem Hologramm färbten sich zwei Decks erst orange, schließlich rot. Staudmann machte eine verkniffene Miene.

»Die Decks fünf und sechs, Sektionen zwei bis vier abschotten«, ordnete er mit fester Stimme an. Dem Befehl wurde augenblicklich Folge geleistet und die Schadenskontrolle machte sich daran, die dringendsten Reparaturen durchzuführen.

Staudmann durfte gar nicht daran denken, wie viele Männer und Frauen er durch seinen Befehl gerade zum Tode verurteilt hatte. Auf der falschen Seite eines Druckschotts eingeschlossen zu werden, während sich das gesamte Deck, in dem man sich gerade befand, ins Vakuum entlüftet wurde, war der Horror jedes raumfahrenden Matrosen. Ein Schreckgespenst aus Albträumen, doch dieses Mal war der Albtraum Realität.

Ein Schwerer Kreuzer der älteren Night-Klasse wurde am Bug und mittschiffs von fast einem Dutzend Geschossen getroffen. Die Panzerung brach entlang der Längsachse auf, Sekundärexplosionen blühten auf, der Antrieb setzte immer wieder flackernd aus.

Staudmann beobachtete auf seinen Anzeigen voller Mitgefühl den Kampf, den die Besatzung zur Rettung des Schiffes austrug, doch der geübte Blick des Offiziers erkannte die bittere Wahrheit: Der Kreuzer war verloren.

Wie um seine Prophezeiung Lügen zu strafen, sah es für einen Moment so aus, als würde die Besatzung den ungleichen Kampf um das Schicksal ihres Schiffes gewinnen, dann setzte mit brutaler

Endgültigkeit der Antrieb vollends aus und erwachte nicht mehr zum Leben. Als wäre das nicht genug, fielen auch noch die Manövrierdüsen aus und der Kreuzer trieb um die eigene Achse drehend in Richtung Jupiter. Er würde innerhalb der nächsten drei Stunden in die Atmosphäre eintreten und von den dort herrschenden Kräften zerdrückt werden wie eine Konservendose.

Entlang des gesamten Schiffsrumpfs wurden Abdeckungen weggesprengt und Rettungskapseln ins All katapultiert. Von den orbitalen Habitaten starteten sofort Bergungsschiffe, um sie aufzunehmen und die Personen im Inneren in Sicherheit zu bringen.

Was Staudmann jedoch in diesem Moment weit mehr beschäftigte als der Verlust des Kreuzers, war die Zerstörung dreier weiterer Waffenplattformen, die die Habitate schützen sollten. Damit blieben insgesamt vier übrig. Der Gegner dünnte die Verteidigung aus. Sobald er sicher war, gewinnen zu können, würde er näher rücken und die Verteidiger um Staudmann und die BERLIN vernichten. Dabei spielte es keine Rolle, dass die Putschisten ebenfalls vier Schiffe verloren hatten. Sie konnten sich diese Verluste leisten und waren sogar in der beneidenswerten Lage, Verstärkung rufen zu können. Auf Staudmann traf beides nicht zu. Steger hatte am Saturn alle Hände voll zu tun, um sich das Gros der Putschisten-Flotte vom Hals zu halten.

Staudmann musste mit dem auskommen, was er hatte. Und das war nicht viel.

Die Zugangsröhre zwischen Raumhafen und Zentralkuppel von Neu-Johannesburg war erfüllt vom Donnern der Explosionen, dem Fauchen von Lasergewehren und dem beständigen Knattern automatischer Waffen.

Major General Brandon Leslie lehnte mit dem Rücken am Wrack eines alten Argus-II-Schützenpanzers, während ihm ein Sanitäter der Marines den Streifschuss verband, den er sich über dem rechten Auge zugezogen hatte. Der Mann war jung – vielleicht gerade mal achtzehn –, arbeitete jedoch hoch konzentriert und schien sich keinerlei Gedanken zu machen, dass er gerade seinen Oberbefehlshaber versorgte.

Leslie hatte dabei noch großes Glück gehabt. Drei Zentimeter tiefer und es hätte ihn das Auge kosten können. Zwei Zentimeter weiter links und es wäre nicht bei einem Streifschuss geblieben. In diesem Fall könnte der Sanitäter jetzt das Gehirn des Generals vom Boden aufwischen.

Leslie gluckste unterdrückt. Er wusste nicht warum, aber der Gedanke amüsierte ihn. Der Sanitäter beendete seine Arbeit und machte sich davon, ohne zu grüßen oder auch nur einen weiteren Gedanken an den General zu verschwenden. Die Pflichtauffassung des jungen Mannes beeindruckte ihn zutiefst. Leslie hatte immer die nichtkämpfenden Mitglieder von Fronteinheiten bewundert. Sie wagten sich kaum bewaffnet dorthin, wo am heftigsten gekämpft wurde. Nicht um zu töten, sondern um zu helfen. Leslie beobachtete den Sanitäter einige Sekunden, wie er über einem regungslosen Milizionär kniete, die Halsschlagader prüfte, müde – oder deprimiert? – den Kopf schüttelte und sich dann auf die Suche nach jemanden machte, dem er noch helfen konnte. Und Bedürftige gab es weiß Gott genug.

Leslie streckte den Kopf und spähte über den Rand des zertrümmerten Chassis seiner provisorischen Deckung. Sie leisteten den Putschisten, die gekommen waren, um den Mars zu besetzen, seit nunmehr vier Stunden erbitterten Widerstand. Seit vier Stunden hielten sie diese davon ab, in das Herzstück von Neu-Johannesburg vorzurücken. Der Platz zwischen beiden Armeen war übersät mit Trümmern, Leichen und zerstörten Fahrzeugen. Miliz und Marines hatten sich tapfer gewehrt. Vier zerstörte Cherokee-Panzer und zwei kampfunfähige Raven legte Zeugnis ab vom Widerstandswillen der regierungstreuen Verbände, doch Leslie musste langsam Farbe bekennen. Es näherte sich rapide der Punkt, vor dem er sich zutiefst fürchtete: der Punkt, an dem Widerstand in den Verbindungsröhren nicht mehr möglich war und sie sich in die Stadt zurückziehen mussten, um den Feind verlustreiche Straßenkämpfe aufzuzwingen. Dies würde zwangsläufig eine hohe Zahl ziviler Opfer fordern. Er wünschte sich, dies würde sich vermeiden lassen.

Einer seiner Goliath-Panzer flog unter dem unbarmherzigen Feuer eines feindlichen Cherokees in die Luft. Damit blieb ihm nur noch ein einziger dieser kampfstarken, aber alten Panzer. Nur kurz darauf explodierten zwei seiner Schützenpanzer. Es wurde langsam brenzlig.

Es knackte in seinen Ohren. Er bestätigte die Verbindung.

»Hier Leslie.«

»Hier Ritter. Wie ist die Lage, General?«

Rauch, der sich aufgrund der Explosionen und des ungehemmten Einsatzes von Munition in der Röhre sammelte, erschwerte das Atmen. Leslie hustete würgend, bevor er antwortete.

»Nicht gut. Wir können sie nicht mehr länger aufhalten. Ich werde demnächst den Rückzug in die Stadt befehlen, wo wir sie auf Guerillaart bekämpfen.«

Schweigen antwortete ihm.

»Ich verstehe«, sagte der Gouverneur des Mars schließlich mit emotionsloser Stimme. »Wenn Sie keinen anderen Weg sehen, dann tun Sie es. Ich werde die Evakuierung meines Kommandopostens befehlen.«

Leslie zögerte. »Halten Sie das wirklich für nötig? Dort sind Sie vielleicht noch am sichersten.«

»Wir müssen davon ausgehen, dass die Putschisten über die Zivilverteidigungspläne und die genauen Standorte wichtiger Einrichtungen informiert sind – einschließlich meiner Zentrale. Hätte ich dort drüben das Sagen, wäre sie mein erstes Angriffsziel nach der Einnahme des Raumhafens. Ich werde mich mit meiner Sicherheitschefin absetzen und wir führen den Kampf aus einer mobilen Zentrale weiter. Das dürfte es dem Feind erschweren, uns zu erwischen, und wird die Einnahme der Kolonie vielleicht erschweren.«

»Ich hoffe, Sie haben recht.«

Ritter zögerte erneut. »Es gibt noch einen anderen Grund für meine Entscheidung. Meine Sicherheitschefin ist David Coltors Frau. Sollte sie ihnen in die Hände fallen, haben sie ein wertvolles Druckmittel in der Hand.«

Leslie hob beeindruckt eine seiner Augenbrauen. »Davon höre ich zum ersten Mal. Unter dem Gesichtspunkt haben Sie natürlich recht. Viel Glück.«

»Ihnen auch. Ritter Ende.«

Eine Artilleriegranate aus der Haubitze eines Raven schlug etwa hundert Meter entfernt in die Barrikade ein und löschte einen ganzen Trupp Marines und Milizionäre aus.

Ein Raketenschütze lugte gerade lange genug über den Rand der Deckung, um seine zwei Geschosse abzufeuern. Sie bohrten sich nacheinander in die Frontpanzerung des Gefährts und ließen ihn in die Luft fliegen. Die Druckwelle schleuderte Soldaten der Putschisten, die noch dreißig Meter entfernt standen, benommen zu Boden.

Jetzt oder nie! Leslie öffnete einen allgemeinen ComKanal. Für genau diesen Fall waren Codes und ein Plan vereinbart worden: Merkur und Armageddon. Merkur sollte alle Einheiten überzeugen, dass der Befehl von autorisierter Stelle kam. Und Armargeddon bedeutete, nach dem Rückzug würde es dann keine einheitliche Frontlinie mehr geben und jede Einheit war angehalten, dem Gegner Schaden zuzufügen, wo immer es möglich war.

»Alle Einheiten zurückziehen! Ich wiederhole: Alle Einheiten zurückziehen! Merkur. Ich wiederhole: Code Merkur. In die Stadt zurückziehen und an festgelegten Punkten sammeln. Truppführer übernehmen Kontrolle über einzelne Einheiten. Wir setzen Armageddon um. Ich wiederhole: Für alle Einheiten gilt Plan Armageddon. Viel Glück, Leute!«

Leslie spähte erneut über das Chassis des Schützenpanzers. Weitere Granaten der Raven und kohärente Energiestrahlen der Cherokee-Kampfpanzer schlugen in die Barrikade ein. Entlang der gesamten Verteidigungslinie zogen sich erst einzelne Soldaten, dann ganze Trupps zurück. Sie ließen alles liegen, was zu schwer war und sie behindern würde. Die Schützenpanzer gaben der Infanterie bis zuletzt Deckung. Ihre leichten Lasergeschütze fuhren einer Sense gleich unter die vorrückende Infanterie. Dutzende feindlicher Soldaten wurden niedergemäht.

Die Besatzungen der Schützenpanzer bezahlten jedoch einen hohen Preis. Ihre Waffen waren nicht dafür ausgelegt, sich mit Cherokees anzulegen, und fast die Hälfte der verbliebenen Fahrzeuge fielen deren Geschützen zum Opfer. In den wenigsten Fällen hatte die Besatzung noch die Chance, das zum Untergang verurteilte Fahrzeug zu verlassen.

Die Putschisten spürten ihren nahen Sieg und rückten immer schneller vor. Der letzte Goliath blieb mit zerschmettertem Chassis liegen. Die Besatzung gab ihn auf. Feindliche Projektile prallten in ihrer unmittelbaren Umgebung von der zertrümmerten Panzerung ab.

Die verbliebenen Fahrzeuge zogen sich von der Barrikade zurück, nachdem sie sicher waren, ihrer eigenen Infanterie einen ordentlichen Vorsprung verschafft zu haben.

Leslie sprang auf das Chassis eines der letzten Schützenpanzer; der gab Gas und brauste durch die Verbindungsröhre Richtung Zentralkuppel von Neu-Johannesburg.

Der General registrierte frustriert, wie die Putschisten die verlassene Barrikade in Besitz nahmen. Er hörte ihren durch die Röhre hallenden Jubel sogar noch über den Fahrtwind hinweg, der an seinem Kampfanzug zerrte.

Der Kampf um Neu-Johannesburg ist noch nicht entschieden, ihr Bastarde, schwor er in Gedanken. *Noch lange nicht.*

Eine Staffel Anakonda-Kampfhubschrauber brauste im Tiefflug über die vorderste Linie der Putschisten hinweg. Ihre Bordwaffen und Raketen säten Tod und Vernichtung unter die Verteidiger von Oslo.

Der Kampf wogte seit Stunden hin und her, doch der Einsatz der Kampfhubschrauber bestätigte, was Derek schon geraume Zeit befürchtete. Die Putschisten erhöhten den Einsatz – und den Druck auf die Verteidiger.

Mehrere Raketen stiegen auf Rauchbahnen von den Linien der Verteidiger auf. Die Staffel Anakondas löste ihre Formation auf und stob in alle Richtungen davon, dabei wichen sie den Geschossen gekonnt aus. Einige stießen Täuschkörper aus dem Heck aus, um die Lenksysteme der Raketen zu verwirren.

Einer der Hubschrauberpiloten reagierte nicht schnell genug. Zwar stieß er einen Schwall Täuschkörper aus, doch die Rakete war bereits zu nahe. Sie explodierte unmittelbar unter dem Heckrotor und riss ihn damit sauber vom Rumpf ab. Der Hubschrauber drehte sich unkontrollierbar um die eigene Achse. Qualm und Funken drangen aus dem angeschlagenen Heck der Maschine. Der Pilot versuchte, eine kontrollierte Bruchlandung hinzubekommen, doch dies überstieg dessen Fähigkeiten. Die Maschine bohrte sich mit der Schnauze voran in den Boden, wobei auch noch der Hauptrotor abgerissen wurde. Die scharfkantigen Bruchstücke fegten durch eine Gruppe feindlicher Infanteristen und verarbeiteten sie innerhalb weniger Sekundenbruchteile zu Hackfleisch.

Ungeachtet dieser vereinzelten Rückschläge zeigten die Streitkräfte der Putschisten nicht das geringste Anzeichen von mangelndem Selbstvertrauen oder gar Verunsicherung. Im Gegenteil rückten sie beständig weiter vor.

Narim eilte hinter die Verteidigungsanlagen geduckt zu ihm und presste sich mit dem Rücken gegen einen Cherokee-Panzer.

»Lange können wir sie nicht mehr aufhalten«, sprach er Dereks Gedanken laut aus.

»Ich weiß. Hast du von den anderen Positionen was gehört?«

»Die Miliz ist bereits auf dem Rückzug in die Stadt. Die Putschisten stehen kurz davor, deren Linien einfach zu überrollen. Die Marines halten ihre Position.« Narim schmunzelte leicht. »Natürlich.«

Eine Lasersalve fauchte knapp über ihren Kopf hinweg. Ein Teil schlug in das Chassis des Panzers ein und hinterließ hässliche Brandflecke. Der Panzer feuerte als Erwiderung. Derek konnte nicht sehen, ob die Besatzung etwas traf, doch der Beschuss ließ zumindest kurzzeitig nach.

»Wenn sich die Miliz zurückzieht, dann haben wir keine Wahl. Wir müssen es ihnen gleichtun, sonst laufen wir Gefahr, eingekesselt zu werden. Gib den Marines Bescheid. Wir ziehen uns alle Richtung Innenstadt zurück. Wir versuchen, den Stadtkern zu halten.«

»Und wenn wir das nicht schaffen?«

Derek warf seinem alten Freund einen missmutigen Blick zu. »Wenn wir das nicht schaffen, dann befürchte ich, die Putschisten parken ihre Panzer demnächst auf dem Rasen vor dem Präsidentenpalais.«

23

Mit einem Gefühl tiefer Niedergeschlagenheit registrierte Konteradmiral Jakob Staudmann, wie seine letzte Waffenplattform von einem halben Dutzend Torpedos getroffen wurde und in tausend Stücke zerbrach.

Als hätte die Zerstörung der Plattform das Startsignal gegeben, rückten die Schiffe der Putschisten in geschlossener Formation gegen seine Einheiten vor.

Beide Seiten tauschten Salve um Salve aus, doch das Ende war abzusehen. Der Feind war deutlich überlegen und schien nicht gewillt, Gefangene zu machen. Normalerweise hätte bei einem solch deutlichen Ungleichgewicht die überlegene Seite das Angebot einer Kapitulation machen müssen. Unter menschlichen Gegnern sollte das zumindest Usus sein. Das Ausbleiben eines entsprechenden Angebots sprach Bände.

Die Putschisten hatten Befehl, die orbitalen Habitate unter Kontrolle zu bringen, egal wie und egal, was es kostete. Staudmann konnte sich auch durchaus vorstellen, dass die feindlichen Kommandanten nach all dem Ärger, den er ihnen bereitet hatte, auch gar keine Lust verspürten, den regierungstreuen Verbänden eine ehrenhafte Kapitulation überhaupt anzubieten. Staudmann hätte ein solches Ansinnen natürlich sofort abgelehnt. Doch wenn die Putschisten gar nicht erst darüber nachdachten, ob sie Gefangene nahmen oder nicht, dann würde das im Umkehrschluss bedeuten, dass auch die Insassen von Fluchtkapseln nicht auf Rettung hoffen durften.

Und das wurmte Staudmann ganz gewaltig.

Ein bereits angeschlagenes Schiff der Hades-Klasse übernahm die Führung der feindlichen Formation. Es war die TKS BIRMINGHAM. Bis auf die Registrierungsmarkierungen am Bug hätte es sich um das Schwesternschiff der BERLIN handeln können. Staudmann kannte den Skipper der BIRMINGHAM. Er hatte ihn vor Jahren auf einem Empfang auf der Erde kennengelernt.

Sein Name war Captain Yuri Demerov. Eigentlich ein feiner Kerl, mit dem sich Staudmann gut hatte unterhalten können. Dessen Schiff nun auf der anderen Seite zu sehen, schmerzte Staudmann. Es schmerzte ihn sehr.

Die BIRMINGHAM eröffnete aus ihren Buggeschützen das Feuer und zerblies mit nur einer Salve eine Fregatte und einen Zerstörer aus Staudmanns Kommando. Beide Schiffe hatten bereits schwere Gefechtsschäden aufgewiesen und die BIRMINGHAM gab ihnen nun den Rest.

Zorn erfüllte Staudmann. Beinahe hätte er den Befehl erteilt, sein Schiff auf Angriffskurs zum feindlichen Schlachtschiff zu bringen. Nur das Wissen, dass der Feind genau das provozieren wollte, hielt ihn zurück. Hinter der BIRMINGHAM positionierten sich ein halbes Dutzend Kreuzer, die nur auf diese Gelegenheit warteten.

Ein Sioux-Kreuzer nahm Fahrt auf und machte Anstalten, sich der BIRMINGHAM in den Weg zu stellen. Staudmann gab seinem XO einen Wink, das Schiff zurückzurufen. Der Sioux-Kreuzer ging auf Umkehrschub und nahm seine Position innerhalb der Formation wieder ein.

Staudmann musterte auf seinem taktischen Hologramm die eigenen und feindlichen Linien, als würde sich dadurch irgendetwas an den Gegebenheiten ändern, irgendetwas zu seinen Gunsten verschieben. Doch da war nichts. Nichts, was etwas ...

Die feindliche Formation schob sich langsam näher, als den Kommandanten bewusst wurde, dass Staudmann nicht nach dem Köder schnappte. Und da fiel Staudmann etwas ein, etwas, das er vor etlichen Jahren einmal gelesen hatte: ein Bericht über die Schlacht im Asalti-System, die sich mit rapider Geschwindigkeit zu einem Rückzugsgefecht entwickelt hatte. Hoffer hatte dieses Gefecht nur gewinnen können, indem er mit deaktivierten Torpedos einen Teppich zwischen sich und den Gegner gelegt hatte.

»Manfred«, rief Staudmann seinen XO zu sich.

»Sir?«

»Lassen Sie sofort zwei Salven Torpedos vorbereiten. Die Leute auf dem Waffendeck sollen alle elektronischen Komponenten deaktivieren. Alles, wodurch man die Geschosse mit den Sensoren aufspüren kann. Und ordnen Sie an, dass man es auf den anderen Schiffen genauso macht.«

»Admiral ... ich befürchte, ich verstehe nicht ganz.«

In knappen Zügen umriss Staudmann seinem XO die verzweifelte Idee, die in seinem Verstand langsam Gestalt annahm. Nachdem er geendet hatte, musterte er seinen Ersten Offizier aufmerksam. Dieser wirkte eher zweifelnd.

»Und Sie glauben das funktioniert? Vergessen Sie nicht, die Kommandeure, die uns gegenüberstehen, haben dieselben Berichte gelesen.«

»Ich weiß, aber ich bezweifle, dass die damit rechnen.«

»Das hoffen Sie.«

»Eine andere Wahl haben wir nicht, sonst fallen die Habitate an den Gegner. Das werde ich auf keinen Fall gestatten. Führen Sie meine Befehle aus.«

»Aye, Sir. Ich hoffe, Sie haben recht.«

»Ich auch.«

Mit einem grellen Lichtblitz materialisierten zwei Schiffe an der nördlichen Nullgrenze. Auf den ersten Blick schien es sich um zwei Sioux-Kreuzer zu handeln. Erst bei näherem Hinsehen wurde klar, dass mit diesen beiden Schiffen etwas nicht stimmte. Ihr Design wich in mehreren Details von dem herkömmlicher Sioux-Kreuzer ab.

Leland Braxton, stand von seinem Kommandosessel auf der Brücke der RACHE auf und ging mehrere Schritte auf das gepanzerte Brückenfenster zu. Die VERGELTUNG flog dich an seiner Steuerbordseite.

»Was zur Hölle ist denn da los?«, flüsterte er mehr zu sich.

Auf diese Entfernung war natürlich nicht viel zu erkennen, bis auf gelegentlich aufflammende Explosionen, doch sein taktisches Hologramm hatte ihm alles gesagt, was er wissen musste. Das Solsystem war zum Kriegsschauplatz geworden.

»Verschaffen Sie mir eine Verbindung zu Perck«, wies er seinen XO unwirsch an.

Dieser war an die Ausbrüche seines kommandierenden Offiziers bereits gewohnt und gab dem ComOffizier lediglich mit einem Nicken zu verstehen, er möge den Befehl ausführen.

Nur ein paar Sekunden später baute sich das Hologramm von Percks markantem Gesicht vor Braxtons Kommandosessel auf. Braxton kehrte zu seiner Station zurück und setzte sich dem Hologramm gegenüber.

»Es läuft wohl nicht so gut?«, fragte er ohne Umschweife und ohne Percks Rang auch nur zu erwähnen. Der Admiral hatte ihm die Rückgabe seines Offizierspatents versprochen, sollte er ihm helfen, doch bisher war nichts dergleichen geschehen. Also sah er auch keinen Grund, Perck den Respekt zukommen zu lassen, der ihm dessen Meinung nach zustand.

Ganz davon abgesehen, dass sich Braxton schon allein deshalb die Spitze nicht verkneifen konnte, weil er die arrogante Art Percks nicht ausstehen konnte. Der Mann hielt sich für was Besseres und fühlte sich Braxton überlegen. Perck hatte nie einen Hehl daraus gemacht, dass er den in Ungnade gefallenen Offizier lediglich für ein lästiges Ärgernis hielt. Perck hatte ihn lediglich aus dem Gefängnis befreit, weil er Braxton als nützliches Werkzeug betrachtete.

Braxton hingegen hielt sich für den weitaus besseren Soldaten, allein schon deshalb, weil er die Hölle Serenas überlebt hatte. Dass er dies lediglich dem Opfer anderer verdankte, spielte in seinen Überlegungen keine große Rolle.

»Nein, es läuft nicht so gut«, erwiderte Perck mürrisch. Er ließ nur einen Anflug von Ärger durchblicken, weil Braxton es am notwendigen Respekt mangeln ließ. Dies konnte nur eines bedeuten: Er benötigte Braxton, sogar dringend.

»Es gibt Widerstand, wie ich sehe. Sogar beträchtlichen Widerstand. Korrigieren Sie mich, wenn ich mich irre, aber genau das hätte doch vermieden werden sollen.«

Eine weitere Spitze gegen Perck. Die Augen des Admirals verengten sich. Braxton war noch nie sonderlich gut darin gewesen zu erkennen, wenn er zu weit gegangen war. Doch diesmal durchdrang die Miene Percks den Kokon aus Selbstbeweihräucherung und verdrehter Sicht auf den eigenen Charakter. Braxton schluckte schwer.

»Was kann ich tun?«, fragte er plötzlich kleinlaut.

»Übernehmen Sie das Kommando über die Einheiten am Io. Dieser Kampf ist praktisch schon gewonnen, aber sobald das erledigt ist, räumen Sie nach und nach alle Widerstandsnester im System aus. Zerschlagen Sie meinetwegen alle Einheiten der Heimatflotte, die sich Ihnen in den Weg stellen. Die Wahl der Mittel, die Sie einsetzen, ist mir völlig gleich, aber tun Sie es. Das Ganze geht schon zu lange und ich will, dass das aufhört. Jeder abgefeuerte Schuss ist einer zu viel. Bricht der Widerstand im Raum in sich zusammen, bricht auch der Widerstand am Boden.«

Braxton schluckte erneut. Mit einem solchen Freibrief hatte er nicht gerechnet. Wenn Perck so weit ging, musste die Lage weit schlimmer sein als ursprünglich angenommen.

»Unsere Torpedomagazine sind so gut wie leer.«

»Ich schicke Ihnen ein Versorgungsschiff. Vereinbaren Sie mit dem verantwortlichen Skipper einen Rendezvouskurs. Und danach setzen Sie meine Befehle um.«

»Verstanden, Admiral.« Diesmal hielt Braxton es für angemessen, zumindest den Anflug von Respekt vorzugeben. Nun, da er wusste, wie es um die Sache stand, schien es nicht klug, Perck zu reizen. Dessen Nerven lagen offenbar blank. Doch Perck schuldete ihm etwas und zu gegebener Zeit würde Braxton ihn an diese Schuld erinnern – oder sie ihm in den Hals rammen.

Major Scott Fergusen vom ROCKETS-Team Panther beobachtete von seiner Position aus das Flugfeld, auf dem beinahe ein Dutzend Transportflugzeuge standen. Das war genügend Kapazität, um alle fünfhundert ROCKETS fortzuschaffen, die den Angriff auf das Gefängnis überlebt hatten.

Alan Foulder kroch an seine Seite und musterte die Szenerie. Es war bereits nach Anbruch der Nacht und die einzige Lichtquelle stellte der Mond dar. Der Stützpunkt hatte den Verdunklungsbefehl erhalten und außer den Schatten von Fahrzeugen, Flugzeugen und Soldaten war kaum etwas zu erkennen.

»Und?«, wollte Alan wissen. »Was meinst du?«

Scott schüttelte den Kopf. »Ich hatte anfangs gehofft, das wäre der Stützpunkt, von dem Quan Chi gesprochen hatte. Der Stützpunkt, der uns helfen würde.«

»Ist er das nicht?«

»Das bezweifle ich.« Scott deutete auf den Hangar. »Vor ein paar Minuten sind einige Jäger dort hineingeschafft worden. Das Innere des Hangars ist beleuchtet, so konnte ich einen kurzen Blick auf die Maschinen werfen.«

»Ja? Und?«

»Es waren die Zerberusse, die uns angegriffen haben.«

»Bist du sicher?« Selbst in der Dunkelheit, konnte Scott deutlich den Zorn auf dem Gesicht seines Freundes erkennen.

»Ganz sicher. Ich habe die Markierungen erkannt.«

Alan presste sein Gewehr eng an den Körper. »Umso besser. Mit denen haben wir noch eine Rechnung offen.«

Scott warf ihm einen scharfen Blick zu. »Wir werden nur töten, um uns zu verteidigen. Ansonsten will ich minimale Opfer. Die Kerle können nichts dafür. Die führen auch nur Befehle aus.«

»Illegale Befehle.«

»Woher sollen die das wissen?«

»Das ist mir ehrlich gesagt scheißegal. Die haben heute ein paar Hundert von unseren Kameraden umgebracht und ich will Blut dafür sehen.«

Alan kroch in die Dunkelheit davon.

»Alan? Bleib hier«, wisperte Scott ihm hinterher, so laut er es vermochte, ohne Gefahr zu laufen, von den Patrouillen unter ihnen entdeckt zu werden. Der andere Kommandosoldat war jedoch bereits in der Finsternis verschwunden.

Scott fluchte und eilte ihm hinterher. Er hoffte, das Schlimmste noch verhindern zu können. Im Grunde konnte er Alan gut verstehen. Immerhin hatte er heute nicht nur ROCKETS, sondern sogar Teammitglieder verloren. Doch was Alan hier plante, hatte nichts mit Pflichterfüllung im Krieg zu tun. Alan wollte nichts weiter als Rache und dadurch würden ihre Kameraden auch nicht wieder lebendig.

Schüsse brandeten auf. Scott hielt inne und lauschte. Weitere Schüsse hallten durch die Nacht. Er fluchte. Alan und diejenigen, die ebenfalls auf Rache sannen, griffen bereits den Luftstützpunt an. Genau das hatte er nicht gewollt.

Scott beschleunigte seine Schritte. Er musste sich beeilen, wollte er ein Blutbad verhindern.

Gouverneur Jürgen Ritter und Sicherheitschefin Kim Coltor schlichen durch den Hauseingang. Ein Milizionär schlug hinter ihnen die Tür zu und blieb an Ort und Stelle, um Wache zu halten.

Ganz Neu-Johannesburg hallte wider vom Gefechtslärm. Die Stadt wurde hart umkämpft. Die Putschisten kontrollierten inzwischen gut die Hälfte der Zentralkuppel, doch Miliz und Marines leisteten erbitterten Widerstand und die Angreifer zahlten für ihre Arroganz einen hohen Preis. Die Verteidiger zwangen die Putschisten, sich den Weg Haus für Haus und Straße für Straße zu erobern. Über kurz oder lang würde man sie überwältigen, doch jede Minute, die sie durchhielten, war eine Minute, die den Putschisten bei der Durchführung ihrer Pläne fehlen würde.

Ein Milizionär führte Jürgen und Kim eine Wendeltreppe hinab, die in einen Kellerraum unter dem Gebäude führte. Jürgen blieb wie angewurzelt am Fuß der Treppe stehen. In dem Keller drängten sich Dutzende Männer und Frauen Schutz suchend aneinander. Viele waren verletzt und wurden notdürftig versorgt. Nicht alle waren Soldaten, auch etliche Zivilisten waren darunter. Eine nahe Explosion erschütterte das Gebäude in seinen Grundfesten. Unterdrückte Schreie aus der Menge antworteten. Staub und Putz regnete von der Decke. Männer legten trösten die Arme um ihre Frauen und Frauen um ihre Kinder.

Der Milizionär – ein alter Veteran im Rang eines Captains mit Halbglatze, dafür aber mit Musketierbart – blickte vielsagend nach oben. Doch Jürgen erkannte, dass der Mann eigentlich nicht zur Decke sah, sondern hindurch. Er lauschte auf die von der Straße kommenden Geräusche. Schließlich schüttelte er den Kopf.

»Für den Augenblick sind wir sicher. Sie sind an uns vorübergezogen.«

Jürgen wollte schon fragen, woher er das wusste, realisierte jedoch, dass der Mann auf die Vibrationen achtete, die die schweren Kampffahrzeuge des Gegners über ihnen verursachten und die sich wie Wellen durch den Boden fortpflanzten.

»Wir sollten uns aber nicht zu sehr ausruhen«, meinte der Milizionär. »Die kommen wieder.«

Jürgen nickte und führte Kim an einen der wenigen freien Plätze, an die man sich noch setzen konnte. Eine ältere Frau reichte beiden eine Wasserflasche. Sie begannen sofort zu trinken. Ihre Kehlen waren nach der stundenlangen Flucht wie ausgedörrt.

Die Milizionäre in seiner Begleitung blieben in der Nähe des Eingangs. Auch sie bekamen zu trinken, doch dem Gouverneur fiel auf, dass sie ihre Waffen nie ablegten und ständig den einzigen Ein- und Ausgang im Blick behielten.

Seit sie den Kommandobunker aufgegeben hatten, eilten sie von Standort zu Standort innerhalb von Neu-Johannesburg. Wo es möglich war, blieben sie mit anderen Gruppen in Kontakt, doch ihr eigentliches Ziel bestand darin, nicht erwischt zu werden. Solange sie in Freiheit blieben, blieb auch der Widerstand erfolgreich.

Ihre ursprüngliche Gruppe war weitaus größer gewesen. Fast einhundert Leute, die meisten von ihnen Milizionäre, aber es waren auch Analytiker, zivile Angestellte der Gouverneursresidenz und Geheimdienstoffiziere darunter gewesen. Doch die Gruppe war inzwischen auf weniger als dreißig Personen zusammengeschmolzen. Die meisten zivilen Mitarbeiter hatten sich entschlossen, auf eigene Faust loszuziehen und nach Hause zu gehen, um ihre Liebsten zu suchen. Was die Soldaten ihrer kleinen Gemeinschaft betraf, so waren viele von ihnen in der Hetzjagd, die die Putschisten auf sie veranstalteten, gefallen. Pavel Yuskov, der Offizier, der das MAD-Kontingent auf dem Mars kommandierte, war einer von ihnen. Er war nur eine halbe Stunde nach Beginn ihrer überstürzten Flucht in einem Hinterhalt der Putschisten getötet worden.

Er bemerkte, wie Kim neben ihm niedergeschlagen den Kopf hängen ließ.

»Es geht ihm sicher gut«, versuchte er, sie aufzuheitern.

»Was?«, schreckte sie aus ihren Gedanken hoch.

»David. Es geht ihm sicher gut. Er ist ein harter Knochen. Den kriegt nichts so schnell klein.«

»Bin ich denn so durchschaubar?« Sie versuchte sich an einem Lächeln.

»Nur für jemanden, der dich kennt. Außerdem würde sich wohl jeder um einen geliebten Menschen Sorgen machen. Da bildest du keine Ausnahme.« Er seufzte tief. »In solchen Augenblicken denke ich, es ist gar nicht so falsch, nie geheiratet zu haben. Wenigstens muss ich mir im Augenblick um niemanden Sorgen machen.«

»Du meinst, außer der gesamten Bevölkerung von Neu-Johannesburg.«

Er lächelte. »Touché!«

Eine weitere Explosion erschütterte das Gebäude. Kim blickte besorgt nach oben. »Was haben die vor? Neu-Johannesburg in Schutt und Asche zu legen und über einen Friedhof herrschen?«

»Ich befürchte, so weit denken sie im Augenblick nicht.«

Der alte Milizionär kam zurück und beugte sich vor. Er senkte verschwörerisch die Stimme. »Herr Gouverneur, die Kämpfe verlagern sich wieder in unsere Richtung. Das gefällt mir gar nicht. Wir sollten vielleicht wieder aufbrechen.«

Jürgen zog den Vorschlag ernsthaft in Erwägung, schüttelte dann jedoch den Kopf. »Zu gefährlich. Wir bleiben noch und warten. Vielleicht flauen die Kämpfe in den nächsten Stunden etwas ab, dann können wir es wagen, uns davonzustehlen.« Jürgen musterte den Milizionär durchdringend. »Haben Sie etwas von Leslie gehört?«

Der Mann schüttelte bedauernd den Kopf. »Nicht viel. Wir haben sporadischen Funkkontakt. Aber was wir hören, ist nicht sehr ermutigend. Er befindet sich wohl im Ostteil der Stadt und versucht dort, mit Milizionären und Marines eine neue Front zu eröffnen. Das ist zumindest mein letzter Wissensstand.«

»Danke, Captain.«

Der Mann nickte und entfernte sich wieder.

»Vielleicht hat er recht und wir sollten gehen«, meinte Kim. »Unsere Anwesenheit stellt für diese Leute nur eine weitere Gefahr dar.«

»Die Gefahr ist im Augenblick für alle gleich groß, egal wo sie sich aufhalten.«

»Denkst du, Leslie kann die Stadt halten?«

»Eine Zeit lang sicherlich, aber auch er kann keine Wunder vollbringen. Der Gegner hat alles: schweres Gerät, ausreichend Truppen und genügend Nachschub. Er wird auf jeden Fall sein Bestes geben, aber ich würde mich sehr wundern, wenn die Stadt länger als noch ein paar Stunden durchhält.«

Kim ließ niedergeschlagen den Kopf hängen. Jürgen wollte noch etwas sagen, als eine weitere Explosion das Gebäude derart erschütterte, dass er es noch in seinen Zahnfüllungen spürte. Das war eindeutig nicht mehr auf der Straße. Das war ... direkt über ihnen.

Plötzlich kam Bewegung in die Milizionäre. Alles, was eine Waffe tragen konnte, strömte der Wendeltreppe entgegen. Sie waren entdeckt worden. Jürgen stemmte sich in die Höhe und packte sein Gewehr.

»Wo willst du denn hin?«, fragte Kim und packte ihn am Arm.

»Sie brauchen jeden Mann dort oben.«

»Du gehst auf keinen Fall da rauf. Sie kämpfen für dich. Damit du noch ein paar Minuten länger in Freiheit bleibst. Wenn du getötet wirst, ist alles aus.«

Er ließ die Schultern hängen, während er auf sie hinabsah. »Es ist bereits alles aus. Wir kommen hier nicht mehr raus, Kim. Das ist unser einziger Fluchtweg. Ich werde ganz sicher nicht wie eine in der Falle sitzende Ratte sterben. Lass mich gehen.«

Kim machte noch Anstalten, etwas sagen zu wollen, ließ es dann jedoch und nahm die Hand vom Arm.

»Gott schütze dich, Jürgen!«

Jürgen blickte sich im Raum um. Die Männer machten sich bereit, den Eingang zu verteidigen und ihr Leben so teuer wie möglich zu verkaufen.

»Gott schütze uns alle!«, flüsterte er und schloss sich den Verteidigern an.

Staudmanns Einheiten wurden buchstäblich zusammengeschossen. Die BERLIN führte die Formation immer noch an, doch blieben dem Admiral lediglich elf weitere Schiffe, um den Gegner abzuwehren. Dieser verfügte immerhin noch über fast dreißig Schiffe.

Innerhalb der letzten zwei Stunden hatte sich Staudmanns Verband beständig Richtung Io zurückgezogen. Nicht zu schnell wohlgemerkt, da er es vermeiden wollte, den Feind misstrauisch zu machen. Alles war vorbereitet, die Falle gestellt. Und der Feind hegte nicht den leisesten Verdacht, dass er geradewegs in den Untergang flog.

Staudmann bemerkte durchaus, dass sich zwei Sioux-Kreuzer dem feindlichen Verband von achtern näherten, und seine Sensoren hatten beide Schiffe bereits als die Angreifer aus dem Coriala-System identifiziert, doch er zwang sich, diese neue Bedrohung zu ignorieren.

Eins nach dem anderen. Nur die Ruhe.

Staudmann trommelte unruhig mit den Fingerspitzen auf die Lehne seines Kommandosessels. Er ließ sich seine Gedanken nicht anmerken, doch er war gar nicht so überzeugt, dass der Plan funktionierte.

Hoffer hatte damals den Vorteil besessen, einer ruulanischen Flotte gegenüberzustehen. Terranische Schiffe waren technisch wesentlich weiter, vor allem bei der Sensortechnik. Er hatte es Hoffer gleichgetan und alle elektronischen Komponenten deaktivieren lassen, bis auf die elektronische Kriegsführung, die verhindern sollte, dass eigene Lenkwaffen vom Feind erfasst und angepeilt werden konnten.

Manfred Pratt trat diskret zu ihm, während Staudmann sein taktisches Hologramm aktualisierte. Was er da sah, gefiel ihm gar nicht.

»Und?«, fragte sein XO.

Staudmann runzelte die Stirn. »Die Torpedos tauchen hin und wieder auf den Sensoren auf. Es sind keine großen Echos, aber mich würden sie stutzig machen, wenn ich dort drüben das Kommando hätte. Es reicht, um den Eindruck zu vermitteln, dass etwas vor den Schiffen im All treibt.«

»Bisher halten die Schiffe den Kurs.«

»Ja, weil sie auf den Sieg fixiert sind. Sie wollen uns unbedingt erledigen. Wenn aber auch nur einer der feindlichen Kommandeure misstrauisch wird, dann war's das.«

»Haben wir sonst noch Optionen?«

»Nein. Mir fällt keine List ein, wie wir den Gegner schlagen können, falls das schiefgeht.« Staudmann blickte auf. »Was ist mit den beiden Sioux-Kreuzern?«

»Die schließen weiterhin auf. In Sensorreichweite sind sie schon. In Waffenreichweite werden sie innerhalb der nächsten Stunde sein.«

»Bis die hier eintreffen, ist die Sache schon gelaufen. Entweder sind wir dann erledigt oder die.«

Das Bild des Hologramms änderte sich. Staudmann beugte sich interessiert vor. Die Änderung war erst unscheinbar, beinahe unbedeutend, doch dann pflanzte sich wie eine Welle fort. Pratt stieß lautstark einen Schwall Luft aus. Staudmanns Schultern sackten enttäuscht herab.

»Sie ändern den Kurs«, äußerte Pratt unnötigerweise.

»Ja, sie haben gemerkt, dass dort etwas im All treibt.« Der Admiral sah auf. »Und jetzt?«

»Jetzt ist guter Rat teuer«, stimmte sein XO zu. Der Mann kratzte sich über das Kinn, während er nachdachte. »Sie können nicht wissen, was dort im All vor ihnen treibt. Sie empfangen dieselben Sensordaten wie wir auch.«

»Und?«

»Das bedeutet, sie ändern nur vorsorglich den Kurs.«

»Wie auch wir es tun würden an deren Stelle«, nickte Staudmann. »Ich verstehe nicht ganz, worauf Sie hinauswollen.«

»Wir müssten Sie wieder ins Minenfeld locken«, fuhr Pratt fort. »Irgendwie. Sie davon überzeugen, dass der Raum zwischen unseren Verbänden ungefährlich ist.«

Staudmanns Augen leuchteten auf. »Pratt, Sie sind ein verdammtes Genie.«

»Sir?«

»Steuermann? Direkten Kurs auf die feindliche Flotte nehmen«, ordnete Staudmann an, ohne den fragenden Blick seines XO zu beachten. »Ein Viertel Kraft voraus.«

Pratt riss die Augen weit auf. »Sie wollen selbst in das Minenfeld fliegen? Das ist verrückt.«

»Das mag schon sein, aber es ist auch die einzige Lösung. Wir müssen den gegnerischen Schiffen einen Köder anbieten, dem sie nicht widerstehen können. Wie Sie schon sagten, unser Gegner weiß nicht, was dort auf ihn lauert, nur *dass* dort etwas ist. Wir müssen sie davon überzeugen, dass es ungefährlich ist. Wer würde schon freiwillig in ein Gebiet fliegen, in dem es nicht sicher ist?«

»Ganz richtig. Das würde nur ein Verrückter tun.«

»Vielleicht ist es genau der richtige Zeitpunkt für Verrücktheiten. Der Rest des Geschwaders soll in sicherer Entfernung bleiben und uns Deckung geben. Wir fliegen allein rein.«

»Das wird ja immer besser«, meinte der XO, doch Staudmann glaubte, ein Lächeln aus dessen Stimme herauszuhören.

Die BERLIN nahm langsam Fahrt auf. Staudmann ließ sein taktisches Hologramm nicht aus den Augen. Hin und wieder tauchten mehrere der ausgesetzten Flugkörper als Blips auf, die kurz aufleuchteten und sogleich wieder verschwanden. Mit etwas Glück konnte er den Kommandanten der BIRMINGHAM, der dort drüben offenbar den Befehl führte, davon überzeugen, dass es sich lediglich um Raumschrott oder Trümmer des Gefechts handelte.

»Torpedosalve vorbereiten. Auf die BIRMINGHAM zielen. Wir müssen sie zur Verfolgung provozieren.«

Nur Sekunden später stießen die Rohre des Schlachtschiffes einen Schwarm Geschosse aus, die direkt auf das feindliche Kommandoschiff zuhielten. Erwartungsgemäß fegten die Flaks der BIRMINGHAM alle Geschosse bis auf zwei aus dem All. Diese detonierten harmlos am gegnerischen Bugschild. Der Schild wurde schwächer, doch die Energiegeneratoren des Feindschiffes machten sich sogleich daran, ihn wieder aufzubauen.

»Weiterfeuern!«, befahl Staudmann.

Die BERLIN ging auf Dauerfeuer. Alle vierzig Sekunden stieß sie eine Torpedosalve aus. Die Männer und Frauen auf dem Waffendeck arbeiteten unter Hochdruck daran, nach jedem Abschuss innerhalb kürzester Zeit die Rohre nachzuladen.

Mit der vierten Salve knackten sie endlich den Schild der BIRMINGHAM und die ersten Geschosse verheerten die Außenhülle. Das feindliche Schlachtschiff lag im Vergleich zur BERLIN nahezu im Sechzig-Grad-Winkel im Raum, sodass sie ihre Torpedos nicht einsetzen konnten. Für Raketen und Energiewaffen war die BERLIN zu weit entfernt. Doch unvermittelt änderte das Schlachtschiff erneut den Kurs, und mit ihm ein großer Teil des ihn begleitenden Verbands. Sie schluckten den Köder mitsamt Haken und Angelschnur. Staudmann lächelte.

»Halbe Kraft zurück, Manfred.«

Das Schlachtschiff schob sich langsam aus dem Minenfeld, wobei der Gegner denken musste, es ziehe sich aus Angst vor der Übermacht zurück.

Die BIRMINGHAM und ein halbes Dutzend Begleitschiffe eröffneten das Feuer. Torpedos schlugen ringsum die BERLIN ein. Einige wurden von den Flaks harmlos zur Detonation gebracht, einige schlugen in den Schild ein, der gefährlich zu flackern begann. Weitaus mehr zu schaffen machte Staudmann jedoch, dass einige der Flugkörper das Minenfeld ausdünnten.

Die Feindschiffe schoben sich unaufhaltsam näher, wohingegen Staudmann sich bemühte, Distanz zu ihnen aufzubauen, ohne allzu auffällig zu wirken.

Die meisten Feindschiffe befanden sich bereits – wenn auch knapp – im Minenfeld, allen voran die BIRMINGHAM. Es war ein Anfang, aber noch nicht genug.

Weitere Geschosse schlugen ein. Der Schutzschild an Bug und über der Steuerbordseite versagte. Mehrere Flugkörper zerplatzten auf der Panzerung. Das taktische Hologramm zeigte mehrere Haarrisse auf dem Oberdeck. Noch war die Situation nicht besorgniserregend, doch das würde nicht mehr lange auf sich warten lassen.

Nicht mehr lange. Nur noch ein kleines Stück.

Auf Staudmanns Stirn standen dicke Schweißperlen. Niemand auf der Brücke wagte, etwas zu sagen. Alle warteten wie gebannt auf Staudmanns erlösenden Befehl.

Der Admiral wartete, bis auch das letzte Feindschiff die imaginäre Linie überquerte, die die Grenze des Minenfelds markierte.

»Steuermann!«, brüllte Staudmann. »Kurs auf zwei-eins-acht setzen. Volle Kraft voraus!«

Die Antriebsaggregate der BERLIN erwachten zum Leben und katapultierten das Schlachtschiff vom Minenfeld aus betrachtet nach unten und damit auf dem schnellsten Weg aus der Gefahrenzone.

Staudmann klappte die Abdeckung über einer Tastatur auf seiner rechten Lehne zur Seite. In schneller Folge gab er eine Kombination aus acht Zahlen ein: den Selbstzerstörungscode für die ausgesetzten Torpedos. Innerhalb kürzester Zeit verwandelte sich der Raum um die BERLIN und den feindlichen Verband in ein Inferno aus explodierenden Geschossen. Wie eine Welle pflanzte sich eine Feuerwand in alle Richtungen fort.

Die BIRMINGHAM war das erste Schiff, das von der Wucht der Detonationen getroffen wurde. Zuerst versagten die Schilde, dann brach die Gewalt der Explosionen die Außenhülle auf, brachte sie zum Schmelzen. Die BIRMINGHAM widerstand dem Angriff wesentlich länger, als Staudmann es für möglich gehalten hätte, doch letztendlich gesellte sich eine riesige weitere Explosion zum Inferno – als das feindliche Schlachtschiff von mehreren Sekundärexplosionen in Stücke gerissen wurde.

Das Inferno erfasste mittlerweile auch den Rest des feindlichen Geschwaders. Staudmann empfand Trauer und Schmerz, so viel Tod über Menschen gebracht zu haben, die er eigentlich immer als Kameraden und Waffenbrüder angesehen hatte. Doch schnell wurden Trauer durch Professionalität und Schmerz durch Pragmatismus ersetzt.

Der Gegner hätte nicht gezögert, dasselbe Staudmanns kleinem Kommando anzutun. Er hatte lediglich seine Pflicht getan. Mehr konnte niemand von ihm erwarten.

Zwei feindliche Fregatten und zwei Schwere Kreuzer explodierten nahezu gleichzeitig. Schiffe, die sich nur knapp innerhalb der Todeszone befanden, versuchten zu entkommen. Einige schafften es beinahe.

Doch auch die BERLIN blieb nicht ungeschoren. Auf Staudmanns Hologramm wechselten sich Schadens- und Verlustmeldungen ab, so schnell, dass er ihnen kaum zu folgen vermochte. Schutzschilde brachen zusammen, Panzerung wurde zerschmettert, ganze Decks wurden dem Vakuum preisgegeben.

Als das letzte Geschoss im All verging und sich das Chaos der Explosionen legte, lag der feindliche Kampfverband zerbrochen und vernichtet im All. Etwa ein halbes Dutzend feindlicher Schiffe waren der Zerstörung knapp entgangen und stoben in alle Richtungen davon. Der weitaus größte Teil des feindlichen Geschwaders war jedoch ausgeschaltet worden. Einige der Schiffe gaben Notsignale von sich. Wer konnte, brachte sich mittels Rettungskapseln in Sicherheit. Sie hatten den Kampf um Io gewonnen, doch zu welchem Preis? Die BERLIN selbst lag manövrierunfähig im All. Staudmann überflog den Zustand seines Schiffes. Die Liste von Dingen, die funktionierten, war wesentlich kürzer als ihr Gegenstück. Im Grunde waren lediglich noch ein paar Waffen und die Lebenserhaltung in Funktion, doch die Schadenskontrolle arbeitete bereits daran, wenigstens Schilde und Antrieb wieder online zu bekommen.

Die Überreste seines eigenen Geschwaders hatten inzwischen Fahrt aufgenommen und durchsuchten das Trümmerfeld nach Überlebenden beider Seiten. Hin und wieder fing Staudmanns taktisches Hologramm die Bake einer Rettungskapsel auf.

Pratt trat zu ihm, sein Gesicht von ebensolcher Trauer gezeichnet wie Staudmanns. Das war kein Wunder angesichts der Zerstörung, die sie angerichtet hatten.

»Ich ... ich gratuliere, Admiral. Sie haben Io und den Jupiter gehalten.«

Staudmann schüttelte den Kopf. »Für Glückwünsche gibt es wirklich keinen Grund, Manfred. Wäre das alles nur nicht notwendig gewesen.« Der Admiral seufzte tief. »Außerdem können wir letztendlich die Schlacht um das Solsystem immer noch verlieren.«

Die Sensoren zeichneten Daten über die Kämpfe am Saturn auf. Steger hielt dort die Stellung, war jedoch in arger Bedrängnis.

»Wie lauten also Ihre Befehle?«

»Wir brauchen so schnell wie möglich den Antrieb und die Kommunikation wieder. Es gibt noch immer versprengte Teile der Heimatflotte im System. Sobald die Kommunikation wieder geht, nehmen Sie Kontakt auf und teilen ihnen mit, dass der Jupiter vorläufig sicher ist. Wir sammeln hier alle Kräfte, die wir kriegen können, und dann kommen wir Steger zu Hilfe.«

»Was ist mit den beiden Sioux-Kreuzern?«

Staudmanns Blick flog zu den beiden Symbolen, die Braxtons Schiffe markierten. Nach der Zerstörung des Verbands am Io hatten beide Schiffe den Kurs gewechselt. Der Feigling flog direkt zur Erde, um sich bei Perck zu verstecken.

»Um den kümmern wir uns noch«, beschied Staudmann. »Der verdammte Mistkerl wird seiner gerechten Strafe nicht entgehen. Aber zuerst müssen wir dafür sorgen, dass dieser Putsch nicht erfolgreich ist. Braxton kann noch warten. Vorerst.«

24

Derek eilte mit müden Schritten in den Kommandobunker unter dem Präsidentenpalais. Er registrierte die mitfühlenden Blicke derer, die ihm begegneten, und fragte sich, ob er tatsächlich so erschöpft aussah, wie er sich fühlte.

Im Allerheiligsten angekommen, warteten bereits David Coltor, Rachel Kepshaw, Robert Bates und die Präsidentin auf ihn. Außerdem waren allerhand rangniedere Offiziere anwesend, die versuchten, über zivile und militärische Funkkanäle alles an Informationen herauszuschöpfen, was sie nur kriegen konnten.

Derek salutierte müde. »Wir haben ihren Vormarsch gestoppt. Unsere Truppen kontrollieren nun das Regierungsviertel und den Stadtkern, die Putschisten haben es im Gegenzug geschafft, mehrere Gebiete an den Grenzen von Oslo einzunehmen. So makaber es ist, aber dadurch können wir vielleicht länger durchhalten. In Straßenkämpfen können sie nur schwer Jäger, Hubschrauber oder Artillerie einsetzen. Das verschafft uns etwas Luft.«

»Wenigstens etwas.« Coltor wirkte nicht minder erschöpft als er selbst. »Aber es ist nicht zu leugnen, dass wir beständig an Boden verlieren.«

»Und auf die Dauer werden wir sie nicht vom Regierungsviertel fernhalten können«, bestätigte Derek. Er musterte die vielen Offiziere, die den Funk sowie das Radio abhörten. »Irgendetwas Neues von draußen?«

Coltor schüttelte den Kopf. »Nichts Ermutigendes. Es wird vereinzelt von Kämpfen im Radio berichtet, aber alles von Perck zensiert. Niemand weiß wirklich, was vor sich geht.«

»Mir ist dabei aber was aufgefallen, meine Herren«, mischte sich Tyler in das Gespräch ein.

»Frau Präsidentin?« Derek wandte sich ihr neugierig zu.

»Wir empfangen immer wieder Anfragen von Einheiten im Feld, die sich nach meinem Verbleib erkundigen. Perck hat die Lage nicht so sicher im Griff, wie er es gern vorgeben würde. Viele Truppen verhalten sich in den Zusammenstößen neutral. Sie wissen nicht, wem sie trauen können. Perck hat auf eine deutlich größere Anhängerschaft gebaut. Er kann sich allerdings nur auf eine Handvoll Truppen verlassen. Er lässt immer wieder verlauten, dass er es ist, der einen Putsch bekämpft. Er setzt unter anderem loyale Truppen gegen uns ein. Außerdem ließ er verkünden, ich sei tot, was ihm aber einige nicht abkaufen, wenn man die Zahl der Anfragen betrachtet.«

Derek schüttelte traurig den Kopf. »So etwas Ähnliches habe ich mir schon gedacht. Es kann unmöglich so viele Verräter unter unseren Leuten geben. Er hat sie getäuscht und letztendlich auch sie verraten.« Er ließ den Kopf hängen. »Vermutlich habe ich heute eine ganze Reihe aufrechter, guter Jungs getötet. Ich verstehe aber nicht, wie uns das helfen kann.«

»Wir müssen die Unentschlossenen auf unsere Seite bringen. Und außerdem müssen wir diejenigen, die glauben, sie stünden auf der richtigen Seite, davon überzeugen, dass sie falschliegen. Und natürlich sollen alle wissen, dass ich noch am Leben bin. Das ist unsere einzige Chance. Ansonsten wird er uns über kurz oder lang überrennen und dann kann er allen sogar meine Leiche im Fernsehen präsentieren. Das würde die Unentschlossenen auf seine Seite bringen. Und es würde niemanden mehr geben, der ihn anklagen könnte. Alle, die dazu in der Lage wären, würden tot sein.«

»Wenn ich Sie richtig verstehe, wollen Sie also eine Ansprache halten«, mutmaßte Derek.

»Ganz genau.«

»Da haben wir schon das erste von vielen Problemen. Wie kriegen wir Sie aus einer belagerten Stadt?«

»Das erledigen wir«, meinte unvermittelt Pedro Mendoza, der durch die Tür des Bunkers trat. Derek und Coltor lächelten erfreut. Der Mann hatte Blut im Gesicht, wobei Derek der festen Überzeugung war, es handele sich nicht ausschließlich um sein eigenes. »Dafür sind wir ROCKETS prädestiniert.«

Derek nickte. »Keine Einwände. Bleibt immer noch das Problem, wo Sie Ihre Ansprache halten.«

»Wo ist die nächste Sendeanstalt?«, wollte die Präsidentin wissen.

»Mit globaler Reichweite?«, fragte Coltor.

»Interstellar«, korrigierte Tyler.

Coltor zog leicht aus der Fassung gebracht die Augenbrauen hoch. »Interstellar. Sie wollen also das ganze Solsystem erreichen. Da fällt mir im Umkreis von Oslo nur ein Ort ein, von dem eine Sendung von solcher Reichweite möglich ist.«

Der Kampf um das Flugfeld war kurz und brutal gewesen. Scott schlenderte über das Schlachtfeld und musterte die Gesichter der Opfer beider Seiten. Viele von ihnen waren erschreckend jung.

Immer noch hallten vereinzelt Schüsse durch die Nacht, doch Scott vermochte nicht auszumachen, woher sie genau kamen, sonst hätte er der Sache längst ein Ende bereitet.

Ein Teil der ROCKETS tankte die Flugzeuge auf und machte sie startklar. Er war überaus dankbar dafür, dass wenigstens einige von ihnen sich ihren gesunden Menschenverstand bewahrten und sich auf die vor ihnen liegende Aufgabe konzentrierten.

Weitere Schüsse knallten über das Flugfeld. Scott ließ besorgt den Blick wandern. Das war beileibe nicht bei allen so. Alan Foulder hatte eine Reihe von ROCKETS um sich geschart, die buchstäblich nach Rache dürsteten. Und es schien ihnen egal, ob ihre Wut die Schuldigen oder Unschuldigen traf.

Scotts Blick fiel auf einen Leichnam zu seinen Füßen. Der Junge trug die Uniform der TKA und konnte kaum älter als achtzehn sein. Scott ließ sich auf ein Knie nieder und schloss die immer noch offen stehenden Augen des jungen Soldaten. Dieser hatte drei Wunden in der Brust und wies eine weitere am Kopf auf. Der Mann war offenbar nach der Kampftaktik der ROCKETS getötet worden. Das war keine große Überraschung. Selbst falls der Junge auf der anderen Seite gestanden hatte, so bezweifelte er, dass dieser Knabe den Putschisten wissentlich geholfen hatte. Doch Alan und die ROCKETS, die er nun führte, nahmen auf derlei Gedankengänge keinerlei Rücksicht.

»Scott!«

Er wirbelte herum, sobald er seinen Namen hörte, und kam geschmeidig nach oben. Er entspannte sich jedoch wieder, als er Laura erkannte, die über das Flugfeld auf ihn zurannte.

»Scott!«, schrie sie erneut außer Atem. »Du musst Alan und die anderen zur Vernunft bringen.«

Er deutete auf die mit Toten übersäte Startbahn. Mehrere ROCKETS waren bereits dabei, die Leiche beiseitezuräumen, um den Start der Transportflugzeuge vorzubereiten.

»Sieh dich mal um«, erwiderte er mit brüchiger Stimme. »Sieht das so aus, als ob sie zur Vernunft zu bringen sind?«

»Sie haben Gefangene in einem der Hangars gemacht. Sie wollen sie einen nach dem anderen umbringen.«

Scotts Haltung versteifte sich. »Bring mich hin«, forderte er sie auf. Laura nickte und führte ihn zu einem der Hangars, in dem mehrere Zerberusse standen. Scott erkannte sie auf Anhieb. Es handelte sich um die Maschinen, die das Gefängnis angegriffen hatten. Die meisten Staffeln lackierten ihre Maschinen in einzigartiger Weise, um sich von anderen Einheiten abzuheben. Diese hier malten Haifischzähne vorne auf den Bug, um ihren Jägern ein raubtierhaftes Aussehen zu verleihen. Scott fragte sich, wozu das gut sein sollte, außer um den Egos der Piloten zu schmeicheln. Er bezweifelte, dass die Ruul sich davon großartig beeindrucken ließen.

Am Eingang des Hangars knieten etwa vierzig Soldaten, die meisten trugen die Uniform der TKA, einige wenige waren in Pilotenmontur gekleidet. Sie waren umringt von einer gespenstisch stillen Menge an ROCKETS. Scott wäre es beinahe lieber gewesen, wenn die Männer und Frauen gegrölt hätten. Diese vollkommen geräuschlose Zurschaustellung von Wut, Hass und Frustration beunruhigte ihn. Einer solchen Ruhe folgte meistens ein zerstörerischer Sturm.

Alan stand vor dem ersten Gefangenen – einem Mann in olivgrüner Pilotenmontur – und hielt ihm eine Waffe an den Kopf. Scott registrierte erleichtert, dass Jakob Olafsson und Renée Jonois neben ihm standen und verzweifelt auf ihn einredeten. Es schien den Truppführer der ROCKETS nur leider keineswegs zu beeindrucken. Scott bemerkte, wie Alan den Hahn der Waffe spannte.

»Alan! Hör auf! Sofort!«

Alan reagierte nicht, doch Scott bemerkte zumindest ein wenig erleichtert, dass der Mann auch nicht abdrückte, um den vor ihm knienden Gefangenen das Hirn aus dem Schädel zu pusten.

»Verschwinde und kümmere dich um deine Flugzeuge. Überlass das mir.«

Scott kam neben seinem Freund zum Stehen und legte ihm vorsichtig die Hand auf die Schulter zu legen, um ihn zu beruhigen. Alan jedoch schüttelte sie ungeduldig ab.

»Lass mich in Ruhe, Scott. Ich hab hier was zu erledigen.«

»Ja, das sehe ich. Aber das ist falsch und du weißt das.«

»Ach, weiß ich das?«

Scott wechselte einen schnellen Blick mit Jakob und Renée. Die ehemalige MAD-Agentin wirkte beinahe verzweifelt und Jakob schüttelte beinahe unmerklich den Kopf. Scott verstand die Botschaft. Beide hatten schon alles versucht, aber Alan wollte einfach nicht hören.

»Tu das bitte nicht«, beschwor er sein Gegenüber. Dieser ließ endlich die Waffe sinken und wandte sich ihm zu. Scott glaubte schon, zu ihm durchgedrungen zu sein – bis er Alans Gesichtsausdruck sah. Er war weit jenseits von Gut und Böse.

Mit der freien Hand packte er die Pilotenmontur des Gefangenen am Ärmel und zeigte Scott das Einheitsabzeichen. »Das sind die Schweine, die uns bombardiert haben. Diese Bastarde haben fast zweihundert von uns umgebracht und etliche verwundet bis hin zur Verstümmelung. Gute Leute. Ehrliche Leute. Von den Gefängniswachen will ich dabei noch nicht einmal reden. Denk nur an den armen Quan Chi. Er hat alles riskiert, um uns zu helfen. Und was war der Dank dafür? Ermordet von den eigenen Leuten.«

»Denkst du, dass weitere Morde unsere Toten wieder zurückholen können?«

»Das nicht, aber wenigstens können wir sie rächen.«

»Rache ist sinnlos, mein Freund. Rache wird dir keinen Frieden bringen. Und unseren Gefallenen auch nicht.«

»Das kommt auf einen Versuch an.« Bevor Scott ihn aufhalten konnte, hob Alan die Waffe, zielte und schoss dem Piloten genau zwischen die Augen. Der Mann fiel ohne einen Laut rücklings. Ein Raunen ging durch die gefangenen Soldaten. Die ROCKETS ringsum schwiegen immer noch, auch wenn einige von ihnen sich gegenseitig unbehagliche Blicke zuwarfen. Ihnen schien langsam ein Licht aufzugehen, worauf sie sich eingelassen hatten.

»Bist du wahnsinnig geworden?«, brüllte Scott den Mann an.

»Normalerweise würde ich sagen: ›Nein‹, aber im Augenblick ist das ziemlich dicht an der Realität.«

Alan ging zum nächsten Gefangenen. Auch hierbei handelte es sich um einen Piloten, wie Scott anhand der Rangabzeichen ablas, sogar um den Geschwaderkapitän. Der Mann blickte trotzig und unnachgiebig zu dem Mann auf, der sich dazu aufschwang, zu seinem Henker zu werden.

Alan packte den Piloten grob an der Kehle, zerrte ihn mit einer Hand in eine halb hockende Position und presste die Waffe gegen dessen Stirn.

»Und du hast den Angriff also angeführt. Sehe ich das richtig? Du bist der Scheißkerl, der das Kommando führte?«

Der Mann bemühte sich immer noch um eine stoische Haltung, doch auf seiner Stirn erschienen mit einem Mal dicke Schweißtropfen, was dem entgegenwirkte. »Wir haben nur Befehle ausgeführt. Wir haben ein Nest von Aufständischen ausgeräuchert.«

Alans Augen verengten sich gefährlich. »Ein Nest von Aufständischen also, ja?« Der Kommandosoldat trat drohend einen Schritt näher und stand dem Piloten jetzt so dicht gegenüber, dass sich beinahe ihre Nasenspitzen berührten. »Dir ist gar nicht klar, was du angerichtet hast. Gute Leute hast du abgeschlachtet.«

»Hörst du nicht, Alan?«, machte Scott einen weiteren Versuch. »Man hat sie angelogen, ihnen erzählt, sie würden einen Putsch niederschlagen. Die haben keine Ahnung, dass sie auf der falschen Seite stehen.«

»Das ist mir egal.«

»Man hat sie angelogen.«

»Umso schlimmer. Nach jedweder Definition war die Bombardierung ein Kriegsverbrechen. Wer illegale Befehle ausführt, badet die eigenen Hände in Blut.«

»Und was machst du gerade?«

»Ich gleiche nur das Konto aus.«

Trotz seiner martialischen Worte hatte Alan noch nicht abgedrückt. Doch Scott erkannte die brenzlige Lage dahinter. Sein Freund redete sich in Rage. Nicht mehr lange und er würde einem weiteren Gefangenen eine Kugel in die Stirn jagen. Scott sah sich unter den ROCKETS um. Der Wortwechsel hatte die Stimmung deutlich gekippt. Die meisten schienen zur Besinnung zu kommen. Jedoch wich so gut wie jeder seinen Blicken aus. Egal, was auch passierte, sie würden nicht eingreifen, weder auf Scotts noch auf Alans Seite. Er hatte nur eine Wahl, wollte er eine weitere Tragödie verhindern.

Scott trat hinter seinen Freund. Dieser war dermaßen auf den gefangenen Piloten fixiert, dass er die Bewegung überhaupt nicht wahrnahm. Und wenn doch, dann schien es ihn jedenfalls nicht zu kümmern.

Scott reagierte blitzschnell. Er griff sich das Sturmgewehr, das einer der ROCKETS in Händen hielt, und hämmerte Alan den Schaft gegen den Hinterkopf.

Im ersten schrecklichen Moment schien der Angriff gar keinen Effekt auf den Kommandosoldaten zu haben. Er blieb regungslos stehen. Doch dann wurden seine Augen plötzlich glasig und er kippte zur Seite weg. Jakob und Renée fingen ihn auf, bevor er auf den Asphalt prallen konnte.

Der gefangene Geschwaderkapitän sank nieder und rieb sich den schmerzenden Hals, auf dem deutlich Alans Fingerabdrücke als Blutergüsse zu sehen waren. Der Mann sah zu Scott auf und seine gespielte Gelassenheit bekam Risse.

»Danke«, sagte er schlicht.

In diesem Moment machte dieses eine Wort Scott unendlich wütend. In einem Punkt hatte Alan recht. Dieser Kerl und seine Leute hatten eine Menge guter Menschen völlig grundlos umgebracht. Und nun musste er einen seiner besten Freunde niederstrecken, um sie zu beschützen. Am liebsten hätte er das Sturmgewehr gedreht und den Mann eigenhändig erschossen. Nur mit größter Mühe bezwang er seinen Zorn.

»Danken Sie mir nicht. Ich habe nicht Sie beschützt, sondern ihn.« Er deutete auf den bewusstlosen Alan.

Der Geschwaderkapitän reagierte mit einem Nicken.

»Fesselt die Gefangenen«, befahl Scott den ROCKETS. »Und es wird keiner mehr umgebracht, wenn es nicht unbedingt sein muss. Sobald ihr fertig seid, begebt euch in die Flugzeuge.« Scott erhob seine Stimme, sodass jeder in der Halle ihn hören konnte. »Wir fliegen nach Oslo.«

25

Die WILLIAM T. SHERMAN nahm beträchtlichen Schaden. Die Heimatflotte und der Verband der Putschisten tauschten verheerende Schläge aus. An manchen Punkten der Front hatten sich Schiffe beider Seiten bereits so dicht angenähert, dass Energiewaffengefechte möglich wurden. Schiffstrümmer sprenkelten den Raum um die Einheiten beider Parteien.

Steger hatte sich vorgenommen, die Verluste auf beiden Seiten auf ein Minimum zu reduzieren. Sein ursprünglicher Plan sah vor, den Gegner auf Distanz zu halten und sich vorwiegend auf die Verteidigung gegen die einkommenden Torpedowellen zu konzentrieren.

Zu Beginn des Gefechts schienen Stegers Vorstellungen durchaus aufzugehen, denn Ortega an Bord der APOLLO hielt sich auffallend zurück, was Steger etwas Luft verschaffte. Doch seit Ortega mit der für ihn untypischen Aggressivität angriff, verloren Stegers Einheiten zusehends an Boden.

Innerhalb der letzten dreißig Minuten hatte Steger beinahe dreißig Schiffe verloren. Noch einmal zwei Dutzend hatte er nach hinten beordern müssen, da ihre Gefechtsschäden eine weitere Teilnahme an der Schlacht in höchstem Maße riskant werden ließ. Steger war sich bewusst, dass er sich derartige Verluste auf Dauer nicht leisten konnte gegen einen Feind, der zahlenmäßig überlegen war. Die Sache könnte vielleicht anders ausgehen, würde er nicht mit dem Rücken zur Wand stehen – sprich mit dem Heck an den Saturnringen kleben.

Auf seinem taktischen Hologramm registrierte er frustriert, wie eine weitere Torpedowelle auf seine Schiffe einprügelte.

Seine immer dünner werdende Jägerlinie stellte sich dem Sturm entgegen und dünnte die Anzahl der Geschosse aus, doch seine Piloten exponierten sich durch ihren Wagemut auch. Die feindlichen

Piloten nutzten die Chance und fielen wie ein Rudel Wölfe über die Piloten der Heimatflotte her.

Symbole beider Seiten verschwanden. Der Computer errechnete in aller Eile die Verluste und präsentierte ebenso schnell eine Prognose zu erwartender Verluste bei gleichbleibendem Gefechtsverlauf. Das Ergebnis behagte dem Admiral gar nicht.

Sein XO wankte über die Brücke des unter Beschuss stehenden Schlachtschiffes und sah seinem kommandierenden Offizier über die Schulter. Der Mann stieß einen enttäuschten Laut aus.

»Wenn das so weitergeht, gehen uns bald die Jäger aus.«

Steger drehte sich mit verkniffener Miene um. »So weit sind wir noch lange nicht.«

Als hätten die gegnerischen Piloten die Worte des Admirals gehört, gingen sie erneut zum Angriff über. Innerhalb weniger Augenblicke verloschen beinahe fünfzig Jägersymbole auf Stegers Hologramm. Es tröstete ihn nur wenig, dass fast ebenso viele gegnerische Symbole verschwanden. Die Verluste würden sich summieren, da ihm bei jedem Vorstoß des Gegners weniger Einheiten zur Verfügung standen.

Verdammt, was trieb Ortega da? Er musste doch sehen, dass das Wahnsinn war.

Ortegas Verband nahm Fahrt auf. Steger knirschte unbewusst mit den Zähnen. Der Mann wollte es tatsächlich wissen. Er setzte alles auf eine Karte und griff die Heimatflotte auf breiter Front an. Seine Absicht war recht eindeutig: Er wollte Stegers Schiffe überwältigen.

»Ist der Kerl denn verrückt geworden?«, Stableton war fassungslos. Der Erste Offizier der WILLIAM T. SHERMAN hatte Ortegas Absichten ebenfalls völlig richtig interpretiert.

»Verrückt? Nein. Verzweifelt. Er will die Sache zum Abschluss bringen.«

»Er wird uns auf diese Weise überrennen«, kommentierte sein XO, »aber dabei auch zwei Drittel seiner Flotte verlieren.«

»Das weiß er, aber er denkt, er hat keine andere Wahl.« Steger seufzte. »Und damit lässt er uns auch keine. Verdammt, genau das wollte ich vermeiden.« Er drehte seinen Kommandosessel halb zu seinem XO herum. »Bringen Sie die Skulls nach vorn. Geben Sie ihnen die Hälfte der verbliebenen Jäger als Geleitschutz mit. Die Piloten sollen alle Ziele torpedieren, die sich ihnen anbieten. Wenn wir Ortega jetzt nicht stoppen, dann war's das.«

Stableton machte den Anschein, sich widersetzen zu wollen, nickte dann jedoch und gab den Befehl wortwörtlich durch.

In die hinteren Linien der Heimatflotte kam Bewegung. Steger hatte die Bomber vom Typ Skull das ganze Gefecht über in Reserve gehalten. Jetzt ließ er sie von der Leine.

Arrows und Zerberusse formierten sich wie ein schützender Kokon um die Angriffswelle. Steger beobachtete den Angriff fasziniert auf seinem Hologramm. Ortegas Einheiten schienen vom Auftauchen so vieler Bomber beinahe überrascht, erholten sich von ihrem Schock jedoch schnell.

Kleine Dreiecke, die auf dem Hologramm die Jäger symbolisierten, stellten sich Stegers Maschinen in den Weg. Ein hitziges Gefecht entbrannte. Dutzende Symbole erloschen mit schockierender Plötzlichkeit. Für einen winzigen Moment, der ihm schier das Herz zuschnürte, meinte Steger zu erkennen, dass der Angriff abgewehrt werden würde. Ortegas Einheiten kämpften sich durch die Jägerspitzen hindurch, die die Bomber schützen. Mehrere Skulls explodierten unter dem feindlichen Dauerfeuer. Doch dann setzten sich Ortegas Jäger durch. Sie fegten den Gegner regelrecht aus dem All und die überlebenden Skulls attackierten die Großkampfschiffe dahinter.

Was nun folgte, konnte man beim besten Willen nicht als Schlacht bezeichnen – allenfalls vielleicht als Gemetzel.

Die Skull-Bomber klinkten ihre tödliche Last aus – ungeachtet, der um sie herum detonierenden Flakgeschosse.

In schneller Folge explodierten zwei Fregatten und zwei Zerstörer. Ein Sioux-Kreuzer und ein Leichter Kreuzer der Falcon-Klasse erlitten dasselbe Schicksal. Ein Schlachtträger der Nemesis-II-Klasse drehte mit zertrümmertem Bug und brennendem Startdeck ab. Noch währenddessen wurde seine Steuerbordseite von drei weiteren Geschosse getroffen. Was von seinen Schilden übrig war, versagte nun endgültig den Dienst und mindestens ein Deck wurde dem Vakuum geöffnet. Trotz der beträchtlichen Schäden schaffte es der

Schlachtträger jedoch halbwegs intakt aus der Gefahrenzone. Wer auch immer dieses Schiff führte, seine Besonnenheit hatte der Besatzung das Leben gerettet.

Auch die APOLLO blieb nicht verschont. Sie büßte den Bug und den Steuerbordschild ein, die verstärkte Panzerung wurde an mindestens zwei Stellen aufgebrochen und sie verlor einen Teil der Hauptbewaffnung.

Nach getaner Arbeit zogen sich Stegers Jäger und Bomber wieder hinter die Hauptlinien der Heimatflotte zurück. Das Herz des Admirals wurde schwer, als ihm bewusst wurde, wie wenige Maschinen es zurückschafften. Im Schnitt hatte er drei von fünf Jäger respektive Bombern verloren. Und das Schlimmste war: Ortega machte keinerlei Anstalten, den Angriff abzubrechen. Er ignorierte seine hohen Verluste und preschte einfach weiter vor. »Vielleicht ist er doch verrückt«, meinte Steger mehr zu sich selbst.

Der feindliche Verband hatte enorme Verluste erlitten, war jedoch immer noch stark genug, die Heimatflotte – oder was von ihr übrig war – zusammenzuschießen.

Steger verkleinerte die Ansicht seines taktischen Hologramms, um nicht nur beide Flotten, sondern auch den Raum um das Kampfgebiet in Augenschein nehmen zu können. Es musste einen Weg aus dieser Misere geben. Er weigerte sich zu glauben, dass er nur die Wahl zwischen Kapitulation und Vernichtung hatte. Er musste Zeit gewinnen, vor allem um wieder zu Atem zu kommen und seine bröckelnde Linie zu konsolidieren. Aber wie?

Steger kniff die Augen zusammen, während er angestrengt nachdachte. Vielleicht war das der Augenblick für ein wenig Wagemut. Oder vielleicht war er auch ebenso verrückt wie Ortega. Der Plan, der in seinem Geist reifte, war jedenfalls nicht minder selbstmörderisch als der Angriff, den sein Kontrahent gerade vortrug.

»Stableton, alle Einheiten volle Kraft zurück!«

»Sir?« Sein XO betrachtete ihn, als hätte er den Verstand verloren. Steger war sich gar nicht so sicher, ob das so weit von der Wahrheit entfernt war.

»Dann fliegen wir genau in die Ringe. Unsere Schiffe können dort kaum manövrieren.«

»Ich weiß. Aber es ist unsere einzige Chance. Mit etwas Glück verfolgen sie uns nicht.«

»Wenn sie klug wären, würden sie es sicherlich nicht tun. Und mal ganz ehrlich: Wenn wir klug wären, würden wir gar nicht erst hineinfliegen.«

»Tun wir es nicht, wird Ortega uns vernichten.«

Stableton öffnete den Mund.

»Ich will kein Wort von Aufgabe hören. Wenn wir scheitern, wird der Putsch erfolgreich sein. Solange wir Ortega beschäftigt halten, kann er seine Schiffe nicht zur Niederschlagung der Widerstandsnester auf Erde und Mars einsetzen. Er muss sich auf uns konzentrieren.«

»Und falls er es nicht tut?«, gab der XO zu bedenken.

»Er wird, Alexander, er wird. Er hat keine Wahl. Genauso wie wir ihn nicht vom Haken lassen können, kann er uns auch nicht einfach so ziehen lassen. Dieses Gefecht *muss* entschieden werden und Ortega weiß das. Falls er uns ignoriert und abdreht, läuft er Gefahr, dass wir ihm in den Rücken oder die Flanke fallen. Das kann er unmöglich riskieren.«

»Wir werden Schiffe im Asteroidenfeld der Ringe verlieren.«

»Wenn wir hierbleiben, werden wir mehr verlieren. Sollten sie uns folgen, spielen wir Verstecken mit ihnen, nach guter, alter Guerillaart.«

»Sie klingen sehr von sich überzeugt.«

»Das muss ich, Alexander, das muss ich. Schließlich habe ich hier die Verantwortung. Und jetzt: Alle Einheiten Rückzug in die Saturnringe.«

Stableton musterte seinen kommandierenden Offizier noch einen Moment, bevor er die Schultern straffte. »Aye, Sir.« Er wandte sich an den ComOffizier. »Sie haben den Admiral gehört. Alle Einheiten in die Saturnringe zurückziehen.« Leiser fügte er hinzu: »Hoffentlich ist Fortuna heute mit den Narren.«

Derek gab seinen Soldaten nur ein knappes Signal, doch es genügte, um die Hauptverkehrsader von Oslo, die ins Herz des Regierungsviertels führte, in die Hölle auf Erde zu verwandeln.

Hunderte von Granaten verschiedener Kaliber gingen auf die Putschisten nieder. Raketen stiegen auf und fegten zwei Anakonda-Kampfhubschrauber vom Himmel.

Zwei Gebäude hinter Dereks Position brach eine Wand ein und drei Cherokee-Panzer donnerten auf die Straße. Die Besatzungen zögerten keine Sekunde. Ihre Lasergeschütztürme brannten eine tiefe Schneise in die feindliche Infanterieformation, die die Straße hinaufmarschierte. Einer der Cherokees nahm einen feindlichen Panzer desselben Typs aufs Korn. Der armdicke Laserstrahl brannte sich durch die Panzerung des Fahrzeugs und verdampfte alles im Inneren.

Feindliche Raven-Artilleriepanzer brachten sich in Position und antworteten mit einem Trommelfeuer aus ihren Haubitzen. Derek zog unwillkürlich den Kopf zwischen die Schultern, obwohl für ihn so nah an der Front keine Gefahr aufgrund des Artilleriebeschusses bestand. Die Granaten zogen über ihn hinweg und ebneten einen Häuserzug zwei Querstraßen weiter ein.

Derek war froh, dass dieser Teil der Stadt bereits evakuiert war. Die Putschisten gingen mit äußerster Brutalität vor. Derek meinte sogar, einen Anflug von Frustration zu erkennen. Kommandeure wie Soldaten wollten die Sache endlich beenden. Derek konnte sich durchaus vorstellen, dass die Männer und Frauen der Gegenseite sich die ganze Sache anders vorgestellt hatten.

In seinen Ohren knackte es.

»Derek?«, meldete sich Narim über HelmCom. Der Kommandeur des 171. Regiments bestätigte die Verbindung.

»Ich höre.«

»Sie bringen Verstärkung heran. Diesmal meinen Sie es ernst. Sie holen zum Gegenschlag aus. Wenn mich nicht alles täuscht, dann wollen sie unsere Linie durchbrechen.«

Derek nickte. Damit hatten sie gerechnet. Um ehrlich zu sein, hatten sie das sogar gehofft, um nicht zu sagen, provoziert.

»Gut«, antwortete er. »Lass sie glauben, sie hätten Erfolg damit.«

»Verstanden.« Narim beendete den Kontakt. Derek öffnete eine weitere Verbindung.

»General Coltor?«

»Sprechen Sie«, forderte ihn der MAD-General ohne merkliche Verzögerung auf. Derek schmunzelte. Der Mann hatte also schon auf seine Nachricht gewartet.

»Der Feind führt Verstärkung heran. Entweder jetzt oder nie!«

»Gut gemacht.« Der MAD-General beendete die Verbindung ebenso wortkarg wie zuvor Narim. Das war auch nicht weiter verwunderlich. Der Mann hatte nun andere Dinge im Kopf als Höflichkeit.

In diesem Moment machten sich im Präsidentenpalais fünfzig ROCKETS und die Präsidentin abmarschbereit, um durch die feindlichen Linien zu schlüpfen, während Derek das Gros der feindlichen Truppen beschäftigt hielt. Das Ziel der kleinen Truppe war eine Sendeanlage etwas nördlich von Oslo auf einem Bergrücken nahe einem Fjord gelegen. Von dort aus würde sie eine Ansprache halten, um dem Militär im System nicht nur zu zeigen, dass sie noch am Leben war, sondern auch, dass derzeit ein Putsch im Gange war. Mit etwas Glück würden sich die Unentschlossenen auf ihre Seite schlagen und diejenigen, die auf Percks Seite kämpften, aber der Meinung waren, Aufständische zu bekämpfen, die Seiten wechseln. Für Dereks Geschmack kamen in dem Plan ein wenig zu viel *würde* oder *Glück* vor, aber sehr viele Möglichkeiten blieben ihnen nicht.

Einer seiner Cherokees explodierte im feindlichen Kreuzfeuer zweier feindlicher Panzer. Gegnerische Infanterie arbeitete sich im Schutz von Deckungsfeuer aus Panzern, Schützenpanzern und Artillerietrommelfeuer die Straße hinauf direkt auf seine Position zu.

Es wurde langsam Zeit, sich abzusetzen. Solange die Putschisten die sich zurückziehenden regierungstreuen Truppen verfolgten, hatte sie keine Zeit, sich über andere Dinge Gedanken zu machen. Genau das, was die Präsidentin und Coltor wollten. Und wenn die das wollten, wollte Derek das auch.

»Es ist mir völlig egal, wie hoch das Risiko für Ihre Schiffe ist, Admiral«, brüllte Admiral Thomas Perck das Hologramm Ortegas an. »Ich will, dass Sie auf der Stelle die Verfolgung der Heimatflotte aufnehmen und sie erledigen.«

Hologramme waren von Natur aus sehr blass, das lag in der Natur der Technik, doch der Eindruck überkam Perck, dass Ortegas Gesicht bei seinem Befehl noch ein ganzes Stück blasser wurde.

»Admiral, ich muss protestieren. Dieser Befehl setzt meine Leute einem unkalkulierbaren Risiko aus.«

Perck stutzte. Er fragte sich, wann dem arroganten, kleinen Mistkerl denn plötzlich ein Rückgrat gewachsen war.

»Die Heimatflotte sitzt in den Saturnringen fest. Sie haben keine Möglichkeit, noch etwas zu unternehmen«, fuhr Ortega fort. »Aus militärischer Sicht sind sie neutralisiert. Angesichts der hohen Verluste, die wir im Kampf gegen sie erlitten haben, wäre es das Klügste, sie einfach weiterhin dort festzusetzen, bis die ganze Sache ausgestanden ist. Anschließend sind sie hoffentlich klug genug, sich zu ergeben.«

»Und Sie haben vor, einfach vor dem Saturn auszuharren und zu warten. Habe ich das richtig verstanden?«

Der andere Admiral streckte sich leicht. Er versuchte, es zu verbergen, doch ihm war sein Unbehagen deutlich anzumerken.

»In der Tat, das war mein Gedanke.«

Perck wollte erneut aufbrausen, doch er hielt sich im letzten Augenblick zurück. Ortegas Hologramm anzuschreien, schien nicht die beste Methode zu sein, den Mann zur Mitarbeit zu bewegen. Ortega war einer der wenigen Offiziere, die in Percks wahre Absichten eingeweiht waren, eine der wenigen Personen, die wussten, dass es in Wirklichkeit Percks Putsch war, der im Augenblick stattfand. Er hatte Offiziere gebraucht, die unzufrieden und leicht beeinflussbar waren. Ortega war die perfekte Wahl gewesen. Und jetzt stellte sich dieser kleine Scheißer quer.

Ortega hatte nicht damit gerechnet, kämpfen zu müssen, doch die Auseinandersetzung mit der Heimatflotte hatte ihn wohl Respekt gelehrt. Er hätte es wissen müssen. Steger war ein guter Mann und im Gefecht ein Furcht einflößender Gegner. Perck kam nicht umhin, Hochachtung für den Offizier zu empfinden. Sich mit einem Großteil der Heimatflotte einfach in die Saturnringe abzusetzen, grenzte schon an einen Geniestreich. Damit lag der Schwarze Peter jetzt bei Ortega und im Endeffekt auch bei Perck. Es gab drei

Möglichkeiten. Entweder Ortega verfolgte sie und riskierte damit tatsächlich im Endeffekt alle seine Schiffe bei einer Jagd in einem aus Raumfahrersicht unkalkulierbaren Gebiet. Oder Ortega wartete einfach an Ort und Stelle ab, wodurch seine Schiffe im Prinzip für Perck ebenfalls neutralisiert waren, da sie ihm nicht mehr an anderer Stelle helfen konnten. Oder er zog Ortegas Schiffe ab, setzte sie woanders ein und riskierte damit, dass Steger aus den Saturnringen hervorbrach und ihnen in den Rücken fiel.

Möglichkeiten zwei und drei zog er gar nicht erst in Betracht. Etwas anderes als das Ausschalten der Heimatflotte kam nicht infrage. Diesen Weg hatte er nie beschreiten wollen, doch da er jetzt nun einmal auf ihm war, blieb ihm keine andere Wahl, als ihn bis zum Ende zu gehen.

»Das werden Sie ganz sicher nicht tun, Ortega«, sprach er völlig ruhig weiter. »Sie werden jetzt mit Ihren Schiffen in die Ringe vorstoßen und die Sache zu Ende bringen und ich werde Ihnen auch sagen, warum Sie das tun werden. Sie werden es nicht tun, weil ich es Ihnen befehle. Sie werden es nicht tun, weil Sie es mir als mein Untergebener schuldig sind, meine Befehle auszuführen. Sie werden es tun, um Ihren eigenen Arsch zu retten!«

Ortega schwieg. Perck lächelte insgeheim. Damit hatte er die ungeteilte Aufmerksamkeit des anderen Admirals. »Admiral Staudmann mit seiner BERLIN sammelt gerade eine kleine Streitmacht aus versprengten Schiffen der Heimatflotte. Er hat bereits über vierzig Schiffe beisammen. Sobald er sich stark genug fühlt, wird er gegen mich vorgehen und den Orbit der Erde unter seine Kontrolle bringen. Und es wird ihm gelingen. Ich selbst habe hier nur eine Handvoll Schiffe zur Verfügung. Er wird uns zerstören oder aus dem Orbit vertreiben. Und anschließend wird er unsere Truppen auf der Oberfläche zur Kapitulation zwingen. Angesichts einer Flotte über ihnen wird ihnen keine Alternative bleiben. Und ich bin mir nicht sicher, ob wir uns auf die Hilfe der Verteidigungszentralen bei der Abwehr Staudmanns verlassen können. Henstridge versichert es mir zwar, aber ich habe so meine Zweifel. Es verhalten sich zu viele Kontingente auf der Oberfläche der Erde passiv. Es ist nicht auszuschließen, dass einige der Kommandeure sich ebenfalls entschließen, sich neutral zu verhalten oder die Seiten zu wechseln. Das bedeutet, ich brauche Ihre Schiffe hier an meiner Seite. Wenn die Erde wieder unter Tylers Kontrolle fällt, dann war es das. Dann hat sie die Möglichkeit, Einheiten von außerhalb des Systems zu Hilfe zu rufen, und ich muss Sie ja nicht unbedingt darüber aufklären, was das bedeutet, oder?!«

Ortega schluckte schwer. Nein, darüber musste er den anderen Admiral ganz sicher nicht aufklären. Der Mann hatte verstanden. Sollte der Putsch schiefgehen, hatten sie Glück, wenn sie alle im Gefecht starben. Dann war es wenigstens vorbei. Sollte man ihrer habhaft werden, würden am Ende eine Gefängniszelle, eine sehr kurze Gerichtsverhandlung und anschließend eine Exekution auf sie alle warten. Diese Schmach würde er niemals über sich ergehen lassen, schwor sich Perck insgeheim.

Ortega mussten ähnliche Sorgen durch den Kopf gegangen sein, denn er salutierte – wenn auch etwas nachlässig – und kappte die Verbindung. Auf dem taktischen Hologramm registrierte Perck zufrieden, wie Ortegas Schiffe in Richtung der Saturnringe Fahrt aufnahmen. Der Drahtzieher des Putsches nickte zufrieden. Eine Sache weniger, um die er sich Sorgen machen musste. Ortega würde die Heimatflotte auslöschen und sich ihm anschließend im Orbit der Erde anschließen, um Staudmanns Angriff zu erwarten. Perck glaubte nicht, dass sehr viele von Ortegas Schiffen es schaffen würden, doch es würden genug sein, um Staudmann zu schlagen, und damit Tylers einzige Hoffnung, die Lage doch noch in den Griff zu kriegen.

26

Major General Brandon Leslies ganze Welt bestand nur noch aus Zuschlagen und Rückzug, Zuschlagen und Rückzug. Der Marine-General führte eine gemischte Truppe aus einheimischer Miliz und seinen eigenen Soldaten durch die verwinkelten Gassen von Neu-Johannesburg, immer bemüht, den Putschisten einen Schritt voraus zu bleiben.

Seit gut zwanzig Minuten hatte er nun keinen Feindkontakt mehr gehabt. Dagegen gab es nichts einzuwenden, bot es doch seinen erschöpften Soldaten die Möglichkeit, etwas Kraft zu tanken vor der nächsten Auseinandersetzung, die todsicher kommen würde.

Leslie führte seine Truppe, bestehend aus gut einhundertfünfzig Mann, durch enge Nebengassen. Sie achteten peinlich darauf, nicht in einen Hinterhalt zu laufen, und ein Auge richteten sie ständig auf die Dächer ringsum. Sie kamen nur quälend langsam voran, doch Leslie gab der Sicherheit seiner Leute den Vorrang vor Geschwindigkeit. Über die Hauptstraßen wären sie bedeutend schneller vorangekommen, nur war die Gefahr einfach zu groß. Die Putschisten kontrollierten so gut wie alle Hauptverkehrswege und waren dabei, die Zentralkuppel abzuriegeln. Bald schon würden sie Checkpoints einrichten, um den letzten verbliebenen Verteidigern das letzte bisschen Luft abzuwürgen. Und das wäre dann der Anfang vom Ende.

Leslie trat aus der Gasse und heller Sonnenschein umfing ihn. Gemildert zwar durch die Kuppel, die Neu-Johannesburg umgab, doch nichtsdestoweniger war es ein erfreulicher Anblick.

Leslie hielt mitten in der Bewegung inne, als er sich unvermittelt einem Dutzend auf ihn gerichteter Gewehrläufe gegenübersah.

Er entspannte sich jedoch wieder, als er in den Soldaten Marines erkannte. Die Marines wiederum ließen die Waffen sinken und warfen sich gegenseitig erleichterte Blicke zu.

Ein Major in verdreckter und halb zerrissener Uniform kam und salutierte.

»General, Sie haben es geschafft«, meinte der Mann erfreut, wenn auch ein wenig überrascht.

Leslie schielte zum Namensschild des Mannes.

»Major Lucas«, grüßte er den Mann und nickte ihm freundlich zu, während er sein Gewehr über die Schulter hängte. »Erstatten Sie Bericht.«

»Wir haben hier einen Sicherheitsbereich eingerichtet, etwa zwei Blocks in jeder Richtung.«

»Zwei Blocks? Das ist nicht viel.«

»Mehr war bedauerlicherweise nicht machbar. Die Putschisten durchstreifen die Stadt und wir waren darauf bedacht, hier möglichst viele Kräfte zu sammeln, ohne den Gegner auf uns aufmerksam zu machen.«

»Und wie stehen unsere Aktien?« Leslie bemühte sich um eine betont gelassene Stimmlage, doch unversehens zogen dunkle Wolken über das Gesicht des Majors.

»So schlimm also?«, fragte Leslie, ohne auf die Ausführungen des Majors zu warten.

Dieser nickte. »Wir haben etwa dreihundert kampffähige Leute hier, hundert Marines und etwa das Doppelte an Miliz. Außerdem noch ein paar Schützenpanzer, aber nichts, was den Putschisten großartig Paroli bieten könnte. Dazu kommen aber etwa noch einmal so viele Verwundete. Wir haben ein Feldlazarett eingerichtet, wo wir versuchen, ihnen nach Möglichkeit zu helfen. Es kommen aber am laufenden Band verletzte Zivilisten zu uns und wir können sie ja schlecht wegschicken. Das belastet unseren Vorrat an Medikamenten enorm. Es fehlt uns praktisch an allem, vom Verband bis zum Anästhetikum.«

Leslie schüttelte den Kopf. »Das hört sich wirklich schlimm an, aber sie haben richtig gehandelt, die Zivilisten ebenfalls zu versorgen. Schlimm genug, dass wir diese Schlacht praktisch in ihren Wohnzimmern austragen.«

»Es kommt noch schlimmer«, fuhr der Major fort. »Das Krankenhaus ist getroffen worden. Das haben uns einige der Zivilisten erzählt. Hin und wieder fangen wir auch Funkverkehr der Putschisten auf. Sie behaupten, wir hätten das zu verantworten, aber wir hatten nicht einmal Einheiten in der Nähe.«

Leslie nickte. »Sie versuchen, die Bevölkerung gegen uns aufzubringen. Das war eigentlich zu erwarten, aber ich dachte trotzdem nicht, dass sie so weit gehen würden.« Er seufzte. »Gibt es Nachrichten von Stafford?«

Stafford war nach Leslie der ranghöchste Marine auf dem Mars, ein Lieutenant Colonel, der bis vor einem Jahr – wie die meisten Soldaten auf Heimaturlaub – im Serenasystem gekämpft hatte.

Der Major wandte für einen Moment den Blick ab. Das war alles an Informationen, was Leslie benötigte. Stafford war also gefallen. Der General nickte. »Ich verstehe.«

»Und die schlechten Neuigkeiten reißen einfach nicht ab«, erwiderte Lucas.

»Es kann kaum noch schlimmer kommen.«

»Ritter und seine Sicherheitschefin sind gefangen genommen worden. Man hat sie in einem Unterschlupf der Miliz aufgegriffen, den die Putschisten ausgeräuchert haben.«

»Woher haben Sie diese Information?«

»Von den Putschisten. Sie überfluten den Äther damit, und das uncodiert. Sie wollen, dass wir mithören.«

»Das kann auch Propaganda sein«, antwortete Leslie, obwohl er selbst nicht so recht an seine Worte glaubte.. Die nächsten Worte des Majors zerschlugen auch noch das letzte bisschen Hoffnung, das der General hegte.

»Der Bericht wurde inzwischen bestätigt. Einer meiner Spähtrupps war aus einiger Entfernung Zeuge des Angriffs und der Gefangennahme der beiden.«

»Der Tag wird ja wirklich besser und besser.«

»Sir? Was tun wir jetzt? Aufgeben?«

Einen solchen Vorschlag hätte Leslie unter gewöhnlichen Umständen sofort von sich gewiesen, doch hier und jetzt … er wusste selbst nicht so recht.

»Das ist eine gute Frage, Lucas«, erwiderte er wahrheitsgemäß und ließ den Blick über die Szenerie schweifen. Wohin er auch sah, überall herrschte Leid, Verzweiflung, Schmerz und Mutlosigkeit. Die Sanitätszelte waren voller Verwundeter. Es waren so viele, dass die meisten nicht einmal in den Zelten Zuflucht fanden, sondern draußen auf dem blanken Asphalt lagen. Pfleger, Krankenschwestern und Ärzte huschten zwischen ihnen hindurch, eifrig bemüht, die schlimmsten Schmerzen zu lindern. Allzu oft blieb ihnen jedoch nichts anderes mehr übrig, als das Gesicht eines Toten mit einem Tuch abzudecken.

Hatte es überhaupt noch Sinn, unter solchen Bedingungen weiterzukämpfen, über jedes vernünftige Maß hinaus? Leslie stieß einen Seufzer aus. Manchmal war es schwierig, derjenige zu sein, der die Entscheidungen traf. Hin und wieder wäre es erholsam gewesen, jemanden zu haben, der ihm die Verantwortung abnahm, doch im Feld war da leider niemand über ihm. Im Feld traf *er* die Entscheidungen, musste *er* die Verantwortung tragen.

Am liebsten hätte er tatsächlich aufgegeben, schon allein um die Leiden dieser Männer und Frauen zu lindern. Tatsächlich hätte er es sogar getan, wenn er der Meinung gewesen wäre, es mit einem ehrenhaften Feind zu tun zu haben. Leider war er sich nicht sicher, was die Putschisten betraf. Sie feuerten – vermutlich sogar vorsätzlich – auf ein Krankenhaus und das war nur eine der Gräueltaten, die sie in Neu-Johannesburg angerichtet hatten. Leslie hegte den Verdacht, dass sie, ohne zu zögern, seine Leute abschlachten würden, falls sie sie erwischten. Sie konnten sich Zeugen für die Vorgänge hier auf dem Mars einfach nicht erlauben. Natürlich war es möglich, dass er sich irrte und seine Soldaten lediglich unter Arrest gestellt würden, doch Leslie konnte das Risiko nicht eingehen. Das Leben zu vieler guter Menschen hing davon ab. Wenn er also nicht kapitulieren konnte, dann war die Wahl eigentlich gar keine.

Der General seufzte erneut. »Lucas? Erzählen Sie mir alles, was Ihre Späher von der Gefangennahme von Ritter und Coltor berichtet haben. Vor allem, wo man sie hingebracht hat. Ich muss alles wissen. Wir werden sie nämlich befreien.«

Vizeadmiral Roland Steger schüttelte ungläubig den Kopf, während er seine Augen nicht vom taktischen Hologramm abwenden konnte.

Er war sich nicht sicher, ob er beeindruckt sein sollte angesichts solchen Mutes oder wütend angesichts solcher Dummheit. Ortega folgte ihm tatsächlich in die Ringe.

Ortega folgte bei seinem Vorstoß der ungefähren Flugbahn der Heimatflotte. Eine nachvollziehbare Entscheidung – und ein unentschuldbarer Fehler.

Steger verstand den zugrunde liegenden Gedankengang des anderen Admirals durchaus. Er wollte möglichst wenige Kollisionen mit umhertreibenden Gesteinstrümmern riskieren und glaubte, die Heimatflotte hätte auf ihrem Weg die größten Hindernisse bereits aus dem Weg geschossen.

Das stimmte sogar. Steger dachte nur mit Schaudern an den Rückzug in die Ringe. Es versetzte ihm einen Stich ins Herz. Er hatte dabei sieben seiner Schiffe verloren. Viele weitere waren zum Teil schwer beschädigt worden. Doch nun hatten sich seine Einheiten Geschwindigkeit und Flugmustern der umhertreibenden Trümmer angepasst. Alles, was groß genug war, ihnen zu schaden, war in der Tat zerstört.

Trotzdem hätte Steger an Ortegas Stelle keinesfalls so gehandelt. Denn die Kanäle, die die Heimatflotte geschossen hatte und denen Ortega nun folgte, waren noch etwas anderes als lediglich Kanäle. Es waren regelrechte Schießstände.

Ortega brachte seine Einheiten auf eine Flugbahn, auf die Steger und seine Flotte nur noch ihre Rohre ausrichten und feuern mussten. Der Kommandant der Heimatflotte reagierte mit einem weiteren Kopfschütteln. Beinahe hätte er den Befehl zum Feuern nicht gegeben. Immerhin standen hier Menschen anderen Menschen gegenüber. Doch dann erinnerte er sich daran, wie seine Piloten und Schiffe von den Putschisten brutal bombardiert worden waren. Sie hatten Meldungen vom Mars und der Erde erhalten, bevor der Kontakt abriss. Meldungen von Besetzungen durch feindliche Truppen. Meldungen von unbarmherzigen Kämpfen. Nein, er durfte sich in seiner Pflichterfüllung nicht von Mitleid beeinflussen lassen. Immerhin waren es Perck und seine Spießgesellen gewesen, die das Feuer auf Männer und Frauen eröffnet hatten, die eigentlich ihre Kameraden hätten sein sollen.

»Was sagen die Sensoren?«, sprach er unvermittelt seinen XO an.

»Ortegas Schiffe tasten die Ringe ab. Sie können uns nicht finden.«

»Hätte mich auch gewundert«, schmunzelte Steger. Mit heruntergefahrenen Reaktoren strahlten sie lediglich eine minimale Signatur ab, die vor der Hintergrundstrahlung des Weltraums kaum auszumachen war, schon gar nicht inmitten eines riesigen Asteroidenfeldes. Für die Sensoren der feindlichen Flotte waren sie lediglich nur ein paar Gesteinsbrocken mehr, nichts weiter.

Die feindlichen Schiffe rückten langsam, aber beständig näher. Die Tarnung würde nicht ewig halten. Mit jeder Sekunde die verstrich, vergrößerte sich die Gefahr, entdeckt zu werden.

Steger kniff die Augen zusammen. »Energie hochfahren. Mündungsklappen öffnen. Feuer frei nach eigenem Ermessen.«

Der Admiral hatte noch nicht ganz ausgesprochen, da hatte sein XO bereits die Litanei an Befehlen an die übrigen Schiffe weitergeleitet. Die Überreste der Heimatflotte öffnete zeitgleich ihre Mündungsklappen und eröffneten parallel das Feuer – und die Hölle brach über Ortega und seine Einheiten herein.

Jürgen Ritter sah nicht gut aus. Der Gouverneur des Mars saß in sich zusammengesunken an eine Hauswand gelehnt. Kim bedachte ihn mit einem besorgten Blick. Der Mann wirkte teilnahmslos, schien gar nicht wahrzunehmen, was um ihn herum geschah.

Er blutete aus einer Vielzahl von Wunden im Gesicht, am Hals und im Brustbereich. Außerdem wurde er immer wieder bewusstlos, was auf eine Gehirnerschütterung hinwies – wenn er großes Glück hatte. Es könnte auch durchaus etwas weitaus Schlimmeres sein.

Sie selbst hatte ebenfalls erhebliche Gedächtnislücken, was den Kampf um den Unterschlupf und ihre anschließende Gefangennahme betraf.

Sie wusste nur noch, dass Jürgen die Treppe hinaufgeeilt war, um sich den Verteidigern anzuschließen. Kurz darauf war ein heftiges Feuergefecht entbrannt, das beinahe eine halbe Stunde angehalten hatte. Doch daraufhin war es still geworden – beängstigend still. Dann hatte jemand etwas die Treppe hinuntergeworfen, das eklig grünen Qualm verströmt hatte. Danach wusste sie nichts mehr, bis sie wieder vor dem Gebäude auf der Straße aufgewacht war.

Sie verspürte immer noch starke Kopfschmerzen, was sie auf die Wirkung des Betäubungsgases zurückführte. Abgesehen von ihrer leichten Desorientierung und den anderen Nebenwirkungen des Gases ging es ihr aber ganz passabel. Das konnte nicht jeder von sich behaupten.

Die Zivilisten, die man gefangen genommen hatte, waren von den Soldaten getrennt worden. Ansonsten überließ man sie aber sich selbst. Niemand kümmerte sich um sie oder versorgte ihre Wunden. Nur ein paar Wachen hatte man postiert. Kim wusste nicht, ob sie lachen oder weinen sollte. Die Leute waren kaum in der Lage, aufrecht zu stehen. Sie stellten für niemanden eine Bedrohung dar.

Jürgen und sie selbst waren von allen separiert worden und wurden streng bewacht. Den Putschisten war offenbar völlig klar, was ihnen da für ein Fang ins Netz gegangen war.

Jürgen hustete würgend in seinem Dämmerzustand. Sie fühlte seine Stirn. Sie war glühend heiß. Der Mann verbrannte förmlich vor Fieber.

»Bitte«, sprach sie eine der Wachen an, »könnte ich etwas Wasser für ihn bekommen?«

Der Angesprochene drehte sich halb zu ihr um, musterte sie wortlos, verzog hämisch das Gesicht und wandte ihr wieder den Rücken zu.

Kim wurde wütend. Auch im Krieg konnte es so etwas wie Anstand und Ehre geben. »Ich glaube kaum, dass Ihren Vorgesetzten gedient wäre, wenn Ritter stirbt. Wollen Sie etwa dafür geradestehen?«

Der Soldat drehte sich erneut um, seine Mimik diesmal nachdenklich, mit einem Anflug von Furcht. Niemand wollte, dass ihm ein wichtiger Gefangener unter den Händen wegstarb. Der Soldat drehte sich zu einem seiner Kameraden und bat ihn wortlos um Rat. Dieser zuckte lediglich mit den Achseln.

Der Soldat griff endlich an seinen Gürtel, löste die Wasserflasche und reichte sie Kim. Sie schraubte den Verschluss herunter, riss sich einen Stofffetzen aus der Bluse und tränkte ihn mit dem Wasser aus der Flasche. Anschließend versuchte sie, die Stirn des Gouverneurs zu kühlen. Ihre Bemühungen entlockten ihm ein kurzes, gequältes Stöhnen.

Sie rückte näher zu ihm, hob seinen Kopf etwas an und flößte ihm ein paar Tropfen der klaren Flüssigkeit in den Mund.

Ritter hustete, sie setzte die Flasche sofort ab, probierte es jedoch erneut, nachdem der Hustenanfall abflaute. Diesmal rann mehr der Flüssigkeit in Ritters Kehle. Sie fühlte, wie sich der Mann etwas entspannte. Sie wusste nicht, ob es an ihrer Berührung lag oder dem Wasser. Es war ihr auch herzlich egal, solange der Mann nur am Leben blieb.

Jürgen kam langsam zu sich. Er blinzelte Kim wie schlaftrunken an, bevor sein Blick klarer wurde. Der Gouverneur versuchte sich an einem halbherzigen Lächeln.

»Ich sterbe, aber du siehst schrecklich aus.«

Sie erwiderte das Lächeln auf eine – wie sie hoffte – ehrliche Art und Weise. »Charmant bis zuletzt.« Sie wurde ernst. »Aber du wirst nicht sterben.« Sie deutete ein Kopfnicken in Richtung der Wachposten an. »Das werden sie nicht zulassen. Du bist zu wertvoll.«

»Ja, als Druckmittel, aber da sie den Mars nahezu unter Kontrolle haben, schwindet mein Wert rapide. Wenn hier jemand wichtig ist, dann du.«

Sie nickte. »David.«

Jürgen wollte ebenfalls den Kopf schütteln, doch sie bemerkte wie ihm davon schwindlig wurde und er mitten in der Bewegung stoppte. »So wie ich den zähen alten Hund kenne, wird er auf der Erde immer noch alles daransetzen, Tyler im Amt zu halten. Ich wäre sehr überrascht, wenn er den Putschisten nicht eine Menge Ärger machen würde. Mit dir könnten sie seine Aufgabe erzwingen.« Er senkte verschwörerisch die Stimme. »Wir müssen dich hier herausbringen.«

»Ich kann auf keinen Fall ohne dich gehen.«

»Du kannst. Und du wirst«, erwiderte er überraschend bestimmt. Er sah sich um, versuchte sich blinzelnd darüber klar zu werden, wo sie sich befanden. Nach mehreren Augenblicken gab er auf. »Wo sind wir?«

»Noch dort, wo man uns aufgegriffen hat.«

Er sah sie ungläubig an. »Man hat uns noch nicht weggebracht?«

»Sie warten wohl noch auf Befehle. Außerdem gibt es immer noch Widerstandsnester.«

Jürgen lächelte. »Leslie. Gott segne die Sturheit der Marines.«

»Ja, der Mann ist einfach nicht für eine Kapitulation geschaffen.«

»Zum Glück. Dadurch ergeben sich Möglichkeiten. Aus einer Einrichtung zu fliehen, die die Putschisten völlig kontrollieren, wäre praktisch unmöglich. Solange wir noch im Freien sind, haben wir eine Chance, dich in Sicherheit zu bringen.«

»Ich weiß nicht, ob ich das tun kann. Ohne dich zu fliehen. Ich würde mich wie ein Feigling fühlen.«

Er bedachte sie mit einem mitfühlenden Blick. »Du bist vieles, aber ein Feigling ganz sicher nicht. David würde es mir nie verzeihen, wenn ich zuließe, dass dir etwas geschieht. Falls sich eine Möglichkeit ergibt, musst du sie nutzen. Versprich es mir.«

Sie wandte beschämt den Blick ab, doch er nahm ihr Kinn zwischen Daumen und Zeigefinger und zwang sie, ihn anzusehen. »Versprich es mir«, wiederholte er.

»Ich verspreche es«, erwiderte sie und fühlte sich bei jedem der drei Worte unendlich mies.

Er hielt ihr Kinn noch eine Sekunde länger fest und maß sie mit durchdringendem Blick. Endlich ließ er sie los, offenbar zufriedengestellt.

»Gut«, nickte er.

Es kam Bewegung in die Reihen der Putschisten und sie ließen einen Mann in der Uniform eines TKA-Colonels durch. Die Soldaten, die sie bewachten, bedachten ihn mit großem Respekt. Daher nahm sie an, dass er hier die Verantwortung innehatte.

Der Offizier nickte beiden beinahe freundlich zu. »Ich bin Lieutenant Colonel Lefevre. Ich kommandiere das 258. TKA-Regiment, das dabei geholfen hat, Neu-Johannesburg einzunehmen.«

Wie um seine Worte Lügen zu strafen, brandeten in der Ferne erneut Explosionen auf. »Das klingt aber nicht so, als hätten Sie Erfolg gehabt«, erwiderte Kim bewusst provokant. »Gibt es unter Umständen Probleme?«

Der Colonel ließ sich von ihren Worten nicht aus der Ruhe bringen. »Keine, die wir nicht in den Griff kriegen. Ihr kleiner Putschversuch ist gescheitert.«

»Unser Putschversuch?« Kim war kaum fähig, ihren Zorn im Zaum zu halten.

»Natürlich ihrer. Und versuchen Sie ja nicht, Zweifel in mir zu streuen. Ich habe die Ansprache dieser Kepshaw auch gehört und glaube ihr kein Wort. General Henstridge hat mir persönlich versichert, dass der Mars zu einer Brutstätte von Verrätern geworden ist.« Er bedachte Jürgen mit einem abfälligen Blick. »Wäre ja nicht das erste Mal.«

»Präsidentin Tyler ...«

»Ist tot«, unterbrach Lefevre sie unwirsch. »Das hat Admiral Perck vor einigen Stunden verlautbaren lassen. Wir sind hier, um zu verhindern, dass eine Clique von Mördern die Kontrolle über das Konglomerat übernimmt. Aus meiner Sicht sind wir gerade noch rechtzeitig gekommen.«

Kim sah den Mann fassungslos an. Es war noch weit schlimmer, als sie angenommen hatte. Diese Soldaten glaubten, auf der richtigen Seite zu stehen. Ihr stiegen Tränen in die Augen. »Colonel, Sie ahnen ja nicht, was Sie getan haben.«

Der TKA-Offizier lächelte auf sie herab, was ihm ein leicht überhebliches Aussehen verlieh. »Glauben Sie mir, ich bin mir sehr bewusst, was ich getan habe, und ich bin sogar stolz darauf. Ich habe dabei geholfen zu verhindern, dass das Konglomerat im Chaos versinkt.«

»Das glauben Sie? Wirklich? Sie haben nicht geholfen, es zu verhindern, Sie haben aktiv daran mitgewirkt.«

Lefevre verzog die Miene, als hätte er einen besonders sauren Geschmack im Mund. »Die Worte einer Verräterin beeindrucken mich nicht besonders. Ich weiß sehr genau, wer Sie sind. Ihr Mann hat Tyler umgebracht.«

Kim zuckte zurück, als hätte er sie geschlagen. »Wenn Sie tatsächlich wissen, wer mein Mann ist, dann können Sie das nicht ernsthaft annehmen. Mein Ehemann ist der ehrenhafteste Mensch, den ich kenne.«

»Ihr Mann ist machtbesessen. Allein die Schnelligkeit, mit der er in den letzten Jahren aufgestiegen ist, beweist das. Admiral Perck hat bestätigt, dass ihr Mann Tyler umgebracht hat, und ich habe keinen Grund, an seinen Worten zu zweifeln.« Er schnaubte höhnisch. »Es würde mich auch nicht überraschen, wenn er etwas mit Nogujamas Tod zu tun hatte, um dessen Platz einzunehmen. Wer Ihrem Mann auch immer im Weg steht, der wird beiseitegeräumt. Aber damit ist jetzt Schluss. Dieses Krebsgeschwür im Herzen des Konglomerats hätte man schon viel eher herausschneiden sollen.«

»Sie sind ja verrückt.«

Lefevre hob abwehrend die Hände. »Ich bin nicht hier, um mich mit Ihnen in endlosen Diskussionen zu messen. Keiner von uns wird den anderen überzeugen. Dafür sind Sie viel zu verbohrt in Ihrer verdrehten Denkweise.«

Kim wollte noch etwas sagen, wollte diese Behauptung auf keinen Fall auf sich sitzen lassen, doch Jürgens erhobene Hand gebot ihr Einhalt.

»Gib es auf, Kim. In einem Punkt hat er recht. Du wirst ihn niemals überzeugen.« Er wandte sich an den TKA-Offizier. »Und warum sind Sie nun wirklich hier?«

Lefevres Blick schien Kim zu durchbohren. »Sie werden zum Raumhafen gebracht und von dort wird man Sie zur PROVIDENCE fliegen. Admiral Perck hat das persönlich angeordnet.«

»Wozu?«, hakte Jürgen nach.

Der TKA-Offizier zögerte und Kim erkannte, dass Jürgen den Finger in eine offene Wunde gelegt hatte.

Lefevre verzog erneut missmutig die Miene. »Sie werden mit Ihrem Mann sprechen. Er soll sich ergeben. Und außerdem fordert Admiral Perck, dass auch alle anderen Aufständischen in der Hauptstadt die Waffen strecken.«

»Sonst was?«, fragte Kim. Allerdings hatte sie schon so eine Ahnung, was folgen würde, falls David sich weigerte.

»Nun ... das ... das weiß ich nicht. Admiral Perck wird schon wissen, was dann zu tun ist.« Der TKA-Offizier kam offenbar ins Straucheln. Kims Frage gefiel ihm ganz und gar nicht. Sie zerrte an dem Bild, das der Mann von Perck als Offizier und Mensch hegte.

»Sie wissen ganz genau, was dann geschieht.« Jürgen ließ nicht locker. »Eine solche Drohung ergibt nur Sinn, wenn Perck sie anschließend umbringt, falls Coltor sich weigern sollte. Sie können das unmöglich für rechtens halten. Das wäre nichts weiter als gemeiner Mord. Sie dürfen sie nicht Perck ausliefern.«

»Wir sind im Krieg«, brauste Lefevre wütend auf. »Admiral Perck tut lediglich, was er tun muss, um zu gewinnen.«

»Herrgott, Mann, Sie stehen auf der falschen Seite. Das muss Ihnen doch insgeheim klar sein.«

»Genug von diesem Geschwätz! Man wird sie umgehend zum Raumhafen bringen. Der Weg wurde bereits gesichert und ein Shuttle steht für Sie bereit. Damit bin ich Sie los.«

»Und auch die Verantwortung für das Schicksal, das ihr bevorsteht«, spie Jürgen ihm entgegen. »Wie praktisch.«

Die Wut des Gouverneurs ließ ihn erneut schwindeln und er kippte zur Seite weg. Kim fing ihn auf und bettete sein Haupt an ihre Schulter.

»Wenn ich mitgehe, ohne Ärger zu machen, sorgen Sie dann dafür, dass der Gouverneur ärztliche Hilfe erhält?«

»Sein Wohlergehen ist nicht meine Angelegenheit.« Lefevre schien von den eigenen Worten nicht sonderlich überzeugt.

»Mag ja sein, aber Menschlichkeit sollte dennoch Ihre Angelegenheit sein. Der Mann ist schwer verletzt. Sie haben praktisch schon gewonnen. Neu-Johannesburg ist gefallen. Haben Sie im Sieg wenigstens etwas Würde und Anstand. Lassen Sie den Mann nicht sterben.«

Lefevre überlegte. Kim konnte förmlich sehen, wie es hinter dessen Stirn angestrengt ratterte. Schließlich nickte er. »Also gut. Er wird versorgt werden. Ich verspreche es. Als Gegenleistung werden Sie jedoch mitkommen, ohne Probleme zu verursachen.«

Sie nickte. »Dann haben wir eine Vereinbarung.« Sie bettete Jürgens Kopf sanft gegen die Hauswand. Die Anstrengung war zu viel für ihn. Er war erneut in die Bewusstlosigkeit abgedriftet. Sie wollte aufstehen, doch eine Erschütterung im Boden zwang sie, sich festzuhalten. Die Erschütterung rührte von einer Explosion her. Einer nahen Explosion.

Ein TKA-Major eilte herbei. »Die Marines ... sie starten einen Gegenangriff auf einen unserer Checkpoints. Es sind viele und sie verfügen über einige gepanzerte Fahrzeuge ... Odin IV und Argus II.«

»Verflucht!«, wetterte Lefevre. »Schicken Sie unseren Leuten Verstärkung. Die Marines dürfen nicht durchbrechen. Falls nötig, fordern Sie weitere Truppen bei anderen Regimentern an. Das 199. ist vielleicht nahe genug, um zu helfen.« Der Major salutierte und rannte davon. Kim konnte sich einen zufriedenen Gesichtsausdruck nicht verkneifen, als sie dem Wortwechsel aufmerksam folgte. Lefevre bemerkte es.

»Nur keine falsche Hoffnung. Das wird Ihnen nichts nützen. Stehen Sie auf. Sie haben eine Verabredung mit Admiral Perck und ich will auf keinen Fall, dass Sie sie verpassen.«

Kim reckte stolz das Kinn und erhob sich. Sie würde diesem fehlgeleiteten Idioten nicht zeigen, wie viel Angst sie eigentlich verspürte. Die Kiefer des TKA-Offiziers mahlten. Die Botschaft war offenbar angekommen. Er packte sie grob am Arm.

»Ihre ganzen Spielchen werden Ihnen jetzt nichts mehr bringen. Ich frage mich, ob Sie noch so tapfer sein werden, wenn Sie vor dem Admiral stehen.«

Etwas landete klappernd zwischen ihnen auf dem Boden. Es war ein kleiner Zylinder von etwa zwanzig Zentimeter Länge. Lefevre hatte noch die Zeit, vor dem Gegenstand zurückzuzucken. Der Metallbehälter detonierte.

Licht und Schall überfluteten Kims sensorische Nerven, als die Blendgranate ihre ganze Wirkung entfaltete. Sie taumelte, ihre Beine versagten ihr den Dienst und sie stürzte schwer. Sie nahm ihre Umgebung nur noch verschwommen wahr, wie durch einen Schleier, der sich nicht zerreißen ließ. Ihre Ohren klingelten so stark, dass sie schmerzten.

Wie aus weiter Entfernung nahm sie Waffenfeuer wahr. Das Fauchen von Laserschüssen mischte sich mit dem Knattern automatischer Waffen.

Ihre Sicht und ihre Wahrnehmung der Umgebung klärten sich nur langsam. Ihr wurde bewusst, dass sie auf dem Boden lag, und zwar quer über Jürgens Füßen. Sie rappelte sich mühsam auf. Sie sah sich hektisch um und erkannte, dass sie sich mitten in einer ausgewachsenen Schlacht befand. Milizionäre und Marines griffen die TKA-Soldaten an. Die Gefangenen hatten sich unterdessen befreit. Die Zivilisten rannten um ihr Leben, während die Soldaten ihre ehemaligen Wächter angriffen und mit ihnen um die Waffen rangen.

Kim ermahnte sich selbst zur Ruhe. Sie hatte bereits zuvor schon Kämpfe erlebt. Dies hier war nichts anderes. Sie packte Jürgen grob unter den Armen und zerrte ihn auf die nächste Gasse zu. Sie musste ihn in Sicherheit bringen, das war alles, was für sie zählte.

Ein Schlag traf sie im Nacken. Sie ließ den Gouverneur los und stürzte schwer auf den Asphalt, wobei sie sich beide Hände aufschürfte. Sie griff an ihren Hinterkopf. Als sie die Hand zurückzog, war sie rot von Blut.

»Sie wollen uns doch nicht etwa schon verlassen«, sprach sie eine gehetzt klingende Stimme an. »Ich sagte Ihnen, dass Perck sie haben will, und ich werde den Mann nicht enttäuschen.«

Sie sah auf. Hinter ihr standen Lefevre und zwei TKA-Soldaten mit angelegter Waffe.

Lefevre gab einen knappen Wink und einer der Männer packte sie an den Haaren und zog sie hoch. Sie wand sich gegen seinen schraubstockartigen Griff, doch der TKA-Soldat war unerbittlich. Der andere Soldat war gebaut wie ein Bulle und auch genauso stark. Er hob Jürgen vom Boden auf, als wäre dieser lediglich eine Puppe und warf ihn sich über die Schulter.

»Weg hier!«, wies Lefevre seine beiden Männer an. Das Gefecht flaute langsam ab. Kim konnte es hören. Es musste nicht sehr gut stehen, wenn der TKA-Colonel nicht auf dessen Ausgang wartete, sondern sein Heil lieber in der Flucht suchte.

Lefevre führte sie durch zwei Gassen fort von dem Kampflärm, der hinter ihnen zurückblieb. Sie verfluchte ihr Pech. Beinahe wäre sie in Sicherheit gewesen. Beinahe. Es hätte nicht viel gefehlt.

Lefevre blieb schlagartig stehen. Kim lugte an dem Mann vorbei. Die Gasse endete etwa zwanzig Meter voraus, doch der Weg war versperrt. Vier Männer standen dort mit angelegten Waffen.

Einer von ihnen war Marine-General Brandon Leslie.

»Das ist weit genug, Colonel«, sprach er Lefevre gelassen an. »Weisen Sie Ihre Leute an, die Gefangenen gehen zu lassen und die Waffen niederzulegen. Es ist vorbei.«

Die Marines in Leslies Begleitung hoben warnend die Waffe. Nur ein einziges Wort von Leslie und sie würden das Feuer eröffnen. Lefevre hatte tatsächlich keine Chance mehr. Der TKA-Colonel sah sich zu ihr um. Im ersten Moment glaubte sie, der Mann würde seinen Soldaten befehlen, sich zu ergeben, doch dann erkannte sie etwas in seinem Blick. Etwas Dunkles. In seinen Augen glitzerte Fanatismus.

»Es ist noch lange nicht vorbei«, sagte Lefevre plötzlich und gab dem Soldaten, der Kim hielt, ein Zeichen.

Der Soldat zerrte Kim nah an den eigenen Körper, zog sein Kampfmesser und hielt es ihr an die Kehle.

»*Sie* stellen hier keine Bedingungen«, meinte der TKA-Colonel.

»*Sie* sind derjenige, der seinen Leuten befehlen wird, sich zu ergeben. Oder diese Coltor wird die Klinge meines Sergeants zu spüren bekommen.«

Leslie ließ durch nichts erkennen, dass ihn die Drohung sonderlich beeindruckte. Er runzelte lediglich die Stirn, zog ein Taschentuch aus seiner Jackentasche und wischte sich damit über das Gesicht. Kim wunderte das, denn auf dem Gesicht des Generals stand nicht ein einziger Schweißtropfen.

»Colonel«, beschwor Leslie. »Das muss doch nicht so enden.«

»Und ob es das muss. Legen Sie ihre Waffen auf den Boden. Sofort!«

Leslie seufzte. »Ich bedaure, dass Sie es so sehen, aber wie Sie wünschen.« Der General ließ das Taschentuch fallen.

Im nächsten Moment spritzte Kim etwas ins Gesicht. Der eiserne Griff des TKA-Soldaten erschlaffte. Das Messer fiel aus kraftlos gewordenen Fingern und sie spürte, wie der TKA-Soldat nach hinten wegglitt. Erst jetzt – eine gute Sekunde später – hörte sie drei Schüsse durch die Luft knallen. Jürgen schlug hart auf dem Boden auf, als auch sein TKA-Bewacher fiel.

Als sie sich umdrehte, lagen sowohl Lefevre als auch seine zwei Soldaten in ihrem eigenen Blut. Jeder von ihnen hatte ein blutiges

Loch von der Größe einer kleinen Münze auf der Stirn. Lefevres Gesicht wirkte noch im Tod hasserfüllt. Kim bedauerte ihn irgendwie. Er hatte sich blenden lassen und für die falsche Seite gekämpft. Und er war gestorben, ohne davon auch nur etwas zu ahnen. Nein, sie revidierte sich. Vielleicht war es besser, dass er unwissend gestorben war. Das Wissen um seine Missetaten hätte ihn vermutlich ohnehin um den Verstand gebracht.

Leslie trat zu ihr, während sich seine Männer um den am Boden liegenden immer noch bewusstlosen Jürgen kümmerten. Er reichte ihr das Taschentuch. Sie wischte sich geistesabwesend das Blut des TKA-Soldaten vom Gesicht.

»Es hätte wirklich nicht so enden müssen«, wisperte sie.

»Es war nicht unsere Entscheidung«, entgegnete Leslie und deutete auf den toten TKA-Colonel. »Es war seine.«

27

In früheren Jahren war die zivile Sendeanstalt lediglich ein privater Radiosender gewesen, der ausschließlich den skandinavischen Raum erreicht hatte. Vor etwa vierzig Jahren war der Sender jedoch in den Besitz eines schwerreichen Investors übergegangen und umgebaut worden, um das ganze Solsystem in seinen Sendebereich mit einzubeziehen. Nun war die Sendeanstalt Teil eines des größten Sendernetzwerks im gesamten Konglomerat und fuhr einen nicht unerheblichen Profit ein.

All das interessierte Pedro Mendoza jedoch nur am Rande, als er hinter einem Baumstamm kauerte und durch ein Fernglas die Sicherheitsvorkehrungen einer eingehenden Begutachtung unterzog.

Hinter ihm, etwas den Hang hinab, kauerten zwanzig ROCKETS, die Präsidentin des Terranischen Konglomerats und Rachel Kepshaw. Weitere dreißig ROCKETS unter David Coltors Führung hatten sich auf der anderen Seite der streng gesicherten Anlage postiert.

Rechts von ihm robbte sich jemand an seine Seite. Er brauchte der Person gar keinen Blick zuzuwenden, um zu wissen, dass es sich um die dunkelhaarige MAD-Agentin handelte. Wortlos reichte er ihr das Fernglas.

Sie spähte hindurch und pfiff einen Augenblick später leise durch ihre Vorderzähne. Sie setzte das Fernglas ab, wandte den Blick jedoch nicht von ihrem Ziel ab. »Perck macht wirklich keine halben Sachen«, meinte sie schließlich.

Mendoza schüttelte den Kopf. »Kann man nicht sagen.«

»Was schätzen Sie, wie viele das sind?«

»Mindestens eine Kompanie. Es sind also gut doppelt so viele wie wir.«

»Ist das ein Problem?«

Mendoza schnaubte, leicht in seinem professionellen Stolz beleidigt. »Wohl kaum. Mit denen werden wir schon fertig.«

Sie musterte ihn eine Sekunde lang wortlos, doch dann stupste sie ihn leicht an. »Aber es gibt doch ein Problem. Das sehe ich Ihnen an der Nasenspitze an.«

»Sehen Sie sich den Zaun um die Anlage an und sagen Sie mir, was Sie sehen.«

Rachel spähte erneut durch das Fernglas. Zunächst wusste sie nicht, worauf der ROCKETS-Offizier hinauswollte, doch dann sah sie es. »Sind das Sprengfallen?«

Mendoza nickte. »Und zwar verdammt viele und ziemlich geschickt platziert. Ich hätte sie beinahe nicht bemerkt. Wer immer dafür verantwortlich ist, weiß, was er tut.«

»Sie können sie doch entschärfen, oder?«

»Vermutlich, aber nicht auf die Schnelle, und je länger es dauert, desto höher die Gefahr, entdeckt zu werden.«

»Wir haben keine Wahl. Wir sind so weit gekommen und ich lasse mich nicht von einigen Sprengfallen aufhalten.«

»Ich kann Sie verstehen, aber das sehen Sie anders, wenn Ihnen eine den Arm abreißt.«

»Was schlagen Sie also vor?«

Keine Antwort.

»Mendoza?«

»Ich überlege noch.«

»Die Sprengsätze entschärfen sich nicht von selbst. Und wie Sie gerade selbst andeuteten, uns läuft die Zeit davon.«

Mendoza fluchte. »Sie haben recht. Also los!«

Er gab zweien seiner Trupps mit einem knappen Wink zu verstehen, sie sollen vorrücken. Die Männer und Frauen erhoben sich geschmeidig aus ihrer Deckung und bewegten sich wie Geister den Hang hinab. Mendoza flüsterte etwas einem seiner Männer zu und dieser sprach sogleich gedämpft in sein Funkgerät. Auf Rachels fragenden Blick hin sah sich Mendoza zu einer Erklärung genötigt.

»Ich habe Coltor warnen lassen, nur für den Fall, dass er und seine Leute die Sprengfallen noch nicht bemerkt haben.«

Rachel nickte ihm dankbar zu.

Die zwei ROCKETS-Trupps waren inzwischen am Zaun angekommen und arbeiteten mit Hochdruck an der Entschärfung der Sprengsätze. Die Minuten dehnten sich beinahe endlos. Rachel ertappte sich dabei, wie sie mehrmals nervös hin und her rutschte.

Endlich drehte sich einer der ROCKETS am Zaun um und streckte den Daumen nach oben.

Mendoza nickte zufrieden. »Na endlich.« Er stand auf. Die verbliebenen ROCKETS hinter ihm hatten nur auf dieses Signal gewartet. Sie erhoben sich wie ein Mann. Die Waffen waren bereits entsichert und durchgeladen. Ohne auch nur ein weiteres Wort zu verlieren, führte Mendoza sie den Abhang hinab.

Der Plan war im Prinzip relativ simpel gehalten, da auch bei einfachen Plänen im Ernstfall genug schiefgehen konnte. Sie würden die Anlage von zwei Seiten zeitgleich angreifen. Die eine Gruppe sollte verdeckt eindringen, so viele Wachen wie möglich überwältigen und anschließend ein Feuergefecht beginnen, um den Rest der Wachmannschaft anzulocken. Sobald diese abgelenkt war, würde der zweite Trupp unter Mendoza von der anderen Seite in die Anlage eindringen, dem Gegner in den Rücken fallen und den Sack zumachen.

Noch bevor Rachel den Zaun erreichte, hörte sie Schüsse durch die klare Morgenluft knallen. Es hatte begonnen – aber viel zu früh.

Mendoza und ein weiterer Kommandosoldat hielten das Loch im Zaun auf, sodass die ROCKETS einer nach dem anderen hindurchschlüpfen und auf der anderen Seite Aufstellung nehmen konnten.

Die Präsidentin hingegen blieb, zwei ROCKETS als Geleitschutz, zurück. Sie würde die Anlage erst betreten, wenn das Areal gesichert wäre.

Zu guter Letzt duckte sich Mendoza selbst unter dem Zaun hindurch und übernahm die Führung über die Truppe. Die Luft war nun erfüllt vom Donner der Explosionen und Knallen der Projektile.

Rachel war klar, etwas lief schief. Etwas lief ganz gewaltig schief. Die Tür des Hauptgebäudes öffnete sich und ihnen stürmte eine Truppe TKA-Soldaten entgegen. Beim Anblick der kampfbereiten ROCKETS stutzen die Männer und Frauen, sie reagierten jedoch erstaunlich schnell.

Die ROCKETS feuerten, doch einen Sekundenbruchteil zuvor hatten sich die TKA-Soldaten bereits zerstreut und waren in Deckung gegangen. Trotzdem ging ein halbes Dutzend von ihnen zu Boden.

Sie erwiderten das Feuer, doch sie hatten es nicht mit halb ausgebildeten Rekruten oder zivilen Widerstandskämpfern zu tun. Dies hier waren gut ausgebildete ROCKETS. Männer und Frauen, die es gewohnt waren, ohne Unterstützung oder Nachschub in der RIZ – praktisch unter der Nase der Ruul – zu operieren.

Einer der Kommandosoldaten ging mit einer Kugel im Bein zu Boden. Ein weiterer brachte sich selbst in Gefahr, als er aus der Deckung stürmte, um seinen Kameraden in Sicherheit zu zerren. Die übrigen ROCKETS gaben derweil Deckungsfeuer.

Weitere TKA-Soldaten gingen zu Boden. Die ROCKETS waren ausgebildete Scharfschützen, denen die TKA-Soldaten kaum etwas entgegenzusetzen hatten.

Die Soldaten zogen sich langsam wieder ins Gebäude zurück, das heißt, sie versuchten es zumindest. Die ROCKETS unterbanden es, indem sie Sperrfeuer gaben und den Gegner damit weiterem Druck aussetzten.

In Rachels Ohren knackte es, als jemand versuchte, mit ihr Kontakt aufzunehmen. Sie meinte, Davids Stimme zu erkennen, war sich jedoch nicht sicher. Sie rückte ihr Headset zurecht, konnte aber immer nur Fetzen seiner Meldung empfangen. Es kam ihr beinahe so vor, als hätte jemand einen Störsender aktiviert.

Einer der TKA-Soldaten ließ unvermittelt die Waffe fallen und hob beide Hände über den Kopf, kurz danach tat es ihm ein zweiter gleich, dann ein dritter, bis schließlich auch der letzte feindliche Soldat, der das kurze, ungleiche Gefecht überlebt hatte, sich zur Aufgabe entschloss.

»Fesselt Sie!«, ordnete Mendoza an. »Ich will keine Überraschungen erleben.«

ROCKETS zwangen die TKA-Soldaten auf den Boden und legten ihnen Kabelbinder um Hand- und Fußgelenke an. Die Männer und Frauen konnten sich dadurch kaum rühren, aber das war nicht zu ändern. Sie mussten eben in dieser Weise ausharren, bis sich die Lage entspannt hatte.

»Ihr da!« Mendoza deutete auf einen Trupp. »Das Gebäude sichern.« Die ROCKETS stürmten in das Gebäude. »Der Rest folgt mir.«

Rachel folgte Mendoza, während dieser vorsichtig das Gebäude umrundete, immer dem Gefechtslärm nach. Plötzlich ließ eine Explosion den Boden unter ihnen erbeben.

Mendoza zögerte einen Augenblick und fluchte dann: »Oh-oh, das war was Großes.«

Rachel wollte schon fragen, was er meinte, als ein Fahrzeug um die nächste Ecke bog. Die MAD-Agentin riss die Augen auf. Es handelte sich um einen Panzer.

»Auseinander! Verteilt euch!«, brüllte Mendoza augenblicklich. Der Panzer feuerte, ohne zu zögern, aus dem Bordgeschütz und dem Maschinengewehr gleichzeitig. Die Artilleriegranate erfasste drei ROCKETS und zerfetzte sie. Ihre verkohlten, zerschmetterten Überreste fielen nicht weit von Rachel zu Boden. Sie kauerte sich unweit von Mendoza hinter eine Deckung. Ihr Lasergewehr kam ihr mit einem Mal merklich unzureichend vor.

»Von einem Panzer hat niemand etwas gesagt«, schrie sie über das Knattern des schweren MGs hinweg.

»Sie müssen ihn hier irgendwo versteckt gehalten haben«, erwiderte der Anführer der ROCKETS. »Als böse Überraschung für Angreifer.«

»Wie uns?«

»Wie uns«, bestätigte er.

»Und jetzt?«

Mendoza spähte gerade lange genug aus der Deckung, um eine Splitter- und eine Rauchgranate zu werfen. Die Splittergranate detonierte harmlos unter dem Chassis, nicht in der Lage, die dicke Panzerung zu durchbrechen. Die Rauchgranate klapperte vor dem Fahrzeuge auf dem Boden und verbreitete fast ohne Verzögerung dicken, rußigen Qualm.

»Weg hier!«, schrie Mendoza.

»Aber der Plan.«

»Vergessen Sie den Plan. Mit dem Ding können wir es nicht aufnehmen. Wir haben nicht die Ausrüstung dafür.«

Der Panzer – es handelte sich um ein älteres Modell vom Typ Goliath – rollte auf seinen Ketten weiter. Sein schweres MG feuerte ohne Unterlass auf alle sich bietenden Ziele. Der Rauch nahm sowohl Fahrer als auch Bordschützen die Sicht, was den Schützen nicht davon abhielt, einfach aufs Geratewohl zu feuern.

Zwei sich zurückziehende ROCKETS wurden in den Rücken getroffen und von den großkalibrigen Projektilen durchsiebt.

Rachel hatte beinahe die nächste Gebäudeecke erreicht, was ihr zumindest vorläufig etwas Schutz geboten hätte, als etwas Heißes an ihrem Oberschenkel zupfte. Sie strauchelte und stürzte.

Mit beiden Händen versuchte sie, den Blutstrom zu stoppen, der aus der Wunde an ihrem linken Schenkel sprudelte. Jemand packte sie unter den Achseln und zog sie die letzten Meter in Sicherheit. Mendoza kniete sich neben sie, zog den Gürtel aus seiner Hose und band ihr Bein ab. Er zog den Gürtel mit einem Ruck fest an. Rachel keuchte schwer auf vor Schmerz, doch glücklicherweise ließ der Blutstrom merklich nach.

»Wir müssen Sie in ein Krankenhaus schaffen. Die Wunde muss dringend geschlossen werden.«

»Nein«, keuchte sie zwischen zwei Atemzügen. »Wir müssen hierbleiben und die Mission beenden.«

Mendoza schüttelte den Kopf. »Keine Chance. Gegen dieses Monster kommen wir nicht an.«

»Wir haben C-25-Sprengsätze.«

»Ja, aber niemand von uns kommt nah genug ran, um sie anzubringen. Der Schütze würde uns vorher fertigmachen.«

Sie packte Mendoza am Kragen und zog ihn unter Schmerzen näher heran. »Wenn die Präsidentin diese Ansprache nicht hält, dann gewinnt Perck. Aber der Rest des Konglomerats wird sich das nicht bieten lassen. Wenn wir scheitern, gibt es vielleicht zehn Jahre Bürgerkrieg. Einen größeren Gefallen können wir den Slugs nicht tun. Es muss enden. Heute. Und hier im Solsystem. Sonst wird sich der Flächenbrand auf alle menschlichen Welten ausdehnen und unsere Verbündeten werden sich aus dem Kampf nicht heraushalten können – selbst wenn sie es wollen. Der Kampf wird die Galaxis spalten und die Einzigen, die davon profitieren, werden die Slugs sein. Wir haben nicht mehr viel Zeit, wenn wir sie aufhalten wollen. Ihre Generationenschiffe haben unsere Galaxis beinahe erreicht.«

Das Szenario, das sie beschrieb, verfehlte seine Wirkung auf Mendoza nicht. Er erbleichte, überlegte kurz und nickte schließlich.

»Also gut. Versuchen wir es.«

Er nahm seinen Rucksack vom Rücken und entnahm mehrere Sprengsätze. Rachel kannte das Zeug. Sie hatte selbst schon damit gearbeitet. Das C 25 würde den Panzer mühelos knacken. Doch wie Mendoza bereits angesprochen hatte, war das Problem, es anzubringen.

Mendoza nickte ihr knapp zu und verschwand. Rachel robbte zur Gebäudeecke, um ihn zu beobachten. Der Panzer wütete unterdessen ungebremst weiter. Die ROCKETS hielten sich in Deckung. Sie bewiesen eine bewundernswerte Disziplin. Keiner von ihnen feuerte. Es hätte nichts genutzt und nur die eigene Position offenbart. Die Männer und Frauen verharrten still und abwartend.

Bis Mendoza in das Geschehen eingriff.

Der Mann arbeitete sich, jede Deckung ausnutzend auf den Goliath zu. Nun eröffneten die Kommandosoldaten doch das Feuer, um die Panzerbesatzung abzulenken.

Es funktionierte. Der Panzer konzentrierte sich voll und ganz auf die von seiner Panzerung abprallenden Projektile. Die Kommandosoldaten waren nicht mehr als Fliegen, die einen Koloss reizten, doch sie taten es auf wirkungsvolle Weise.

Rachel beobachtete angespannt, wie Mendoza das Chassis erreichte und sich behände auf das Gefährt schwang. Sofort machte dieser sich daran, zwei Sprengsätze anzubringen, den einen am Turm, den anderen an der Verbindungsstelle zwischen Turm und Chassis.

Doch dann geschah etwas. Die Besatzung im Inneren musste etwas bemerkt haben. Die Luke öffnete sich und ein Soldat mit Gewehr lugte aus der Öffnung. Mendoza reagierte augenblicklich, holte mit seiner gewaltigen Faust aus und schlug dem Mann das Gewehr aus der Hand. Ein zweiter Faustschlag landete in dessen Gesicht. Sogar auf diese Entfernung sah Rachel Blut spritzen, als Mendozas Faust den Mann traf und dessen ganzen Körper zur Seite riss.

Dieser war jedoch längst nicht außer Gefecht, er packte Mendoza mit beiden Händen, bog den Kopf zurück und hämmerte seine Stirn gegen Mendozas Nase. Der Anführer der ROCKETS taumelte.

Der TKA-Soldat zog sich aus der Öffnung und setzte ihm nach. Mehrere Kugeln prallten in seiner Nähe Funken schlagend von der Panzerung ab. Die ROCKETS wollten ihn erledigen, doch er war bereits hinter dem Panzer verschwunden, außer Reichweite für die Handfeuerwaffen der Kommandosoldaten.

Der Mann zog ein Messer, Mendoza rappelte sich umgehend auf und zog seines. Die beiden Männer kämpften angestrengt. Das Mitglied der Panzerbesatzung war beileibe kein Anfänger und bewies durchaus Geschick im Umgang mit der Klinge. Überraschenderweise gelang es ihm, Mendoza die Stirn zu bieten und die Stellung zu halten.

Rachel musste etwas unternehmen.

Sie griff sich das neben ihr liegende Lasergewehr und legte an. Der TKA-Soldat brachte Mendoza eine blutige Schramme am Oberkörper bei. Der ROCKETS brüllte gleichermaßen vor Wut und Schmerz auf.

Ihr eigener Oberschenkel pulsierte vor Pein und sie biss die Zähne zusammen. Es durfte nichts schiefgehen.

Sie zielte – und schoss.

Der Energiestrahl ging zu weit nach links und brannte lediglich eine Brandspur über das Chassis des Panzers. Die beiden Kämpfenden beachteten es gar nicht.

Sie zielte erneut – und feuerte.

Auch dieser Schuss ging daneben, jedoch weitaus knapper. Er verfehlte den Mann um wenige Zentimeter.

Sie ermahnte sich zur Ruhe. Sie wollte feuern, doch ausgerechnet Mendoza kam ihr in die Quere, als er just in diesem Moment zum Angriff überging. Die beiden Männer rangen auf engstem Raum miteinander, drehten sich dabei um die eigene Achse. Rachel bot sich keine gute Möglichkeit, einen Schuss anzubringen.

Der TKA-Soldat hämmerte Mendoza wiederholt die freie Faust ins Gesicht. Dieser war inzwischen merklich angeschlagen. Er taumelte, war jedoch noch nicht außer Gefecht.

Mendoza holte mit dem Fuß aus und trat kräftig zu. Das Knie des TKA-Soldaten schien der Belastung zunächst standzuhalten, knickte dann jedoch seitlich weg und der Knochen splitterte unter dem Druck, den Mendoza darauf ausübte. Der Soldat brach einen Schmerzensschrei ausstoßend zusammen. Mendoza holte erneut aus und verpasste dem Kerl einen Faustschlag ins Gesicht, der ihn vollends ins Land der Träume schickte.

Mendoza steckte sein Messer weg, ging zu seinem Rucksack, holte die C-25-Sprengsätze hervor und sprang auf das Chassis des Goliath. Rachel atmete erleichtert auf – bis sie bemerkte, dass der TKA-Soldat wieder erwachte. Der Kerl musste einen Schädel wie ein Bulle haben, wenn er einen Schlag von Mendoza so einfach wegstecken konnte.

Der Soldat robbte zu seinem Gewehr, das zerschmetterte Bein hinter sich herziehend. Er hob die Waffe und zielte auf Mendozas Rücken. Der ahnungslose Kommandosoldat war immer noch damit beschäftigt, die Sprengsätze anzubringen. Er hatte keine Ahnung, in welcher Gefahr er in diesem Augenblick schwebte.

Rachel nahm erneut ihr Gewehr hoch.

Der Panzer schwenkte herum und bestrich eine Stellung nahe ihrer Position mit MG-Feuer. Sie hatte keine Wahl. Sie rollte sich herum und in Deckung. Der Beschuss dauerte nur eine Sekunde, doch es war eine Sekunde zu lang. Als sie erneut durch die Zieloptik des Gewehrs lugte, lag Mendoza am Boden neben dem Panzer. Der Mann bewegte sich noch schwach, schien jedoch kaum bei Bewusstsein.

Der TKA-Soldat legte erneut an, um Mendoza den Rest zu geben. Plötzlich explodierte der Kopf des TKA-Soldaten in einem Schauer aus Knochensplittern, Blut und Gehirnmasse.

Aus dem Rauchvorhang hinter dem Panzer schälten sich mehrere Gestalten. Rachel erkannte die führende Person auf Anhieb. Es war David.

Er sprang geschmeidig auf das Chassis des Panzers, während zwei ROCKETS den verletzten Mendoza in Sicherheit zogen, und zog sich dann eilig zurück. Sekunden später zerfetzten zwei Detonationen den Goliath und zurück blieb nur das brennende Gerippe.

Die ROCKETS kamen langsam aus ihren Verstecken. In der Ferne ebbten die Kampfgeräusche allmählich ab. David kam zu ihr gerannt. Sein Gesicht war von Sorgenfalten zerfurcht.

»Rachel, ich lasse sofort einen Sanitäter kommen. Wir kriegen dich schon wieder hin.«

»Was ist mit Mendoza?«

»Den hat's übel erwischt, aber wenn er schnell Hilfe bekommt, überlebt er.«

Rachel ließ sich erleichtert zurück auf den Boden sinken. »Gott sei Dank.« Sie blickte zu ihrem Retter auf. »Was hat euch so lange aufgehalten?«

»Wir hatten es mit einem zweiten Panzer zu tun. Die Putschisten sind wirklich kein Risiko beim Sichern der Anlage eingegangen.« David wirkte mit einem Mal überaus zufrieden. »Aber jetzt gehört sie uns.« Er aktivierte sein Headset. »Bringt die Präsidentin rein. Es wird Zeit für ihre Ansprache.«

Alan Foulder hielt sich den schmerzenden Kopf, als er langsam sein Bewusstsein zurückerlangte. Unter gewöhnlichen Umständen hätte Scott seinen alten Freund und Waffenbruder mit milder Belustigung betrachtet, doch nicht hier und nicht heute und nicht unter solchen Bedingungen.

Scott setzte sich auf die Bank neben dem schweigsamen Kommandosoldaten und reichte ihm eine Wasserflasche, die dieser zögernd entgegennahm. Alan überlegte einen Augenblick, bevor er die Flasche öffnete und einen Schluck nahm. Anschließend gab er sie zurück.

»Danke.«

»Schon gut. Ich dachte zuerst, du würdest sie nicht annehmen.«

»Hättet ich auf beinahe nicht, aber ich hatte Durst.« Alan betastete erneut seinen Hinterkopf, an dem sich eine beachtliche Beule bildete.

Scott glaubte, sein Freund würde irgendetwas dazu sagen, doch der Mann hüllte sich in Schweigen. Er seufzte und sah sich daher genötigt, selbst etwas zu sagen. Er öffnete den Mund, doch bevor er das Gespräch eröffnen konnte, sagte Alan: »Danke.«

Scott blickte ihn überrascht an.

Alan verdrehte die Augen. »Ja, du hast richtig gehört. Ich habe mich bedankt.« Alan sah betreten zu Boden. »Dafür, dass du mich aufgehalten hast.«

»Hast du dich inzwischen beruhigt?«

Alan nickte. »Ein wenig.« Er schüttelte verständnislos den Kopf und sah erneut beschämt zu Boden. »Ich war außer mir vor Wut. Ich hätte sie alle umgebracht, wenn du mich nicht aufgehalten hättest.«

»Ich wünschte, es hätte eine andere Möglichkeit gegeben.«

»Glaub mir, die gab es nicht. Die Piloten wären jetzt allesamt tot, wenn du mich nicht niedergeschlagen hättest. Danke noch mal.«

Scott zwang sich zu einem schmalen Lächeln. »Gern geschehen.«

Alan sah sich erstmals um. An seinem Blick erkannte Scott, dass der Mann erst jetzt realisierte, dass er sich in einem Flugzeug befand.

»Die Transportmaschinen, die wir gekapert haben?«

Scott nickte. »Insgesamt sechs. Wir haben etwa fünfhundert ROCKETS dabei.«

»Wohin fliegen wir? Oslo? Und wo sind wir eigentlich?«

Scott nickte ein weiteres Mal. »Irgendwo über dem Ural schätze ich. Falls die Präsidentin noch lebt, wird sie auf jeden Fall in der Hauptstadt sein. Auf jeden Fall ist Oslo ein Brennpunkt im derzeitigen Konflikt. Dort wird unsere Hilfe vermutlich am dringendsten gebraucht.«

»Klingt logisch«, stimmte Alan zu. »Gibt es sonst noch Neuigkeiten?«

»Keine guten. Der Großteil der Bevölkerung hält den Atem an, genauso wie ein Teil des Militärs. Die meisten wissen gar nicht, was vor sich geht oder wem sie Glauben schenken sollen. Es gibt zu viel Widersprüchliches. Rachel Kepshaw spricht von einem Putsch vonseiten Percks und Henstridges. Perck wiederum spricht ebenfalls von Putsch, aber seiner Version nach sind Coltor und Kepshaw darin verwickelt. Und er behauptet, die Präsidentin sei tot.«

»Pah!«, brauste Alan auf. »Dem Idioten glaube ich nicht mal, wenn er behauptet, dass Wasser nass ist. Er ist doch überhaupt schuld, dass wir alle in den Knast gewandert sind.«

»Sehe ich auch so. Im Zweifelsfall würde ich daher eher zu Kepshaw und Coltor halten. Beide sollen sich angeblich in der Region um Oslo aufhalten.«

»Ich dachte, der Luftraum sei gesperrt. Hat niemand versucht, uns aufzuhalten? Es wundert mich, dass wir nicht kurzerhand abgeschossen wurden.«

Scotts Lächeln wuchs in die Breite. »Der Luftraum ist für alle gesperrt außer für Einheiten, die Perck beziehungsweise Henstridge unterstehen. Die Vögel, die wir uns unter den Nagel gerissen haben, verfügten in den Bordcomputern über alle gängigen Sicherheitscodes.« Er klopfte Alan aufmunternd auf den Oberschenkel. »Mach dir keine Sorgen. Wir sind sicher.«

»Wenigstens mal ein Lichtblick.«

»Ja, wurde wirklich mal Zeit, dass wir ein wenig Glück haben.«

»Scott!« Alan sah auf. Laura, seine Stellvertreterin, lugte durch die geöffnete Cockpittür. »Das solltest du dir anhören.« Als sie bemerkte, dass Alan wach war, fügte sie hinzu: »Am besten, du bringst deinen Spielkameraden gleich mit.«

Die beiden Truppführer erhoben sich und arbeiteten sich auf das Cockpit vor, vorbei an schlafenden oder ihre Ausrüstung überprüfenden Kommandosoldaten, die den beiden Offizieren nur ein müdes Nicken entgegenbrachten, bevor sie sich wieder ihren jeweiligen Aufgaben widmeten.

Scott und Alan zwängten sich hinter Laura in das Cockpit. Auf den beiden Sitzen saßen ROCKETS, die Scott nicht kannte. Einer von ihnen schaltete das Funkgerät auf den Lautsprecher, damit alle mithören konnten.

»Das haben wir gerade aufgefangen. Es wird in einer Endlosschleife wiederholt und kommt auf jeder zivilen und militärischen Frequenz. Das wird euch echt umhauen.«

»Meine lieben Mitbürger«, drang Gabriele Tylers Stimme aus dem Lautsprecher. Scott horchte merklich auf und auch Alan war von einer Sekunde zur nächsten hellwach.

»Ich bin sicher, dass Sie in den vergangenen Stunden und Tagen allerhand gehört haben. Es herrscht Verwirrung, Verunsicherung und sogar Angst bei Ihnen vor. Lassen Sie mich jedoch von Anfang an sagen, dass die Lage ernst, aber nicht hoffnungslos ist.« Die Präsidentin machte eine Pause, wohl um Atem zu schöpfen, bevor sie fortfuhr. »Vor einigen Tagen nahmen Ereignisse ihren Lauf, die in der Ausrufung des Kriegsrechts gipfelten. Etwas, das in der Geschichte des Konglomerats noch niemals vorgekommen ist. Soldaten auf den Straßen, Kämpfe auf den Straßen, Blut auf den Straßen. Man hat Ihnen erzählt, ich wäre tot, man hat Ihnen erzählt, es wäre ein Putsch gegen mich und die demokratisch gewählte Regierung im Gange. Diese Angaben sind zum Teil richtig. Eine kleine Gruppe abtrünniger Offiziere hat damit begonnen, das Terranische Konglomerat zu destabilisieren, um die Macht zu übernehmen. Drahtzieher sind Admiral Thomas Perck, Kommandant der Systemverteidigung, und General Simon Henstridge, Kommandant der TKA-Truppen im Solsystem. Diese beiden Männer führen vereint einen Schlag, um die Regierung zu ersetzen. Sie haben es geschafft, durch Bestechungen, Versprechungen und Lügen einen Teil des Militärs auf ihre Seite zu ziehen. An diese Soldaten wende ich mich jetzt.

Es ist mir klar, dass viele von Ihnen gar nicht wissen, dass Sie auf der falschen Seite stehen. Die Lage ist verwirrend und man hat Ihnen beigebracht, immer Ihren Offizieren zu gehorchen. Trotzdem fordere ich Sie alle nun auf … nein, ich beschwöre Sie, nicht länger Befehlen zu folgen, die aus dem Flottenhauptquartier hier auf der Erde oder dem TKA-Hauptquartier kommen. Folgen Sie nicht den Putschisten. In Oslo kämpfen regierungstreue Truppen um die Kontrolle der Hauptstadt und auch andernorts im Solsystem wird verbissen darum gekämpft, den Putschisten die Stirn zu bieten. Der Mars ist Schauplatz einer erbitterten Schlacht und die Heimatflotte – obwohl in jeder Hinsicht unterlegen – hat sich ebenfalls geweigert, vor den Putschisten die Waffen zu strecken. Schließen Sie sich den regierungstreuen Verbänden an. Stellen und entwaffnen Sie Einheiten der Putschisten, die immer noch im Feld sind.« Die Präsidentin zögerte erneut.

»Es ist mir klar, dass dies nicht einfach für Sie alle ist. Sie sind Menschen und stehen nun im Konflikt mit anderen Menschen. Wir dürfen jedoch nicht vor Tyrannei und Unterdrückung die Augen verschließen. Wir müssen handeln. Wir müssen uns erneut darauf besinnen, dass die Ruul unser wahrer Feind sind. Wollen wir die Ruul besiegen, müssen wir zuallererst den Feind im Innern besiegen. Meine nächsten Worte richte ich direkt an die Einheiten der Putschisten: Es ist noch nicht zu spät. Legen Sie die Waffen nieder und ergeben Sie sich. Es ist vorbei. Es sind bereits starke Flotten- und Trupppenverbände auf dem Weg ins Solsystem. Sobald diese hier eintreffen, ist der Putsch beendet. Jeder weitere Widerstand kostet nur Blut. Dies ist alles, was ich Ihnen dort draußen zu sagen habe. Das Konglomerat hat in seiner Geschichte vieles erdulden müssen. Doch die Nation, die wir gemeinsam erschaffen haben, hat alle Widrigkeiten, alle Prüfungen überlebt und uns letztendlich stärker gemacht. Wir werden auch diese Nacht des Blutes und des Todes überleben. Abschließend möchte ich nur noch eines sagen: Admiral Perck befindet sich an Bord seines Flaggschiffes, der TKS PROVIDENCE. Man wird sich um ihn kümmern, sobald der Orbit wieder in der Hand befreundeter Truppen ist. General Henstridge befindet sich meines Wissens jedoch immer noch auf der Erde, und zwar in der Verteidigungszentrale in Dakar. Falls sich in Afrika regierungstreue Truppen in Stellung gebracht haben, fordere ich sie auf, die Verteidigungszentrale notfalls mit Gewalt zu nehmen. Henstridge ist einer der Drahtzieher des Putsches und muss unter allen Umständen zur Strecke gebracht werden. Ich wünsche allen Menschen dort draußen alles Gute bei der Bewältigung dieser Nacht der Herausforderungen. Meine Gebete begleiten Sie.«

Der Pilot des Flugzeugs schaltete die Übertragung ab. »Das ist alles«, erklärte er.

»Reicht ja auch«, kommentierte Alan. »Ziemlich starker Tobak.« Er warf Scott einen abschätzenden Blick zu. »Was tun wir jetzt? Geht's immer noch nach Oslo?«

Scott schüttelte den Kopf. »Nein, mir ist jetzt klar, dass wir dort nicht helfen können. Es gibt Wichtigeres zu tun.« Er klopfte dem Piloten auf die Schulter. »Benachrichtigen Sie die anderen Flugzeuge. Wir ändern den Kurs. Wir fliegen nach Afrika.«

Kim Coltor stand außerhalb des Lazarettzeltes, in dem gerade Jürgen Ritter operiert wurde. Seit Marine-General Brandon Leslie den

Gouverneur und sie befreit hatte, war so eine Art Schockstarre über die Einheiten der Putschisten hereingebrochen. Sie hielten ihre Positionen und hatten alle Versuche eingestellt, die noch nicht eroberten Bereiche von Neu-Johannesburg einzunehmen. Im Gegenzug hatten sich alle regierungstreuen Truppen auf Positionen zurückgezogen, von denen aus sie den Feind zwar beobachten konnten, ihm aber nicht nahe genug kamen, um von den gegnerischen Soldaten als Bedrohung wahrgenommen zu werden. Das Ergebnis war ein inoffizieller Waffenstillstand.

Es war nicht viel, aber besser als nichts. Zumindest hörte das Töten auf dem Mars vorläufig auf.

»Haben Sie es schon gehört?«

Kim drehte sich nicht um, als sie Leslies Stimme hinter sich wahrnahm. Sie nickte lediglich und deutete auf das Radio, um das sich mehrere Marines und Milizionäre versammelt hatten. Die Männer und Frauen lauschten der Verlautbarung der Präsidentin zum fünften Mal und sie wirkten immer noch, als könnten sie nicht so recht glauben, was sie dort hörten. Kim konnte es ihnen nicht verdenken. Sie konnte es selbst kaum glauben, obwohl sie von den Eröffnungen der Präsidentin kaum überrascht war.

»Glauben Sie, das war es dann?«, fragte sie den General.

Dieser zuckte die Achseln. »Mittelfristig? Bestimmt. Kurzfristig? Möglicherweise, das muss man sehen. Erfahrungsgemäß gibt es immer einige, die die Wahrheit nicht glauben, selbst wenn diese sie in den Hintern tritt. Und wieder andere sind zu stur, um von dem eingeschlagenen Weg abzuweichen. Es wird noch weitere Kämpfe geben, da bin ich sicher. Doch der Putsch an sich ist im Prinzip vorbei. Sie haben verloren und den meisten von ihnen wird das klar sein. Ab jetzt geht es für viele nur noch darum, die eigene Haut zu retten. Der beste Weg dorthin ist entweder untertauchen oder sich ergeben. Wie dem auch sei, die Kämpfe werden jetzt merklich abflauen.«

»Ein Glück. Ich kann es kaum erwarten. Ich muss wissen, wie es meinem Mann geht.«

»Machen Sie sich nicht zu viele Sorgen. Es geht ihm bestimmt gut.«

Sie wandte sich halb zu dem General um. »Sie kennen ihn?«

»Nicht persönlich«, erwiderte Leslie bedauernd, »aber ich habe schon viel von ihm gehört. Männer wie er sind zu stur zum Sterben. Glauben Sie einem alten Soldaten. Ich weiß, wovon ich spreche.«

»Ich hoffe, Perck wird für seine Taten in der Hölle schmoren.«

Leslie schnaubte. »Das wird er sicherlich. Ich kann mir nicht vorstellen, dass er seine Gerichtsverhandlung erleben wird. Er ist zu gefährlich. Man wird sein Schiff kurzerhand abschießen. Damit wäre der Fall dann erledigt.«

»Sie haben eine sehr fatalistische Sicht der Dinge.«

»Das sind Erfahrungswerte.«

»Ich habe mich noch gar nicht bei Ihnen bedankt.«

»Wofür?«

»Ihre Scharfschützen haben Jürgen und mir das Leben gerettet.«

Leslies Lippen deuteten ein Lächeln an. »Schon gut. Ich bedaure nur, dass in diesem Kampf so viele gute Leute auf beiden Seiten ihr Leben lassen mussten.«

Rachel drehte sich nun zur Gänze um und musterte das Lazarettzelt, in dem ihr alter Freund um sein Leben kämpfte. Gut möglich, dass noch ein weiterer guter Mann sein Leben lassen musste, bevor diese Sache vorbei war. »Wie geht es ihm?«

Leslies Miene verdüsterte sich. »Nicht gut, fürchte ich. Er hat eine Gehirnschwellung. Sie müssen sein Gehirn aufbohren, damit es sich außerhalb des Kopfes ausdehnen kann. Von diesem Moment an, kann man nicht viel mehr tun als abwarten.«

Sie senkte den Blick. Einen Mars ohne Jürgen Ritter konnte sie sich nur schwer vorstellen. Sie hoffte inständig, er würde es schaffen. Sie ließ den Blick über die versammelten Männer und Frauen schweifen, die damit beschäftigt waren, ihre Wunden zu heilen und sich von den vergangenen Strapazen zu erholen.

Wenigstens für diese Menschen schien der Kampf fürs Erste beendet zu sein.

Vizeadmiral Roland Steger saß stocksteif auf seinem Kommandosessel, während die Überreste der Heimatflotte die geschlagene und dezimierte Flotte der Putschisten verfolgte.

Ortega zog sich eilig aus den Saturnringen zurück und hinterließ dabei eine Spur aus zerborstener Panzerung, im All treibender Leichen und zerstörten Schiffen. Das Blatt hatte sich gewendet. Die Schlacht in den Ringen war weniger eindeutig ausgegangen, als Steger es sich gewünscht hätte. Der Kampf war brutal gewesen, nicht zuletzt deshalb, weil Ortega sich geweigert hatte zurückzuweichen. Was dem Mann an Erfahrung fehlte, das machte er durch Biss wett. Sogar über jedes vernünftige Maß hinaus.

Die Einheiten der Heimatflotte, die Steger aus den Ringen folgten, zählten weniger als sechzig Schiffe. Staudmann hatte jedoch mit ihm Kontakt aufgenommen. Der Admiral an Bord der BERLIN hatte im Lauf der letzten Stunden mehrere Kämpfe mit versprengten Einheiten der Putschisten ausgefochten und führte nun etwa zwanzig weitere Schiffe heran. Damit galt die Heimatflotte eigentlich nach allen gängigen militärischen Konventionen als zerschlagen. Es würde Zeit brauchen, die Flotte wieder auf ein akzeptables Maß zu bringen, von der Heilung anderer Narben einmal ganz abgesehen.

Ortega verfügte noch über knapp vierzig Schiffe. Perck hielt mit der PROVIDENCE immer noch den Orbit der Erde und sammelte dreißig weitere Schiffe um sich. Das wäre ein beinahe ausgeglichenes Kräfteverhältnis gewesen, wären nicht die Verteidigungszentralen der Erde gewesen. Mit ihren mächtigen Raumabwehrwaffen, waren sie in der Lage, eine ganze feindliche Flotte in Schach zu halten, und niemand wusste, wie sie sich verhalten oder zu wem sie sich bekennen würden. Gemäß der Verlautbarung Präsidentin Tylers konnte man nur sicher sein, dass sich Dakar unter dem direkten Kommando General Henstridges befand und mit an Sicherheit grenzender Wahrscheinlichkeit zu Perck und dessen wahnsinnigen Plänen halten würde.

Steger sah auf das Chronometer über der Station der Schadenskontrolle. Es würde noch gut eine Stunde dauern, bis sie die Erde erreichten. Vorher würden sie mit Staudmann zusammentreffen, um gemeinsam zum Planeten vorzustoßen. Dort würde es sich entscheiden. Das Schicksal des Konglomerats und des Krieges gegen die Ruul stand buchstäblich auf des Messers Schneide.

Admiral Thomas Perck ging auf der Brücke der PROVIDENCE nervös auf und ab. Tyler lebte noch. Warum lebte diese Frau immer noch? Konnte sie nicht endlich den Anstand haben zu sterben, wie es von ihr erwartet wurde? Sie führte den ganzen Krieg gegen die Ruul, wie sie ihren Wahlkampf geführt hatte: halbherzig. Und plötzlich entwickelte sie so etwas wie ein Rückgrat und Mut. Zum denkbar schlechtesten Zeitpunkt.

Verdammtes Miststück!

»Sir?«, sprach ihn seine XO zögernd an. In den letzten Stunden war Perck zunehmend reizbarer geworden. Seiner Besatzung war dies nicht entgangen. Sie versuchten mittlerweile, ihn in Watte zu packen. Etwas, das ihn noch mehr ärgerte.

»Was ist denn?«

»Ein Ruf vom Planeten. General Henstridge in Dakar.«

Perck merkte auf. »Na endlich. Durchstellen!«

Er kehrte zu seinem Kommandosessel zurück und setzte sich. Henstridge musste nicht unbedingt bemerken, wie besorgt Perck über die derzeitige Entwicklung war. Gegenüber dem wankelmütigen TKA-General musste er den Anschein der Gelassenheit wahren. Er musste den Eindruck vermitteln, alles im Griff zu haben.

Das holografische Gesicht Henstridges baute sich vor ihm auf und er nickte dem General freundlich zu. Er zwang sich sogar zu einem Lächeln, wonach ihm eigentlich im Moment gar nicht zumute war.

»Simon«, begrüßte er ihn.

»Thomas, die Lage ist ernst hier unten.«

Perck runzelte die Stirn angesichts der ungewohnten Offenheit des Mannes, doch er brachte seine Mimik schnell wieder unter Kontrolle. »Gib mir einen kurzen Lagebericht.«

»Tylers Ansprache hat einiges losgetreten. Die noch unentschlossenen Teile des Militärs haben sich auf ihre Seite geschlagen. Überall auf der Erde werden meine Truppen entwaffnet und festgesetzt. Soweit ich das feststellen kann, ohne größeren Widerstand zu leisten. Nach Tylers Auftritt haben viele meiner Einheiten sogar freiwillig und ohne Zwang die Waffen niedergelegt oder gleich die Seiten gewechselt. Die Belagerungstruppen, die Oslo angreifen, haben sich den Verteidigern ergeben. Das 171. Regiment ist gerade dabei, sie zusammenzutreiben und unter Arrest zu stellen. Ich kann über die Hälfte meiner höheren Offiziere nicht mehr erreichen. Viele sind untergetaucht. Teilweise sogar Leute, die ich seit Jahren kenne und die zu meinem inneren Kreis gehören. Ich erhalte beinahe alle zehn Minuten Berichte über weitere Desertionen.«

Percks Lippen verzogen sich zu einem wehmütigen Lächeln. »Die Ratten verlassen das sinkende Schiff.«

Henstridge nickte. »So sieht es aus. Die Situation gerät außer Kontrolle.« Der TKA-General zögerte merklich, bevor er die Frage stellte, die ihn wirklich beschäftigte. »Wie sieht es bei dir aus?«

Perck überlegte, wie er auf die Neugier des Mannes reagieren sollte, entschied sich dann jedoch für die Wahrheit – zumindest teilweise. »Noch ist die Lage im Griff. Ich habe die Kontrolle über den Orbit und kann notfalls jeden Punkt auf der Planetenoberfläche beschießen, wenn ich das will.«

Mehrere Mitglieder seiner Brückenbesatzung sahen sich bei dieser unverhüllten Drohung missmutig zu ihm um. Selbst seine XO, der er eigentlich vertraute, wirkte mit einem Mal ziemlich verunsichert. Sogar Henstridge wirkte schockiert.

»Das hast du doch nicht wirklich vor?«

»Nicht, wenn es nicht nötig ist. Die Überreste der Heimatflotte schließen schnell zu uns auf. Wir werden uns ihnen vermutlich zum Gefecht stellen müssen. Das Kräfteverhältnis ist beinahe ausgeglichen. Kann ich mich auf die Unterstützung der Verteidigungszentralen verlassen?«

»Ohne Einschränkung«, versicherte Henstridge.

»Ausgezeichnet«, nickte Perck. »Dann wird es nicht notwendig sein, die Bevölkerung der Erde als Geiseln zu nehmen.«

Henstridge schluckte. »Ich verstehe.«

»Halte mich auf dem Laufenden.«

»Verstanden. Dakar Ende.«

Das Hologramm verschwand. Perck nickte zufrieden. Mit den Verteidigungszentralen auf seiner Seite konnte er die Schlacht immer noch gewinnen. Die Heimatflotte war mittlerweile zu geschwächt, um es sowohl mit ihm als auch mit diesen waffenstarrenden Festungen aufzunehmen. Etwas hatte er Henstridge verschwiegen.

Das Problem der Desertionen beschränkte sich nicht allein auf die TKA-Truppen auf der Erde. Die Kämpfe um den Mars und andere Kolonien im Solsystem waren praktisch beendet. Einheiten der Putschisten ergaben sich überall. Es verging kaum eine Minute, in der nicht weitere Hiobsbotschaften eintrafen. Selbst seine Flotte war nicht davor gefeit. Noch bevor die Schlacht in den Saturnringen für Ortega verloren gegangen war, hatten sich einzelne Schiffe aus dem Kampf entfernt und ihre Neutralität signalisiert oder sich während des Kampfes gleich Stegers Einheiten ergeben. Aber das waren alles nur geringfügige Rückschläge. Letztendlich würde er gewinnen.

Eine leise Stimme im hintersten Winkel seines Verstandes begann zu ihm zu sprechen. Eine Stimme, die er gern als die Stimme seiner Vernunft bezeichnete.

Gewinnen? Wozu noch? Der Plan ist aufgeflogen. Warum nicht die Kämpfe einstellen? Das Töten beenden? Nicht Tylers Truppen sind der Feind, sondern die Ruul.

Ich kann nicht, wies er seine eigene Vernunftstimme zurecht. *Ich kann nicht aufhören. So etwas wie Kapitulation ist in meiner Art zu denken nicht vorgesehen. Ich werde nicht aufgeben. Diese Schlacht wird bis zum bitteren Ende geführt.*

28

Die Bunkeranlage, die die Verteidigungszentrale Dakar beherbergte, befand sich nicht direkt in der Stadt selbst, noch nicht einmal auf dem Festland. Die Zentrale war gut vier Kilometer vor der senegalesischen Küste in einer Unterwasseranlage untergebracht. Über Wasser befand sich lediglich der Start- und Landeplatz für die Flugzeuge und Hubschrauber der Zentrale. Die Waffen der Zentrale konnten nach Bedarf ausgefahren werden, sodass die Mündungen über die Wasseroberfläche reichten und Ziele im Orbit beschießen konnten. Andernfalls hätte das Wasser die Energie der Laserwaffen zerstreut und die Feuerkraft der Anlage deutlich mindern können.

Der einzige Zugang an Land war ein gepanzertes Tor außerhalb der Stadt, durch das eine breite Straße in die Anlage führte. Der Zugang war für die Versorgung der Zentrale über den Landweg gedacht, konnte aber ebenfalls versiegelt und gut verteidigt werden. Darüber hinaus verfügte die Zentrale nicht nur über Raumabwehrwaffen, sondern auch über ausreichend Mittel sich gegen einen direkten Angriff aus der Luft, zur See oder zur Land zur Wehr zu setzen.

Die Zentrale war ein Wunderwerk der Technik. Es handelte sich im Prinzip um eine vollständig autonome Stadt, die von der Außenwelt vollkommen abgeschottet werden konnte. Genau das war das Problem.

Scott Fergusen und Alan Foulder musterten den Bürgermeister von Dakar mit unverhohlener Ungeduld. Der Morgen graute bereits. Die sechs Flugzeuge mit den ROCKETS waren vor gut zwei Stunden eingetroffen, doch seitdem war nichts wirklich Relevantes passiert.

Der Angriff auf das Areal hätte längst laufen sollen, doch die ROCKETS drehten stattdessen lediglich Däumchen, da man sich nicht auf ein einheitliches Vorgehen einigen konnte.

Positiv war zu berichten, dass sich Henstridge tatsächlich innerhalb der Anlage befand und er allein dastand. Im Umkreis der Stadt und ganz Westafrikas gab es keine Verbände der Putschisten mehr. Sie hatten sich ergeben oder verhielten sich zumindest neutral.

Auf der Habenseite der regierungstreuen Truppen standen mehrere Milizregimenter der Westafrikanischen Koalition, ein paar Bataillone Marines, mehrere Lufteinheiten wie Hubschrauber und rein atmosphärentaugliche Kampfflugzeuge und sogar mehrere Schiffe der altehrwürdigen Seestreitkräfte. Alles in allem standen ihnen genügend Einheiten zur Verfügung, um die Anlage zu nehmen.

Das Problem war, der Admiral der Seestreitkräfte, ein Senegalese mit Namen Isaac Sall, gab einem Angriff von Seeseite den Vorzug. Der Kommandeur der Marines, Lieutenant Colonel Amber McCall, wollte mithilfe der westafrikanischen Miliz das Portal an Land angreifen, benötigte für eine erfolgreiche Durchführung jedoch die Artillerie an Bord von Salls Schiffen.

Der Luftwaffengeneral, dessen Namen Scott vergessen hatte, hielt sich aus allem heraus und war bereit, sich dem Angriff anzuschließen, der sich am Ende der Besprechung durchsetzen würde. Auf seine Art war das die entnervendste Haltung. Wenn der Mann sich wenigstens nur mal festlegen würde.

Der Bürgermeister von Dakar teilte Scotts und Alans Ungeduld und warf beiden immer wieder Hilfe suchende Blicke zu.

Scott bekam beinahe Mitleid mit dem Mann. Die Besprechung fand zwar im Rathaus statt, aber im Prinzip lediglich aus Höflichkeit. Der Bürgermeister selbst wurde eigentlich nur geduldet, während sich die Offiziere gegenseitig die Köpfe einschlugen.

»Ich hoffe, Ihnen ist klar, dass Henstridge über die Mittel verfügt, ihre Schiffe allesamt zu versenken, sobald sie auch nur in die Nähe der Anlage fahren«, versetzte McCall zum wiederholten Mal.

»Ach? Und bei Ihnen und ihren Marines ist das wohl anders?«, entgegnete Sall ungerührt, den das Argument nicht wirklich zu treffen schien. »Ein Angriff von See aus, ist die einzig logische Vorgehensweise.«

»Papperlapapp.« Der weibliche Marine-General winkte lapidar ab und zeigte damit ihre Verachtung für den vorliegenden Plan.

»Behandeln Sie mich nicht so von oben herab«, brauste Sall auf. »Was glauben Sie denn, was passiert, selbst wenn sie das Tor knacken können? Der Tunnel, der in die Anlage führt, wäre eine Todesfalle für Ihre Truppen. Dafür ist er nämlich konstruiert worden. Wenn Sie Ihre Leute dort hineinführen, dann vergessen Sie nicht, eine große Anzahl von Särgen zu bestellen.«

»Meine Leute sind durchaus in der Lage, mit einer solchen Situation fertigzuwerden. Dafür sind wir trainiert.«

»Ich befürchte, ich muss Admiral Sall recht geben«, mischte sich Scott ein. »Ein Angriff über das Portal wäre Selbstmord.«

»Ha!«, brach es aus Sall triumphierend heraus.

»Ebenso wäre ein Angriff zur See aus ein sinnloses Unterfangen.«

Sall blickte verdutzt aus der Wäsche, angesichts dieser unerwarteten Entwicklung.

»Wenn also weder ein Angriff zur See noch zu Land zum Erfolg führen würden, was bleibt dann noch?«, wollte der Luftwaffengeneral wissen.

»Ein Angriff zur Luft.«

Der Luftwaffengeneral schüttelte energisch den Kopf. »Dafür habe ich nicht die Mittel. Wir können die Landeplattform bombardieren und einige ihrer Waffen ausschalten, aber mehr auch nicht.«

»Das reicht schon.«

»Du hast einen Plan?«, wollte Alan im Tonfall eines Mannes wissen, der die Antwort auf seine eigene Frage bereits kannte.

Scott lächelte. »Die Luftwaffe wird Angriffe gegen die Landeplattform fliegen und so viele Waffen ausschalten wie möglich. Die Marine wird sich dem Angriff anschließen. Währenddessen werden General McCalls Marines gemeinsam mit der Miliz das Portal zu Land attackieren, aber selbst wenn sie die Panzerung knacken, werden Sie nicht in die Anlage vorrücken. Das wäre tatsächlich ein sinnloses Unterfangen.«

McCalls Gesicht hellte sich auf. »Wir sollen sie lediglich ablenken.«

Scott nickte. »Ganz recht. Henstridge wird nicht wissen, welcher Angriff ernst gemeint ist und welcher nicht. Er wird auf alle Attacken reagieren müssen.«

Alan grinste gehässig. »Und dann kommen wir?«

»Die ROCKETS werden über der Anlage abspringen, genauer gesagt über der Landeplattform. Wir nehmen sie ein, bevor Henstridges Leuten klar wird, was passiert, und verschaffen uns von dort Zugang zum restlichen Teil der Anlage. Mit etwas Glück überraschen wir sie.«

»Ein riskanter Plan«, meinte McCall. »Könnte aber funktionieren.«

»Er muss«, entgegnete Scott. »Wir haben keine Zeit mehr. Die Heimatflotte nähert sich der Erde. Soweit wir wissen, hält sich Steger noch zurück, aber das kann er nicht mehr lange verantworten. Die Anlage muss fallen, bevor er in Reichweite ist.«

»Bleibt nur noch das Problem mit den anderen«, meinte Alan zweifelnd.

»Die sind vorläufig kein Problem. Steger hält seine Schiffe in einer Position, auf die die anderen Zentralen aufgrund der Erdkrümmung nicht feuern können. Im Moment ist nur Dakar ein Problem. Um die anderen kümmern wir uns, sobald es so weit ist. Erst einmal müssen wir Henstridge erwischen. Das ist das Wichtigste. Alles Weitere sehen wir dann.« Scott sah sich auffordernd in der Runde um. »Sind alle einverstanden?«

Allgemeines Nicken war die Antwort. Er sah auf seine Armbanduhr. »Bringen Sie Ihre Leute in Stellung. Wir greifen in einer Stunde an.«

Der Angriff auf die Verteidigungszentrale Dakar wurde von Admiral Sall eingeleitet. Seine Schiffe ließen ein Trommelfeuer aus Artilleriegranaten und Marschflugkörpern auf die Landeplattform und alle überseeischen Einrichtungen der Zentrale niederregnen.

Sall selbst befand sich zum Zeitpunkt des Angriffs im CIC der JUAREZ, eines alten Flugzeugträgers, der bestimmt schon beinahe fünfzig Jahre auf dem Buckel hatte. Seine Schiffe näherten sich der Anlage gerade so weit, wie es nötig war, um die Geschütze einsetzen zu können. Seine vier Flugzeugträger blieben dabei hinter den Schweren Kreuzern, Fregatten und Zerstörern zurück. Sie verfügten über keinerlei Waffen, die man gegen ihr Ziel einsetzen konnte.

Vom Deck der JUAREZ und ihren Schwesterschiffen startete Welle um Welle von Seahawk-Kampfflugzeugen, die speziell für den Einsatz an Bord von Flugzeugträgern entwickelt worden waren.

»Wo sind die Firebird-Jäger der Luftwaffe?«, wandte sich Sall an seinen XO.

Dieser konsultierte einen seiner Radaroffiziere, bevor er antwortete. »Befinden sich im Anflug und sind in etwa vier Minuten im Zielgebiet.«

Sall nickte zufrieden. »Ausgezeichnet. Genau nach Zeitplan. Sie sollen sich mit den Seahawks vereinen und einen gemeinsamen Angriff fliegen. Wir unterstützen sie so weit wie möglich.«

Der XO nickte und gab den Befehl weiter. Sall beobachtete währenddessen auf einem der Bildschirme, wie sich die Welle aus Firebird-Jägern der Anlage von Osten näherte. Seine eigenen Seahawks griffen von Süden aus an.

Von Norden näherte sich ein kleiner Pulk Flugzeuge, die sechs große Maschinen eskortierten. Das Geschwader verringerte merklich die Geschwindigkeit. Sie warteten darauf, dass der Angriff erste Früchte trug und die Luftverteidigung der Zentrale ausgeschaltet war.

Sall sah auf das Chronometer an der Wand. McCalls Angriff auf das Portal musste bereits laufen. Hoffentlich fiel Henstridge darauf herein und erkannte erst, was vor sich ging, wenn es längst zu spät war.

»Einige U-Boote, Kriegsschiffe und mehrere Jägerwellen nähern sich schnell«, meldete Lieutenant Colonel Torin Yashida dem neben ihm stehenden Henstridge. »Außerdem läuft gerade ein Angriff auf den Zugang nahe Dakar.«

»Ein Angriff zu Land? Haben wir eine positive Identifizierung, was die beteiligten Einheiten betrifft?«

Yashida nickte. »Es scheint sich hauptsächlich um Miliz zu handeln. Es sind aber auch einige Marines dabei. Machen Sie sich keine Sorgen. Die haben keine Chance, hier einzudringen.«

»Ich mache mir mehr Sorgen um diese Schiffe und Jäger.«

»Ich auch. Ich schicke unsere Jäger hoch.«

»Halten Sie das für klug?«, meinte Henstridge zweifelnd. »Die müssten uns schon tagelang bombardieren, um etwas zu erreichen.«

»Bei der Anlage selbst trifft das zu, doch es gibt Teile, die sind exponierter. Das Bombardement könnte einem großen Teil unserer Bewaffnung und der Plattform erheblichen Schaden zufügen. Sie brauchen Feuerschutz durch eigene Lufteinheiten.«

»Sind Ihre Piloten verlässlich? Ich möchte keine Überraschungen erleben. Falls einige von ihnen überlaufen ...«

»Werden Sie nicht. Ich habe sie persönlich ausgewählt. Sie sind loyal. Und wenn wir Admiral Perck und seinen Schiffen Deckung geben wollen, dann brauchen wir alle unsere Waffen und das bedeutet, wir müssen diese Schiffe und Jäger aus dem Weg räumen.«

»Gut. Sie sind der Kommandant dieser Anlage. Sie müssen am besten wissen, wie Sie sie verteidigen. Ich mische mich da nicht ein.«

Yashida nickte und trat einen Schritt nach vorn. »Befehl an die Deckcrews der Plattform. Alles für den Start der Jäger vorbereiten. Alle Geschützmannschaften, Achtung: Wir erwidern jetzt das Feuer und schlagen den Angriff zurück.«

»Es geht los. Sie lassen ihre Jäger starten«, informierte Salls XO seinen Admiral.

Noch bevor Sall antworten konnte, eröffneten die Abwehrwaffen der Anlage das Feuer. Einer der Zerstörer und eine Fregatte wurden getroffen und explodierten augenblicklich. Die brennenden Gerippe der Schiffe wurden von den Fluten verschlungen, doch vorher detonierte noch die eingelagerte Munition.

Eine weitere Fregatte erlitt einen Beinahetreffer, doch dieser reichte völlig, um ihre Steuerbordseite auf ganzer Breite aufzuschlitzen. Mehrere Decks des Schiffes fingen Feuer. Das Schiff drehte ab, um sich in Sicherheit zu bringen. Mehrere Zerstörer änderten den Kurs, um die Positionen der ausgefallenen Schiffe einzunehmen. Der Beschuss auf die Anlage ließ durch den Verlust dieser drei Schiffe kaum nach, doch Sall spürte den Verlust trotzdem – tief in seiner Seele.

»Nachricht an die ROCKETS. Einsatz starten, solange noch etwas von meiner Flotte übrig ist.«

»Wir haben den Einsatzbefehl«, informierte der Pilot Scott, der hinter ihm stand und sich mit beiden Händen auf dessen Lehne stützte. »Wir können in weniger als einer Minute über der Plattform sein.«

»Dann los. Solange sie noch dabei sind, ihre Jäger zu starten. Die anderen Flugzeuge sollen folgen. Wir springen so bald wie möglich ab.«

Die sechs Transportflugzeuge nahmen an Geschwindigkeit zu, umgeben von ihren Geleitjägern. Über der Anlage entwickelte sich ein erbitterter Luftkampf, als Seahawks und Firebirds gegen Jäger vom Typ Executor antraten. Scott war beeindruckt von dem Material, über das die Zentrale verfügte. Executors gab es noch nicht so lange. Henstridge hatte sicherlich einige Beziehungen spielen lassen, um an die Dinger zu kommen.

Obwohl technologisch unterlegen, hielten Seahawks und Firebirds die Stellung gegen die weitaus besser ausgerüsteten und schlagkräftigeren Jäger.

Maschinen beider Seiten zerplatzten und regneten als brennende Trümmerstücke zur Oberfläche hinab. Die Artillerie der Schiffsgeschütze richteten derzeit verheerende Schäden an der Plattform an, doch nicht verheerend genug. Flakbatterien zerfetzten mehrere TKA-Jäger über der Anlage und zwangen andere, beschädigt umzukehren. Sie zogen auf ihrem Rückzug dichte Rauchspuren hinter sich her.

Scott wollte sich gerade umdrehen und in den Frachtbereich zurückkehren, um seine Ausrüstung anzulegen, als sich in der Ferne eine Explosionswolke auftürmte. »Was zum Teufel war das?«, fragte er mit vor Aufregung heiserer Stimme.

»Einer der Flugzeugträger. Die Zentrale hat ihn mit einem ihrer größeren Kaliber erwischt.«

»War es Salls Schiff?«

»Keine Ahnung. Kann ich leider nicht sagen.«

Scott fluchte unterdrückt. »Dann erledigen wir das Ding lieber, bevor es unsere Flotte erledigt.«

Entschlossen drehte er sich um und eilte in den Frachtbereich, wo Alan bereit auf ihn wartete und ihm einen Fallschirm in die

Hand drückte. Der andere Truppführer half ihm beim Anlegen und überprüfte ein letztes Mal, ob alles richtig saß. In diesem Augenblick wechselte die rote Leuchte über dem Ausstieg auf Grün und die Heckklappe des Flugzeugs öffnete sich. Sofort wurde es eisig kalt und ein scharfer Wind zerrte an ihrer Kleidung.

»Hast du so was schon mal gemacht?«, schrie Scott über den Lärm hinweg.

»Ein paarmal«, erwiderte Alan ebenso laut. »Ist halb so wild. Du musst nur achtgeben, nicht zu weit abzutreiben. Wenn du die Plattform verfehlst, landest du im Wasser und musst auf Rettung warten, bis die Schlacht vorbei ist.«

»Großartig. Mir ist heute nicht nach einem Bad.«

»Das wäre dein geringstes Problem«, lachte Alan. »Hier gibt es Haie.«

»Haie?«

»Jepp. Jede Menge.« Alan klopfte ihm ein letztes Mal auf die Schulter, lief auf die Heckklappe des Flugzeugs zu und sprang hinaus, noch ehe Scott etwas erwidern konnte.

Scott wusste, dass er nicht zögern durfte, sonst verpasste er das Fenster für den erfolgreichen Absprung auf die Plattform. Er lief auf die Heckklappe zu – und sprang ins Nichts.

Normalerweise sprangen Fallschirmtruppen auf etwa vierhundert Metern ab. Da hier der Zeitfaktor von enormer Bedeutung war, hatten sie entschieden, die Absprunghöhe auf zweihundertfünfzig Meter herabzusetzen. Sie mussten exakt den Zeitpunkt abpassen, wenn die Besatzung der Zentrale eine weitere Jägerstaffel startete.

Die Luftjäger der Verteidigungszentrale befanden sich in einem gepanzerten Hangar unterhalb der eigentlichen Plattform. Die Jäger wurden für den Start über einen Aufzug auf die Startbahn gebracht, ein gepanzertes Hangartor wurde für wenige Minuten geöffnet und die Jäger konnten ins Freie, um den Feind anzugreifen.

Der Einsatz der ROCKETS zielte darauf ab, die Öffnung des Hangartores zu erwischen, in den Hangar selbst einzudringen und von dort aus ins Innere der Anlage. So viel zur Theorie.

Sobald sich Scott in der Luft befand, zwang der enorme Luftzug seine Arme und Beine auseinander. Er spürte die kalte Luft in seiner Kehle brennen. Die Plattform raste auf ihn zu und er zog die Reißleine. Der Ruck presste ihm die Luft aus den Lungen, doch der Fallschirm bremste seinen Fall und er schwebte der Plattform entgegen.

Was immer die Besatzung der Zentrale in diesem Moment dachte, sie waren wohl ziemlich überrascht. Mit Sicherheit war das Letzte, mit dem sie rechneten, ein Angriff von Luftlandetruppen.

Vereinzeltes Feuer schlug den ROCKETS auf ihrem Weg nach unten entgegen. Scott sah, wie Fallschirme und Körper von Geschossen durchlöchert wurden und im freien Fall dem Meer entgegenstürzten.

Er war bereits nahe genug, um auf der Plattform einzelne Personen erkennen zu können. Die ROCKETS – immer noch an ihren Fallschirmen hängend – erwiderten das Feuer. Mehrere der Verteidiger fielen.

Scott sah unter sich Alan. Der andere Truppführer war ihm weit voraus. Er hatte die Plattform beinahe erreicht. Wenige Meter über dem Boden löste der Kommandosoldat die Verschlüsse des Schirms und ließ sich einfach fallen. Alan federte den Sturz locker aus den Knien ab. Sofort eilten zwei feindliche Soldaten herbei, die Waffen im Anschlag. Doch Alan war schneller. Seine Maschinenpistole kam hoch und hustete zweimal kurz hintereinander. Beide TKA-Soldaten waren tot, noch bevor sie zu Boden stürzten.

Weitere ROCKETS erreichten die Plattform. Scott war einer von ihnen. Die Männer und Frauen formierten sich augenblicklich. Befehle waren größtenteils unnötig. ROCKETS wurden darauf gedrillt, im Notfall vollständig autonom zu reagieren, die Ausbildung tat ein Übriges. Die Kommandosoldaten rückten als geschlossene Kampflinie auf das Hangartor zu, das im Begriff stand, sich wieder zu schließen. Irgendjemand im Inneren hatte begriffen, was vor sich ging, und Initiative gezeigt – doch nicht schnell genug.

Alan sprang unter dem halb geöffneten Hangartor hindurch und warf sofort eine Granate gegen die kleine Kabine, von der aus alle Funktionen der Plattform gesteuert wurden. Als sich der Rauch verzog, war das Glas der Kabine gebrochen und der Mann im Innern tot. Das Tor kam quietschend zum Stehen. Weitere ROCKETS duckten sich unter dem Tor hindurch in den Hangar. Ein Feuergefecht brandete auf und war im selben Moment auch schon beinahe gewonnen.

Scott gab Sperrfeuer auf eine Tür, durch die sich gerade eine Reihe von TKA-Soldaten zurückziehen wollten. Er hatte nicht vor, ihnen den Rückzug zu gestatten. Je weniger Soldaten Henstridge am Ende zur Verfügung standen, desto besser.

Die TKA-Soldaten hoben ihre Waffen und machten im ersten Moment den Eindruck, sich den Weg freikämpfen zu wollen. Doch als sie sich mehreren Hundert kampfbereiten und entschlossenen ROCKETS gegenübersahen, ließen sie einer nach dem anderen die Waffen sinken. Die Kommandosoldaten umringten sie und die Männer verloren das letzte bisschen Kampfgeist, legten die Waffen auf den Boden und ergaben sich.

Scott nickte zufrieden. Der Hangar gehörte ihnen. Der Rest der Anlage würde folgen. Er *musste* folgen.

»ROCKETS im Hangar. Sie haben die Kontrolle über die Plattform und einen Teil unserer Abwehrwaffen.« Yashidas Stimme überschlug sich fast, als er Bericht erstattete.

»Auch das noch«, fluchte Henstridge. »Was ist mit den Marines?«

»Das Portal an Land hält stand, aber wenn die ROCKETS einen Weg finden, den Marines den Weg zu ebnen …« Yashida ließ den Satz vielsagend ausklingen.

Henstridge nickte. »Ich verstehe.« Der TKA-General überlegte angestrengt. »Verschaffen Sie mir eine Verbindung zu Perck.«

Admiral zur See Isaac Sall hustete würgend, als sich dichter, beißender Qualm im CIC sammelte.

»Statusbericht!«, forderte er seinen XO auf, während er die Leiche eines Controllers von der zerstörten Konsole einer Waffenstation zog und sie sanft auf den Boden legte.

»Die FALKLAND und die POSEIDON sinken«, spulte der Mann seine Informationen ab, während er gleichzeitig versuchte, nicht das Gleichgewicht zu verlieren.

Sall schloss die Augen. Mit dem Verlust der beiden Flugzeugträger schrumpfte die offensive Kampfkraft seiner Flotte auf weniger als zwanzig Schiffe. Die meisten der überlebenden Einheiten waren jedoch schwer beschädigt. Wenn das so weiterging, würden sie das Gefecht nicht mehr lange fortführen können.

»Die U-Boote melden ebenfalls Verluste. Der Unterwasserkampfkraft der Zentrale haben sie kaum etwas entgegenzusetzen.«

»Ziehen Sie die U-Boote zurück. Es hat keinen Sinn, sie zu verheizen. Was ist mit den ROCKETS?«

»Sind gelandet und in die Anlage eingedrungen. Seitdem sind keine feindlichen Jäger mehr gestartet. Unsere Einheiten in der Luft erringen langsam die Oberhand. Wie es scheint, gewinnen wir im Moment wenigstens die Luftschlacht.«

»Das ist zumindest mal ein Anfang. Sobald die feindlichen Jäger eliminiert sind, beordern Sie unsere Maschinen zurück. Falls unsere Kapazität nicht mehr ausreicht, sollen einige von ihnen auf dem nächsten Flughafen in befreundeter Hand landen.«

»Was ist mit der Plattform?«

»Das Feuer einstellen und alle Schiffe außer Reichweite der Abwehrwaffen zurückziehen. Jetzt ist die ganze Sache ein Fall für die ROCKETS. Wenn wir die Plattform weiterhin unter Beschuss nehmen, sind wir eine größere Gefahr für unsere Verbündeten als für den Feind.«

»Verstanden«, bestätigte sein XO.

Bitte beendet diesen verdammten Kampf, beschwor Sall in Gedanken. *Ich will nicht länger auf andere Menschen schießen.*

»Die Lage ist nicht so schlimm, wie es den Anschein hat«, versuchte sich Henstridge an einer Rechtfertigung.

Perck musterte das Hologramm des TKA-Generals eine Weile ungläubig, nicht sicher, ob sich der Mann mit der letzten Bemerkung vielleicht einen Scherz erlaubte.

»Ich weiß nicht so recht«, erwiderte Perck schließlich. »Von meiner Position aus sieht die Sache schon sehr schlimm aus. Mehrere Hundert ROCKETS in Ihrer Basis, ich kann mir im Moment kaum etwas Katastrophaleres vorstellen.«

»Wir haben immer noch Kontrolle über die Raumabwehrwaffen. Wir können ihnen weiterhin Feuerschutz geben.«

»Ja, aber wie lange noch?«

»Die Zentrale ist stark befestigt und wird gut verteidigt. Wir halten stand und werden den Gegner wieder hinaustreiben.«

Perck hätte beinahe lauthals aufgelacht. Er gab sich keinerlei Illusionen über die Fähigkeit der Basisbesatzung hin, die ROCKETS abzuwehren. Die ROCKETS waren für derlei Dinge ausgebildet – schlimmer noch, derlei Dinge hatten sie in der Vergangenheit schon des Öfteren getan. In der RIZ hatten wesentlich kleinere Kommandotrupps ruulanische Basen und versteckte Stützpunkte ausgehoben, und das gegen weitaus heftigeren Widerstand, als die TKA-Soldaten der Verteidigungszentrale aufzubringen in der Lage waren.

»Tun Sie, was Sie können«, erwiderte er lapidar und kappte die Verbindung. Das Letzte, was er von Henstridges Gesicht sah, war eine verdutzte Miene. Er hatte den Mann schon nach einer Sekunde wieder vergessen, während er die taktische Lage betrachtete.

Er verfügte inzwischen über Leland Braxton und dessen zwei Sioux-Kreuzer sowie über Ortega und den Überresten seiner Flotte. Außerdem über weitere aufständische Schiffe, die es vorgezogen hatten, sich ihm anzuschließen, anstatt sich wie viele ihrer Kameraden den siegreichen Regierungstruppen zu ergeben. Auf der anderen Seite hatte es inzwischen weitere Desertionen gegeben. Alles in allem blieben ihm damit kaum mehr als fünfzig Schiffe.

Steger hatte sich inzwischen mit Staudmann zusammengeschlossen und gemeinsam führten sie knapp siebzig Schiffe ins Feld. Ebenso wie seine eigenen Einheiten waren die Schiffe allesamt durch die Hölle gegangen und allesamt wiesen sie mehr oder minder schwere Gefechtsschäden auf. Unter normalen Umständen wären sie ihm also – rein nach Zahlen – überlegen gewesen.

Die Heimatflotte hielt sich aber noch wohlweislich zurück. Grund hierfür war ohne Zweifel die Verteidigungszentrale Dakar, die jeden Versuch, Perck anzugreifen, zum Wagnis machte.

Stegers Flotte hielt sich immer in einer Position, auf die die anderen Zentralen nicht feuern konnten. Das bedeutete, die Heimatflotte änderte ständig die Position in Relation zur Erde. Das war eine überaus kluge Taktik, da der Kommandeur der Heimatflotte nicht vorhersagen konnte, wie sich die Befehlshaber der übrigen Verteidigungszentralen verhalten würden. Eine Unsicherheit, die Perck nachvollziehen konnte. Die Lage wurde immer ernster und er konnte nur hoffen, dass er noch deren Loyalität besaß.

Dieser Gedankengang führte ihn zurück zu Henstridge und der Lage in Dakar. Für einen Moment erwog er die Möglichkeit, der TKA-General wäre tatsächlich in der Lage, die Basis gegen einen Angriff der ROCKETS zu halten. Er verwarf ihn sofort wieder. Nein. Dakar würde fallen. Das war beinahe sicher. Die Frage war nur, wie lange sie durchhielten. Es wurde vielleicht Zeit, einige Alternativen ins Auge zu fassen. Er hatte nämlich nicht vor, ins Gefängnis zu gehen, und ganz sicher hatte er nicht vor, heute zu sterben.

»Mister Stepanovic«, wandte er sich an seinen Navigator.

Dieser drehte sich halb zu seinem Kommandeur um, ehe er antwortete. »Sir?«

»Stellen Sie mal für mich ein paar Berechnungen an. Für einen Mikrosprung und gleich danach mehrere Sprünge mit separaten Kurswechseln.«

Der Navigator verbarg seine Überraschung und Neugier hinter einer Maske kühler Professionalität.

»Aye, Sir.«

Perck erklärte seinem Navigator, was er von ihm erwartete, und bei jedem Wort aus dem Mund des Admirals vertiefte sich das Stirnrunzeln des Mannes.

29

Die Bunkeranlage war riesig, doch gemessen an der Größe vergleichsweise schwach besetzt, sodass die ROCKETS mehrere Ebenen nach unten vorrückten, bevor sie erstmals auf ernsthaften Widerstand trafen.

TKA-Soldaten verschanzten sich in den Korridoren des Hauptkomplexes der Basis und lieferten sich mit den ROCKETS erbitterte Feuergefechte. Scott und Alan hatten die Truppe mittlerweile aufgeteilt. Scott arbeitete sich auf das Herzstück der Verteidigungszentrale zu, während Alan daran arbeitete, das Portal für die Marines zu öffnen und zumindest die Abwehrwaffen auszuschalten, die McCalls Truppen auf Abstand hielten.

Projektile schlugen Funken sprühend von der Wand ab, die Scott gegenüberlag. Zwei tote ROCKETS lagen unweit der Kreuzung, die die TKA-Soldaten besetzt hielten. Der Gegner befand sich in der beneidenswerten Lage, beinahe ohne Gefahr für das eigene Leben die ROCKETS unter gehörigen Druck setzen zu können.

Er öffnete eine Funkverbindung. »Alan? Kannst du mich hören?«

»Was gibt es?«, fragte sein Freund ohne nennenswerte zeitliche Verzögerung.

»Wie weit seid ihr?«

»Beinahe da. Ich schätze, dass McCall in spätestens einer halben Stunde in die Anlage einrücken kann.«

»Dann könnte es schon zu spät sein. Wir brauchen einfach zu lange. Steger wird Perck bald angreifen müssen. Er hat gar keine andere Wahl.«

»Wenn er das tut, verliert er bereits beim Anflug die Hälfte seiner Schiffe.«

»Ich weiß – und er auch. Er kann dem Verräter aber nicht die Kontrolle über den Orbit überlassen.«

»Dann müsst ihr euch so schnell wie möglich Henstridge schnappen.«

»Würde ich gern, da gibt's nur ein Problem.«

»Welches wäre?«

Weitere Projektile schlugen nur Zentimeter von Scotts Kopf entfernt von der Wand ab. Er zog sich eilig wieder in Deckung zurück. »Die haben uns festgenagelt.«

»Ihr müsst da durch«, drängte Alan. »Egal wie.«

Scott fluchte unterdrückt. »Das befürchte ich leider auch.« Er wollte schon die Funkverbindung kappen, als ihm noch eine letzte Frage einfiel. »Alan? Hast du eine Verbindung nach draußen?«

»Nein. Entweder unser Com wird gestört oder wir sind zu tief in der Anlage.«

Scott nickte. Die Antwort war keine große Überraschung für ihn. »Verstanden.« Er beendete die Verbindung und zog eine Blendgranate vom Gürtel.

»Wir müssen da durch«, schwor er die ROCKETS hinter sich auf die bevorstehende Auseinandersetzung ein. »Egal wie.« Mit entschlossenem Knurren zog er den Stift der Granate ab und warf sie direkt vor die feindliche Stellung.

»Immer noch keine Nachricht?«

Stableton schüttelte betroffen den Kopf. »Leider keine. Seit die ROCKETS in die Anlage eingedrungen sind, haben wir jeglichen Kontakt verloren.«

Steger überlegte einige Augenblick lang. »Geben Sie mir Staudmann«, beschied er schließlich.

Das Gesicht des Admirals baute sich als halb transparentes Hologramm weniger als eine Minute später vor Stegers Nase auf.

»Wir gehen jetzt gegen Perck vor.«

Staudmann verbarg seine Überraschung gekonnt, doch Steger kannte den anderen Admiral schon lange genug. Der Mann war gelinde gesagt, perplex von der Entscheidung seines Kommandeurs.

»Was ist mit Dakar?«

»Immer noch keine Neuigkeiten. Vielleicht sind die ROCKETS zu tief in der Anlage, um uns eine Nachricht schicken zu können.«

»Oder es sind keine mehr am Leben«, gab Staudmann zu bedenken.

»Das mag ich so an dir: deinen grenzenlosen Optimismus.« Steger lächelte, während er zu einer etwas vertraulicheren Anrede seines alten Freundes überging.

»Ich bin nur realistisch. Ohne weitere Informationen könnte alles zutreffen. Bist du sicher, dass du das tun willst? Es wäre vielleicht sinnvoller, noch etwas zu warten.«

»Es gibt immer noch vereinzelte schwere Kämpfe auf der Erde. Dieser Putsch endet mit Perck und ich werde ihm nicht gestatten, noch mehr Schaden anzurichten.«

Staudmann seufzte. »Was schlägst du also vor?«

»Bei unserem Anflug halten wir Percks Schiffe immer genau zwischen uns und der Zentrale, damit dürften wir unsere Verluste minimieren – mit etwas Glück.«

»Glück ist das richtige Wort. Perck ist ganz bestimmt kein Idiot. Er wird natürlich versuchen, der Zentrale eine freie Schussbahn zu verschaffen.«

»Ich weiß, aber wir haben keine Wahl. Bereite deine Leute vor. Wir rücken aus, sobald alle Schiffe ihre Positionen eingenommen haben.«

Staudmann wirkte immer noch nicht überzeugt. »Die Abwehrwaffen der Basis könnten uns in Stücke schießen.«

»Es wird dauern, bis wir in Reichweite der Geschütze sind. Bis dahin haben die ROCKETS die Situation hoffentlich unter Kontrolle. Wir müssen ihnen einfach vertrauen.«

»Wie du meinst. Wir nehmen Stellung ein. Staudmann Ende.«

Steger nickte zufrieden, war aber längst nicht so überzeugt vom eigenen Plan, wie er gegenüber Staudmann vorgegeben hatte. In einem Punkt hatte er jedoch die Wahrheit gesagt. Der Putsch begann mit Perck und er würde mit Perck enden. Die meisten seiner Anhänger würden erst dann die Waffen strecken, wenn der Admiral erledigt war. Henstridge war inzwischen kaum noch ein Problem. Der TKA-General hatte sich in seiner eigenen Falle gefangen, als er sich in die Zentrale bei Dakar zurückzog. Von dort würde er nicht mehr entkommen können.

Perck jedoch stand auf einem ganz anderen Blatt. Der Mann verfügte immer noch über ein Schlachtschiff, eine Reihe ihm ergebener Schiffe und somit über beachtliche Feuerkraft. Man musste ihn ausschalten – und er würde diesen Job erledigen. Wie man die Sache auch drehte und wendete, der Putsch endete heute.

»Ich fasse es nicht.« Perck beobachtete die Überreste der Heimatflotte, wie sie Fahrt aufnahmen und dabei seine Position ansteuerten. »Steger tut mir wirklich den Gefallen und greift mich an. Unfassbar.«

»Sie versuchen, uns zwischen sich und den Waffen der Zentrale zu halten«, gab seine XO zu bedenken.

»Das war zu erwarten. Geben Sie der Flotte den Befehl zum fächerförmigen Ausschwärmen. Das wird genügend Löcher schaffen, durch die Henstridge feuern kann.«

David sah nach oben, als am Himmel Energieblitze aufleuchteten. Es war ein Anblick, den man beinahe hätte schön nennen können, würde nicht jedes Aufblitzen für ein Raumschiff stehen, das getroffen wurde – und für Menschen, die den Tod fanden.

Die Kolonne aus Militärfahrzeugen voller ROCKETS bewegte sich mit Höchstgeschwindigkeit zurück nach Oslo. Sie hatten ihren Job erledigt, nun war es an Armee und Flotte, den ihren zu tun. Er befand sich auf der Ladefläche eines Hovertrucks. Ihm gegenüber saßen Pedro Mendoza mit aschfahlem Gesicht und bandagierter Schulter, die Präsidentin, die schweigsam vor sich hin grübelte, und Rachel Kepshaw, deren Wunde ebenfalls inzwischen versorgt worden war. Ihr Gesicht glänzte trotzdem vor Schweiß, was auf Schwäche durch Blutverlust hindeutete. Als sie seinen Blick bemerkte, versuchte sie sich an einem zaghaften Lächeln. Ihr Bemühen scheiterte kläglich.

»Es ist bald vorbei«, beruhigte er sie.

»Das hoffe ich. Das waren einige haarsträubende Tage.«

»Kann man wohl sagen, aber Perck wird sich nicht mehr lange behaupten können. Er hat mittlerweile zu wenig Unterstützung.«

»Aber noch genug, um wirklich schlimme Dinge zu tun.«

David neigte leicht den Kopf. »Ja, ich weiß.« Er überlegte, was er noch hätte sagen sollen – sagen können –, es fiel ihm jedoch nichts Passendes ein.

»Das hätte nicht passieren dürfen«, meinte Tyler schließlich.

»Frau Präsidentin?«

»Wie konnte es uns allen nur entgehen, was Perck und Henstridge vorhaben? Der MAD, der SES, die Abteilung für innere Sicherheit: Alle haben versagt, allen voran ich. Ich hatte beinahe täglich mit den Männern zu tun und ich habe nicht das Geringste bemerkt.«

»Machen Sie sich keine Vorwürfe«, meinte David. »Ich denke, wir haben alle einen Teil der Mitschuld zu verantworten. Aber bei aller Schuldzuweisung, wer hätte denn damit rechnen können, dass sich zwei hochrangige Offiziere verschwören, um die Regierung zu stürzen? Das ist in der Geschichte des Konglomerats noch nie vorgekommen.«

»Das ist keine Entschuldigung – und keine Rechtfertigung. Ich werde vor der Bevölkerung, vor dem Parlament und vor meinem eigenen Gewissen die volle Verantwortung dafür übernehmen.«

David und Rachel wechselten einen vorsichtigen Blick. Beide wurden stutzig beim Tonfall der Präsidentin.

»Was meinen Sie damit?«, wagte Rachel plötzlich zu fragen.

»Sobald das alles vorbei ist, werde ich zurücktreten.«

»Das kann unmöglich Ihr Ernst sein!«, platzte es gleichzeitig aus Rachel und David heraus. Selbst Mendoza schien angesichts dieser Eröffnung kurzzeitig aus seiner Lethargie gerissen zu werden.

»Das ist mein voller Ernst. Und versuchen Sie nicht, mich umzustimmen. Das Ende meiner politischen Karriere ist das verdiente Schicksal für das Versagen als Präsidentin.«

David machte den Mund auf, um noch etwas einzuwenden, doch Tyler bedeutete ihm zu schweigen. Sie wollte nichts mehr hören und eigentlich war er dankbar dafür, denn eigentlich wusste er auch nicht, was er noch hätte sagen sollen.

Die Situation in Oslo war jenseits von Gut und Böse. Regierungstreue Truppen hatten inzwischen die Oberhand und der organisierte Widerstand der Putschisten war längst zusammengebrochen.

Einheiten, die weiterhin treu zu Tyler standen – allen voran das 171. Regiment –, drängten die Putschisten immer weiter zurück und aus der Stadt heraus. Dabei nahmen sie Hunderte feindlicher Kämpfer gefangen.

Das bedeutete jedoch nicht, dass die Lage unter Kontrolle kam, die Gefahr gebannt war oder die Bevölkerung von Oslo aufatmen konnte. Dutzende kleiner Gruppen feindlicher Soldaten, die sich aus eigenem Antrieb abgesetzt hatten oder von der Hauptstreitmacht getrennt worden waren, durchstreiften die Stadt. Ihre Frustration wegen der erlittenen Niederlage und ihre Angst vor der Strafe, die ihnen blühte, entluden sich in sinnloser Gewalt. Sie mordeten, brandschatzten, plünderten. Wo immer regierungstreue Verbände auf sie trafen, wurden sie zur Strecke gebracht, doch es würde Tage dauern, sie alle auszumerzen.

Auf einem kleinen Platz etwas außerhalb des Stadtzentrums trieben ein halbes Dutzend TKA-Soldaten, die Perck gefolgt waren, eine Gruppe von Zivilisten und Soldaten zusammen. Es waren im Ganzen elf Gefangene.

Die Männer und Frauen waren größtenteils verletzt. Frauen drückten ihre Kinder an sich, Männer versuchten, ihre Frauen zu beruhigen. Doch ein Blick in das Gesicht ihrer Geiselnehmer genügte, um das Blut in den Adern gefrieren zu lassen.

Zwei der gefangenen Soldaten – zwei Marines – dachten an Widerstand. Doch der Anführer der Gruppe war beileibe kein Anfänger und er war ein guter Menschenkenner. Er erkannte frühzeitig, was die beiden planten und schoss ihnen eine Kugel in den Kopf, bevor sie wussten, was ihnen bevorstand. Erschreckte Rufe und angstvolles Wimmern ging durch die Menge.

»Und?«, fragte er einen seiner Untergebenen, der aus einem Hauseingang trat.

Der Mann schüttelte angewidert den Kopf. »Nichts von Wert zu finden.«

Der Anführer der Gruppe trat an seine Gefangenen heran, packte eine Frau an den Haaren und zerrte sie hoch. »Wollt ihr mich verarschen? Wo habt ihr eure Wertsachen? Geld? Schmuck? Egal was.«

Der Ehemann der Frau sprang auf, um ihr beizustehen, doch ein Schlag mit dem Gewehrkolben schickte ihn schnell wieder zu Boden. Der Anführer der Deserteure richtete den Lauf seiner Maschinenpistole auf den blutenden Ehemann, der nur langsam wieder zu Bewusstsein kam.

»Eure Wertsachen«, wiederholte der Mann drohend. Er brauchte gar nicht weiterzureden. Es war klar, was passieren würde, falls er nicht bekam, was er wollte.

»Bitte! Wir haben wirklich nichts«, jammerte die Frau und warf immer wieder besorgte Blick auf ihren am Boden liegenden Ehemann.

Das Gesicht des Mannes verzerrte sich vor Wut und er zerriss mit einer weit ausholenden Handbewegung die Bluse der Frau. Diese schrie auf und versuchte mit ihren Händen – unter lautem Gegröle der umstehenden Deserteure – ihre Blöße zu bedecken.

»Na, auch nicht schlecht«, kommentierte einer der Deserteure. »Wenn es hier nichts von Wert gibt, dann kommen wir vielleicht anderweitig auf unsere Kosten.«

Der Anführer der Truppe grinste anzüglich. »Einverstanden. Wer will der Erste sein?«

Die Frau fiel in sich zusammen wie ein Häufchen Elend. Sie starrte nur noch auf den Boden, nicht fähig, einem der Deserteure noch ins Gesicht zu sehen.

»Wir machen das nach Rang«, erklärte einer der Männer schließlich. »Also du, Sarge. Dann ich und so weiter.«

Der Anführer der Deserteure nickte. Seine Augen blickten bösartig. Er genoss die seelischen Qualen der Frau. Die am Boden knienden Gefangenen wandten allesamt den Blick ab. Keiner wollte bei dem zusehen, was der Frau nun blühte. Nur der Ehemann sah mit schreckgeweiteten Augen zu seiner Ehefrau auf.

Somit bemerkte niemand den Schatten, der sich hinter dem Anführer der Deserteure von der Hauswand löste und auf den Wortführer der Abtrünnigen zuglitt. Man musste den Deserteuren zugutehalten, dass sie nicht mit einem Angriff rechneten. Trotzdem war die Vorstellung, die sie daraufhin lieferten, nur als jämmerlich zu bezeichnen.

Der Mann, der urplötzlich hinter dem Anführer der Deserteure stand, war bis auf ein Messer und eine Laserpistole unbewaffnet. Er stand allein gegen sechs schwerbewaffnete und militärisch ausgebildete Männer, die sich darüber hinaus gegenseitig in Rage geredet hatten.

Trotzdem zeigte der Mann keinerlei Angst. Tatsächlich zeigte er nicht die geringste Gefühlsregung. Er griff weder nach seinem Messer noch nach seiner Pistole. Seine Hände packten den Hals des Mannes und verdrehten ihn so, dass der Kopf unvermittelt in einem unnatürlichen Winkel vom Rest des Körpers abstand, die verdutzt blickenden Augen im Moment des Todes eingefroren. Ein ekelhaft trockenes Knacken kündete vom Genick des Deserteurs, das ohne erkennbaren Widerstand brach.

Die fünf anderen Deserteure erstarrten mitten in der Bewegung, geschockt vom plötzlichen und äußerst unappetitlichen Ablebens ihres Anführers. Sie zögerten, der Angreifer dagegen reagierte sofort.

Er griff sich die Maschinenpistole aus den Händen des Mannes, den er gerade getötet hatte, noch bevor dessen lebloser Körper zu Boden fiel.

»Runter!«, schrie er. Die Gefangenen, die begriffen, dass er sie meinte, duckten sich tief hinab. Mit seiner linken Hand feuerte er einen langen Feuerstoß aus der Maschinenpistole ab und mähte mit einer Salve drei seiner Gegner nieder. Noch während die Maschinenpistole ihre Projektile aushustete, zog seine rechte Hand das Messer und warf es in einer fließenden Bewegung. Der Deserteur zu seiner Rechten stürzte gurgelnd zu Boden, die Klinge in seinem Hals. Er erstickte langsam und qualvoll an seinem eigenen Blut.

Der letzte Deserteur ging zwei Schritte rückwärts, wohl aber mehr aus Reflex denn aus irgendeiner taktischen Erwägung heraus.

Er hob das Sturmgewehr mehrere Zentimeter, stockte dann aber mitten in der Bewegung. Sein erster Impuls war es zu kämpfen, den Angreifer niederzustrecken. Doch dann sah er dem Mann in die Augen. Sie waren verschiedenfarbig und verstrahlten eine Eiseskälte, wie er sie in seinem ganzen Leben noch nie verspürt hatte. Er entschied sich für Flucht.

Der Deserteur drehte sich um und rannte davon. Der Mann hatte jedoch nicht die Absicht, ihn davonkommen zu lassen. Mit wenigen Sätzen hatte er den Deserteur eingeholt, brachte ihn zu Fall und brach ihm mit einem schnellen Schlag das Handgelenk, als dieser seine Waffe heben wollte.

Der Deserteur heute gleichermaßen vor Schmerz wie vor Überraschung schrill auf. Der Mann schlang seinen Arm um die Kehle des Deserteurs und drückte zu. Der Deserteur strampelte und schlug in Panik wild um sich, gefangen im unerbittlichen Griff seines Peinigers. Dieser ließ sich davon nicht beeindrucken und behielt den Griff so lange bei, bis sich der Deserteur nicht mehr rührte – und danach noch fast eine weitere Minute.

Als er sicher war, dass der Deserteur sich nie wieder erheben würde, ließ er endlich von dem Leichnam ab und kehrte zu den nach wie vor geschockten Gefangenen zurück.

Die Frau kniete immer noch am Boden und zog vor ihrer Brust das zusammen, was von ihrer Bluse noch übrig war. Ihr Mann hielt sie im Arm und tröstete sie.

Der Mann sagte weiterhin kein Wort. Er zog sein Messer aus der Kehle des Deserteurs und säuberte sie an dessen Uniform. Anschließend zog er einem der toten Marines die Uniformjacke aus und legte sie der Frau überraschend sanft um die Schultern.

Ohne die Menschen auch nur eines weiteren Blickes zu würdigen, ging der Mann davon.

»Vielen Dank«, rief ihm die Frau noch eilig hinterher.

Doch Hektor antwortete nicht.

Der Anflug auf die Erde erwies sich als ungemein schwierig. Als das dritte Schiff von den Abwehrwaffen der Dakar-Zentrale getroffen wurde, knirschte Steger unbewusst mit den Zähnen. Seine Schiffe tanzten förmlich im All, während sie versuchten, mit den Schiffsbewegungen der Putschisten mitzuhalten, um die feindlichen Schiffe zwischen sich und den feindlichen Batterien zu halten. Es gelang nicht immer. So mächtig diese Waffen auch waren, es war mehr als ein Schuss nötig, um ein Großkampfschiff mit ihnen auszuschalten, doch leider waren die Geschützmannschaften auf der Erde Meister ihres Fachs und darüber hinaus verfügten sie über Unterstützung durch modernste Feuerleitcomputer.

Voraus änderten erneut zwei feindliche Schiffe ihre Position und ermöglichten so der Basis auf dem Planeten einen sauberen Schuss. Der Energiestrahl traf die Bugschilde der WILLIAM T. SHERMAN. Das taktische Hologramm färbte das Schiff an dieser Stelle orange.

»Noch ein Treffer an dieser Stelle und sie durchbrechen unsere Schilde«, erklärte sein XO unnötigerweise.

»Ich weiß. Navigator, Kurs anpassen. Bringen Sie wieder ein paar feindliche Schiffe zwischen uns und diese Geschütze.«

»Aye, Sir«, bestätigte der Navigator.

»So langsam müssten die da unten aber die Sache regeln können«, murmelte Steger verdrossen.

»Sir? Wir erreichen gleich effektive Torpedodistanz.«

»Na endlich. Mündungsklappen öffnen und alles für Langstreckengefecht vorbereiten. Wir werden aber versuchen, so schnell wie möglich zu Perck aufzuschließen. Wenn wir seine Schiffe in Nahkämpfe verwickeln, dürfte es seinen Leuten auf dem Planeten schwerfallen, auf uns zu feuern, ohne die eigenen Verbündeten zu treffen.«

»Hoffen wir, dass die überhaupt so weit denken«, meinte sein XO sarkastisch.

»Ja, das können wir tatsächlich nur hoffen«, erwiderte Steger ernsthaft.

Alan stieß das Bajonett am Lauf seiner Waffe einen TKA-Soldaten in den Leib, der vor ihm im Türrahmen auftauchte, und schleuderte ihn mit einem Fußtritt zurück.

Hinter ihm strömten weitere ROCKETS in den Raum. Schüsse brandeten auf. Konsolen gingen in Flammen auf oder versagten unter Funken den Dienst. Weitere TKA-Soldaten versuchten, Widerstand zu leisten, doch sie hatten keine Chance.

Der Kontrollraum befand sich am Ende des Tunnels, der die Verteidigungszentrale mit dem Festland verband. Von hier aus wurden sowohl das Portal als auch die Verteidigungswaffen, die den Tunnel und das Portal schützten, gesteuert.

»Schaltet die Waffen ab und öffnet den Zugang.«

Mehrere ROCKETS setzten sich an die nun freien Konsolen und begannen sofort mit der Arbeit. Minutenlang war lediglich das Klappern von Fingern auf Tasten im Raum zu vernehmen.

Alan nutzte die Ruhe und suchte sich einen noch funktionierenden Bildschirm, der die Lage außerhalb des Tunnels zeigte.

McCalls Marines und die Miliz mühten sich immer noch, sich Zugang zu verschaffen. Ihre Artillerie und Geschosse kleineren Kalibers hämmerten ohne Unterlass auf die Panzertüren ein, jedoch ohne erkennbare Wirkung. Das wunderte ihn keineswegs.

Diese Türen waren dafür konstruiert worden, einem Atomschlag standzuhalten. Über so ein bisschen Artillerie, darüber lachten sie lediglich.

Noch während Alan die Lage beobachtete, glitten die breiten Torflügel langsam auseinander und gaben den Weg ins Innere der Anlage frei. Das Artilleriefeuer hielte noch einige Momente an, ebbte dann aber zusehends ab.

»Kriegen wir eine Verbindung nach draußen?«

Einer der ROCKETS deutete auf eine rauchende Konsole über die ein TKA-Soldat tot zusammengesunken war. Aus einem kleinen Loch in seinem Genick floss ein langer Blutfaden. »Die ComKonsole können wir vergessen und alles, was wir dabeihaben, ist nicht stark genug, durch all das Metall.«

»Dann können wir das nicht ändern. McCall wird noch eine Weile draußen bleiben, weil sie eine Falle befürchtet, aber früher oder später wird ihre keine andere Wahl bleiben, als hereinzukommen.«

»Hoffentlich früher als später«, erwiderte Jakob Olafsson, der hinter ihm durch die Tür und in den Kontrollraum trat. »Ich bekomme keine Verbindung mehr mit Scott.«

Alan fluchte. »Drei Mann bleiben hier und sichern den Raum. Vielleicht kommen noch einmal TKA-Soldaten zurück. Der Rest folgt mir.« Alan stürmte hinaus, das Gros der ROCKETS im Schlepptau.

Scott warf das nutzlos gewordene Headset beiseite. Der Schuss des TKA-Soldaten hätte ihn den Kopf kosten können. Die Kugel hatte sein Ohr nur um Millimeter verfehlt, aber stattdessen seine einzige Möglichkeit der Kommunikation zerstört.

Laura kniete sich neben ihn, die Waffe zwar im Anschlag, doch ihr Gesicht überaus besorgt. »Alles in Ordnung?«

»Ja, es geht schon. Kommen wir voran?«

Sie schüttelte den Kopf. »Kaum. Wir haben die Putschisten zurückgedrängt, doch sie haben sich am Eingang des Kommandopostens verschanzt. Noch diese Hürde und wir haben es geschafft. Henstridge ist da drin, der Kommandant der Basis ist da drin und die Kontrolle über die Raumabwehrwaffen ist ebenfalls da drin.«

»Tja, dann müssen wir eben auch da rein.« Scott warf einen Blick in die Runde seiner schwindenden ROCKETS. Fast fünfhundert Kommandosoldaten waren Alan und ihm in die Anlage gefolgt. Er wusste nicht, wie viele noch übrig waren. Es spielte jedoch auch kaum eine Rolle. Auf jeden Fall waren viel zu viele seiner Kameraden gestorben. Perck und seine Spießgesellen hatten so viel Leid über alles gebracht, was er kannte und liebte. Es wurde Zeit, die Sache zu einem Ende zu bringen.

Mehrere ROCKETS hielten die Position gegenüber den TKA-Soldaten. Beide Seiten tauschten heftige Salven aus und nahmen keinerlei Rücksicht auf Dinge wie Munitionsverschwendung.

»ROCKETS!«, brüllte Scott. »Nur noch eine Anstrengung ist notwendig und wir gewinnen diesen Kampf ein für alle Mal. Aufstellung nehmen, wir greifen an!«

Eine Gruppe ROCKETS formierte sich zu einer Sturmspitze, die übrigen dahinter. Scotts Hände waren schweißnass und er wischte sie an seiner Hose ab. Er durfte sich keine Ablenkung erlauben und auch nicht den kleinsten Fehler, wenn er diesen Tag überleben und seine Aufgabe beenden wollte.

»Los!«, brüllte er.

Zwei ROCKETS warfen Splitter- und Blendgranaten über die erste Linie ihrer Kameraden in Richtung der TKA-Soldaten. Die Sprengkörper detonierten und füllten den engen Durchgang mit einer Orgie aus Licht, Schall, Blut und Tod.

Die Sturmspitze der ROCKETS marschierte um die Ecke. Ihre Maschinenpistolen und ihre Sturmgewehre spuckten im Dauerfeuer

Hunderte von Projektilen. Sie mähten im Sekundentakt die wenigen TKA-Soldaten nieder, die noch standen, und erzwangen sich den Durchgang. Aus dem Inneren der Kommandozentrale erwiderten einzelne Gewehre das Feuer. Zwei ROCKETS fielen, dann ein dritter. Ein vierter wurde in der Hüfte getroffen und ein Kamerad zog ihn außer Schussweite in Sicherheit.

Die Sturmspitze erreichte den Durchgang, eilte hindurch und ging dahinter in Stellung, um Deckung zu geben. Der Zugang zum Kontrollraum war endlich in ihrer Hand. Das bedeutete jedoch nicht, dass er auch gesichert war. Der Bereich wurde hart umkämpft. Die TKA-Soldaten dachten nicht daran, den ROCKETS das Feld zu überlassen. Beinahe ein Dutzend von ihnen und drei weitere ROCKETS fielen bei dem Versuch, die Eindringlinge hinauszutreiben.

Die übrigen ROCKETS schwärmten nun in den Raum. Hinter einer Konsole verborgen, feuerte ein TKA-Soldat. Die Kugel verfehlte Scott nur um Haaresbreite. Er duckte sich unwillkürlich. Lauras Gewehr stieß ein Projektil aus und brachte den Soldaten für immer zum Schweigen. Scott nickte ihr dankbar zu.

Erstmals sah er sich in dem Raum um, den einzunehmen er gekommen war. Der Raum wurde von einem großen Bildschirm dominiert, auf dem die Symbole zweier Raumflotten in einen heftigen Kampf verstrickt waren. Allerhand Symbole und Zahlen, die für Anflugvektoren, Schussdistanzen und Einschlagwinkel standen, umgaben die Symbole der Schiffe, die eindeutig zur Heimatflotte gehörten. Zum Bildschirm selbst führte eine Treppe, die nur aus Konsolen und Computern bestand und hinter denen sich angstvoll eine Reihe von Controllern duckte. TKA-Soldaten taten alles in ihrer Macht Stehende, um den Vormarsch der ROCKETS zu verlangsamen. Sie standen jedoch auf verlorenem Posten.

Und vor dem großen Bildschirm auf der obersten Stufe der Galerie standen ein Offizier in der Uniform eines Lieutenant Colonel und ein General der TKA.

Yashida und Henstridge.

30

Die WILLIAM T. SHERMAN teilte gewaltige Schläge gegen den Feind aus. Praktisch im Vorbeiflug wischte sie eine feindliche Fregatte wie eine lästige Fliege beiseite und schoss einen Zerstörer manövrierunfähig.

Die Schlacht war jedoch auch an Stegers Flaggschiff nicht spurlos vorübergegangen. Beinahe die Hälfte der vitalen Systeme war zerstört oder schwer beschädigt.

Ein feindlicher Sioux-Kreuzer stellte sich dem Schlachtschiff in den Weg. Die Schilde des Kreuzers waren längst zerstört, doch deshalb machte Steger nicht den Fehler, seinen Gegner zu unterschätzen. Die WILLIAM T. SHERMAN feuerte mit zwei 5-Zoll-Lasern und setzte mit zwei 3ern hinterher. Die vier Energiestrahlen bestrichen die Außenhülle des Schweren Kreuzers und brannten einen Teil der noch vorhandenen Panzerung weg.

Der Kreuzer brach nach steuerbord aus und erwiderte den Beschuss mit einer Breitseite seiner 5-, 3- und 1,5-Zoll-Batterien. Steger ließ das Lichtgewitter ungerührt über sich ergehen. Die Schilde des Schlachtschiffs versagten den Dienst, doch Schiffe der Shark-Klasse waren stark gepanzert und konnten durchaus einiges aushalten.

Steger erwiderte das Feuer mit allem, was er noch aufzubieten hatte. Ein Schlachtträger, die TKS TRIPOLIS, nahm das Feindschiff ins Kreuzfeuer und gemeinsam brannten sich die Energiestrahlen der schweren Batterien ihren Weg ins Innere des gegnerischen Kreuzers.

Das Schiff war bereits durch vorherige Gefechte stark mitgenommen. Ein weiterer Treffer des Schlachtträgers schlug eine Bresche in die Panzerung. Der Kreuzer verlor augenblicklich Atmosphäre und zog einen Schwanz aus geborstener Panzerung hinter sich her.

Der Sioux-Kreuzer drehte ab und zog sich etwas aus dem Kampfgeschehen zurück. Steger ließ ihn gewähren. Es gab wichtigere Ziele. Direkt voraus befand sich die PROVIDENCE. Percks Flaggschiff.

»ROCKETS in der Kommandozentrale!«, brüllte Henstridge. Seine Panik war beinahe körperlich greifbar.

Perck fletschte die Zähne. »Simon. Du musst verhindern, dass sie Kontrolle über die Raumabwehrwaffen erlangen. Hast du mich gehört? Du musst den Zugriff für die Raumabwehrwaffen sperren lassen oder die Konsolen zerstören. Simon?«

»Bitte wiederholen, PROVIDENCE. Die letzte Meldung kam nur verstümmelt an.«

Perck fluchte lautstark. »Die Raumabwehrwaffen, Simon. Du musst ...«

Der ComOffizier drehte sich an seiner Konsole zum Admiral um und schüttelte lediglich den Kopf. Die Verbindung war abgerissen.

Seine XO trat näher. »Wir müssen davon ausgehen, dass den ROCKETS die Basis intakt in die Hände fällt. Sie müssen eine Entscheidung treffen, Admiral. Sobald die ROCKETS die Waffen der Verteidigungszentrale auf uns richten, war's das.«

»Ich weiß«, wisperte Perck. »Ich weiß.«

Konteradmiral Jakob Staudmann hielt seine BERLIN mit bloßer Willenskraft zusammen. Praktisch im Minutentakt liefen Schadens- und Verlustmeldungen über seinen taktischen Plot, doch der bärbeißige alte Admiral weigerte sich, aus dem Kampf auszuscheiden. Nicht, bevor nicht auch das letzte Feindschiff aus dem Gefecht ausschied.

Die Batterien des Schlachtschiffs zertrümmerten einen alten Kreuzer der Night-Klasse und das Schiff blieb als leblose Hülle hinter ihnen zurück. Die Antischiffsraketenwerfer beharkten einen feindlichen Zerstörer und schalteten auch ihn mühelos aus. Staudmann tat alles in seiner Macht Stehende, um unnötige Opfer zu vermeiden. Wenn er es schaffte, ein Schiff auszuschalten, ohne es zu zerstören, dann tat er es auch. Doch er verlor nie aus den Augen, dass sie sich in einer Schlacht befanden und beiden Seiten taten, was sie ihrer Meinung nach tun mussten. So ereilte einen Hermes-Kreuzer das Schicksal, als er sich auf eine Auseinandersetzung mit dem alten, angeschlagenen Schlachtschiff einließ.

Die Batterien des Feindkreuzers kratzten an der Außenhülle, waren jedoch nicht in der Lage, die dicke Panzerung zu durchbrechen. Schlachtschiffe der Hades-Klasse mochten alt sein, doch sie waren konstruiert worden, um dem Feuersturm der vordersten Frontlinie standzuhalten.

Die BERLIN schüttelte den Beschuss einfach ab, als ob sie lediglich von einer Mücke belästigt wurde. Das Schlachtschiff schlug zurück und entließ ein Lichtgewitter gegen das viel kleinere Feindschiff. Als sich der Sturm legte, war nur noch eine Trümmerwolke von dem Hermes-Kreuzer übrig, die langsam auseinandertrieb.

Staudmann senkte für einen Moment den Kopf und sprach ein stummes Gebet für die fast fünfhundert Seelen, die er gerade in den Tod geschickt hatte.

Sofort besann er sich jedoch wieder auf seine Aufgabe. Er vergrößerte die taktische Anzeige, um nach einem neuen Ziel zu suchen, und wurde auch sofort fündig. Einer der beiden hochmodernen feindlichen Sioux-Kreuzer, die ihm im Coriala-System begegnet waren, erwehrte sich des Angriffs eines Geschwaders Skull-Bomber. Der Kreuzer blutete aus einer Vielzahl an Wunden verschiedene Gase, Trümmer und Besatzungsmitglieder, doch er schaffte es, mehr als die Hälfte der Bomber aus dem All zu pusten.

Staudmann fletschte kampflustig die Zähne. Es wurde Zeit für eine Revanche.

Leland Braxton an Bord der RACHE konnte sich nicht erinnern, wann er zuletzt eine solche Schlacht erlebt hatte – oder so viel Angst durch seine Glieder gefahren war.

Selbst im Serena-System – umringt von ruulanischen Schiffen – hatte er sich nicht so gefürchtet. Dabei ging es ihm gar nicht so sehr um den Tod, den er im Falle einer Niederlage wohl würde erleiden müssen. Er hatte sich Perck und dessen wahnsinnigen Plänen angeschlossen, weil er sich nicht gewürdigt gefühlt hatte. Er wollte eine Machtposition, die ihm seiner Meinung nach zustand. Er wollte

Einfluss. Anerkennung. Kurz gesagt, er wollte für andere Menschen der Held sein, als der er sich schon sein Leben lang selbst sah.

Und nun lag seine Welt in Trümmern. Percks Putschversuch würde genau das bleiben: ein Versuch. Perck mochte noch Hoffnung hegen, das Ruder herumreißen zu können, doch Braxton – bei aller Selbstillusion – war auch zu einem guten Teil Realist. Die Verteidigungszentrale Dakar hatte das Feuer eingestellt und regierungstreue Verbände schlossen den Kreis um sie enger. Wenn nicht noch ein Wunder geschah, dann würde dieser Tag für sie alle nicht gut enden. Er selbst – egal ob er starb oder Steger lebend in die Hände fiel – würde in Unehre und Ungnade enden. Sein Name würde als Teil eines gescheiterten Putschversuchs gegen eine ordentlich und demokratisch gewählte Regierung in die Geschichtsbücher eingehen. Diese Tatsache schmerzte beinahe mehr als die bevorstehende Niederlage.

»Geben Sie mir den Admiral«, verlangte er.

»Was wollen Sie denn?«, wollte Perck wissen, kaum dass sich das Hologramm seines Gesichts aufgebaut hatte.

»Ich will wissen, wie der Plan aussieht.«

»Der Plan?«, höhnte Perck. »Der Plan sieht vor, dass wir diese Schlacht gewinnen.«

»Machen Sie die Augen auf. Die Schlacht ist verloren.«

»Sie ist nicht verloren«, brüllte Perck. »Nicht, solange ich nicht sage, dass sie verloren ist.«

»Es hat keinen Sinn weiterzukämpfen. Wir haben nur zwei Alternativen: kapitulieren oder fliehen.«

»Sie sind ein Feigling«, wetterte Perck.

»Ich sehe die Dinge nur so, wie sie wirklich sind. Wir sind chancenlos.«

»Glauben Sie das wirklich? Glauben Sie, ich hätte nicht an alle Eventualitäten gedacht?«

Ja, sicher, dachte Braxton sarkastisch. *Du hast sicher damit gerechnet, dass deine Flotte den Bach runtergeht.*

»Ich bin nicht sicher, ob ich Ihnen ganz folgen kann«, meinte Braxton bewusst höflich, die Gedanken, die ihm durch den Kopf gingen, hinter einer steinernen Maske verborgen.

»Ich habe nicht nur innerhalb des Solsystems Unterstützung. Auch außerhalb kann ich auf zahlreiche Offiziere, Schiffe und Truppen bauen. Ich habe ihnen bereits eine Nachricht geschickt. Hilfe ist auf dem Weg und dürfte ...«

Braxtons und Percks Erster Offizier meldeten sich beinahe synchron zu Wort. »Neue Schiffe sind im System eingetroffen. Sie materialisieren an der nördlichen Nullgrenze.«

»Wie viele?«, wollte Braxton wissen.

»Mehr als fünfhundert.«

»Sehen Sie?«, triumphierte Perck. »Wir gewinnen. Unsere Verstärkung ist eingetroffen.«

Bevor Braxton noch etwas erwidern konnte, traf etwas die RACHE mit brutaler Gewalt.

Die BERLIN schloss schnell zu Braxtons Sioux-Kreuzer auf und feuerte mit allem, was das alte Mädchen noch zu bieten hatte. Ihre 5-Zoll-Batterien spuckten Energiestrahl um Energiestrahl gegen die Panzerung des Feindschiffs, schmolzen Schicht um Schicht davon. Sobald sie in effektiver Gefechtsdistanz für die Raketenwerfer waren, schlossen sie sich dem Angriff an. Explosionen überzogen den Feindkreuzer vom Bug bis zum Heck.

Der Sioux-Kreuzer schlug zurück und trieb mit seinen Energiestrahlen eine breite Schneise direkt unterhalb der Brücke in das Schlachtschiff. Dutzende roter Warnleuchten buhlten um die Aufmerksamkeit der Besatzung.

»Wir haben den Kontakt zu allen Decks unterhalb von Deck acht verloren«, informierte ihn sein XO. »Das Waffendeck meldet einen Bruch in der Außenhülle.«

»Schadenskontrolle informieren«, ordnete Staudmann an. Seine BERLIN wurde regelrecht in Stücke geschossen, doch er weigerte sich, Braxton vom Haken zu lassen. Nicht dieses Mal. »Aber halten sie die Beschussdichte aufrecht. Wir müssen den Mistkerl erledigen.«

Scott sah mit einer Mischung aus Triumph, Genugtuung und Verachtung auf Simon Henstridge herab. Der TKA-General kniete vor ihm. Sein Stolz war gebrochen. Der Mann blickte teilnahmslos auf den Boden, die Hände hinter dem Rücken gefesselt.

Yashida, der Kommandant der Verteidigungszentrale, lag unweit des Bildschirms in seinem eigenen Blut, immer noch das Messer eines ROCKETS seitlich im Hals.

Scott überlegte, ob er dem Mann vor sich etwas sagen sollte, ob er ihm seine Verachtung entgegenschleudern sollte. Doch er entschied sich dagegen. Dafür würde es noch genügend Gelegenheit während des Kriegsgerichtsverfahrens geben.

»Scott«, rief Laura. Sie stand direkt vor dem Bildschirm und war dabei, ihr Messer aus Yashidas Kehle zu ziehen. Sie deutete wortlos auf den Bildschirm. Seine Augen folgten ihrem Wink.

Auf dem Schirm war eine neu eingetroffene Flotte zu sehen: Hunderte von Schiffen – und sie hielten direkt auf die Erde zu.

Scott keuchte. »Gott steh uns bei!«

»Haben wir bereits eine positive Identifikation? Ich will wissen, mit was für Schiffen ich es zu tun habe.« Steger bemühte sich, Gelassenheit auszustrahlen, doch es fiel ihm zunehmend schwerer. Im Augenblick des Triumphs betrat ein neuer Spieler das Feld. Der Pessimist in ihm verkündete, dass das unmöglich etwas Gutes bedeuten könne.

»Wir erhalten erste positive Identifikation«, meinte sein XO. »Und eine Nachricht.«

»Lassen Sie hören.«

Eine tiefe, durchdringende Stimme drang aus dem Lautsprecher auf der Brücke der WILLIAM T. SHERMAN. Alle Anwesenden lauschten gebannt den Worten des Offiziers, die das Schicksal und den Ausgang der Schlacht zur einen oder zur anderen Seite markierten.

»Hier spricht Vizeadmiral Dennis Hoffer an Bord der PRINCE OF WALES. Ich bin soeben an der Spitze einer Flotte regierungstreuer Truppen im Solsystem eingetroffen. Ich fordere hiermit alle noch aktiven Einheiten der Putschisten auf, die Waffen niederzulegen und sich umgehend zu ergeben. Der Aufstand ist hiermit niedergeschlagen.«

Perck hörte die Worte, doch sein Verstand weigerte sich, sie zu akzeptieren. Hoffer war eingetroffen, eine Flotte im Schlepptau, die sich eindeutig zu Tyler bekannte. Wie war das möglich? Seine Verbündeten außerhalb des Solsystems hätten genau das unterbinden sollen. Jahre der akribischen Planung waren seinem Griff nach der Macht vorausgegangen. Er hatte fein säuberlich daran gearbeitet, seine eigenen Günstlinge in Positionen zu bringen, auf denen sie ihm nützlich sein konnten. Die Wachgeschwader aller nahen Systeme standen eigentlich unter Kontrolle seiner eigenen Leute. Offiziere, denen er vertraute. Sie hätten ein Eingreifen von außerhalb verhindern sollen – verhindern müssen. Doch die Tatsache ließ sich nicht leugnen. Hoffer war hier.

Die Augen aller Brückenoffiziere waren auf ihn gerichtet, warteten auf seinen nächsten Schritt. Nun, sie sollten ihn zu sehen bekommen. Die Erde war eine ansehnlich bewaffnete Festung. Die Verteidigungszentralen waren in den Händen – wie er hoffte – loyaler Offiziere. Wenn es Hoffer tatsächlich auf einen Kampf abgesehen hatte, dann sollte er ihn auch bekommen.

»Eine Nachricht auf Breitbandkanal senden«, ordnete er an.

»Sprechen Sie«, meldete der ComOffizier.

»Admiral Hoffer. Hier spricht Admiral Perck. Nähern Sie sich keinesfalls der Erde. Falls Sie meiner Aufforderung nicht nachkommen, werte ich das als aggressiven Akt und lasse ohne Zögern auf Sie feuern. Die Verteidigungszentralen sind unter meiner Kontrolle und werden ihre Schiffe abschießen, sollte das notwendig werden.«

Perck nickte dem ComOffizier zu und dieser beendete die Verbindung. Der Admiral wartete angespannt auf Hoffers Reaktion. Doch es kam keine. Der ComOffizier drehte sich plötzlich um.

»Eine Nachricht von der Erde.«

»Lassen Sie hören.«

»Verteidigungszentrale Stuttgart verweigert hiermit den Befehl.«

»Verteidigungszentrale Seoul verweigert hiermit den Befehl.«

»Verteidigungszentrale Mexico City verweigert hiermit den Befehl.«

»Verteidigungszentrale Maracaibo verweigert hiermit den Befehl.«

»Verteidigungszentrale Sydney verweigert hiermit den Befehl.«

Perck schluckte schwer. Die Kommandeure der Zentralen verweigerten ihm den Gehorsam. Er hätte gern behauptet, es wäre eine Überraschung, doch es war keine.

»Geben Sie mir Stuttgart.«

Sekunden später baute sich das Hologramm eines adretten Offiziers in mittleren Jahren auf.

»Mit wem spreche ich?«

»Lieutenant Colonel Hans Wegener, Admiral.«

»Sie wissen, was auf dem Spiel steht, Wegener. Sie wussten von Anfang an, was von Ihnen erwartet wurde.«

»Tut mir leid, Admiral, aber es war nie die Rede von einem solchen Blutbad. Die Machtergreifung sollte unblutig vonstattengehen. Ich werde meinen Männern nicht befehlen, das Feuer auf terranische Schiffe zu eröffnen. Die Besatzungen dieser Einheiten tun lediglich ihre Pflicht.«

Bevor Perck etwas erwidern konnte, wurde die Verbindung von Stuttgart aus gekappt. Perck verlor in diesem Moment die Kontrolle. Er stieß einen unartikulierten Schrei aus. Seine Besatzung beobachtete ihn immer noch mit Argusaugen. Sie wollten seinen nächsten Schritt? Sie sollten ihn bekommen.

»XO? Nachricht an alle noch sprungfähigen Schiffe. Protokoll Hephaistos ausführen.«

Commander Perry wirkte ungemein erleichtert. »Aye, aye, Sir.«

»Aber wir noch nicht«, befahl Perck unwirsch. »Wir haben noch etwas zu erledigen, bevor wir uns zurückziehen.«

Die Flotte der Putschisten brach von einer Sekunde zur nächsten das Gefecht ab. Steger beobachtete verwundert, wie deren Schiffe eines nach dem anderen unter einem Lichtblitz verschwanden. Der Kommandant der Heimatflotte erkannte augenblicklich, was vor sich ging.

»Sie führen einen Mikrosprung aus. Flugbahn und Hyperraumspur verfolgen!«

»Die Schiffe befinden sich nahe der Sonne«, meldete sein XO Sekunden später. »Aber sie bereiten bereits einen neuen Sprung vor.

Unsere Hochrechnung zeigt, dass sie möglicherweise zur nördlichen Nullgrenze fliehen, um aus dem System zu springen.«

»Status der feindlichen Flotte?« Mikrosprünge innerhalb eines Systems waren enorm gefährlich und benötigten ein Maximum an Planung und Berechnungen. Nur der kleinste Fehler ...

»Sie haben drei Schiffe verloren«, bestätigte Stableton seine Annahmen. »Zwei sind beim Wiedereintritt kollidiert, ein drittes ist in der Korona der Sonne materialisiert. Ich glaube, sie werden aber gleich noch einmal springen. Sie haben in wenigen Minuten wieder genügend Energie dafür.« Stableton stutzte. »Sir? Die PROVIDENCE ist nicht mit den anderen Schiffen gesprungen.«

Steger kniff die Augen zusammen. Die PROVIDENCE befand sich tatsächlich noch im Orbit. Noch während sich der Admiral fragte, was der Verrückte nun wieder plante, eröffnete die PROVIDENCE das Feuer.

Die Verteidigungszentrale Dakar war gut geschützt. Sie war dafür ausgelegt einen direkt Angriff und sogar ein Orbitalbombardement zu überstehen und weiterhin operativ tätig zu sein.

Doch die Zentrale stand bereits beinahe den ganzen Tag im Gefecht, hatte dem Beschuss durch Jäger, Bomber, U-Booten und den Schiffsgeschützen aus Admiral zur See Salls Flotte standhalten müssen.

Perck hatte verloren – und er wusste es. Getrieben von Rachsucht und dem schlichten Wunsch, denen wehzutun, die an seiner Niederlage teilhatten, feuerte er in einer gebündelten Salve alles ab, was er an Waffen aufzubieten hatten. Raketen, Torpedos und Energiestrahlen trafen auf die Panzerung der Zentrale, die den Beschuss größtenteils absorbieren konnte. Doch mehrere Raketen fanden eine Schwachstelle, die eines von Salls U-Booten geschlagen hatte – und entfalteten eine verheerende Wirkung.

»Laura!«, schrie Scott, als sich der Boden unter ihnen aufbäumte. Teile der Decke stürzten herab. ROCKETS versuchten verzweifelt, sich in Sicherheit zu bringen. Der Bildschirm löste sich in Tausende Scherben auf.

Mit zwei Sätzen war Scott bei Laura, riss sie zu Boden und warf sich auf sie, während sich ein Schauer aus scharfkantigen Splittern über beide ergoss.

Alan war gerade mit den anderen ROCKETS auf dem Weg zum Kontrollraum der Basis, als Percks Beschuss traf. Der hünenhafte Kommandosoldat wurde von den Beinen gerissen und blieb liegen, beide Hände schützend über den Kopf gelegt. Er wagte erst wieder aufzustehen, als die Erde nicht mehr bebte.

Alan hob den Kopf. Die Beleuchtung war ausgefallen. Er starrte in die Dunkelheit, die von Schmutzpartikeln durchsetzt war. Was für eine Hölle war nun wieder losgebrochen?

»Die PROVIDENCE ändert wieder den Kurs«, informierte Stableton seinen Admiral.

»Worauf?«, verlangte Steger zu wissen.

Sein XO schwieg.

»Bekomme ich jetzt endlich eine Antwort?«, begehrte Steger auf. Als der XO endlich etwas erwiderte, war seine Stimme bar jeder Emotion. »Er nimmt Kurs auf Oslo.«

Lieutenant Colonel Hans Wegener war ein Idealist. Er hatte sich Henstridge und Perck angeschlossen, weil er der unerschütterlichen Meinung gewesen war, dass dieser Krieg anders geführt werden müsse. Dass die derzeitigen Befehlshaber einfach zu schwach seien, um mit der ruulanischen Bedrohung richtig umzugehen.

Die Ereignisse der letzten Tage hatten ihn jedoch eines Besseren belehrt. Er hatte sich Perck nicht angeschlossen, um an einem Blutbad teilzuhaben.

»Er hat gerade die Zentrale in Dakar bombardiert«, informierte ihn einer seiner Offiziere.

»Gibt es bereits konkrete Meldungen über Verluste?«

Der Mann schüttelte den Kopf. »Jeglicher Kontakt ist abgebrochen. Außerdem hat er den Kurs geändert. Er führt ihn über Europa.« Der Mann blickte besorgt auf. »Ob er es jetzt auf uns abgesehen hat?«

Wegener schüttelte den Kopf. »Das bezweifle ich. Wir sind unbeschädigt und er weiß, dass wir zu stark für ihn sind.«
»Was hat er dann vor?«
»Die Präsidentin ist wieder in Oslo.«
»Sie meinen doch nicht ...?«
»Oh, doch. Wenn er nicht gewinnt, soll sie ihren Sieg auch nicht genießen dürfen.«
Sein Offizier war über alle Maßen schockiert. »Das können wir unmöglich zulassen.«
Wegener lächelte kalt. »Nein, das können wir nicht. Bereiten Sie das Entsichern der Raumabwehrwaffen vor.«

Perck hatte inzwischen alle Vernunft abgestreift. Er würde Oslo in Schutt und Asche legen. Dort war die Präsidentin, dort war Coltor, dort waren Kepshaw und beinahe jeder andere, der gegen ihn gearbeitet hatte. Er würde sie alle brennen lassen.
»Bereiten Sie den Beschuss vor«, befahl der Admiral. Als seine XO zögerte, blickte er sie fragend an. Diese sah sich zu einer Erklärung genötigt.
»Sir? Wir werden angepeilt.«
»Von wem?«
In diesem Moment trafen die ersten Energiestrahlen der Verteidigungszentrale Stuttgart das Schlachtschiff.

Steger beobachtete fasziniert, wie die Heckflosse der PROVIDENCE unter mehreren Einschlägen regelrecht zerbarst. Sofort verlor das Schiff einen guten Teil seiner Antriebskraft. »Wie lange noch bis wir auf effektive Gefechtsdistanz heran sind?«
»Mindestens fünf Minuten.«
»Das ist einfach zu lange.«

Percks Kommandosessel war aus seiner Verankerung gerissen worden, auf der gesamten Brücke herrschte nur noch Notbeleuchtung und die Hälfte der Brückenbesatzung war tot oder verwundet.
»Bericht!«, verlangte er und rappelte sich mühsam auf. Er spürte Blut über sein Gesicht laufen.

»Bericht!«, verlangte er erneut, diesmal drängender. Als er zu der Stelle sah, an der seine XO sich hätte befinden müssen, bemerkte er nur noch den unidentifizierbaren, zerrissenen Körper seiner Offizierin. »Navigator, bringen Sie uns hier raus! Sofort!«

Mit Bedauern beobachtete Konteradmiral Jakob Staudmann auf seinem taktischen Plot, wie die PROVIDENCE einen Mikrosprung zur Sonne ausführte. Sie war zwar schwer beschädigt, konnte aber noch gerettet werden. Leider.

An der Sonne angekommen, übernahm die PROVIDENCE die Führung über die restlichen aufständischen Schiffe. Hoffer eilte mit Höchstgeschwindigkeit dorthin, um den Gegner zu stellen, doch allen war klar, er würde es nicht rechtzeitig schaffen.

Nach zwanzig Minuten führten die Putschisten einen weiteren Mikrosprung zur nördlichen Nullgrenze aus und nach weiteren fünfzehn Minuten, in denen sie die benötigte Energie sammelten, sprangen sie aus dem System. Braxtons umgebauter Sioux-Kreuzer gehörte dazu.

Staudmann seufzte.

Schade. Dann eben ein andermal.

Er musterte das Trümmerfeld, das die Saturnringe und die Erde umgab. Sie hatten gewonnen. Der Aufstand war tatsächlich niedergeschlagen, doch zu was für einem Preis ...

Alan eilte in den Kontrollraum der Verteidigungszentrale und fand dort heilloses Chaos vor. Überall stöhnten Verwundete unter Schmerzen. Wer noch aufrecht stehen konnte, half denen, bei denen es nicht mehr zutraf. Dabei spielte es keinerlei Rolle, auf welcher Seite man gekämpft hatte. Sie waren nun allesamt nur Menschen in der Not vereint.

Alan eilte die Galerie hinauf zu der Stelle, wo der Bildschirm gewesen war. Er kam an der Leiche von Simon Henstridge vorbei. Der Mann war von einem halben Dutzend faustgroßer Splitter regelrecht aufgespießt worden.

Er schenkte dem Mann jedoch nicht mehr als einen beiläufigen Blick. Das Einzige, was er wirklich bedauerte, war, dass der Mann seine Gerichtsverhandlung und seinen Strafantritt auf Lost Hope verpassen würde.

Als er die oberste Stufe erreichte, blieb er schlagartig stehen. Laura saß dort am Boden, die Haare von Blut verkrustet und einen tiefen Schnitt auf der Wange. Was ihm aber einen Stich ins Herz versetzte, war Scotts Anblick. Der Kopf des Kommandosoldaten lag sanft gebettet auf Lauras Schoß. Sie hatte seine Augen geschlossen. Genauso gut hätte er schlafen können, wäre nicht die große Blutlache gewesen, die sich unter ihm ausbreitete.

Epilog

»Das war verdammt knapp«, meinte Hoffer, während er der Präsidentin in deren Büro Bericht erstattete. »Viel zu knapp.« Er räusperte sich kurz und Tyler bedeutete ihm fortzufahren.

»Wir hätten beinahe außerhalb des Solsystems ebenfalls eine Schlacht schlagen müssen. Mehrere Flottenverbände versuchten, uns den Weg abzuschneiden. Aber ...«

»Aber?«, hakte Tyler nach.

Hoffer zuckte die Achseln. »Aber sie hatten letzten Endes wohl Skrupel, auf terranische Schiffe zu schießen. Sie ließen uns passieren und nur deshalb kamen wir rechtzeitig, um Percks Sieg doch noch zu verhindern.« Hoffer lächelte schmal, es zeigte jedoch kaum Anzeichen von Amüsement. »Ich bin froh, dass Colonel Kepshaw sich an mich gewandt hat, als sie das Duranis-System mit der BERLIN ansteuerte. Sie hatte Glück, dass mich die Nachricht erreicht hat. Einen Tag später und ich hätte das MacAllister-System bereits wieder verlassen. Die Nachricht hätte mich dann erst nach Wochen erreicht.«

»Ein Glück«, meinte Tyler nachdenklich. »Es ist schwer, nicht eine Gänsehaut zu bekommen, wenn man darüber nachdenkt, wie knapp es wirklich gewesen war.« Sie warf einen Blick auf David Coltor und Bobby Bates. »Gibt es Neuigkeiten von Perck?«

Die beiden Geheimagenten wechselten einen unglücklichen Blick und es war David Coltor, der das Wort ergriff. »Wir haben seine Schiffe hin und wieder auf den Sensoren. Das letzte Mal im Penelope-System knapp innerhalb der RIZ. Er verfügt nur noch über elf Schiffe und wir glauben, sie sind alle mehr oder weniger angeschlagen. Er musste in Etappen springen und hin und wieder aus dem Hyperraum austreten, die Energiesysteme sich erholen lassen und wieder zurück in den Hyperraum springen. Das deutet bei einigen seiner Schiffe auf Fehlfunktionen des ISS-Antriebs hin. Wir glauben, er wird sich in der RIZ verstecken. Im Konglomerat kann er sich nirgends blicken lassen. Sobald er ein bewohntes System anfliegt, wird er angegriffen und zerstört werden, genauso wie alle Schiffe, die ihm folgen. Einer der neuen Sioux-Kreuzer gehört immer noch zu seinem Verband. Wir wissen inzwischen, dass sein Name RACHE lautet. Es handelt sich um das Schiff unter dem Kommando von Leland Braxton.«

Als der Name des ehemaligen Admirals erwähnt wurde, verzog Hoffer angewidert die Mundwinkel, sagte jedoch nichts. Tyler entschloss sich, es zu ignorieren. Stattdessen sagte sie: »Woher hatte Perck diese Schiffe und gibt es mehr als die zwei bekannten?«

»Das zweite Schiff heißt VERGELTUNG«, fuhr David fort. »Wir konnten es bei einem von Percks Zwischenstopps aufbringen. Vermutlich war es nicht in der Lage, mit den anderen Schiffen mitzuhalten, und wurde zurückgelassen. Die Besatzung hat sich uns kampflos ergeben. Und nein, es gibt nur die zwei. Es handelt sich um Schiffe der Klasse Sioux II. Sie wurden auf einer Werft konstruiert und gebaut, die unter Percks direkter Kontrolle stand. Hier im Solsystem. Sie ähneln den herkömmlichen Sioux-Kreuzern, sind aber wesentlich robuster und besser gepanzert, außerdem um einiges schlagkräftiger. Irgendwie hat Perck das Kunststück fertiggebracht, die Entwicklung und den Bau der Schiffe völlig geheim zu halten. In den Unterlagen der Werft werden beide Schiffe lediglich als herkömmliche Sioux-Klasse geführt. Nun, da wir wissen, womit wir es zu tun haben, können diese Schiffe in Serie gehen. Wir können jede Hilfe im Krieg gegen die Ruul gebrauchen.«

»Ja, aber es ist schon besorgniserregend, wie leicht es Perck fiel, uns alle zu täuschen. Diese beiden Schiffe, die ganzen Anhänger, die er in verantwortungsvolle Positionen hievte.«

»Es wird Zeit brauchen, alle Hintergründe und Helfershelfer zu ermitteln. Zuallererst muss die Flottensicherheit aufgelöst werden. Die Verwicklung ihrer Agenten muss lückenlos geklärt werden. Die meisten sind bereits verhaftet, einige haben sich freiwillig gestellt. Manche jedoch sind immer noch flüchtig. Genauso wie viele Offiziere, die Percks Führung gefolgt sind, aber wir finden sie.«

Tyler nickte. »Ich bin froh, dass die Sache beendet ist. Was ist mit den Beweisen, die auf die Kinder der Zukunft hindeuteten? Sind unsere alten Freunde wirklich zurückgekehrt?«

David schüttelte den Kopf. »Nein, die Beweise sind allesamt gefälscht. Damit wollte Perck lediglich unsere Ermittlungen in die falsche Richtung lotsen. Die Kinder sind ausgelöscht und das werden sie auch bleiben.«

Tyler nickte zufrieden, wandte den Blick ab, sah dann jedoch erneut zu David auf. »Ich bin sehr froh, dass Mendoza und Kepshaw sich von ihren Verletzungen vollständig erholen werden. Wie ich hörte, geht es Ihrer Frau ebenfalls gut, David.«

Der MAD-General nickte. »Ja, die Bedrohung, die meine Kim erledigt, muss erst noch geschaffen werden.« Sein Gesicht verdüsterte sich. »Auch wenn der arme Jürgen Ritter es nicht überlebt hat.«

Tyler nickte. »Ja, ein wirklich guter Mann. Ich hoffe, sein Nachfolger tritt in seine Fußstapfen, auch wenn er ein wirklich großes Paar Schuhe auszufüllen hat.«

David und Bates wechselten erneut einen etwas seltsam anmutenden Blick, der Tyler nicht entging. »Gibt es noch etwas?«

David zögerte, räusperte sich und begann dann doch zu sprechen. »Frau Präsidentin, wegen Ihres Rücktritts ...«

»Ja, was ist damit?«

»Wir wollen Sie bitten, es sich noch einmal zu überlegen.«

»Meine Herren ...«, begann sie.

»Wir meinen es ernst«, unterbrach David sie. »Sie haben sicherlich Ihre Gründe, aber überlegen Sie es sich doch noch einmal. In Zeiten des Krieges brauchen wir eine starke Führung und ein Rücktritt vermittelt der Bevölkerung das falsche Signal. Es sind Fehler gemacht worden, aber nicht nur von Ihnen. Der MAD hat genauso versagt wie der SES und das Militär. So etwas darf nie wieder geschehen und es wird nie wieder geschehen.«

»Das hoffen Sie«, hielt ihm Tyler vor.

»Dafür werden wir Sorge tragen«, versprach er. »Gemeinsam.«

Sie ließ sich seine Argumente für einen Moment durch den Kopf gehen, schließlich seufzte sie. »Ich überlege es mir. Mehr kann ich im Augenblick nicht versprechen. Einverstanden?«

Die drei Männer im Raum nickten unisono.

Tyler stand auf und ging langsam zur Sternenkarte, die an der Wand ihres Büros hing. »Wissen Sie? In einem Punkt hatte Perck recht, vielleicht haben wir diesen Krieg bisher zu zögernd geführt. Vielleicht sollten wir aggressiver vorgehen.«

»Der Mann ist ein Verrückter«, meinte David.

»Ja, natürlich«, gab Tyler ihm recht, »aber es gibt nichts Schlimmeres als einen Idealisten, der aus den richtigen Motiven das Falsche tut.« Sie drehte sich ruckartig um. »Und deshalb werden wir ebenfalls in die Offensive gehen. Das Volk braucht nach dieser Tragödie dringend einen Sieg.«

Die Männer wechselten betretene Blicke.

»Ich weiß nicht, ob wir dazu überhaupt in der Lage sind«, wagte David als Erster einen Einwand.

»Außerdem würde es Operation Atlas verzögern«, schloss sich Hoffer an.

»Trotzdem müssen wir die Dinge vorantreiben. Wählen Sie ein Ziel aus und legen Sie mir in spätestens zwei Monaten einen Erfolg versprechenden Plan vor. Vielleicht können wir die Offensive gegen ein Ziel planen, dessen Einnahme uns auch bei Operation Atlas gelegen kommt. Etwas, das unsere bevorstehenden Pläne unterstützt.«

Ihre Offiziere wechselten erneut Blicke, diesmal wirkten sie durchaus aufgeschlossen.

Tyler kehrte zu ihrem Schreibtisch zurück. »Meine Herren, dieser Putschversuch hat uns militärisch geschwächt. Allein die Heimatflotte wird mehrere Jahre brauchen, um sich von den Verlusten zu erholen.« Sie maß jeden der Anwesenden mit festem Blick. »Und ich werde nicht gestatten, dass die Ruul unsere derzeitige Schwäche für sich ausnutzen. Und deshalb müssen wir zuerst zuschlagen.«

Als David das Büro der Präsidentin verließ, wurde er bereits von Alan Foulder erwartet. Der Kommandosoldat wirkte so nervös, wie David ihn noch nie erlebt hatte.

Der MAD-General verabschiedete sich von Hoffer und trat dem ROCKETS-Truppführer entgegen. »Major Foulder? Was gibt es?«

»Ich ...« Alan sah zu Boden, blickte jedoch gleich danach wieder auf. »Ich wollte wissen, was nun aus Perck wird. Der kleine Wichser ist entkommen.«

David nickte. »Ja. Man wird sich um ihn kümmern.«

»Wann? Wer?«

»Das weiß ich noch nicht. Auf jeden Fall zu gegebener Zeit.«

»Lassen Sie mich das erledigen. Ich finde den Penner.«

David betrachtete den Kommandosoldaten mit einem Ausdruck tiefen Mitgefühls. »Ich weiß, er hat Ihren Freund getötet, aber Rache ist ein schlechter Ratgeber.«

»Sie kann einen Menschen aber antreiben.«

»Zweifellos, doch dafür muss man immer einen Preis bezahlen.«

»Ich werde ihn bezahlen.«

»Ihr Team ist kaum einsatzfähig. Ihnen fehlen Leute.«

»Das ist kein Argument«, hielt Alan dagegen. »Es sind in den letzten Tagen Hunderte von ROCKETS gefallen. Fast jedes auf der Erde stationiertes Team hat Verluste erlitten. Erst jetzt, nachdem sich die Anschuldigen als falsch herausstellten, trauen sich viele Teams aus ihren Verstecken. Dutzende von Teams haben sich in der RIZ versteckt oder in den Randgebieten des Konglomerats.«

David nickte. »Ja, es wird Zeit brauchen, Ordnung in das Chaos zu bringen. Ein Grund mehr, Sie nicht auf einen Rachefeldzug zu schicken.«

Alan senkte verschwörerisch die Stimme. »Lassen Sie mich von der Leine, General. Ich verspreche, Sie werden es nicht bereuen.«

David überlegte angestrengt. »Major Fergusens Team ist ebenfalls nicht einsatzbereit. Es besteht nur noch aus wenigen Mitgliedern.«

»Warum gliedern Sie sie nicht bei meinem Team ein? Es wäre Team Gepard eine Ehre.«

David schmunzelte. »Eigentlich hatte ich genau das Gegenteil vor. Ich wollte, dass Sie und Ihre Leute ins Team Panther wechseln. Panther war unser erstes Team, unser Vorzeigeteam. Sie und Ihre Leute würden es wieder auf fast volle Stärke bringen. Team Gepard wäre damit bis auf Weiteres aufgelöst und würde in Nairobi durch neu ausgebildete Rekruten neu formiert.«

Alan straffte seinen muskulösen Körper. »Sehr gerne.« Der Stolz war seiner Stimme deutlich anzuhören.

David berührte ihn an der Schulter. »Ich weiß, dass Major Fergusen sich das gewünscht hätte.« Der MAD-General wollte schon gehen, besann sich dann jedoch eines Besseren. »Wir wissen, dass sich Perck mit seinen letzten Getreuen irgendwo in der RIZ aufhält. Sobald wir seinen genauen Aufenthaltsort herausgefunden haben, bekommen Sie Ihre Chance.«

Bei dieser Aussicht begannen Alans Augen zu leuchten.

Das Präsidentenpalais in Oslo war umringt von Sicherheitskräften. Die Kämpfe waren seit drei Tagen vorbei, doch man rechnete immer noch mit dem Schlimmsten und man wollte nicht das Risiko eines weiteren Angriffs eingehen. Nicht, solange sich immer noch Unterstützer Percks auf freiem Fuß befanden.

Sie ahnten gar nicht, wie recht sie damit hatten.

Der Scharfschütze spähte durch die Zieloptik seines Präzisionsgewehrs. Er befand sich gut einen Kilometer entfernt in einem der obersten Stockwerke eines Hochhauses und doch konnte er die Präsidentin so klar und deutlich erkennen, als würde er im selben Raum stehen. Sie saß in ihrem Büro und arbeitete. Eine Gruppe von Offizieren hatten das Zimmer wenige Augenblicke zuvor verlassen.

Er gehörte zu den letzten Getreuen Admirals Percks, die sich in Freiheit befanden. Einer der letzten der alten Garde. Manche hätten ihn auch einen Fanatiker genannt. Er selbst sah sich als Einäugiger unter den Blinden.

Er hatte für Perck bereits so manchen brisanten Auftrag erledigt. Unter anderem war er es gewesen, unter dessen Leitung der Horchposten im Coriala-System zerstört worden war. Er hatte höchstpersönlich das ROCKETS-Team Bulldogge unter einem falschen Vorwand in die Falle gelockt und umgebracht, damit er zwei der Leichen als Beweise in den Trümmern des Horchpostens zurücklassen konnte. In Diensten Admiral Percks hatte er so einiges getan. Er empfand keinen Stolz darauf. Er tat einfach nur, was seiner Meinung nach das Beste war. Er glaubte an Perck und er glaubte an die Sache.

Henstridge war gefallen, Admiral Perck auf der Flucht. Er war jedoch noch in Freiheit. Und er konnte etwas tun. Etwas, das weder Perck noch Henstridge fertiggebracht hatten. Er konnte ein Hindernis aus dem Weg räumen.

Tyler.

Dieses Abziehbild einer Präsidentin musste verschwinden.

Der Scharfschütze atmete ein, bereitete sich auf den finalen Schuss vor. Er atmete aus und erneut ein. Beim nächsten Ausatmen würde er den Atem ruhig und kontrolliert ausstoßen, damit sich sein Herzschlag nicht beschleunigte – dann würde er abdrücken. Seinen Zeigefinger legte er beinahe zärtlich auf den Abzug. Nur ein sanfter Zug und das tödliche Geschoss würde auf seine Reise geschickt.

Plötzlich merkte er auf. Etwas stimmte nicht, doch er spürte es eher, als dass er es bewusst wahrnahm. Diese Wahrnehmung fand auf einer Ebene statt, die er nicht ganz erklären konnte. Jemand befand sich mit ihm im Raum – hinter ihm.

Der Scharfschütze ließ das Gewehr los, wirbelte herum und sprang auf – zu spät. Ein Fußtritt beförderte ihn zurück auf den Boden. Er fiel über sein Präzisionsgewehr, spürte den metallenen Lauf im Rücken.

Er griff nach der Waffe an seiner Seite, doch sein Gegner war bereits über ihm. Der Mann schlug ihm die Waffe mühelos aus der Hand und presste seinen Ellbogen auf die Kehle des Scharfschützen. Dieser japste nach Luft, er bemühte sich, seine aufkeimende Panik niederzukämpfen. Der Scharfschütze versuchte, sich zu befreien, wieder Raum für Widerstand zu erlangen, doch vergebens. Die Luftzufuhr wurde ihm immer weiter abgeschnürt. Das Sichtfeld vor seinen Augen verschwamm und wurde immer kleiner. Das Letzte, was er sah, waren die Augen seines Angreifers, die ihn kalt musterten. Der Scharfschütze wunderte sich noch, dass so gar kein Anflug von Triumph im Blick des Mannes aufflammte.

Hektor ließ von seinem Opfer ab.

Er sah ohne jegliches Mitleid auf den Mann hinab. Seit Beginn der Krise hatte er auf eigene Faust Oslo durchstreift und auf seine eigene Weise gekämpft. Er hatte die Aktionen der Putschisten gestört, wo immer er nur konnte, hatte Offiziere liquidiert und Fahrzeuge sabotiert, immer im Schatten, immer auf seine eigene unnachahmliche Weise.

Der leblose Körper des Scharfschützen lag zu seinen Füßen, dessen Präzisionsgewehr daneben. Ohne erkennbare Gefühlsregung drehte er sich um und verließ den Raum. Die Präsidentin würde nie erfahren, dass es der Auftragskiller des MAD gewesen war, der ihr das Leben gerettet hatte. Sie würde nicht einmal erfahren, dass ihr Leben in diesem Augenblick in Gefahr gewesen war.

Hektor kümmerte es wenig.

Er tat nur seine Arbeit – im Rahmen seiner Überzeugung.

Es gab Menschen, die hätten ihn ebenfalls einen Fanatiker genannt.

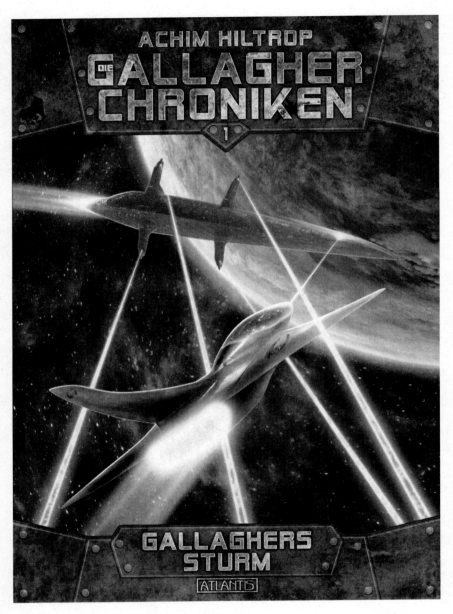

DIE GALLAGHER-CHRONIKEN - Band 1 neu im Juni 2016.
Monatlich erscheint ein Band als Paperback und eBook.
Alle Infos unter www.atlantis-verlag.de